KB032581

드래곤
라자

7

이영도 판타지 장편소설
드래곤 라자
7
대마법사의 만가
황금가지

차 례

일러두기

드래곤 라자 신판에서는 구판에서 활용된 단어 중 일부 단어를 저작권 문제로 인하여 수정하게 되었습니다.
독자분들의 양해 부탁드립니다. 감사합니다.

제13부

대마법사의 만가

……따라서 우리 시대의 마법이라는 것은 선학들의 어깨에 올라타는 재주 외엔 아무 재주도 갖추지 못한 불민한 후학의 모습에 지나지 않으니, 마나는 흩어져 갈 길을 모르고 학통은 흩어져 희미하기만 하다. 마법서는 수없이 출간되어 나오지만 마법사는 드물다. 마법사들은 마법서의 미궁에 빠져 헤매다가(물론 그 안에서 길을 찾아내는 마법사는 극히 드물다) 피로한 눈을 들어 저 영광의 시대, 대마법사 핸드레이크와 무지개의 솔로처의 시대를 향수에 젖어 바라본다. 대마법사의 이름은 이제 마법사의 이름이라기보다는 마법이 세계를 질타하던 시대의 대명사처럼 바뀌었다…….

「품위 있고 고상한 켄턴 시장 말레스 추발렉의 도움으로 출간된, 믿을 수 있는 바이서스의 시민으로서 켄턴 사집관으로 봉사한 현명한 돌로메네 압실링거가 바이서스의 국민들에게 고하는 신비롭고도 가치 있는 이야기」 돌로메네 지음, 770년. 제34권 330쪽.

1

"쉿! 조용히해!"

"어? 어라, 뭐냐?"

난 샌슨을 옆으로 끌어당겨 내가 숨어 있던 건물 그림자 속으로 데려왔다. 샌슨은 얼떨떨한 목소리로 말했다.

"왜 그래, 후치?"

"저기."

내가 가리킨 곳을 본 샌슨은 자연스럽게 목소리가 작아졌다.

"응? 하슬러와 에포닌인가?"

"그래. 조용히!"

샌슨은 이제 내 흉내를 내기 시작했다. 바라크의 그림자 속에 숨어 벽에 등을 단단히 붙이고는 선 채로 죽은 시체의 흉내를 내는 것 말이다. 나와 샌슨은 그렇게 나란히 나란히 선 채 에포닌과 하슬러를 바라보았다.

우리가 오늘 밤을 유숙하게 된 바라크는 메드라인 1-4…… 어쩌구 하는 번호를 가지고 있는 장소였지만 나로선 그 번호 못 외우겠다. 어쨌든 그 바라크는 절벽 위에 자리하고 있었고 지금 하슬러와 에포닌은 달빛을 받으며 절벽 가장자리에 앉아 있었다. 부녀는 아무런 말도 하지 않은 채 그저 절벽 아래만 내려다보고 있었다. 혹시 작은 목소리로 이야기를 나누고 있는 것인지는 모르겠지만 나에겐 들리지 않았다. 그리고 내가 숨어서 그들을 바라보고 있을 때 샌슨이 다가왔던 것이다.

검은 밤하늘을 배경으로 멀리 달빛을 받아 뼈처럼 하얗게 빛나는 산등성이와 봉우리들의 모습이 펼쳐지고 있었다. 위이이잉. 산 사이로 부는 바람은 절벽 아래를 지나며 흐느끼는 듯한 신음소리를 흘렸다. 쌀쌀하다는 말로는 모자란 감이 많은 겨울 밤의 겨울 산이다. 짙은 구름들은 달빛을 가렸다 드러냈다 하며 떠갔다. 굉장한 바람도 불고……, 비가 올지도 모르겠는데.

갑자기 하슬러가 팔을 들어올렸다. 아마도 에포닌의 어깨를 감싸안으려는 것 같았다. 그러나 에포닌은 흠칫하면서 옆으로 조금 몸을 틀었고 그러자 반쯤 올라가던 하슬러의 팔은 힘없이 도로 떨어졌다. 난 안타까운 심정으로 혀를 차다가 너무 큰 소리를 내고는 황급히 입을 다물었다. 으윽! 혀 깨물 뻔했어.

내 옆에서 그 광경을 함께 보고 있던 샌슨은 내 쪽으로 몸을 기울이며 소곤거렸다.

"야, 저 사람들 언제부터……, 으아!"

"조, 조용히해! 왜 그래?"

샌슨은 자신의 입을 틀어막았다가 숨가쁜 목소리로 말했다.

"뭔가 내 엉덩이에 북슬거리는 것이……."

"나다. 그러니 어서 내 얼굴 앞에서 이거 치워라."

샌슨은 기겁하면서 비켜나더니 말했다.

"엑셀핸드? 당신도 숨어 계셨어요?"

엑셀핸드는 잔뜩 불만스러운 목소리로 뭐라고 투덜거렸다. 그때 다른 목소리가 들려왔다.

"30분 정도."

운차이의 목소리에 샌슨은 다시 기겁하더니 내 옆을 돌아보았다. 내 옆의 그림자 속에 서 있던 운차이는 입술 사이로 가늘게 새는 웃음을 흘렸다.

샌슨은 기막히다는 투로 말했다.

"어라? 너도 있었냐? 이 그림자 속에 도대체 몇 명이나 숨어 있는 거야?"

"글쎄? 나도 모르겠네. 나도 지금까진 엑셀핸드가 있는 줄은 몰랐거든?"

네리아의 대답에 샌슨은 완전히 입을 다물었다. 어라? 네리아도 숨어 있었나? 위를 올려다보니 바라크의 낮은 지붕, 산속의 매서운 바람을 견디기 위해 크고 두툼하고 완만하게 만들어진 지붕 끄트머리에서 앞뒤로 흔들리는 다리 두 개가 보였다. 윽. 저 위에 앉아 있었나?

"여보게들. 좀 조용히들 하세나."

아이고! 칼의 소곤거리는 목소리다. 옆을 돌아보니 칼은 바라크의 창틀에 팔을 고이고는 밖을 바라보고 있었다. 그는 날 보더니 입 앞에 손가락까지 세워보였다. 그제야 서로의 확인을 끝낸 여섯 명의 염탐자들은 다시 조용히 두 부녀를 관찰하기 시작했다. 벌컥!

으아아! 기절하는 줄 알았네. 느닷없이 바라크의 문이 열리더니 뭔가 허연 것이 앞으로 휘익 뛰쳐나온 것이다. 그것은 밤바람을 맞으며 나풀거리는 허연 천 같은 것이었는데 아래엔 제레인트의 다리가 달려 있었다. 그리고 그 허연 천은 제레인트의 목소리로 말했다.

"이것들 봐요! 날씨가 굉장하군요. 부녀간에 정다운 이야기 도

좋지만 이거라도 덮고 이야기 나누시죠?"

제레인트는 하슬러와 에포닌에게 다가가며 씩씩하게 말했다. 그는 들고 간 시트를 하슬러에게 건네었지만 하슬러는 별말을 하지 않았다. 그러자 제레인트는 어깨를 으쓱이며 에포닌의 어깨에 시트를 덮어주었다.

옆에 있던 샌슨이 숨 넘어가는 숨소리를 내었다. 난 숨을 몰아쉬면서 소곤거렸다.

"샌슨……, 혹시 발 근처에 뭐 떨어진 거 없어?"

"응?"

"내 심장 말이야."

"아, 조금 전에 밟아 터뜨린 게 그거였나?"

우리가 이런 몽환적이고 몰가치한 이야기를 주고받는 동안 에포닌은 제레인트에게 감사의 말을 건넸다.

"고맙습니다. 제레인트."

"아니, 천만에. 하하하! 나누고 싶은 이야기들이 많겠지요. 하지만 밤이 추우니 빨리 들어오세요."

제레인트는 그렇게 말하고는 두 팔을 감싸며 몸을 돌렸다. 부르르 떨면서 걸어오던 제레인트는 바라크의 옆 벽에 몸을 붙이고 딱딱하게 굳어 있던 우리들을 발견했다. 제레인트의 눈이 커졌다.

"어라? 여기서 뭣들……?"

그 순간 우리 일행들의 행동은 정말 눈물겨웠다. 샌슨은 입을 뻐끔거리며 미친 듯이 손을 좌우로 흔들었고 엑셀핸드는 두 팔을 하늘 높이 들어올려 마구 휘저었다. 운차이는 눈꼬리를 치켜올리며 두 손으로 입을 틀어막는 시늉을 하면서 끙끙거렸고 칼은 황급히 창문 속으로 들어가다가 뒤로 넘어진 모양이다. 쿠당! 하는 작은 소리가 들리면서 칼의 신음소리가 났다. 제레인트는 어처구니없는 표정으로 우리들을 바라보더니 대단히 힘겹게 말을 이었다.

"……하는 겁니까? 말씀해 보시오, 산들이여!"

으윽! 염탐자의 수호자 제레인트는 참으로 갸륵한 열정을 담아 외쳤다.

"말해 보시오, 별들이여! 바람이여! 이곳에서 도대체 무엇을 하고 있단 말입니까! 창세기 이후로 그곳에 계속 계셨으니 말없는 그대들은 그 눈으로 많은 것을 보았겠지요. 그러니 이제 말씀해 보시오! 하하하! 에포닌 양! 정말 좋은 밤 아닙니까! 이것이 기도고! 이것이 신앙입니다!"

에포닌은 멍청한 눈으로 제레인트를 돌아보았지만, 그녀가 뭐라고 대답하기도 전에 제레인트는 열병 걸린 사람처럼 웃으면서 바라크 안으로 들어갔다. 우하하! 콰당.

문 닫히는 소리가 나는 것과 동시에 6인의 염탐자들의 동작도 딱 굳어버렸다. 우리는 한참 동안 숨소리도 내지 않고 서 있었다. 다행히 에포닌과 하슬러는 별 눈치를 채지 못했는지 다시 아까의 모습으로 돌아갔다.

"허어억……. 기절하는 줄 알았네. 아무래도 안 되겠어. 그만 조용히 들어가자구."

샌슨의 말에 난 부정적인 대답을 내놓았다.

"하슬러가 저대로 에포닌과 달아나면 어떻게 하지?"

"응? 어, 글쎄. 하슬러가 달아나 봐야 어디로 갈까?"

다시 창문으로 슬그머니 머리를 내민 칼은 샌슨의 말에 흥미가 있다는 표정을 지었다. 샌슨은 멀리 절벽 끄트머리의 부녀를 바라보더니 이마에 늘어진 앞머리를 잡아당기며 말했다.

"그냥 달아나버리면 차라리 낫겠는데."

잠시 밤의 음향만이 바라크 주위를 가득 메웠다. 샌슨은 모든 이들이 주의를 기울이고 있다는 것을 깨닫고는 자신의 말에 대한 부연 설명이 필요하다는 것을 느꼈던 모양이다.

"응. 에포닌은 아버지를 만났으니 됐고, 하슬러는 딸을 찾았으니 됐잖아. 그냥 달아나서 아무도 모르는 데서 둘은 영원히 행복하게 살았다……, 뭐 그렇게 되면 좋겠는데 말이야."

"샌슨, 샌슨은 말이야. 멋져."

"나도 그게 고민이야."

샌슨은 우쭐한 목소리로 소곤거렸다. 위에서 듣고 있던 네리아는 살포시 웃더니 트라이던트를 아래로 내려 땅에 세우고 그것에 매달려 주루룩 미끄러져 내렸다. 재주도 좋아. 네리아는 창문 옆에 등을 기대더니 창문으로 머리를 내민 칼의 귀에 대고 말했다.

"그냥 내일 아침에 헤어지면 안 돼요, 칼 아저씨?"

"하슬러 씨와 에포닌 양 말이오?"

"예. 뭐……, 내가 돈 좀 낼게요. 두 사람 새출발할 자금 정도는 낼 수 있어요. 하슬러는 유명한 칼잡이였으니 어딜 가도 안전할 테고. 두 사람 조용히 보내주면 좋겠네, 좋겠네."

"글쎄. 네리아 양. 뭔가 착각하는 모양인데, 나로선 저 둘이 그걸 원한다면 특별히 강제할 권한은 없잖소? 하슬러가 우리 포로이거나 한 것도 아니고. 따라서 그건 저 사람들의 자유요. 그리고 네리아 양의 말마따나 도움을 주는 것은 네리아 양의 자유이고."

칼의 잔잔한 말에 네리아는 머쓱한 표정을 지었다. 음. 그러고 보니 하슬러의 입장이라는 것이 희한하군. 하슬러는 넥슨이 '버리고' 간 그의 종복이지. 말하자면 주종 관계에서 풀어줘 버린 것이고 우리에게 그에 대한 체포권 같은 것은 없다. 물론 따지고 들면 하슬러는 국왕의 적이고 따라서 우리의 공적이긴 하지만……. 운차이가 바로 그 점을 지적했다.

"반란자이지 않습니까."

어둠 속에서 들려온 운차이의 말은 그림자 사이로 부는 산바람 같았다. 낮지만 매서운 소리. 칼은 잠시 생각하는 표정으로 둘을 바라보다가 말했다.

"도둑을 교수대에 매다는 법은 있어도 도둑질할 때 쓰던 망치나 지렛대 따위를 매다는 법은 없잖소."

네리아가 갑자기 큭큭거렸다. 교수대에 대롱대롱 매달린 망치를 생각했겠지. 그러나 운차이는 웃지도 않고 말했다.

"하슬러는…… 도구가 아닙니다. 자유로운 의지를 가지고 넥슨의 말을 따른 자입니다."

"그걸 알아봅시다."

"예?"

바라크 전체는 거대한 한 채의 건물이지만 그 내부는 가운데를 이리저리 가로지르는 벽들로 구분되어 있었다. 우리가 제공받은 방은 여행자들이 쉬어가곤 하는 방으로 건초가 깔린 침대들과 작은 테이블, 그리고 벽난로 외엔 특별한 가구가 없었다. 그저 벽에 여러 개의 못과 선반이 있어 짐을 걸어두거나 얹어두게 되어 있는 것이 전부였다.

저장된 건초들(겨울 동안 바라크에서 키우는 말들의 식량으로 쓰기 위해 저장되어 있던 것들)이 풍부한 모양인지, 레인저 대원들은 우리들을 위해 침대에 새 건초를 깔아주었다. 길시언은 왕자라고 해서 특별히 대우할 필요는 없다고 점잖게 말했지만 레인저들의 대장은 겨울 여행에 나선 모든 여행객들은 응당 그런 대접을 받아야 하는 것이라고 말함으로써 길시언을 무안하게 만들었다.

어쨌든 레니와 에포닌은 길시언을 무안하게 만들었던 그 건초 위에 누워 잠들어 있었다. 그녀들은 벽난로에서 가장 가까운 침대 하나를 차지하고는 서로 바짝 붙은 채 지친 표정으로 잠들어 있었다. 그리고 네리아는 벽난로 바로 앞에 오도카니 앉아서는 두 소녀의 얼굴을 들여다보다가 고개를 돌려 테이블에 앉아 있는 하슬러의 얼굴을 올려다보았다.

하슬러는 피로한 시선으로 잠든 에포닌을 뚫어지게 바라보고 있었다. 테이블 맞은편에는 칼이 앉아서 하슬러와 에포닌을 번갈아 쳐다보았다. 레인저 대장에게 중부 대로를 지나는 피난민들의 동향에 대해 물어보러 간 길시언 이외에 다른 사람들은 모두 침대에 걸터앉거나 벽에 기대어선 채 테이블에 앉은 두 사람을 바라보고 있었다.

칼이 입을 열었다.

"하슬러 씨. 따님과는 이야기가 잘되었습니까?"

하슬러는 무안하게도 입을 다물고 있었고 칼은 잠시 턱을 긁적거렸다. 조금 후 칼은 다시 어렵사리 말문을 열었다.

"조금 전 두 분이 들어오던 모양을 보니 퍽 정겨워 보입디다만……."

조금 전 하슬러는 에포닌의 어깨에 손을 짚고 에포닌은 하슬러의 다리에 바짝 붙은 채 바라크 안으로 들어섰다. 그 모습은 칼의 말마따나 정겹다고 말할 수도 있겠지만, 에포닌은 바라크 안으로 들어오자마자 아무런 말도 하지 않고 침대에 몸을 눕혔고 하슬러 역시 그런 딸을 가만히 바라보다가 그냥 테이블에 앉았다. 그러고 나서 두 부녀는 지금까지 저 자세를 고집하고 있었다. 그게 정겹냐? 하슬러는 이번에도 입이 굳었다는 시늉을 했고 칼은 당혹스러워했다. 아프나이델이 갑자기 미소를 지어 고개를 돌려보니 제레인트가 칼에게 응원을 보내는 장면이 눈에 들어왔다. 제레인트는 두 팔을 휘두르며 입모양만으로 외치고 있었다. '과묵하다고 해서 어려워할 필요 없어요! 칼! 저 사람은 도움을 필요로 할 겁니다! 밀어붙이는 겁니다!' 그 흥분된 얼굴을 보다가 난 급하게 입을 틀어막음으로써 터져나오려는 웃음을 막았다.

제레인트의 응원에 고무되었는지, 아니면 다른 말할 구실이 생각난 것인지 칼은 입을 열었다.

"그래, 앞으로 어쩔 생각입니까, 하슬러 씨? 당신의 상사이자 친구였던 조나단 아프나이델 경비 대장께서 나에게 말씀하시길……."

"대장님은 잘 계시오?"

하슬러의 퉁겨나는 듯한 질문에 칼은 잠시 당황했다.

"예? 아, 잘 있습니다. 당신과 따님에 대해 걱정을 많이 하시는 것처럼 보였습니다만. 어쨌든 그분은, 당신과 에포닌 양이 어딘가 평화롭고 조용한 땅을 골라 정착하길 바란다고 말씀하셨습니다. 당신의 불행은 하나같이 당신 책임 밖의 일이었고, 당신은 너무 오래 미뤄두었던 행복을 되찾아야 한다고 하시더군요."

하슬러는 고개를 숙이더니 좌우로 흔들었다. 느릿하고 작은 동작이었지만 절망적인 분위기가 물씬 풍기는 무거운 동작이었다.

하슬러는 한참 후에야 여전히 고개를 숙인 채 말했다.

"사람이 옛이야기처럼 살 수는 없소."

"글쎄요. '그리고 모두 행복했답니다…….', 그건 내가 좋아하는 이야기의 결말이고 가능성도 있다고 봅니다만."

"내 딸에게 도망자의 생활을 선물하란 말입니까."

"……물론 당신은 반란자였고 남은 여생 동안 법망을 피해다니며 살아야 할지도 모르지요. 아니, 아마 그게 확실할 거라고 생각되오. 하지만 당신은 뛰어난 전사고 대륙의 서부는 아직도 미개척지나 마찬가지지요. 황혼의 고향으로 달아난다면 추적의 손길을 걱정할 필요는 없다고 생각되는데."

"내 딸의 장래는?"

"따님은 그 아버님을 필요로 합니다. 지금으로선 에포닌 양에게 그것보다 더 큰 선물을 줄 수는 없다고 봅니다. 에포닌 양의 장래는 그녀의 책임입니다. 그리고 장래를 걱정할 정도가 될 때면 이미 많은 시간이 지났을 겁니다. 시간이 베푸는 망각의 선물은 만인에게 평등합니다. 하슬러 씨의 일은 잊혀지겠지요."

칼은 그 짧은 몇 마디를 꺼내놓느라 힘을 다 소진한 것처럼 다시 입을 다물었다. 칼은 잠시 테이블에 팔을 기댄 채 하슬러를 바라보다가 한숨을 쉬며 의자에 등을 기대었다. 그는 팔짱을 끼면서 말했다.

"그럼 어쩔 생각입니까? 하슬러 씨."

하슬러는 대답하지 않았고 네리아의 눈이 올라가기 시작했다. 네리아는 벽난로 앞에 깔린 털가죽에 앉은 채 두 다리를 무릎 밑에 모은 자세로 말했다.

"이봐요, 당신. 지금 무슨 생각을 하고 있는 거죠? 혹시나 넥슨을 끝까지 도와서 반란을 성공시켜 출세해 보겠다는, 그래서 에포닌을 레이디로 만들겠다는, 뭐 그런 생각을 하고 있는 거라면 관두시라고 말하겠어요."

하슬러는 우울한 눈빛으로 네리아를 바라보았다. 네리아는 다시 다리를 좌우로 내리더니 무릎에 손을 짚고는 말했다.

"당신 말고는 다 잘 아는 사실인데, 넥슨은 이제 글렀어요. 그 멍청이 자크도 그것을 잘 알고 있었잖아요."

자크의 이름을 말할 때 네리아의 목소리에서 희미한 떨림 같은 것이 느껴졌다. 하지만 그것은 나타났던 것만큼이나 희미하게 사라졌고 네리아는 계속해서 또랑또랑한 목소리로 말했다.

"그리고 에포닌은 레이디엔 관심없었어요. 그대로 할슈타일 가에 눌러앉아 있었으면, 흠, 기분이야 좀 나빴겠지만 그래도 할슈타일 가문의 영애로서 좋은 가문에 시집도 가고 장차 레이디라고도 불렸을 거예요. 하지만 에포닌은 거기서 나왔잖아요? 당신이 아빠라면 딸의 마음은 이해해야 되잖아요?"

가슴이 뻥 뚫리는 느낌이다. 칼의 점잖은 입으로는 나오지 않았을 시원시원한 말들이 날 상쾌하게 만들었다. 하슬러는 변함없는 표정으로 네리아를 바라보고 있었지만 그의 눈은 조금씩 깜빡거리기 시작했다.

네리아는 갑자기 발딱 일어서더니 침대로 다가갔다. 네리아는 한 손을 펼쳐 누워 있는 에포닌을 가리켰고 하슬러의 얼굴에선 마치 메두사의 얼굴이라도 보는 듯한 딱딱한 공포가 나타났다. 네리아는 잠든 에포닌의 얼굴을 가리키며 말했다.

"당신 딸이에요. 시대의 풍운아나 위대한 반란자 같은 아버지는 관심없는, 그저 아빠라 부를 수 있는 사람으로서의 아버지를 원하는 딸이라구요. 내 말 이해 못하겠어요?"

하슬러의 머리가 조금 좌우로 흔들렸다. 이해하오. 그러자 네리아는 두 손을 허리에 얹고서는 말했다.

"그럼 뭐가 어려워요? 얼굴 좀 뜯어고쳤지만 에포닌은 아빠를 알아보아요. 아까 당신이 입을 열자마자 에포닌이 당신을 알아본 것 기억하지요? 그럼 그것도 문제가 안 돼요. 조용한 곳에 숨어서 머리를 식히면서 당신의 책임을 다하라구요. 에포닌의 아빠로서의 책! 임!"

네리아의 입에서 나온 책임이라는 말은 형체를 가지고 허공을 떠다니는 것 같았다. 그래서 잠시 아무도 말을 꺼내지 못하는 침묵의 시간이 지나갔다.

하슬러는 힘겹게 입을 열었다.

"난 이미 아버지이기를 포기한 자요. 협박에 몸을 사렸고, 더러운 욕망에 내 자식들을 내어준 자요."

"그럼 시정해요!"

네리아의 대답은 눈깜짝할 사이에 나왔다. 그러나 하슬러의 대답은 더욱 느려졌다.

"무슨 말인지 잘 아오……. 하지만 주인님을 포기할 순 없소."

"넥슨 휴리첼 말입니까?"

제레인트가 갑자기 끼어들자 고함을 빽 지르려던 네리아는 입을 다물었다. 하슬러는 피로한 눈으로 제레인트를 바라보았고 제레인트는 고개를 갸웃거리며 말했다.

"글쎄요? 당신은 지금 자신을 300년 전의 할슈타일 공과 착각하고 있는 것 아닙니까? 주인이 어떤 지경이든 끝까지 주인으로 모신다는……. 그런 말입니까?"

"그 기사 멍청이와는 비교하지 마시오!"

하슬러를 알게 된 이후로 이토록 분노하는 모습은 처음 보았다. 그의 목소리는 나지막했지만 제레인트의 입을 단숨에 얼어붙게 만들 정도로 처절했다. 제레인트는 입을 벌린 채 하슬러를 바라보았고 하슬러는 찡그린 표정으로 테이블을 노려보았다.

잠시 후 칼이 조심스럽게 말했다.

"당신의 주인은 당신이 떠나기를 원한 걸로 알고 있소만."

"압니다. 하지만 충성은 나의 것이고 복종도 나의 것이오."

칼은 하슬러의 찌푸린 이마를 바라보며 말했다.

"왜 그를 그토록 따르려는 겁니까. 그가 이루어주기로 약속했던 당신의 소망은 도대체 무엇입니까?"

하슬러가 고개를 홱 들어올렸을 때 나는 그의 이글거리는 눈빛을 보고 숨을 들이마셔야 했다. 그는 짓씹어 뱉듯이 말했다.

"할슈타일의 패망. 그 피의 단 한 방울도 남기지 않는 완전한 파멸!"

칼은 다시 입을 열기 위해서 꽤나 많은 시간을 소비해야 했다. 하슬러의 지독한 분노의 여파는 저 두려움 모르는 드워프의 노커 엑셀핸드마저도 아연실색하게 만들었으며, 엑셀핸드는 창백한 표정으로 하슬러를 훔쳐보고 있었다. 칼은 말했다.

"내가……, 당신의 분노를 이해한다고 말한다면 그건 말이 안 되는 소리겠지요."

하슬러는 이글거리는 눈으로 칼을 바라보았다. 칼은 눈길을 회피하면서 어색한 목소리로 말했다.

"아프나이델 공에게……, 당신의 아내 이야기를 들었습니다. 당신이 할슈타일에 대해 증오하는 것은 당연한, 극히 당연한 일입니다."

"당연하다라. 당신은 당신 입으로 말한 것도 제대로 이해하지 못하는 모양이군. 당신은 내 분노를 이해하지 못할 거라고 말했는데."

"……그렇습니다."

"내가 어떤 기분인지 말해 드리리까?"

하슬러는 갑자기 침대를 쏘아보았다. 어라? 갑자기 에포닌과 레니는 왜 저렇게 쏘아보는……, 레니? 하슬러는 의자에서 일어나더니 레니를 가리키며 무시무시한 목소리로 말했다.

"저 계집애는 할슈타일의 딸일 거요. 맞소?"

순간 네리아의 얼굴이 파랗게 바뀌었다. 네리아는 재빨리 침대 옆으로 달려가 에포닌과 레니를 가로막았다. 하슬러는 네리아를 쏘아보다가 앞으로 한 발 내딛었고 그러자 네리아는 하얗게 질린 얼굴로 하슬러를 올려다보았다. 그녀는 아랫입술을 꽉 깨물더니 두 팔을 좌우로 벌렸고 하슬러의 눈에서 불꽃이 튀었다. 그때였다.

"멈춰."

벽에 기대어 꼼짝않고 서 있던 운차이의 몸에서 그 입만 살아 있는 것처럼 말소리가 들려왔다. 운차이는 기대선 자세를 조금도 움직이지 않은 채 무표정한 얼굴로 하슬러를 노려보며 말했다.

"허튼 짓 할 생각 마라."

하슬러는 희한한 것을 본다는 듯이 운차이를 바라보았다.

"내가 하려 들 때 날 막을 수 있을 것 같은가."

그러나 운차이의 무표정한 얼굴은 여전했다. 여전히 그의 얼굴에선 입술만이 외롭게 움직였다.

"'핫소드 그란'이라고 불렀다더군."

순간 운차이의 입술에서 사납고도 냉혹한 미소가 떠올랐다.

“북부의 미련한 곰들 사이에서 그렇게 불렸다는 것, 나한텐 안 통해.”

하슬러는 피식 웃었다. 그는 테이블에 앉으며 운차이는 바라보지도 않은 채 말했다.

“네 과대망상은 타이밍을 잘 맞췄다. 난 지금 아무 짓도 할 생각이 없으니까.”

누가 한숨을 쉰 것일까? 아프나이델 아니면 그 옆에 앉아 있던 샌슨일 텐데. 내 한숨소리가 너무 커서 다른 사람의 한숨까지 들을 수가 없잖아. 하슬러는 테이블에 앉으면서 칼에게 말했다.

“난 지금 저 계집애가 내 딸과 함께 누워 있다는 것조차도 참을 수 없는 기분이오.”

“레, 레니 양에겐 아무런 잘못도…….”

질려 있던 칼의 입에서 힘들게 말 비슷한 뭐가 새어나왔다. 하슬러는 아무런 대답도 하지 않았고 칼은 입술을 깨물고는 크게 심호흡을 했다. 인간이 뿜어낸 것이라고는 믿을 수 없는 공포에 사로잡혔다가 간신히 풀려난 네리아는 훌쩍거리기 시작했고 운차이는 그런 네리아를 보며 눈살을 찌푸렸다. 아프나이델이 서툴게 그녀를 위로하기 시작했을 때 하슬러는 말했다.

“그렇소. 난 할슈타일의 이름이 붙은 핏줄은 한 명도 남김 없이 죽여버리고 싶소. 그가 내 가족에게 한 짓을 생각하면 나도 그 가족에 대해 증오를 느낀다는 것, 전혀 이상하게 느껴지지 않습니다.”

“그러나……, 그러나 어떻게 하겠다는 겁니까. 당신의 증오가 망칠 수 있는 것은 당신의 몸뿐일 거요. 당신이 아무리 발버둥치더라도 후작을 어떻게 할 수는 없을 텐데. 그리고 넥슨이라 하더라도 지금 상황에선 후작을 어떻게 할 수 없소. 현실을 생각해야 하지 않겠습니까?"

"내가 현실을 생각했다면 반란에 끼어들지도 않았소!"

칼의 입이 굳어버렸다. 하슬러는 불길을 토하듯 말했다.

"할슈타일은 내 발 앞에 비굴한 생명을 던지게 될 것이오. 그렇게 만들겠소."

"그를 용서할 수 없습니까."

조용한 목소리가 들려왔다. 고개를 돌리니 그곳에는 서툰 동작으로 네리아를 위로하던 아프나이델이 있었다. 아프나이델은 여전히 네리아만을 바라보고 있었지만 그가 말한 것이 틀림없다. 하슬러는 말했다.

"용서하라고?"

아프나이델은 네리아의 어깨를 조금 쓸어주고는 천천히 몸을 일으켰다. 그는 조용히 몸을 돌려 하슬러를 바라보았다. 하슬러의 타오르는 눈빛에 맞서, 아프나이델은 고개를 약간 숙이고 잔잔한 목소리로 말했다.

"그렇습니다."

"왜 그래야 되지?"

"저 또한 용서를 받은 자일 뿐 누굴 용서해 본 적은 없기 때문에 정확하게 말씀드릴 순 없습니다만……, 유피넬의 저울대가 곧다고 말하는 이유가 뭐겠습니까?"

아프나이델의 조용한 어투는 하슬러로 하여금 원래의 침묵으로 돌아가게 만들었다. 아프나이델은 잠시 고민하는 표정을 짓더니 제레인트를 가리키며 말했다.

"제레인트 씨에게 물어볼까요."

"예? 예? 저요?"

모든 사람들의 눈길이 그에게 쏠리자 제레인트는 당황한 목소리로 대답했다. 아프나이델은 고개를 끄덕이며 말했다.

"언짢은 기억일지 모르겠습니다만, 넥슨 휴리첼 씨는 언젠가 제레인트 씨를 죽이려고 했습니다. 기억합니까?"

어, 어? 그렇군. 대미궁에서 제레인트는 넥슨에게 죽음을 당할 뻔했다. 드래곤 로드가 아니었다면 분명히 죽었을 것이다. 제레인트는 눈을 동그랗게 뜨면서 말했다.

"아니, 그거야……, 당연히 기억하지요. 독특한, 겪기 어려운 경험이니까요. 하하."

"그럴 테지요. 그런데 오늘 저녁, 당신은 그에게 아무런 분노도 표현하지 않더군요."

조금 전과 다른 눈빛이 제레인트에게 집중되었다. 제레인트는 뒷머리를 긁기 시작했고 아프나이델은 미소를 지었다.

"당신은 그를 용서한 것으로 보입니다만."

"예……. 굳이 말하라면, 뭐 그런 거겠지요."

"어떻게 그럴 수 있었습니까. 당신을 죽이려고 했던 자를 말입니다."

"내가 워낙 고매하고 자비로운 성품을 가졌기 때문에? 이봐요, 엑셀핸드. 다른 사람이 말할 때 그런 식으로 웃는 것은 좋은 일이 아니라구요. 좀 그쳐주시겠습니까? 아, 고맙습니다. 뭐, 에, 특별히 증오를 느낄 필요가 없었다고 말하면 설명이 될까요?"

"설명해 주십시오, 프리스트."

아프나이델은 정중하게 말했고 제레인트는 크게 당황한 표정이 되었다. 제레인트는 다시 뒷머리를 마구 긁어대더니 말했다.

"뭐, 그의 변한 모습을 보았기 때문이지요."

"변한 모습이오?"

"예. 신이 우리를 굽어살피시긴 합니다만, 우리 자신이 신인 것은 아닙니다. 우리는 인간이고 그래서 실수를 하고 죄를 짓습니다. 하지만 우린 우리들이 달라질 것을 알지 않습니까? 우리 수명이야 짧다면 짧지만, 사실 굉장히 오래 사는 거라고 보는데요, 엑셀핸드! 그런 식으로 웃지 말라니까요! 어, 그 긴 시간 동안 변화가 일어날 시간은 충분하고, 그러니 우리는 서로를 용서하는 법입니다. 그게 신과 인간의 가장 큰 차이인걸요."

"가장 큰 차이라구요?"

"예. 신은 변화할 수 없지만 인간은 변화할 수 있지요."

잔잔한 감동이 방 안을 가득 메웠다. 죽을 수 없는 신은 우리를 부러워할까. 변화할 수 없는 신은 우리를 동경할까.

"신은 무한하고 따라서 불변한 존재입니다. 변화하면 신이 아니시죠. 그러나 인간은 변화할 수 있습니다. 그리고 우리는 다른 인간을 대할 때 상대가 변화할 줄 아는 인간이라는 것을 기억해야 합니다. 뭐, 그런 정도면 설명이 될지요."

"물론 설명이 됩니다. 감사합니다. 프리스트."

아프나이델은 여전히 정중하게 말했고 제레인트는 크게 당혹한 표정으로 웃었다. 아프나이델은 다시 하슬러를 바라보며 말했다.

하슬러는 침중한 표정을 한 채 테이블을 바라보면서 말했다.

"할슈타일이 개심하기를 바라란 말이오?"

"어렵습니까?"

하슬러는 천천히 고개를 들었다. 그는 방 안에 있는 사람들을 한 번씩 바라보았다. 운차이를 제외한 나머지 사람들은 모두 그의 형형한 눈빛에 고개를 돌리고야 말았다.

하슬러는 두 손을 들어 천천히 머리를 뒤로 쓸어넘기더니 물에 빠진 개처럼 몸을 부르르 떨었다.

"내 주인도 당신들을 용서했지."

하슬러는 쉰 목소리로 그렇게 말하더니 고개를 가로저었다.

"하지만 내 주인도 바이서스와 할슈타일은 용서하지 못했소."

칼은 진지한 표정으로 말했다.

"당신 주인이……, 왜 그리 바이서스와 할슈타일을 증오하는지, 당신은 말해 줄 수 있소? 그것은 당신 주인이 말하던 그 여덟 별이라는 것과 무슨 관련이 있는 거요?"

"관련? 모든 것은 여덟 별과 루트에리노의 마법의 가을에서 비롯되었소."

하슬러는 냉정한 얼굴로 이야기를 시작했다. 우리들은 하나둘 그의 이야기 속으로 빨려들어 갔다.

2

탁탁탁탁탁.

핸드레이크는 무서운 기세로 계단을 달려 내려갔다. 순간적으로 계단 따위 집어치우고 단숨에 텔레포트해 버리고 싶은 유혹을 느꼈지만 꾹 눌러 참으면서 두 다리만 사용해서 지하로 내려갔다. 핸드레이크는 상대가 자신을 가로막도록 만들고 싶었다. 그래야만 이 침입을 정당화할 수 있을 것이므로. 다른 한편으로는 과연 저들이 자신, 핸드레이크를 막을지 알아보고 싶기도 하였다.

지하실의 음습한 냉기가 피어올라 그의 입에선 하얀 입김이 새어나왔다. 계단을 다 내려온 핸드레이크는 커다란 철문을 응시했다. 그 앞에는 두 명의 기사, 일스와 허즐릿이 문을 지키고 서 있었다.

"서라, 누구냐?"

일스와 허즐릿은 대단한 속도로 계단을 내려온 자를 향해 각자의 검을 뽑아들었다. 그러나 침입자가 조용히 서 있는 것을 보고서 허즐릿은 바닥에 놓여 있던 램프를 위로 들어올렸다. 램프 불빛에 드러난 핸드레이크의 차가운 얼굴에 허즐릿은 숨막힌 신음을 흘렸다.

"핸드레이크 공? 아니, 여긴 어떻게……."

핸드레이크는 입술을 깨물었다. 일스와 허즐릿이 문을 가로막고 있는 것이라면 사태는 불을 보듯 뻔한 것이다. 잔뜩 짓눌린 목소리가 핸드레이크의 입술 사이로 새어나왔다.

"당신들이 수문장 노릇을 하고 있다면, 문 뒤에 있는 것은 뭘까."

허즐릿은 당황한 표정으로 핸드레이크의 시선을 피했다. 그러나 일스는 검을 여전히 핸드레이크의 심장으로 겨눈 채 싸늘하게 말했다.

"돌아가시오, 핸드레이크."

"그래야 할 이유를 세 가지만 대보시오."

"말장난하고 싶은 기분도, 그럴 상황도 아니오. 당신더러 이곳에 와달라고 한 사람은 아무도 없소. 돌아가시오."

핸드레이크는 거칠게 말했다.

"와달라고 한 사람도 없지만 오지 말라고 한 사람도 없어. 아니, 말을 정정해야 되겠군. 오지 말라고 말하는 자가 있다면 없애버리겠어."

일스의 검끝이 흔들리기 시작했다. 공포 때문이 아니다. 그가 마음을 결정함에 따라 교묘하게 흔들리는 검끝으로 상대의 시야를 어지럽히는 고급 기술이 자연스럽게 나오기 시작한 것이다. 단련된 전사 일스. 그는 지금 '핸드레이크를 죽일' 심산인 것이다.

사태를 보고 있던 허즐릿이 기겁한 목소리로 말했다.

"핸드레이크 공! 당신이 불쾌하게 생각할 것은 잘 알지만 우리는 아무도 들어오지 못하게 하라는 대왕의 명령에 따라 이곳을 지키고 있는 것이오. 대왕께서 당신마저 막을 생각은 아니시겠지만, 우리는 자의로 대왕의 명령을 해석할 수는 없소. 그러니 부디 돌아가 주시오."

허즐릿은 팔을 좌우로 펼쳐보이면서 간곡하고도 부드럽게 말했다. 그러나 핸드레이크의 싸늘한 얼굴은 변함이 없었다.

"조금 전 위대하신 일스 공이 말씀하셨듯, 말장난할 기분도, 그럴 상황도 아니오. 난 안에서 당신네들이 뭘 하고 있는지 봐야겠소. 검을 검집에 꽂은 채 죽겠소, 아니면 손에 들고 죽겠소?"

이 폭언은 허즐릿의 입을 딱 벌리게 만들었고 일스로 하여금 사나운 고함을 지르며 달려들게 만들었다.

"히야압!"

일스의 검이 무서운 속도로 핸드레이크의 심장으로 파고들었다. 그러나 다음 순간, 일스의 검은 어디론가 사라져버리고 중심을 잃은 일스는 무릎을 호되게 땅에 부딪혔다. "큭!" "우아아!" 허즐릿은 비명인지 기합인지 구분하기 어려운 소리를 지르며 핸드레이크에게 달려들려고 했지만 순간 그의 몸은 허공에서 덜커덩 멈추고 말았다. 그리고 다음 순간 허즐릿은 거꾸로 벽 쪽을 향해 날아가 버렸다.

"아아아!"

콰광! 벽에 부딪힌 허즐릿은 비명도 지르지 못했다. 그저 눈을 찢어져라 부릅뜬 채 앞만 노려보고 있었다. 혀를 깨물어버렸는지 그의 입에선 가느다란 핏줄기가 흘러내렸다. 땅에 쓰러져 있던 일스는 욕설을 내뱉으며 대거를 뽑아들어 핸드레이크를 찌르려 했지만, 다음 순간 폐부가 갈라지는 듯한 비명을 지르고 말았다.

"으으아아아! 내, 내 팔! 우아아!"

일스는 팔꿈치까지 시커멓게 타들어간 자신의 팔을 부여잡으며 바닥을 뒹굴었다. 그 광경을 보던 허즐릿은 피 섞인 함성을 지르며 벽에서 몸을 떼어내려고 했지만 그의 몸은 벽에 완전히 달라붙어 미동도 하지 않았다. 핸드레이크는 일스를 내려다보며 말했다.

"기사답게, 주군의 명령을 끝까지 수행하시오. 우정을 맹세한 전우와 함께."

말을 마친 핸드레이크는 손을 휘저었고 일스는 그대로 날아가기 시작했다. 팔을 허우적거리며 날아간 일스는 철문을 사이에 두고 허즐릿의 반대편 벽에 달라붙었다. "크헉!" 두 명의 기사는 마치 문의 좌우에 새겨진 조각처럼 자리잡았다. 허즐릿이 턱턱 막히는 숨소리를 내면서 뭐라고 말하려 했지만 핸드레이크는 두 기사에겐 관심도 두지 않은 채 문으로 다가섰다. 두 손으로 문을 밀어붙이려던 핸드레이크는 잠시 주춤했다.

"마법이?"

핸드레이크는 고개를 돌려 벽에 붙어 있는 일스를 쏘아보았다. 일스는 팔이 타들어가는 고통 속에서도 히죽거리며 말했다.

"더, 더러운…… 마법이 걸려, 이, 있지. 크흑! 미친 개는, 미친 개로 사, 상대하는 법……."

핸드레이크는 단번에 일스의 목을 비틀어버리고 싶은 충동을 억누르기 힘들었다. 그는 주먹을 부르르 떨다가 철문을 쏘아보았다. 그의 입술이 조금 달싹거리고 나자 곧 육중한 철문이 부르르 떨리기 시작했다. 허즐릿은 눈이 튀어나올 정도로 놀라 철문을 바라보았다. 무게가 수천 파운드는 될 저 철문이 마치 풀피리처럼 부르르 떨리고 있는 것이다. 곧 이어 문에서는 강렬한 폭음이 들려왔다. 꽈과과광!

"맙소사……!"

벽에 붙어 있던 허즐릿은 신음을 흘렸다. 조금 전까지 핸드레이크의 앞을 가로막던 철문은 종잇장처럼 구겨져 나뒹굴고 있었다. 핸드레이크는 거침없이 안으로 들어섰다.

저벅저벅.

벽에 띄엄띄엄 걸려 있는 횃불이 으스스한 빛을 던지고 있었다. 핸드레이크는 무서운 눈으로 앞을 쏘아보며 걸어갔다. 그가 걸어감에 따라 그림자가 어지럽게 겹쳐졌다 사라졌다를 반복했다.

인간의 솜씨다. 주위를 둘러보던 핸드레이크는 확신을 굳혔다. 이것은 드워프의 솜씨가 아니라 인간의 조악한 솜씨이다. 조악하긴 하지만, 그것은 저 드워프의 정교하고 화려한 손에 비추어볼 때 그러하다는 말이며 실제론 굉장한 건물이라고 해야 할 것이다. 그런데 언제부터 인간들이 이토록 거창한 지하 건축물을 만들 수 있게 되었을까?

잠시 후 핸드레이크의 앞에 세 갈래 길이 나타났다.

정면으로 통하는 길에 한 명의 기사가 서 있는 것이 보였다. 둘 사이의 거리가 열 발짝쯤으로 좁혀졌을 때, 저편에서 딱딱하면서도 차분한 목소리가 들려왔다.

"역시 당신이었군. 허즐릿과 일스는?"

질문을 던져온 것은 육중한 핼버드를 지팡이처럼 가볍게 짚고 선 라인버그였다. 핸드레이크가 일으킨 소란은 드워프가 아니라도 충분히 들을 수 있는 것이었다. 핸드레이크는 대답 없이 계속 걸어갔다. 라인버그 역시 꼼짝도 하지 않고 핼버드를 짚고 선 채 다가오는 핸드레이크를 쏘아보았다. 두 사나이 사이로 숨막히는 정적, 그리고 핸드레이크의 나직한 발소리만이 흘렀다. 그때였다.

"죽어랏!"

화산이 터지는 듯한 괴성과 함께 왼쪽 통로에서 무지막지한 도끼가 날아들었다. 캄드리는 일생 최고의 기세로 도끼를 휘둘렀고 매처럼 날카로운 그의 겨냥은 정확하게 핸드레이크의 머리를 치고 들어갔다. 휘이익!

그러나 도끼는 허공을 가로질러 벽에 부딪히며 맹렬한 불꽃을 튀겼을 뿐이다. 벽을 후려친 캄드리는 손목이 박살나는 고통을 느끼며 무릎을 꿇었다. 연기처럼 사라져버린 핸드레이크의 자취를 쫓으며 라인버그는 핼버드를 들어올렸다. 그의 눈이 빈틈없이 통로를 살폈지만 어디에도 핸드레이크의 모습은 보이지 않았다. 그때 캄드리를 부축하기 위해 왼편에서 모닝스타를 들고 뛰쳐나오던 멜다로가 라인버그를 흘긋 바라보았다. 라인버그는 멜다로의 얼굴이 새파랗게 변하는 것을 보았다. 멜다로는 비명을 질렀다.

"라인버그!"

순간 사태를 알아차린 라인버그는 머리카락이 곤두서는 것을 느꼈다. 의미 없는 비명을 던지며 몸을 날렸지만 이미 틀렸다는 생각을, 몸을 던져봐야 아무 소용이 없다는 느낌을 지울 수 없었다. 죽기 직전엔 일생이 순식간에 지나간다고? 헛소리. 콰당! 부딪히는 감촉도 못 느끼겠지.

그의 기대완 다르게 라인버그는 땅에 쓰러져 뒹굴었다. 땅은 확실히 있었고 부딪힌 몸은 엄청 아팠다. 그러나 라인버그는 재빨리 굴러일어나서는 핼버드를 낮게 휘둘러 몸의 중심을 잡고 자신이 서 있던 장소를 노려보았다. 그곳엔 핸드레이크가 천천히 몸을 돌리고 있었다.

"서라."

자신이 무슨 말을 하는지도 모르는 상태에서 라인버그는 짧고 강하게 말했다. 핸드레이크는 곧 멈춰 섰다. 그것은 명령을 이해해서였다기보다는 그 철저한 명령형, 아무런 불안도 의심도, 심지어 명령권자의 권위조차도 없는 완벽한 명령에 대한 반사 작용 같은 것이었다.

핸드레이크는 고개를 돌렸고 바로 그 순간 캄드리가 욕지거리를 뱉어내며 도끼를 집어던졌다. "으라야압!" 그러나 떨리는 팔로 집어던진 도끼는 과녁과 엄청난 거리를 둔 채 빗나갔고 핸드레이크는 꼼짝도 하지 않고 캄드리를 쏘아보았다. 그의 턱이 스르르 움직이자 모닝스타를 어깨 위로 들어올리려던 멜다로의 팔이 그대로 굳었다. 멜다로는 허옇게 질린 얼굴로 핸드레이크를 바라보며 뭐라고 말하려 했지만 아무런 말도 꺼내지 못했다. 그때 라인버그가 말했다.

"당신은 이곳저곳을 많이 돌아다니는 사람이니, 야만인의 기술도 배울 기회가 있었겠지. 남쪽 야만인의 눈빛을 다루는 기술 아니오?"

"살기라고 하지요."

"그렇소? 놀랍군. 전사들만이 그것을 다룰 줄 안다고 들었는데."

"정신을 단련하는 자들이 다룰 줄 아는 거요. 우리나라의 전사라면 그건 어렵겠지. 그런데, 날 계속 방해할 겁니까?"

"가시오. 우린 당신을 막을 수 없소."

"뒤를 치지는 않을 거라고 믿어도 되겠습니까?"

라인버그의 얼굴엔 상황에 어울리지 않는 불쾌감이 떠올랐다. 라인버그는 신음을 토하며 앞으로 달려나가려 드는 캄드리를 말리며 차갑게 말했다.

"기사답게 뒤를 치지는 않겠소."

핸드레이크는 찌푸린 눈을 한 채 입으로만 웃었다.

"당신들은 이미 내 뒤를 쳤지 않소. 날 빼돌리고 이런 어두컴컴하고 냄새 나는 쥐구멍에 모여드는 것으로써."

멜다로의 얼굴이 극도로 일그러졌다. 신성을 경배할 줄 알기에 기사도를 거의 신앙에 가깝게 승화시킨 기사 멜다로에게 이보다 더 큰 치욕은 없을 것이다. 그는 고개를 떨구었다. 그러나 그의 전우는 고개를 쳐들었다. 핸드레이크가 몸을 돌린 순간 캄드리는 더러운 욕설을 뱉으며 라인버그의 팔을 뿌리치고 앞으로 달려나갔다.

"핸드레이……!"

그러나 채 세 걸음도 딛기 전에 캄드리는 다시 비명을 지르며 쓰러지고 말았다. 쿠당탕. 라인버그가 짧은 비명을 질렀지만 핸드레이크는 여전히 등을 돌린 채 쌀쌀맞게 말했다.

"캄드리는 죽지 않았소. 기사로서의 캄드리로 말하자면 죽은 것보다 더 못하지만."

핸드레이크는 그대로 통로의 어둠 속으로 사라졌고 캄드리는 바닥을 후려치며 눈물 섞인 고함을 질러댔다. 그 옆에선 라인버그가 침통한 얼굴을 한 채 핸드레이크가 사라진 통로를 망연히 바라보고 있었다.

핸드레이크는 그대로 걸어갔다.

투닥, 투닥, 투닥.

단단하면서도 부드러운 발소리가 들려왔다. 거대한 생물, 그러면서도 민첩하고 부드러운 생물 특유의 가볍고도 육중한 발소리가 들려오기 시작했다. 잠시 후 핸드레이크의 앞쪽 허공엔 붉은 눈이 나타났다.

붉은 눈은 적어도 5큐빗 높이쯤 되는 곳에서 번뜩이고 있었다. 그 아래로는 가느다란 숨소리가 들려왔다. 지독한 냄새가 풍겨온다. 곧 그 생물은 지하 통로가 무너질 듯한 괴성을 질렀다.

"캬라라라라라!"

포효는 몇 초 정도였지만 메아리는 한참 동안이나 되울려 지하 통로를 가득 메웠다. 생물은 검은 두 팔을 좌우로 벌렸다. 벌린 두 팔에서 대거 같은 손톱이 불쑥 튀어나왔다. 손톱은 좌우의 벽에 긁혀 귀를 찢는 마찰음과 불꽃을 튀겼다. 까가가각!

"캬라라라라라!"

생물은 곧장 앞으로 달려들었다. 핸드레이크는 그대로 걸어갔다.

파아앗!

통로에는 핸드레이크만이 남았다. 조금 전과 달라진 것은 아무것도 없었다. 핸드레이크는 한결같은 속도로 앞을 향해 걸어갔다.

정면에 화려한 장식이 된 아치가 모습을 드러내며 그 아래로 장엄한 문이 나타났다. 핸드레이크는 아치의 장식들을 바라보며 고개를 가로저었다. 인간, 인간. 오로지 인간만이 새겨져 있었다. 검을 들고 포효하는 남자, 남자의 손에 이끌리는 아름다운 숙녀. 드래곤을 밟아죽이는 전사와 신의 진리를 깔아뭉개는 현자들의 모습.

핸드레이크는 거칠게 문을 밀어젖혔다. 실제로든 마법으로든 잠겨 있지 않은 문이었다. 문은 좌우로 퉁겨지며 불길한 충돌음을 길게 울렸다. 밀폐된 지하실이라 귀가 먹먹할 정도였다.

핸드레이크는 방 안을 쏘아보았다.

방 안의 광경은 더욱 어처구니없는 것이었다. 사면을 둘러싼 벽에는 화려한 태피스트리가 걸려 있었다. 태피스트리에는 상상할 수도 없이 화려한 그림들이 그려져 있었다. 땅을 파헤치는 인간, 바다를 정복하는 인간, 성탑 위에서 대지를 굽어보는 인간, 피의 전장을 달리는 인간, 인간을 노래하는 인간, 인간을 찬미하는 인간, 인간, 인간, 인간.

모든 장식과 조각에 반드시 나타나는 엘프, 드워프, 드래곤, 페어리 등의 모습은 전혀 나타나지 않았다. 아니, 드래곤은 있었다. 힘줄이 불끈 솟은 전사의 주먹엔 우스꽝스러울 정도로 축소되어 마치 날개 달린 강아지처럼 보이는 드래곤의 목이 거머쥐어져 있었다. 드래곤은 길게 혀를 빼문 채 늘어져 있었고 전사는 자신이 쥐고 있는 이 경이로운 전리품에 대해서는 싸늘한 시선 하나 보내지 않은 채 정면을 바라보며 미소짓고 있었다. 그리고 아름다운 숙녀는 그 전사에게 찬탄의 눈길을 보내고 있었다.

핸드레이크는 현기증을 느끼며 방 가운데를 바라보았다.

초록색 제단이 있었다. 푸른색 비단이겠지만 이 횃불 빛 아래에서는 불길한 초록색으로 보였다. 그리고 제단 주위엔 세 명의 인간과 한 명의 페어리가 있었다.

제단 앞에 서 있던 제로딘과 차넬은 검을 뽑아들고는 문 쪽을 바라본 채 서 있었다. 그리고 제단 뒤편에는 핸드레이크의 꿈의 성취를 지불하기로 하고 그의 인생을 산 자가 서 있었다. 핸드레이크는 그의 이름을 불렀다.

"루트에리노."

제로딘과 차넬은 기대한 말이 따라나오지 않자 잠시 당황한 표정이 되었다. 그러나 그들은 곧 분노한 얼굴로 검을 꼬나들었다.

하지만 핸드레이크는 그들의 얼굴은 바라보지도 않은 채 제단 뒤의 남자, 루트에리노 바이서스의 얼굴에서 시선을 돌려 제단 귀퉁이에 앉아 있는 페어리를 바라보았다.

"다레니안."

다레니안의 얼굴은 파리했다. 그녀의 뒤를 후광처럼 빛나게 했던 날개가 사라지고 나서 그녀의 얼굴에 미소도 사라져버렸다. 그러나 다레니안은 핸드레이크를 향해 힘들게 미소지어 보였다.

"안녕, 핸."

다레니안은 잠시 입을 다물었다가 다시 힘없이 웃으며 말했다.

"내 마법은, 당신 신발의 끈도 잡아당기지 못하는군."

핸드레이크는 다레니안의 얼굴을 오래 보고 있을 수 없었다. 그의 시선은 제단 위로 옮겨졌고, 거기엔 파괴된 보석들이 흩어져 있었다.

핸드레이크는 앞으로 한 걸음 내디뎠다. 그와 동시에 차넬이 헛기침을 뱉었다. 점잖은 헤게모니안족답게 협박의 말이나 욕설 등은 입에 담지도 않는 차넬로선 최고의 협박인 셈이다. 핸드레이크가 발걸음을 멈추고 차넬을 쏘아본 순간, 루트에리노의 입이 열렸다.

"검을 치워라. 제로딘, 차넬."

차넬은 곧 공손한 동작으로 검을 집어넣었다. 그러나 제로딘은 주춤거리며 말했다.

"전……"

"치우도록."

제로딘은 이를 악물었다. 마법사를 상대할 땐 눈 깜빡일 시간도 아쉽다. 그런데 검을 집어넣으라니. 그러나 제로딘은 천천히 검을 집어넣었다. 명예를 담은 그 얼굴이 자랑스럽다. 핸드레이크는 다시 앞으로 걸어가기 시작했다.

핸드레이크는 제단 앞에서 걸음을 멈추었다.

제단 위에는 보석의 파편들이 흩어져 있었다. 본래 휘황한 빛을 내뿜었을 이 보석들은 산산이 조각나 이제는 하찮은 돌멩이보다 못하게 보인다. 핸드레이크는 천천히 손을 뻗어 파편 하나를 집어들었다.

주위의 사람들은 제각기 다른 시선으로 묵묵히 파편을 쳐다보는 핸드레이크를 바라보았다. 차넬은 공손하면서도 종잡을 수 없는 눈으로 핸드레이크의 동작을 감상하듯이 바라보고 있었다. 제로딘은 핸드레이크의 동작 하나하나를 놓칠세라 눈을 부릅뜨고 쳐다보고 있었으며, 다레니안은 동정심 담긴 젖은 눈으로 핸드레이크를 올려다보았다. 그리고 루트에리노는…….

그는 피로한 음성으로, 하지만 흥분을 지울 수 없어 미미하게 떨리는 음성으로 말했다.

"핸드레이크."

"여덟 별 모두?"

핸드레이크는 여전히 파편을 바라본 채 말했다. 루트에리노는 입을 다물었고, 그러자 핸드레이크는 고개를 들어 루트에리노를 바라보았다. 그는 천천히 손가락을 구부려 파편을 움켜쥐면서 다시 말했다.

"여덟 별 모두를 파괴했습니까?"

"핸드레이크."

핸드레이크는 고개를 획 돌려 다레니안을 바라보았다. 다레니안은 그의 타오르는 눈빛을 담담히 받아내었다.

"당신이?"

다레니안은 젖은 눈으로 핸드레이크를 올려다볼 뿐 대답하지 않았다. 핸드레이크는 갑자기 광포해지려는 심정을 가다듬으며, 제단 위에 놓인 다레니안을 움켜쥐어 올리고 싶은 욕망을 억누르며 다시 한번 질문했다.

"당신이 이들을 도운 거요?"

다레니안은 천천히 고개를 끄덕였다.

"그래요. 내가 도와주었어요. 당신에 비하면 풋내기 마법사이긴 하지만, 그래도 나 역시 마나에 안겨 있어요."

"어째서요."

다레니안은 대답하지 않았다. 그녀를 바라보고 있던 핸드레이크의 눈썹이 점점 일그러지기 시작했다. 핸드레이크는 느닷없이 두 주먹을 들어올렸다.

"어째서! 으이익!"

쾅! 핸드레이크의 주먹은 다레니안의 바로 앞을 때렸다. 핸드레이크의 고함소리에 놀란 제로딘의 손이 칼자루 쪽으로 움직였다. 제로딘은 칼자루를 움켜쥐었다가 차넬이 꼼짝도 하지 않은 채 자신을 바라보고 있는 것을 깨달았다. 그는 얼굴을 붉히면서 칼자루를 놓았다.

핸드레이크는 제단을 짚고 선 채 머리를 떨어뜨리고 있었다. 그의 머리카락이 앞으로 늘어져 얼굴을 가렸지만 그의 어깨가 가늘게 떨리는 것은 모든 사람들, 그리고 페어리의 눈에 잘 들어왔다. 인생의 가장 중요한 목표가 처절하게 파괴되어 버린 것을 본 사내의 슬픔. 다레니안은 더 이상 날아오를 수 없게 된 자신의 처지를 비통하게 여기며 대신 걸어가서 핸드레이크의 주먹을 쓰다듬었다.

다레니안은 핸드레이크의 주먹 앞에 앉아서는 그 떨리는 주먹 위에 힘없이 상체를 엎었다. 핸드레이크는 자신의 주먹 위에 엎드린 다레니안을 내려보며 말했다.

"어째서 그런 거요……."

다레니안은 작은 얼굴을 들어 핸드레이크의 어두운 얼굴을 올려다보았다. 그림자가 진 그의 얼굴은 지독하게 어두웠다. 다레니안은 진저리를 치고 나서 말했다.

"당신이 여덟 별을 원하는 것은 잘 알아요, 핸. 당신이 얼마나……"

"어째서 그랬냐고 물었소."

더할 수 없이 차가운 질문. 다레니안은 고개를 떨구었다.

"으흐흑!"

다레니안은 갑자기 흐느끼며 다시 핸드레이크의 주먹 위에 엎드렸다.

"미안해요, 핸. 미안해요."

핸드레이크는 덜덜 떨리는 아래턱을 고정시키려 애쓰면서 두 손으로 다레니안을 감싸올렸다. 핸드레이크는 두 손바닥을 모아 그 위에 다레니안을 앉힌 채 가슴 앞으로 가져왔다. 제로딘과 차넬은 우울한 얼굴로 그 모습을 바라보았고 루트에리노는 고개를 돌려 외면했다.

자신의 가슴 앞에서 흐느껴 울고 있는 요정의 여왕을 바라보며, 핸드레이크는 가슴이 찢어지는 아픔을 느끼며 말했다.

"다레니안. 당신은 페어리의 여왕이오. 페어리족의 운명이 당신의……, 손에 달려 있소."

자칫하면 '날개에' 라고 말할 뻔했다. 핸드레이크는 이를 악물면서 되도록 침착하게 말하려 애썼다.

"당신은 많은 힘을 잃었소. 당신 한 개인으로서도 불행이지만, 당신 종족 전체로서도 불행이오. 그런데 왜 당신 종족을 번영하게 할 수 있는 힘을 포기한 거요?"

다레니안은 대답을 못했다. 흐느껴 우느라 대답을 할 수가 없는 것이다. 핸드레이크는 참담한 기분을 느끼며 손가락 끝으로 부드럽게 다레니안의 어깨를 어루만졌다. 그러다가 그는 고개를 들어 루트에리노를 바라보았다.

"어째서입니까."

루트에리노는 굳은 얼굴로 핸드레이크를 마주보았다. 핸드레이크는 다시 한번 질문했다.

"어째서입니까. 여덟 별을 파괴한 이유가 무엇이란 말입니까. 왜 인간들을 포기한 것입니까?"

"난 인간을 포기한 적 없네."

"그렇다면 왜! 왜 창조와 생성을, 악의 치유와 오롯한 즐거움을, 우리에게 발전과 사랑을 무상으로 영원히 선사할 힘을 파괴했다는 말입니까! 왜 우리가 신이 될 수 있는 길을 막아버렸단 말입니까!"

"여덟 별은 우리에게 공포와 억압을 줄 수도 있네. 드래곤 로드가 어떻게 우리를 다스렸는지를 자네는 잊었단 말인가?"

핸드레이크는 목에 핏대를 세우며 외쳤다.

"당신은 검을 무서워합니까!"

"무서워하네."

"뭐라구?"

핸드레이크는 한대 맞은 표정으로 루트에리노를 바라보았다. 루트에리노는 희미하게 웃으며 말했다.

"자넨 검을 쥐어본 적이 없으니 모를 테지. 검사는 검을 무서워하는 법부터 익혀야 하네. 그것은 돌이킬 수 없는 일을 미연에 방지하기 위해서도 필요한 행위지. 검을 무서워할 줄 모르는 자는 검사가 아니야. 칼잡이일 뿐이지. 자네에게 묻겠네. 자넨 마나를 무서워할 줄 모르는가?"

핸드레이크는 꼿꼿이 서 있었지만 정신적으로는 무릎을 걷어차인 기분을 느꼈다. 루트에리노. 드래곤의 억압 아래 내일의 의미를 잊은 채 살아가던 인간을 결집시키고 마침내 드래곤 로드를 북방으로 쫓아버린 남자. 그의 청춘을 가져다 쓴 남자. 그 위엄을 견디기 어려웠다. 그러나 핸드레이크는 이를 사려물며 말했다.

"당신의 말은 옳지만 당신 스스로가 당신의 말을 배신하고 있소. 검사는 검을 두려워할 줄 알기에 검을 허리에 찰 수 있는 것이오! 여덟 별이 악용되는 것이 무서워 파괴하다니, 그것은 검이 무서워 검을 차지 않겠다고 말하는 검사와 뭐가 다르단 말이오?"

루트에리노는 갑자기 몸을 움직였다. 그는 제단 위에 엉덩이를 걸치고는 편한 자세가 되었다. 한가로운 동작으로 제단 위에 흩어진 파편을 툭툭 건드리던 루트에리노는 조금 전 핸드레이크가 그랬듯이 그중에서 한 파편을 집어올렸다.

루트에리노는 파편을 눈앞으로 가져와 유심히 바라보면서 말했다.

"여덟 별은 너무나 무서운 힘일세."

핸드레이크는 입을 꾹 다물고 있었다. 그의 가슴을 움켜쥔 채 흐느끼고 있는 다레니안의 작은 떨림이 그의 신경을 미치도록 자극했지만 핸드레이크는 꾹 참으며 루트에리노를 바라보았다.

"왜 우리가 이런 힘을 가져야 되지? 우린 스스로 발전할 수 있네. 우리의 힘으로 우리의 내일을 개척할 수 있단 말일세. 내가 드래곤 로드를 물리치고 인간의 내일을 연 것은 여덟 별의 도움이 아니었네. 그리고 나의 자손들도, 인간의 자손들도 인간의 길을 스스로 개척하고 열어나가야 하네. 여덟 별의 도움이 아니라 그의 두 손으로……."

"헛소리!"

루트에리노는 고개를 번쩍 들어올렸다. 핸드레이크는 뭔가 단단한 것을 토해 놓듯이 말 한마디 한마디를 힘겹게 말했다.

"인간의 손으로? 인간만을 위해? 이 거창한 인간의 신전을 온 세계에 강요할 것이란 말이오?"

핸드레이크는 한 손으로 다레니안을 받쳐올린 채 다른 손을 휘저어 주위를 가리켰다. 루트에리노는 뚫어지게 핸드레이크를 쏘아보았다.

"그토록 작은 머릿속에 세계를 우겨넣고는, 세계를 마치 자신의 장난감처럼 대하겠다는 말이오? 제멋대로 세계의 치수를 재고! 제멋대로 세계의 무게를 재어! 제멋대로 세계의 가치를 매길 거란 말이오? 당신의 힘? 당신의 손? 웃기지 마시오! 당신은 당신의 손으로 드래곤 로드를 물리치고 인간을 구원했다고 믿고 있는 모양인데, 세상에 그런 지독한 과대망상은 처음 보는군!"

"핸드레이크!"

"입 닥치고 들으시오! 당신에게 말대답하라고 부탁한 적 없어!"

루트에리노는 그만 입을 다물었다. 핸드레이크는 미친 듯이 고래고래 고함을 질렀다.

"당신이 구원하긴 뭘 구원해! 당신은 세계의 가장 최상단에 위치하던 드래곤 로드를 없애버렸을 뿐이오! 정점을 없애버렸을 뿐이지 구조를 바꾸진 않았다구! 그리고 만일 당신이 그 위치에 들어갈 작정이라면 당신은 아무것도 바꾼 것이 없게 돼! 그 오랜 전쟁과 그 피가 모두 쓸모 없는 것으로 바뀌는 거야!"

핸드레이크는 다시 제단 위에 놓인 파편들을 가리키며 외쳤다.

"당신이 한 소행이 모두 똑같아! 당신은 없애기만 할 뿐이야! 없애고, 죽이고, 지워버리고! 드래곤 로드가 우리를 지배했기에 당신은 드래곤 로드를 쫓아버렸어! 여덟 별은 우리를 무한에 접근시킬 수 있을 테지만 당신은 그것을 파괴해 버렸어! 파괴, 파괴, 파괴! 당신은 생성과 치유를 알지 못해. 없애버릴 뿐이야! 질식할 것같이 지독한 현실만을 영원히 남겨두기 위해!"

"핸드레이크, 자넨 너무 흥분해서……."

핸드레이크는 거친 숨을 몰아쉬었지만 호흡을 고르지도 않고 곧장 루트에리노의 말을 잘라 들어갔다.

"유피넬은 저울을 들고 있지 검을 들고 있지 않아. 유피넬은 보다 큰 악에 대해 보다 큰 선을 베풀지, 악을 없애버리지는 않는단 말이야. 그러나 당신은 없애버릴 뿐이야. 악의 가치도 모르는 머저리!"

"핸드레이크, 자네!"

"천하에 둘도 없는 바보 같으니! 당신은 여덟 별을 파괴함으로써 불쌍한 여덟 종족을 영원히 위험에서 구출했다고 믿고 있겠지? 여덟 별이 다시 드래곤 로드 같은 자에게 들어가 그들을 억압하는 도구로 바뀔지도 모르는 위험에서 말이야. 따라서 당신은 자신이 여덟 종족으로부터 영원히 칭송받을 만하다고 믿고 있겠지? 그 둔해빠진 머리로 떠올릴 수 있는 생각이군!"

"핸드레이크! 더 이상 그 따위로 말한다면 나도 더 참을 수 없네!"

"계속 이 따위로 말할 테니까 잘 듣고 참아야 할지 말아야 할지 판단해! 하지만 경고하겠는데, 참는 편이 신상에 이로울 거야. 당신이 드래곤 로드에게 한 짓을 그대로 나 또한 당신에게 할 수 있어. 아니, 더 쉽지! 당신은 드래곤 로드가 아니니까."

루트에리노의 얼굴은 그저 굳어진 정도였지만 제로딘의 얼굴은 창백하게 바뀌어버렸다. 루트에리노 대왕은 핸드레이크의 도움이 있어서 간신히 드래곤 로드를 북녘으로 쫓아낼 수 있었다. 그러나 핸드레이크라면 손가락만 움직여서도 루트에리노 대왕을 없애버리고 이 나라를 차지할 수 있을 것이다. 제로딘은 다시 한 번 서서히 손을 칼자루로 옮겨가기 시작했다. 미친 듯이 흥분해서 떠드는 마법사라면, 제아무리 대마법사라 하더라도 전사의 공격을 막아낼 수 없을 것이다. 제로딘은 우울한 결과에 대해 예상하기 시작했다. 그러나 단련된 손길은 그의 고뇌에도 상관없이 지하의 어둠 속에서 뱀처럼 움직여 칼자루를 쥐었다.

핸드레이크는 외쳤다.

"왜! 왜 날 배신한 거요!"

루트에리노의 얼굴이 일그러지기 시작했다. 그는 제단에 한 손을 짚고 다른 손으론 이마를 감싸면서 어눌한 목소리로 말했다.

"자넬 배신한 것이 아니야. 우정은 친구의 잘못을 시정해 주는 것이고, 그것을 내버려두는 것이 바로 배신이야. 자넨 헛된 망상을 품고 있었어."

"그래? 그렇게 생각하시오? 그럼 왜 진작 내 잘못이라는 것을 시정해 주시지 않았지? 왜 드래곤 로드가 쓰러지고 바이서스가 건국될 때까지 날 내버려두고서는 이제야 내 잘못이라는 것을 시정해 주시겠다는 거지? 그 동안은 날 이용하기 위해서? 그렇다면 그 우정이라는 것 정말 유용하군. 필요에 따라 표현될 수도, 되지 않을 수도 있는 우정이군?"

루트에리노는 괴로운 표정을 지었다. 뭐라 해도 그가 핸드레이크를 이용했다는 비난에 대해서는 할말이 없었던 것이다.

드래곤 로드의 신비스러운 지배를 연구하던 젊은 마법사 핸드레이크는 신이 지상을 떠나기 전, 지상에 남겨진 종족을 위해 베푼 마지막 선물인 여덟 별에 대해 밝혀냈다. 그것은 순전히 미약한 증거와 그의 사고의 도약 속에서 만들어진 가설이긴 했지만 핸드레이크는 젊은이 특유의 무모함으로 자신의 가설을 신뢰했다. 바로 이 여덟 별이 드래곤 로드의 지배의 근간이었다. 드래곤 로드는 막강한 힘과 공포는 가지고 있었지만 지상의 모든 것에 대한 오롯한 지배는 그 개인의 힘과 공포로는 이루어지지 않는다. 여덟 별이야말로 그의 지배의 신비였던 것이다.

젊은 이상주의자 핸드레이크는 미칠 것 같았다. 그는 이 여덟 별이 신의 마지막 선물, 남겨진 종족들이 신이 될 수 있는 마지막 기회임을 깨달은 것이다. 만일 여덟 별만 손에 넣는다면 모든 종족은 상상할 수도 없는 번영과 행복, 상호 이해를 구가할 수 있을 것이다. 만일 여덟 별을 손에 넣으면 엘프와 드워프도 더 이상 반목하지 않게 될지도 몰랐다. 심지어 오크도 인간의 친구가 될지 모른다! 여덟 별은 모든 것을 약속할 수 있었다. 그것은 그 종족의 가치관과 내일을 좌우할 수 있기 때문이다.

그러나 그의 힘만으로 드래곤 로드에게서 이 여덟 별을 강탈할 수는 없었다. 그런데 놀랍게도 바로 이때, 그는 중부 대로의 원정에서 저 유명한 만남, 즉 하루 동안 세 번에 걸쳐 루트에리노와 만나게 되는 일을 겪는다. 당시 루트에리노는 훗날 여덟 별로 불려질 기사들 중 우타크와 차넬을 만나기 위해 중부 대로를 왕복하고 있었다. 세 번째 만났을 때, 루트에리노는 핸드레이크에게 흉금을 털어놓게 되었다.

핸드레이크는 지배와 피지배의 관계에 대해서는 별로 개념이 없었다. 핸드레이크는 그보다는 다른 종족들로 하여금 서로를 이해하고 반목 없는 번영을 구가하게 할 수도 있는 힘을 자신의 지배를 위해 사용한다는 이유로 드래곤 로드를 증오했다. 그리고 루트에리노는 인간을 지배했기 때문에 드래곤 로드를 증오했다.

그 성격은 달랐지만 루트에리노와 핸드레이크는 증오의 대상이 같았고, 그들은 손을 잡을 수 있었다. 루트에리노는 핸드레이크에게 여덟 별의 소유권을 약속했고 핸드레이크는 대신 클래스 9의 마스터인 자신을 통째로 루트에리노에게 건네주었다. 그러나 그 약속은 거짓이었다. 루트에리노는 핸드레이크로부터 그 여덟 별에 대한 이야기를 들었을 때부터 그것을 파괴할 생각을 가지고 있었으므로.

그렇다. 이것은 우정에 대한 배신이고 신뢰를 도구로 이용한 것이다. 루트에리노는 가슴 아팠지만 내색하지 않았다. 오히려 그는 여덟 기사들에게 여덟 별의 추구자라는 이름까지 붙여서 핸드레이크를 믿게 만들었다. 철저한 기만.

그리고……, 긴 시간, 그 수많은 유혈과 고통의 세월. 무수한 영웅의 승리와 무수한 영웅의 몰락. 비극과 더 지독한 비극들을 지나서, 마침내 루트에리노는 드래곤 로드를 몰아내고 인간의 속박을 풀어주었다. 실로 수백 년 만에 인간은 드래곤 로드의 인간이 아니라 인간의 인간으로서 대지를 밟고 설 수 있게 되었다.

이것을 왜 모른단 말인가!

루트에리노는 슬픈 눈으로 핸드레이크를 바라보았다.

"자넬 이용했다는 것은 부인하지 않겠네. 내 생각과 자네의 생각이 달랐지만 난 그것을 말하지 않았지. 하지만 난 다시 한번 그 이름으로 부르겠네, 친구여!"

핸드레이크는 루트에리노의 부름에 대한 대답으로 죽일 듯한 시선을 보내었을 뿐이다. 루트에리노는 흠칫했다. 문득 루트에리노는 저 황량한 암흑의 들판에서 드래곤 로드와 맞서 싸우던 때를 떠올렸다. 그때도 이와 같은 공포를 느꼈다. '아냐.' 루트에리노는 이를 악물었다. '그때보다 더한 공포다.'

"친구여. 제발. 난 인간이 세상의 왕노릇하기를 바란 적은 없네. 단지 우리들 모두가 스스로의 손으로 일어서길 바랐을 뿐이야. 드래곤 로드의 지배하에서도 평화는 있었네. 마법은 발달했고, 삶에 불편은 없었어. 하지만 그것은 드래곤 로드라는 엄격한 교사가 있었기 때문에 가능한 거짓된 평화였어. 우리는, 인간뿐만이 아니라 우리 모두는 성인이 되어야 해. 스스로의 머리로 생각하고, 스스로의 의지로 살아야 해. 그래서 난 우리를 지배하는 드래곤 로드를 물리치고 인간이 인간으로서 서게 만든 것이네. 그리고 보게!"

루트에리노는 격정을 담아 외쳤다.

"이제 영원토록 우리는 우리의 두 손으로 우리의 앞날을 설계할 수 있게 되었네. 엘프와 드워프, 오크들은 우리를 지배하지 못해. 그리고 우리도 그들을 지배하지 못하고. 드래곤 로드처럼 너무나 강대한 적은 이제 더 이상 남지 않았네. 우리 모두는 이제 영원한 성인이 되었단 말일세! 하지만 단 하나의 적이 남아 있었네. 그것이 바로 여덟 별이란 말이야!"

루트에리노는 제단 위에 놓인 파편을 가리키며 외쳤다.

"왜 우리가 저런 힘의 지배를 받아야 되는가! 왜 우리가 어린 애들처럼 수상쩍고도 무시무시한 힘에 의해 앞날을 지배받아야 된단 말인가! 우리는 스스로의 힘으로도 얼마든지 설 수 있네. 왜 우리가 저런 화려한 목발을 쥔 채 서야 된단 말인가!"

루트에리노는 가슴을 크게 벌렁거리며 흥분을 가라앉힌 다음 다시 날카롭게 말했다.

"저것은 드래곤 로드보다 더 무서운 적이었네. 드래곤 로드는 단순히 지배하기만 했지만, 저것은 우리를 무엇으로든 만들어버릴 수 있단 말일세! 우리 자체를 바꿔버릴 수 있단 말일세! 우리가 영원히 세상의 아이로 남게 만들 수 있단 말일세! 나는 그것을 구원했단 말이야!"

핸드레이크는 그만 숨이 막혀버리는 기분을 느꼈다.

이것이 마법사와 전사의 차이인가? 자신의 손으로 운명을 개척하고, 자신의 다리로 걷는 인간? 어처구니없는 환상. 말도 안 되는 환상이지. 저것이 무시무시한 마나를 다루는 마법사와 검을 다루는 전사의 차이였단 말인가? 멍청한! 마법사는 마나를, 외부의 강력한 힘을 다루기 때문에 저런 어처구니없는 생각은 할 수도 없다. 그러나 전사는 자신이 쥔 검 한 자루로 자신을 이끈다고 믿지. 그래서 검을 자신의 힘이라고 믿고 있는 것이지. 기가 막히도록 유아독존적인 환상.

검이라는 것은 광부에 의해 캐내어져 수레꾼에 의해 운반된 광석이 대장장이에 의해 검으로 만들어지고 상인에 의해 팔려서 전사에게 쥐어지는 것이다. 세상에 자기 손으로라는 것은 없다! 어처구니없는 환상이다. 가증스러울 정도의 자기애, 타인을 이해할 줄 모르고 타인의 존재 가치를 이해하지 못하는 자의 망상이다. 자신의 힘? 그렇다면 그대를 위해 피를 흘려준 저 숱한 바이서스의 병사들의 목숨은 어떻게 된단 말이지?

그리고 그 지독한 망상으로, 모든 존재들의 내일을 약속할 수 있는 문을 제멋대로 닫아버린, 자신의 판단 하나만을 믿고 모든 피조물의 희망을 뭉개버린 남자가 자신의 앞에서 왜 자신을 이해하지 못하느냐고 말하고 있다.

핸드레이크는 더 이상 말도 하기 싫은 느낌을 받았다.

칼의 눈에서 벼락이 친 걸까? 아니었다. 굉음과 함께 창 밖에 번개가 친 것이다. 콰르르릉!

"꺄아아악!"

네리아는 곧장 옆에 있던 운차이에게 매달렸다. 정신없이 하슬러의 이야기를 듣고 있던 운차이는 네리아의 습격에 대비하지 못하고는 그대로 엉덩방아를 찧고 말았다. "뭐, 뭐냐? 이거 놔!" 그러나 네리아는 죽기 전엔 떼어놓기 어려울 정도로 달려들었고 운차이는 노호성을 지르며 팔을 들어올렸다. "이, 이걸!" 그는 그대로 네리아의 뒤통수를 내려칠 기세였다.

"어, 어?"

아프나이델은 뜻 모를 비명을 질렀다. 그러나 운차이는 팔을 들어올린 채 꼼짝도 하지 않고 팔을 부르르 떨었다. 네리아는 눈을 동그랗게 뜬 채 운차이의 팔을 바라보고 있었지만 그 손은 계속해서 운차이의 가슴 속으로 파고들고 있었다. 운차이는 바닥에 주저앉은 채, 그리고 네리아는 운차이의 무릎 위에 엎드린 채 서로를 그렇게 바라보았다. 갑자기 조금 전에 듣던 이야기 속의 핸드레이크와 다레니안이 떠오르는데.

운차이는 가슴에 매달린 네리아를 내려다보더니 고개를 가로저었다. 꽈광! 다시 벼락이 치자 네리아는 비명을 지르고서는 멈추었던 눈물을 다시 터뜨렸다. 운차이는 눈을 최대한 찡그리며 날 돌아보았다. 하지만 그가 입을 열자 믿을 수 없을 정도로 난처한 목소리가 나왔다.

"젠장. 이 여자, 벼락을 무서워하는 거냐?"

샌슨은 그만 고개를 돌리며 킥킥 웃었다. 난 어깨를 으쓱이며 대답했다.

"무지무지하게 무서워해요. 그런데, 때릴 거 아니죠?"

"젠장! 여자를? 부탁이니 좀 떼어내 다오!"

글쎄. 그게 가능할까? 과연 운차이로부터 네리아를 떼어내는 것은 쉬운 일이 아니었다. 벼락은 점점 잦아들고 있었고 네리아는 미친 듯이 매달렸다. 그렇다고 해서 이런 다 큰 처녀를 사내 다루듯이 마구 다룰 수도 없는 노릇이잖은가. 제레인트까지 팔을 걷어붙이고 달라붙었지만 도저히 될 일이 아니었다. 난 그만 두 손을 들고 항복해 버렸다.

"운차이. 어쩔 수 없어요."

"이, 이것 봐!"

"조언밖엔 줄 게 없네요. 여자라고 생각하지 말고 불쌍하게도 공포에 질린 한 인간이라고 생각해 버려요."

"제기랄……. 이봐, 아프나이델! 이 여자 어떻게 재워버릴 수 없냐!"

아프나이델은 어깨를 으쓱였다.

"오늘 기주한 마법은 아까 낮의 싸움에 다 써버렸는걸요. 그리고 내 생각에도 후치의 말이 옳은 것 같습니다. 불쌍한 자에겐 도움을 주는 것이 인지상정이지 않겠습니까."

운차이는 그만 기운 빠진 얼굴을 하고선 벽에 등을 기대었다. 운차이가 몸에 힘을 빼자 네리아는 더욱 바싹 달라붙었고 운차이는 고개를 들어 천장을 바라보았다. 그 꼴을 보고 있던 엑셀핸드는 히죽 웃으며 말했다.

"등에 손이라도 얹어주게. 불쌍하게 떨고 있잖은가."

"……닥쳐, 이 드워프야. 상관하지 마."

그러나 운차이는 흠칫거리며 손을 네리아의 등에 얹었다. 벌컥 화를 내려던 엑셀핸드는 그 광경을 보고선 그만 웃어버렸고 천장을 바라보던 운차이의 얼굴은 발갛게 물들기 시작했다.

칼은 예의를 담아 그 광경을 못 본 척하면서 창문을 바라보았다.

"폭풍인가……. 이 계절에는 드문 일인데. 어쨌든, 이야기를 계속해 주시겠습니까, 하슬러 씨."

하슬러는 고개를 끄덕였다.

핸드레이크는 자신의 가슴에 붙은 다레니안의 흐느낌이 줄어들기 시작한 것을 느꼈다. 그는 낮은 목소리로 말했다.

"정말…… 그렇게 생각하는 거요? 스스로의 손으로, 스스로의 힘으로 미래를 개척한다고? 그렇게 확신한다는 말입니까?"

루트에리노는 순간 당황한 표정이 되었다. 그러나 그는 곧 확신에 가득 찬 얼굴로 말했다.

"그렇다네, 핸드레이크. 확신하네. 인간은 드래곤 로드의 지배도, 여덟 별의 도움도 필요 없네."

"그것이 과연 마법사의 도움으로 왕좌를 차지한 자의 입에서 나올 말인지 의심스럽군요."

핸드레이크의 말투는 조용하고 평온했지만 루트에리노의 낯색은 흙빛이 되었다. 그가 뭐라고 말하려 했지만 핸드레이크는 조용하지만 단호한 어투로 말을 계속했다.

"당신은 모르겠지만, 난 당신을 비난하는 것이 아니오. 우리는 서로를 돕는 법이오. 존재하는 것은 모두 다른 존재에 자신을 투영하고 자신을 만들어나가는 것이오. 세상에 오직 하나, 미련한 전사들만 그 사실을 알지 못하는 모양이지만, 그래서 자신의 다리로 걷고 자신의 손으로 성취한다고 믿는 모양이지만, 그것은 틀렸소. 나는 단수가 아니오. 그 단순한 사실도 모르는 병신 같은 작자야."

조용한 말투 때문에 마지막에 붙은 욕설은 좀 늦게 영향력을 나타냈다. 제로딘도, 차넬도, 루트에리노도 너무 늦게 그 욕설을 깨닫게 되어 적절하게 화를 낼 수가 없었다.

"여덟 별의 존재 하나도 수용할 수 없는, 그것을 이해하고 그것에 당신을 건네고 동시에 그것을 건네받을 줄도 몰라서 그것을 파괴해 버린 당신이, 다른 인간들은 어떻게 받아들일 수 있을지 지극히 의문이오."

루트에리노는 잠시 이 말의 의미를 생각하느라 시간을 지체하게 되었다. 그러나 핸드레이크는 그에겐 관심도 두지 않았다. 그는 루트에리노의 시선을 무시하면서 자신의 손에 얹힌 다레니안에게 말했다.

"다레니안. 당신이 저것을 파괴했을 테지요. 남부의 야만인들의 말로 결자해지(結者解之)라는 말이 있소. 당신이 저것을 다시 복구할 수는 없습니까?"

"핸드레이크!"

루트에리노는 무서운 음성으로 말했지만 핸드레이크는 눈도 깜짝하지 않았다. 그는 심지어 루트에리노를 향해 콧방귀를 뀌어 보이면서 냉정하게 말했다.

"우정은 사라졌소, 바이서스 씨. 날 그렇게 부르지 마시오. 휴리첼 씨라고 불러주길 바라오."

3

"뭐요!"

꽈과광! 굉장한 벼락이 쳤지만, 그래서 네리아의 찢어지는 비명소리가 들렸지만 그 소음 속에서도 칼의 경악에 찬 목소리는 정확하게 들려왔다. 방 안에 있던 사람들 중 이야기를 하던 하슬러와 착란 상태에 빠져 있던 네리아를 제외하곤 모두들 얼빠진 얼굴이 되었다. 칼은 테이블 모서리를 꽉 움켜쥔 채 하슬러를 바라보았다.

"휴리첼, 휴리첼이라구? 핸드레이크의 성이 휴리첼……, 핸드레이크 휴리첼이란 말이오?"

하슬러는 고개를 끄덕였다.

"그렇다면 넥슨 휴리첼의……?"

"가문은 같소. 하지만 핸드레이크는 결혼하지 않았소. 따라서 직계 조상은 아니오. 핸드레이크의 공훈 때문에 그의 아버지가 백작의 지위를 얻을 수 있었지만 그것은 아무도 모르는 사실이오. 다만 휴리첼 가문은 개국 공신이었다고만 알고 있을 뿐이오. 당시에도 휴리첼 가는 무골 집안이었고, 그래서 핸드레이크는 마법사가 되기로 결심했을 때 가문을 떠났으니까. 이후론 그는 거의 휴리첼이라는 성을 쓰지 않았소."

"그렇소? 그런데, 넥슨은 그 사실을 알고 있었소? 아니, 당신은 도대체 그 사실들을 어떻게 알게 된 거요?"

"천천히 듣고 있으면 다 알게 될 거요."

"아, 알겠습니다. 들려주십시오."

다레니안은 고개를 가로저었다. 그녀의 작디작은 얼굴이 눈물에 젖어 더욱 애처롭게 보였다. 핸드레이크는 좌절에 찬 표정이 되어 다시 한번 제단을 바라보았다. 그는 짓눌린 음성으로 말했다.

"바이서스 씨의 이야기는 들었소. 하지만, 다레니안. 당신은 왜 그를 도운 거요? 저자의 이야기를 믿게 된 거요? 저자의 화려한 말 뒤에 숨겨진 시커먼 속셈을 몰랐단 말이오?"

루트에리노는 이 방약무인한 어투에 크게 노했다. 하지만 그는 꾹 참았으며 동시에 차넬과 제로딘에게도 참고 있으라는 눈짓을 보내었다. 핸드레이크는 그런 눈짓과 세 사람의 행동을 모두 알고 있었지만 그에 신경 쓰지는 않았다. 그는 조용히 다레니안을 올려놓은 손바닥을 자신의 얼굴 가까이까지 들어올렸다.

다레니안은 핸드레이크와 얼굴을 마주하게 되었다. 그녀는 눈가를 닦아내면서 말했다.

"시커먼 속셈? 난 그런 거 몰라요. 내가 그를 도운 것은……."

다레니안은 갑자기 핸드레이크의 눈을 똑바로 들여다보면서 말했다.

"당신 때문이에요."

핸드레이크는 어차피 어떤 대답을 들을지 짐작할 수도 없었기 때문에 어떤 대답에도 놀라지 않을 작정이었다. 하지만 그로서도 이런 대답은 정말 기대할 수 없었다. 핸드레이크는 자신이 무슨 말을 하는지도 모르는 상태에서 멍청한 목소리로 대꾸했다.

"나 때문에?"

"그래요. 핸. 당신 때문이에요. 당신은 세상 만물에 대해서만 관심을 쏟았어요. 당신 자신에게는 아무런 관심도 두지 않고……, 자신으로서 살지 않았어요. 그날 밤의 대화를 기억하나요?"

"그날 밤?"

다레니안은 핸드레이크의 반문을 듣지 못한 것처럼 계속해서 말을 이어나갔다.

"그날 밤……, 당신은 모든 것에 당신을 주려는 사람처럼 보였어요."

핸드레이크는 입을 다물고 다레니안의 말에 귀를 기울였다.

"난 아직도 당신의 말을 단어 하나 빼놓지 않고 기억해요. 당신은 이렇게 말했어요. '당신이 날 사랑하려 한다면, 대왕의 원대한 희망을 함께 수행하는 핸드레이크, 루트에리노의 인간적인 갈등에 같이 가슴 아파하는 핸드레이크, 바이서스 군의 승리를 위해 목숨을 거는 핸드레이크, 사상 최초로 클래스 10의 마법을 만들려 애쓰는 핸드레이크, 드래곤 로드를 죽이기 위해 무슨 짓이든 불사하는 핸드레이크, 이 모든 것을 사랑해야 합니다.' 라고요."

날개를 잃은 요정의 여왕의 입에서 흘러나오는 자신의 말을 들으며, 핸드레이크는 뭐라 말할 수 없는 기이한 기분을 느꼈다. 그러나 핸드레이크는 조용히 말했다.

"그래요. 난 그렇게 말했고, 그 말은 나의 신념이오. 그런데 그것이 왜……."

"난 그렇게 많은 핸을 알지 못해요."

핸드레이크는 다레니안의 얼굴을 뚫어지게 바라보았다. 그 작디작은 얼굴에 가득한 슬픔과 동시에 도전적인 자존심, 긍지 등이 어우러져 나타나고 있었다. 다레니안은 그 작은 입술을 조금 떨다가 말했다.

"나로선 상상도 할 수 없이 많은 핸이에요. 그런데……, 그런 당신이 여덟 별을 손에 넣게 된다면 어떻게 될까요?"

"뭐요?"

"당신은 과연 어떻게 될까요? 세상 만물의 번영을 위해 자신의 몸을 던지는 당신이? 인간 하나를 위해서도 그렇게 자신을 분열시키는 당신이? 당신은 아마도 페어리의 핸드레이크, 엘프의 핸드레이크, 드워프의 핸드레이크, 하플링의 핸드레이크……, 심지어 오크의 핸드레이크가 되겠지요. 수없이 많은 핸드레이크로 불어나 산산이 흩어져버릴 거예요. 국화의 꽃잎을 뜯어본 적이 있나요? 한 잎 한 잎을 뜯어내고 나면, 마침내 아무것도 남지 않아요. 당신도 마찬가지예요. 너무나 분해되고 흩어져 아무것도 남지 않게 될 거예요. 죽을 때까지 자신으로서 살 수 없을 거예요."

핸드레이크는 다레니안의 말을 이해할 수 있을 듯했다. 그러나 동시에 도저히 이해할 수 없다는 기분을 느꼈다. 그래서 그는 잠자코 다레니안의 말을 기다렸다.

"핸, 누구도, 어떤 종족도 당신에게 자신을 돌봐달라고 요구하지 않았어요. 고귀한 엘프도, 자존심 강한 드워프도, 저 추악한 오크도……. 어떤 종족도 당신에게 도움을 요구하지 않았어요. 그런데 왜 당신은 자신을 버려가면서 그들을 위해 애쓰려는 거지요? 자기가 있지 않고서는 타인도 없는 거예요. 그런데 왜 자기로서 살지 않는 거지요?"

핸드레이크는 고개를 가로저었다.

"당신은 영원히 이해하지 못할 겁니다. 타인 속에 있을 때 자신도 있다는 것을."

다레니안은 핸드레이크의 얼굴을 빤히 바라보다가 서글픈 듯한 표정을 지으며 고개를 가로저었다.

"그건 모순이에요. 타인이라는 것 자체가 자기가 있음으로 해서 존재하는 거예요. 당신의 말은 틀렸어요. 그리고……."

다레니안은 갑자기 고개를 빳빳하게 들고서 말했다.

"나무를 사랑하는 정원사가 가지를 쳐내듯, 우정과 사랑은 상대의 잘못된 것을 파괴할 수도 있는 힘이에요. 아름다운 파괴지요. 그래서 난 여덟 별을 파괴했어요."

핸드레이크는 갑자기 참을 수 없는 충동을 느꼈다. 극히 원시적이고도 잔악한 생각이라 자신이 먼저 놀라버리고 말았지만, 핸드레이크는 갑자기 날개를 잃어 도망가지도 못하는 다레니안을 앉힌 채 '손바닥을 붙여버리는' 자신의 모습을 떠올렸다.

핸드레이크는 깊이 숨을 들이쉬었다. 그때 다레니안은 고개를 가로저었다.

"아니……, 일곱 별이군요. 드래곤의 별은 파괴되지 않았으니까."

순간 핸드레이크의 눈에 생기가 돌았다. 핸드레이크는 고개를 들어 루트에리노를 바라보았다.

"드래곤의 별은 파괴되지 않았습니까?"

루트에리노는 눈살을 찌푸린 채 핸드레이크를 마주보았다. 핸드레이크는 재촉하고 싶은 기분을 억누르며 침착하게 말했다.

"드래곤의 별은 파괴되지 않았군요. 그렇지요?"

루트에리노는 천천히 고개를 끄덕였다.

"그렇네. 드래곤의 별은 드래곤 로드가 가져갔네. 그날 내가 부상을 입지만 않았어도 그를 물리치고 그것마저 획득할 수 있었을 테지. 하지만 난 그를 끝장내지 못했고, 그래서 드래곤 로드는 드래곤의 별을 가지고 도망쳤네."

핸드레이크의 얼굴이 크게 밝아졌다. 그는 갑자기 몸을 돌렸다. 제로딘과 차넬은 당황한 시선으로 그의 등을 쫓았고 루트에리노는 짧고 격하게 말했다.

"어딜 가려는 건가?"

핸드레이크는 대답하지 않았다. 다레니안을 쥐어올린 두 손을 가슴에 꼭 붙인 채 핸드레이크는 지하 제단실을 빠져나갔다. 문을 나서기 직전, 핸드레이크는 잠깐 멈추어 섰다. 그는 몸을 돌린 채 말했다.

"적어도 한 종족에겐 희망이 남아 있군요."

"뭐라구? 설마, 자네!"

루트에리노는 제단을 돌아 달려나가려 했다. 그러나 그 순간 핸드레이크의 로브 자락이 크게 떠올랐다. 그는 몸을 돌려 그들을 똑바로 바라보았다. 제로딘과 차넬은 뛰어오려던 동작 그대로 굳어버린 채 핸드레이크의 얼굴을 마주했다.

"당신의 속셈은 능히 짐작할 수 있소. 바이서스 씨."

극히 차가운 말투였다. 루트에리노는 핸드레이크를 안 이후로 처음 보는 그의 얼굴에 당황했다. 핸드레이크의 얼굴은 얼어붙은 것처럼 차가웠다.

"인간의 세상……. 우린 엘프들이나 드워프들처럼 오래 살지도, 놀라운 기예나 근면함을 갖추지도 못했지. 우리가 무엇을 이루기 위해선 겨우 삼사십 년에 불과한 시간만이 주어져 있지. 그래서 우리는 무서운 생존력과 종족 번식력을 가지고 있어. 우리는 선대의 일을 후대에 넘겨주는 것으로서 엘프나 드워프들의 장수에 대항할 수 있지. 우리야말로 영원 불사의 존재……. 잘 알 테지. 당신이 자주 한 말이니까."

루트에리노는 경악했다. 핸드레이크는 차분히 루트에리노 자신도 정확하게는 깨닫지 못했던 그의 속마음을 짚어나가기 시작했다.

"내 눈엔 다 보이는 듯하군. 엘프의 별이 없는 이상 엘프들은 자신의 조화를 감당하지 못하고 세상에 함몰되어 버리겠지. 드워프의 별이 없는 이상 드워프들은 자신의 독선을 감당하지 못하고 세상에서 탈락해 버리겠지. 페어리들의 여왕은 날개를 잃었으니 더 이상 문제가 되지 않고……, 원래의 형태로 돌아가 버리겠지."

핸드레이크는 잠시 숨을 가다듬었다. 자신의 턱 아래에서 눈을 부릅뜨고 자신을 올려다보고 있는 다레니안의 얼굴에서 애써 시선을 떼어내며 핸드레이크는 말했다.

"하플링들은 자신의 소심함을 감당하지 못하고 세상에서 잊혀지겠지. 오크들? 어쩌면 우리와 가장 유사한 우리들의 형제인 그들은, 아쉽게도 상상력을 가지지 못했지. 발전할 수 없는 종족이지. 이제 몇 백 년 내에 대륙은 인간 소굴이 되고 말겠지. 저 태피스트리에서처럼, 세상을 자신의 장난감으로 다룰 수 있게 되겠지. 우리 후손들이 부르는 인간 만세의 노래가 들리는 듯하군. 하지만."

핸드레이크는 불길한 예언을 말하는 까마귀처럼 새되고 거친 목소리로 외쳤다.

"다른 종족들과 마찬가지로! 우리는 우리들의 단점, 우리들의 약점을 시정할 기회를 영원히 잃어버렸어. 당신과 당신의 핏줄에 영원한 저주 있기를! 우리는 영원히 인간으로 남게 되었어! 인간을 넘어서지 못하게 되어버렸어! 더군다나 비교할 만한 다른 종족들이 모조리 대륙에서 사라져버릴 테니, 자신의 오만과 오류를 알아내는 것은 영원히 불가능하게 되겠지. 이 영원한 잘못, 영원한 실패작, 영원한 시행착오의 종족을 만들어낸 그대의 위업에 경배를 드리지. 축하하오, 바이서스 씨!"

루트에리노는 아무런 말도 만들어내지 못했다. 그는 다만 입을 벌린 채 핸드레이크를 바라보았다. 그는 영원히 한자리에 고정된 인간으로서 영원히 높은 곳을 바라보는 인간을 바라보았다. 그러나 핸드레이크는 그대로 몸을 돌려 사라졌다. 날개 잃은 요정의 여왕을 가슴에 꼭 붙인 채, 그녀의 흐느낌을 조용히 달래며, 핸드레이크는 루트에리노를 떠났다.

제레인트의 긴 한숨소리는 300년 전의 세계를 떠돌던 내 정신을 다시 현실로 호출하는 신호였다. 난 폭풍이 몰아치기 직전의 메드라인 고개, 그 위의 바라크 속에 있는 후치 네드발로 돌아왔다.

칼은 테이블에 팔꿈치를 괸 채 두 손으로 볼을 감싸쥐고 있었다. 마치 눈앞에 놓인 촛불에 모든 정신을 집중시켜 버린 듯한 모습이었다. 꽈과광! 벼락 소리가 들려올 때마다 방 안은 하얗게 바뀌더니 기어코 지붕을 두드리는 빗소리가 들려오기 시작했다.

쏴아아아!

짚을 덮고 그 위에 밧줄을 얽어매고 다시 짚을 덮는 식으로 몇 겹에 걸쳐 두껍게 만들어진 지붕이었기에 굉장히 아늑한 느낌을 주는 방 안이었다. 하지만 맹렬한 빗방울의 소리와 천둥 소리, 그리고 모진 바람소리 속에서 나는 마치 야외에 서 있는 듯한 느낌을 받았다.

문득 고개를 돌려보니 네리아는 운차이의 무릎 위에서 눈물 콧물로 범벅이 된 얼굴을 아무렇게나 던진 채 기절한 것인지 잠든 것인지, 어쨌든 정신을 잃고 있었다. 운차이는 여전히 서까래가 노출된 지붕만을 쏘아보고 있었지만 그의 오른손은 천천히 네리아의 등을 애무하듯 가볍게 두드리고 있었다. 그의 손길은 네리아의 호흡과 똑같은 속도로 움직였다. 보고 있자니 나까지 졸릴 지경인걸.

칼은 촛불을 바라보며 웅얼거리는 목소리로 말했다.

"그래서, 핸드레이크는 루트에리노 대왕을 떠난 것입니까?"

"그렇소."

"그러곤?"

"그는 그 길로 북쪽을 향해 떠났소. 아직 기회가 남아 있는 종족을 찾아서."

하슬러는 잠시 자신의 말을 음미하는 듯했다. 그는 차분한 목소리로 말했다.

"하나의 종족……, 모든 종족들이 운명적으로 가지고 있는 부조리에서 유일하게 벗어날 수 있는 단 하나의 종족을 찾아 떠난 것이오."

"모든 종족의…… 부조리라."

하슬러는 우울한 얼굴로 칼을 바라보았다. 칼은 혼잣말을 하듯이 말했다.

"과연……. 그렇소. 엘프는 선량하고 강하고 지혜롭지만 자신의 조화 때문에 오히려 아무것도 아닌 존재……. 드워프는 인내심 강하고 끈질기고 단호하지만 자신의 외골수 때문에 세상에 격리될 수밖에 없는, 산속이나 지하에서만 자신들끼리 살아가는 존재……."

엑셀핸드의 굵은 눈썹이 꿈틀거렸다. 하지만 그는 아무 말 하지 않고 대신 파이프를 꺼내어 담배를 채우기 시작했다. 칼은 여전히 누구에게도 시선을 보내지 않은 채 자신에게 말하듯 말했다.

"그리고……, 우리는…… 강력한 번식력을 가지고 얼핏 보면 무모할 정도의 상상력을 갖추었지만, 그 번식력과 그 상상력 때문에 모든 것을 우리 자신으로 만들어버리는 존재. 숲을 걸어 오솔길을 만들고, 하늘을 바라보아 별자리를 만들고, 땅을 굽어봄에 울타리가 생기게 하고, 바다를 헤치면 항로가 생기게 만드는, 독존적인 존재."

엑셀핸드는 길게 연기를 뿜었다. 침대 귀퉁이에 앉아 있던 제레인트는 칼의 말을 곱씹으며 웅얼거렸다. 듣기 싫을 정도로 웅얼거리는걸. 아프나이델은 꼿꼿이 선 채 칼을 내려다보았다. 그는 굳은 얼굴로 뭔가를 말하고 싶은 투였지만 입을 다물고 있었다.

칼은 한가롭게까지 들리는 말투로 하슬러에게 말을 걸었다.

"그는 대미궁의 드래곤 로드에게 간 것이군요."

"그렇소."

"그리고?"

"자세한 사정은 모르지만, 드래곤 로드 역시 핸드레이크의 제안을 거절했던 것 같소. 핸드레이크는 드래곤의 별을 이용하여 드래곤들을 완전무결한 존재로 만들어줄 수 있다고 말했지만, 자신을 제왕의 자리에서 쫓아낸 남자에게 드래곤의 운명을 판가름할 수 있는 보석을 건네준다는 것은 힘들지 않았을까 하는 것이 내 추측이오."

"이해됩니다."

"그래요. 이 과정에서 핸드레이크가 재미있는 일을 했다는 이야기가 있지만 그건 불명확하오. 어쨌든 그 이야기에 따르면 핸드레이크는 드래곤의 별을 여러 개로 분열시켜 다른 종족의 별로 만들 수 있지 않을까 하는 생각을 했다 합니다."

"영원의 숲!"

또 벼락인가? 아냐. 아프나이델의 비명 같은 고함소리였다. 그와 동시에 침대 귀퉁이에 불안하게 앉아 있던 제레인트가 미끄러지며 바닥에 엉덩이를 찧었다. 쿠당. 그러나 제레인트는 고통의 소리를 낼 엄두도 내지 못한 채 얼빠진 얼굴로 테이블 위의 하슬러와 아프나이델을 번갈아 바라보았다.

하슬러는 피로한 얼굴로 고개를 가로저었다.

"그렇게 생각할 수도 있소. 하지만 모든 것은 불명확하고 희미합니다. 과연 핸드레이크가 드래곤의 별을 여러 개로 분열시킬 목적으로 영원의 숲을 만들었는지……. 글쎄올시다. 나로선 아무것도 확언할 수 없소."

아프나이델은 흥분한 기색을 감추지 못했지만 하슬러는 한결같이 침착한 태도로 말했다.

"한 가지 확실한 것은 핸드레이크가 대미궁에서 나올 때 드래곤 로드의 공포 때문에 떠나지도 못하고 있던 대미궁의 오크들을 풀어주었다는 이야기오. 오크들은 그곳에 붙잡힌 채로 드래곤 로드의 가축처럼 살고 있었지만 핸드레이크는 그들 역시 드래곤과 마찬가지로 지성을 가진 존재로 여기고는 방해와 폭력을 무릅쓰고 그들을 모두 자유롭게 만들어주었답니다. 그래서 대륙의 오크들이 갑절로 늘어나게 되었다는 말이 있긴 하오."

꽈광! 이번엔 진짜 벼락이다. 그리고 내 머릿속에서도 마찬가지로 벼락이 쳤다. 번갯빛의 하얀 잔광 속으로 어떤 영상이 떠올랐다.

'왜 통로에 죽어 있지? 통로라는 것은 죽어 있기에 좋은 장소는 아니지. 그건 둘째 치더라도, 이 통로를 지나다니던 다른 오크들에게 걸리적거렸을 텐데 왜 그대로 놔두었지?'

'어? 그렇네요. 음. 뭔가 난투가 일어난 것이 아닐까요?'

'어쩌면 내분 같은 것일지도 모르지. 하지만 이상하군. 드래곤 로드가 그런 것을 용납할 리가 없는데.'

대미궁 곳곳에 흩어져 있던 오크의 뼈다귀들. 뭔가 커다란 싸움이 일어났던 것 같은 흔적. 핸드레이크가 오크들을 데리고 나오려 할 때 찬성하는 쪽과 반대하는 쪽이 갈렸겠지. 그리고 싸움이 벌어졌을 테고. 지하에서 일어난 무시무시한 싸움이었을 것이다. 그래서 그런 흔적이 남았을 것이다.

그리고 다시 번개가 쳐 세상이 하얗게 변했을 때 눈앞에 칸 아디움의 황야에서 검은 투구의 오크 아그쉬가 외치던 장면이 떠올랐다.

'취잇취이이익! 화렌차와! 오크의 친구인 성자 핸드레이크가 나를 돌보신다!'

그랬던 것이군. 그래서 대미궁에는 오크라고는 그림자도 찾을 수 없었던 것이군. 원래 드래곤 로드의 공포 때문에 잡혀 있던 오크들은 핸드레이크의 도움으로 모조리 도망쳤고, 그 이후로 다시는 그 무서운 곳으로 돌아가지 않았기 때문에……. 그래서였군. 그래서 아그쉬 녀석은 핸드레이크를 성자라고, 오크의 친구라고 불렀던 것이었군.

하슬러는 다시 고개를 돌려 에포닌을 바라보았다. 그는 에포닌에게 짙은 우수가 담긴 시선을 보내면서 말했다.

"어쨌든, 일곱 종족은 자신의 별을 잃었고, 그래서 서로가 서로에게 기대는 법을, 서로와 교류하는 방법을 익혀야 되었소. 인간이 가장 빨랐고, 하플링, 드워프의 순서로 서로가 다른 종족에게 마음을 열게 되었소."

"엘프는?"

하슬러는 말을 이으려다가 칼의 얼굴을 바라보며 말했다.

"당신이 말해 보시오."

칼은 우울한 얼굴로 하슬러를 마주보았다. 그는 한숨을 쉬듯 말했다.

"엘프는 원래 조화롭기 때문에 오히려 자신을 드러내기 어려웠겠지요. 그들은 조화 때문에 타인과 자신을 구별하기 어려웠을 거요. 그래서 상대에게 마음을 연다는 것, 서로 대화를 나눈다는 것을 이해하기가 극히 어려웠겠지요."

"정확하오."

"그리고 오크……, 오크들은 폭력과 증오로서 다른 종족들과 관계지어지게 된 것이오?"

"그렇소. 그것은 오히려 강렬하고 빠른 관계라 할 수 있지요. 역시 핸드레이크의 말마따나 오크는 인간들의 형제인지도 모르는 일이지."

"그렇습니까."

하슬러는 가슴속 깊은 곳에서 나오는 목소리로 단정짓듯 말했다.

"그러나 드래곤은 유일하게 자신의 별을 가진 종족으로 남게 되었소. 다른 종족들은 모두 별을 잃어 자신의 부조리를 안게 되었지만, 그래서 서로에게 자신을 열어보이고 상대를 위해 자신의 자유의 얼마씩을 희생해야 되었지만, 드래곤만은 자신의 별을 지켰기 때문에 어느 정도 완전에 가까운 종족으로서 남게 되었소. 오로지 드래곤만이 다른 종족의 도움 없이도 살아갈 수 있는, 불완전한 다른 종족과 교류하지 않는 종족으로 남게 되었소."

칼은 충격을 받은 얼굴로 낮게 질문했다.

"그래서 드래곤 라자가?"

하슬러는 고개를 끄덕였다.

"그렇소. 주인님께서 말씀하셨듯이 드워프 라자도, 오크 라자도 없지만 드래곤 라자는 있소. 왜냐하면 드래곤만이 자신의 별을 가지고 있기 때문에. 그래서 우리들 불완전한 인간들이 완전에 가까운 저 드래곤과 교류하기 위해선 드래곤 라자가 필요한 것이오."

4

콰과광! 덜컹덜컹.

폭풍의 힘을 감당하지 못한 문이 세차게 덜컹거렸다. 쏴아아아! 굉장한 빗소리와 함께 바라크 안으로 매서운 바람과 빗방울이 들이치기 시작했다. 테이블 위에 놓여 있던 촛불은 당장 꺼졌고 벽난로의 불빛만이 남았다. 벽난로의 불꽃도 바람 때문에 크게 흔들려 방 안은 어둠 속에서 무시무시한 그림자들이 광란하는 악몽으로 바뀌고 말았다.

난 재빨리 달려가서 문을 붙잡아 다시 닫았다. 와! 굉장한걸? 문을 밀어붙이는 바람의 힘은 마치 여러 명의 인간들이 밀어붙이는 듯한 느낌마저 주었다. 아니, 문 스스로가 살아 있는 생물처럼 반항하려 드는 것같이 느껴지는데? 간신히 문을 닫고 나자 그 짧은 시간 동안 몰아친 비바람 때문에 난 흠뻑 젖어버리고 말았다. 문에 등을 기댄 채 바라보자 난로의 희미한 불빛 속에서 쓰러진 초를 더듬어 세우고는 파이프를 이용해서 다시 초에 불을 붙이는 엑셀핸드의 모습이 보였다. 다시 방 안이 밝아졌다.

모든 사람들이 제각기 뭐라고 투덜거렸지만 칼과 하슬러만은 아까와 똑같은 자세로 앉아 있었다. 두 사람은 모두 자신들의 고뇌에 빠진 얼굴을 한 채 주위엔 전혀 신경을 쓰지 않고 테이블만을 바라보고 있었다. 그때 문을 밀어붙이는 힘이 더 강해진 것이 느껴졌다. 어, 어? 이거 장난이 아니네? 문을 걸어 잠가야 되겠군. 쾅쾅! 어라? 그 바람소리 마치 노크하는 소리처럼 들리는군?

"뭐야! 어서 문 여시오! 얼어죽을 지경이오!"

난 당황한 얼굴로 문을 열어 길시언을 맞이했다. 아니, 정확하게 말해서 내가 맞이한 것은 길시언으로 짐작되는 '무지무지한 속도로 뛰어 들어오는 시커먼 무엇'이었다.

"으, 으아아앗! 추워라. 에, 에취!"

마음에 들지 않는다는 이유로 왕위 계승권을 걷어차버린 완고한 남자답게, 길시언은 문과 벽난로 사이에 무서울 정도로 정확한 직선을 그리며 삽시간에 방을 가로질렀다(그게 그거랑 무슨 상관이 있냐곤 묻지 마라. 나도 모르겠다.). 벽난로 속으로 뛰어들려는 것이 아닌가 의심스러운 속도로 달려가서 그 앞에 주저앉은 길시언의 모습은 볼 만했다. 완전히 젖어버린 데다가 두 팔을 감싸쥔 채 부들부들 떨고 있었다. 몸에서 뚝뚝 물방울을 떨어뜨리며 아래턱과 위턱을 맹렬하게 부딪치던 길시언은 주위를 둘러보다가 그제야 벽에 기대앉아서는 무릎에 기절한 네리아를 올려둔 운차이를 발견하게 되었다. 길시언의 눈이 커다랗게 바뀌었다.

"어, 어라? 보기 좋은, 우에취! 광경이군, 운차이. 훌쩍. 언제부터 그렇게 가까워진 거지?"

운차이의 얼굴이 팍 일그러지는 것을 보면서 길시언은 고개를 갸웃거렸다. 난 수건을 찾아 길시언에게 건네면서 네리아가 번개를 무서워한다는 사실을 말해 주었다. 길시언은 고개를 끄덕이면서 말했다.

"아, 그래? 에취! 그럼 숙녀를 잘 모시, 모시, 에취! 이런."

길시언은 젖은 갑옷을 뜯어내듯이 벗고서는 셔츠까지 벗어서 물기를 짜내었다. 수건으로 상체를 대충 닦고 나서 그는 벽난로 앞에 앉아서는 셔츠를 들고 말리기 시작했다. 그러다가 그는 그때까지도 아무도 입을 열지 않는 것을 알아차리고는 의아한 표정을 지었다.

"어라? 무슨 이야기들을 나누고 계셨던 겁니까? 훌쩍. 혹시 내 험담이라도 하고 있었습니까?"

칼은 미소를 지으며 고개를 가로저었다.

"길시언은 앞의 이야기를 듣지 못했지만, 먼저 하던 이야기를 계속 하도록 하겠습니다. 그리고 제가 천천히 앞 이야기를 들려드리면 될까요?"

"예? 아, 얼마든지. 좋을 대로 하십시오."

길시언은 흔쾌히 고개를 끄덕였다. 칼은 길시언에게 목례하고는 하슬러를 바라보았다.

"이야기를 계속 들려주시겠소? 당신은 도대체 어떻게 아무도 모르는 그런 이야기들을 알게 된 것인지 궁금한데요."

하슬러는 짜증스러운 표정으로 말했다.

"시오네에게서 들었소."

"시오네? 그 뱀파이어 말이오?"

"그렇소."

아무래도 하슬러는 잠시 분위기가 소란스럽게 바뀌자 원래의 성격, 그러니까 과묵한 성격으로 돌아가버린 모양이다. 다시 아까처럼 말을 술술 꺼내려면 퍽 힘든 모양이지? 칼은 인내심 있게 말을 걸었다.

"시오네가 어떻게 그 과거의 이야기를 아는지는 혹시 모릅니까?"

하슬러는 팔짱을 낀 채 입술을 만지작거리다가 겨우 입을 열었다.

"내가 이런 이야기를 줄줄 늘어놓아야 되는 이유를 모르겠소."

칼은 힘겨운 표정을 지으며 하슬러를 바라보았다. 하슬러는 길시언을 흘긋 바라보더니 잔인한 목소리로 말했다.

"내 주인의 증오는 이제 충분히 설명되지 않았소? 루트에리노 바이서스는 모든 자유로운 종족의 내일을 없애버린 자요. 모든 종족의 공적이지."

"뭐라구?"

쿠다당. 의자가 넘어지는 소리가 나면서 길시언의 반문이 터져 나왔다. 길시언의 목소리는 그의 경악을 담아 굉장히 높은 소리로 울려나왔다. 거의 비명이나 다름없었다. 칼은 찌푸린 얼굴로 하슬러를 바라보다가 다시 길시언에게로 시선을 돌렸다. 길시언은 여전히 한 손엔 자신의 셔츠를 든 채로 의자에서 벌떡 일어나 있었다.

"이놈! 무슨 말을 하는 거냐? 반역자답게 왕가를 능멸하려는 것이냐?"

하슬러는 적의가 충만한 눈으로 길시언을 노려보며 말했다.

"왕자님. 진실을 말하는 것이 능멸하는 것이라면, 난 지금 바이서스 왕가를 능멸하고 있소."

길시언은 손을 들어올리다가 그제야 자신이 아직도 셔츠를 쥐고 있다는 것을 알아차렸다. 그는 거친 동작으로 셔츠를 내팽개치고는 허리에 찬 칼자루로 손을 가져가려다가 멈추면서 말했다.

"뭐가 진실이라는 거냐! 대왕께서 자유로운 종족들의 내일을 없애버렸다고? 모든 종족의 공적이라고? 네가 지금 분명히 그렇게 말한 거냐?"

"그렇소. ……심지어 인간마저도."

"뭐라구?"

하슬러는 천천히 자리에서 일어나기 시작했다. 난 양쪽을 빠르게 살핀 다음 가슴을 벌렁거리며 호흡을 제대로 가누지 못하고 있는 길시언 쪽을 선택했다. 싸움이 나면 길시언부터 말려야 되겠는걸. 난 천천히 자리에서 일어났다. 샌슨 쪽을 바라보니 그 역시 나와 같은 생각을 한 모양이다. 그는 눈동자만 움직여 눈짓을 보내었다. '길시언을 말려.' 난 고개를 살짝 끄덕였다. '알았어.'

하슬러는 이제 똑바로 서서 길시언을 노려보며 말했다.

"인간마저도. 다른 모든 종족들이 용서한다 하더라도 인간들, 동족들의 내일마저 없애버린 점에서 루트에리노는 용서받을 수 없소. 왕자님."

길시언은 타오르는 눈으로 하슬러를 쏘아보며 빠르게 말했다.

"설명해라."

"길시언. 자리에 앉아주십시오."

칼은 안타까운 듯한 낮은 목소리로 말했다. 그러나 길시언은 칼의 말을 들은 척도 하지 않았다. 하슬러는 아무런 무기도 가지고 있지 않았지만 팔짱을 낀 채 호기로운 태도로 길시언을 마주보면서 말했다.

"여덟 별을 파괴했으니까."

"여덟 별이 대체 무엇이기에! 보석 따위 비싼 돌멩이가 무엇이기에!"

"우리를 무엇으로든 바꿀 수 있는 힘을 가진 보석이지."

하슬러의 대답은 평온했지만 길시언은 휘둥그레진 눈으로 하슬러를 바라보았다. 그는 입술을 몇 번 적시고 나서야 간신히 대답했다.

"무엇으로든?"

하슬러는 또박또박한 어조로 대답했다.

"영원한 부조리, 영원한 패러독스, 영원히 반복되는 비극을 모조리 소멸시킬 수 있는 보석입니다. 우리를 불사의 생물로 바꿀 수도 있겠지요, 무한을 생각하는 유한 생명이라는 것이 우리의 부조리라면. 우리의 성(性)을 없애버릴 수도 있을 겁니다, 하나 되어야 살 수 있는 존재가 남성과 여성으로 나뉜 것이 우리의 패러독스라면. 심지어 우리를 신으로 바꿀 수도 있겠지요, 우리가 신을 꿈꿀 줄 아는 인간인 것이 우리의 비극이라면."

"뭐라구?"

길시언은 어이가 없는 표정을 지었다. 칼자루로 향하던 길시언의 오른손은 어느새 허벅지쯤으로 늘어뜨려져 있었다. 다행이군. 당장 칼부림 날 일은 없겠는데. 나의 작은 안심과는 상관없이 길시언은 고개를 가로젓다가 말했다.

"날더러 지금 그 허무맹랑한 말을 믿으라는 거냐?"

"진실을 믿을 줄 안다면, 제 말도 믿을 수 있을 거요, 왕자님."

길시언은 갑자기 눈을 부릅떴다. 그는 하슬러를 똑바로 바라보면서 말했다.

"그 보석이 네가 말한 대로의 어처구니없는 것이라면, 그것은 없애버리는 것이 낫다. 대왕께선 현명하셨다."

하슬러 역시 길시언을 뚫어지게 바라보았다. 길시언은 이제 담담한 표정으로 말했다.

"아니, 없애버리는 편이 나은 것이 아니라 없애버려야 된다. 왜 우리가 우리 아닌 다른 자가 되어야 된단 말인가. 난 자신을 바라볼 줄 몰라서 자신이 다른 것 되기를 바라는 바보가 아니다. 그리고 누구도 그런 바보여서는 안 되고."

하슬러는 한숨을 내쉬더니 그 한숨의 끄트머리에 혼잣말 하나를 달았다.

"핏줄의 힘은 무섭군."

길시언은 빙긋 웃으며 다시 의자에 앉았다. 그는 벗은 상체를 내려다보더니 집어던진 셔츠를 다시 주워올리며 말했다.

"난 그런 자들을 안다. 자기 자신을 제대로 볼 줄 모르는 자가, 자신 스스로도 감싸안을 줄 모르는 자가 자신에게 불만을 느끼고 다른 자 되기를 원하는 것이다. 그 주제에 관해서라면, 운차이에게 물어보면 그들 동족 사이로 전해 내려오는 재미있는 일화를 들려주겠지."

여전히 무릎에 네리아를 얹은 채(만일 누군가 나서서 네리아를 치워주지 않으면 운차이는 오늘 밤새도록 저런 자세로 있게 될 것이 확실하다.), 천장을 노려보던 운차이는 피식 웃었다. 불만족스러운 소년의 이야기였지. 길시언의 이야기든 하슬러의 이야기든 제대로 이해하고 판단하긴 어려웠지만 왠지 길시언의 당당하고 자신감 넘치는 태도에 더 끌리는 것 같은데.

그러나 하슬러는 별로 끌리지 않는 모양이다.

"왕자님. 당신의 이야기를 듣자니 저 역시 어떤 자들이 떠오르는군요."

길시언은 삐딱한 눈길로 하슬러를 바라보았다.

"자신만을 끌어안은 채, 자신의 힘으로 일어선다고 생각하고 타인이라는 것의 의미를 모르는 작자들이 있소. 그런 자들은 타인이라는 것이 도대체 뭔지를, 자신과 똑같이 생각하고 행동할 줄 아는 사람이라는 것을 도무지 모르오. 자신을 희생할 줄 모르기 때문에 타인의 희생에 대해서는 아예 이해하질 못하는 사람들, 그래서 마음대로 타인에게 희생을 강요하는 작자들이오. 혹 머리로는 알지 몰라도 가슴으로는 모르오. 다른 사람들도 자신과 똑같이 가족을 소중히 여기고, 사랑을 알며……, 가족들을 사랑하는……."

하슬러의 말끝은 희미하게 사그라들었다. 그는 뜨거운 눈으로 침대 위에 누운 에포닌을 바라보았다. 방 안의 누구도, 설령 프림블레이드라도 이 침묵에는 끼어들 엄두를 내지 못하고 있었다.

하슬러는 더 이상 말하지 않았다. 그는 그저 힘없이 칼을 바라보며 말했다.

"날 어쩔 생각입니까."

칼은 어두운 얼굴이 되었다. 그는 먼저 길시언을 바라보다가 다시 하슬러를 바라보았다. 그러다가 그는 다시 길시언을 바라보며 말했다.

"길시언이 아니라 바이서스 전하께 묻겠습니다. 그 반란 혐의에 대해서는 우리 모두가 잘 아는, 국왕의 적인 그란 하슬러를 어떻게 하실 작정입니까."

길시언은 당황한 얼굴이 되었다. 그는 셔츠를 내려다보더니 탁탁 털어서 꿰어입기 시작했다. 셔츠를 다 입고 나서는 옷의 주름을 펴고 솔기와 소매를 만지작거리기 시작했다. 칼은 조용히, 하지만 끈끈한 시선으로 길시언을 바라보았다.

마침내 길시언은 한숨을 쉬듯 입을 열었다.

"조금 전 여기 레인저 대장에게 부탁했습니다. 내일 아침 하슬러를 수도로 연행할 대원을 몇 명 차출해 달라고 말입니다."

하슬러의 낯빛이 어두워졌다. 그러나 칼의 표정에는 아무런 변화가 없었다. 그는 한결같은 시선으로 길시언을 바라보며 지나가는 말처럼 말했다.

"그러실 겁니까."

"예. 반역은……. 내가 아무리 궁성과 연을 끊은 자라곤 하지만 반역자를 사사로이 방면할 수는 없습니다."

칼은 천천히 고개를 끄덕였다.

"알겠습니다. 그런데 반역자의 경우 그 가족에게서도 죄의 고리를 벗길 수 없을 텐데요. 에포닌 하슬러 양은 어떻게 되는 겁니까?"

칼은 태평스러워 보이는 얼굴로 길시언을 궁지로 몰아가고 있었다. 엑셀핸드는 한가롭게 파이프를 피우면서도 간혹 파이프 위로 길시언을 향해 번쩍이는 눈빛을 보내었다. 아프나이델은 그저 우울한 얼굴을 하고 있었지만 제레인트의 경우엔 아예 드러내놓고 길시언을 간절하게 바라보았다.

길시언은 주위를 둘러보더니 한숨을 길게 내쉬었다.

"마찬가지로……."

하슬러의 눈이 번뜩였다. 테이블 위에 올려진 그의 주먹에 불끈 힘이 들어가는 것이 똑똑히 보였다. 칼은 말했다.

"압송됩니까?"

"그렇습니다."

"잘 알겠습니다."

칼은 더 이상 할말이 없다는 투로 말했다. 그래서 길시언은 다음 말을 꺼내놓기가 상당히 힘들어졌다. 그는 떨떠름한 목소리로 말했다.

"하지만, 에포닌 양은 할슈타일 가문에 양녀로 있었고, 그러니까 이 사건과는 아무런 관련이 없음은 누구의 눈에도 확실합니다. 나는, 에, 그러니까 편지를 쓸 생각입니다."

"편지라구요."

"예. 그란 하슬러와 에포닌 하슬러 부녀에 대한……, 그러니까, 진정서 같은 것을 쓸 생각입니다. 닐시언 전하에게 그들의 죄를 보지 말고 그들 자체를 살피기를 간청할 작정입니다."

칼은 미소를 지었다. 샌슨은 불만족스러운 얼굴이었지만 난 고개를 끄덕였다. 그래요, 왕자님. 그게 당신의 최선이라는 것은 의심하지 않겠습니다요. 이왕이면 앞으로 당신께서 궁성과 연을 끊었다는 거짓말 좀 그만 하면 더 좋겠는데 말이야. 쳇. 갈 데 없는 왕자님 같으니라구. 오늘 아침 임펠 리버의 당신 모습, 기억에 생생한걸요?

하슬러는 슬픈 눈빛으로 다시 에포닌을 바라보았다. 그는 자리에서 조용히 일어나더니 모든 사람들이 쳐다보는 가운데 천천히 침대로 걸어갔다. 침대 옆에 무릎을 꿇은 하슬러는 손을 뻗더니 에포닌의 이마를 덮은 머리카락을 걷어내기 시작했다.

에포닌은 뭐라고 잠꼬대를 웅얼거리더니 몸을 뒤척이다가 한 손을 시트 밖으로 내놓았다. 하슬러는 두 손을 조심스럽게 뻗어 에포닌의 손을 잡았다. 마치 건드리면 그대로 손자국이 나버릴 순금 덩이라도 잡아올리듯, 하슬러는 부드럽게 에포닌의 손을 잡아올려서는 두 손으로 꼭 쥐었다.

그는 에포닌의 손을 자신의 이마로 가져왔다. 침대 옆에 무릎을 꿇고 에포닌의 손에 이마를 가져다댄 하슬러의 분위기는 성직자만큼이나 경건했고, 그 옆에 앉아 있는 제레인트가 오히려 칼잡이나 술주정꾼 정도로 보였다. 하지만 하슬러를 바라보는 제레인트의 따뜻한 눈길은 나로 하여금 그가 프리스트임을 잊어먹지 않도록 해주었다.

하슬러는 에포닌의 손을 꼭 감아쥔 채 고개도 돌리지 않고 말했다.

“왕자님. 이 애만은…… 눈감아 주시면 안 되겠습니까?”

길시언은 찌푸린 눈으로 하슬러의 등을 바라보았다. 촛불 빛을 등진 하슬러의 얼굴은 캄캄했다. 단지 그의 넓은 등만이 발갛게 떠오를 뿐이었다. 길시언은 뭔가 쓴 것을 맛보는 얼굴로 말했다.

“에포닌을 봐줄 거라면 당신도 봐줬을 거요. 당신은 넥슨의 종복으로서의 활동 이상을 한 적이 없소. 하지만 법 앞에 만인은 똑같은 대우를 받아야 하오. 법이 그 시녀로서 봉사하는 정의에 비추어보아도 마찬가지고.”

하슬러는 대답하지 않았다. 그는 그대로 바닥에 무릎을 꿇은 채 굳어버린 듯했다.

바람 소리는 격렬하게 온 산을 흔들었다. 이 두껍고 튼튼한 바라크 안에 앉아 있지만 어디선가 새어들어 온 바람은 초의 불꽃을 일렁거리게 만들었다.

난 가만히 초를 바라보았다. 누가 옳은 것이지?

루트에리노 대왕과 길시언, 그리고 핸드레이크와 하슬러. 누가 옳은 것일까? 인간의 부조리라. 글쎄. 세상에 부조리 없는 생물이야 없잖아. 물에서 떠나면 죽어버리는 개구리도 물 속에선 빠져죽는다. 그러니까 나와서 개골거리지. 완전한 것이 어디 있겠어? 그냥 살면 되는 거 아닐까.

하지만……, 아이는 커서 어른이 되고, 시간이 있는 한 어떻게든 변화해야 되지. 그렇다면 영원히 자신의 부조리를 안고 산다는 것도 고려해 볼 문제야. 엄연히 있는 시간을 무시하고 사는 자가 정말 바보지. 변화가 피할 수 없는 것이라면, 발전과 퇴화 중에선 발전이 낫지 않을까. 우리는 신이 되어야 하는 것 아닐까.

촛불은 쉼없이 깜빡거렸다. 아버지의 말씀이 생각나는군.

'초가 이야기한다고요?'

'봐. 입을 움직이고 있잖아. 초는 깜빡거리는 것으로 이야기하는 거야.'

'아버지. 아무런 걱정 마세요. 내일 칼을 모시고 올 테니까요. 칼은 약학에도 능숙하니까……, 악!'

'욘석아! 입을 꽉 다물어. 그래야 들을 수 있어. 초의 이야기를 말이야.'

좋아, 해볼까? 난 입을 꽉 다물고 내 코에서 나는 호흡소리에서도, 먼곳에서 들려오는 듯하지만 사실 가장 가까운 곳에서 들리는 내 맥박소리에서도 멀어지기 시작했다. 가만히 촛불의 불꽃만을 바라보았다.

초가 대답해 주었다.

'이봐, 넌 헬턴트 마을의 초장이 후보이자 빛의 세공사다. 잠자코 내 자태를 감상해. 그리고 다음에 나 같은 멋진 빛을 만들어낼 생각을 하라구. 자크의 말이 기억나지 않아? 하드 베팅은 피하는 법이고, 거물들의 일에는 끼어드는 것이 아니야.'

맙소사. 아버지! 왜 초는 멍청한 이야기를 한다는 것은 말해주지 않았어요? 이 멍청한 초야. 넌 틀림없이 제조 과정에서 엉터리 밀랍이 들어갔을 거야. 지방 덩어리에 뼛조각이 섞여 들어갔거나……. 아니면 파라핀을 제대로 녹이지 못해서 불균질 상태일 거다. 이봐, 들어보라구. 넌 자신을 태워서 빛을 만들어. 그렇다면 인간도 자신을 태워서 뭔가가 되어야 하지 않겠어? 타는 것이 두려우면 영원히 빛을 만들지 못한다는 초장이 농담도 몰라?

으윽. 아버지껜 죄송한 말이지만 초와 이야기를 나누자니 수준이 떨어지는 느낌이군. 제레인트는 신과 이야기를 나누는데.

고개를 돌려 제레인트를 보았다. 두 눈엔 벽난로의 불빛을 담아 반짝거리는 제레인트의 얼굴. 난로의 불길은 산사의 생활을 하며 검게 탄 그의 얼굴을 희한한 색으로 물들여 놓았다. 게다가 조금 전의 대화는 그의 얼굴을 더욱 복잡하게 만들어놓은 듯하다. 제레인트는 말없이 바닥에 무릎을 꿇은 하슬러의 등을 바라보고 있었다.

길시언은 방금 말린 셔츠가 불편하다는 듯이 몸을 이리저리 뒤틀다가 얼굴을 좀 만지작거리고는, 짐짓 밝은 목소리로 말했다.

"당신은 모르겠지만, 운차이는 원래 간첩이었소. 간첩도 사면되는데 반역자라고 해서 특별히 두려워할 필요는 없을 거요."

의도야 좋았지만, 길시언의 말은 하슬러를 안심시키지 못했을 뿐 아니라 운차이마저도 얼굴을 찡그리게 만들었다. 안하느니만 못한 말이지, 뭐.

엑셀핸드의 파이프에서 올라오는 연기를 지그시 바라보고 있던 칼이 입을 열었다.

"하슬러 씨."

하슬러는 꿈쩍도 하지 않았다. 칼은 목소리를 더 높일 듯이 가슴을 펴다가 그냥 조용히 하슬러의 등을 바라보았다. 잠시 후 하슬러는 몸을 일으켰다.

그는 에포닌의 이마를 쓸어주고는 에포닌의 손을 조심스럽게 시트 안으로 집어넣었다. 그 동작은 엄숙하기까지 했다. 아버지! 저걸 좀 보라구요! 매일 아침 날 걷어차서 깨우는 거 이젠 지겹지 않아요? 아버지 구해 드리고 나면 먼저 이 광경에 대한 이야기부터 들려드려야겠다.

하슬러는 다시 의자에 앉았다. 칼은 그를 바라보며 말했다.

"심정이 괴롭겠지만, 이왕이면 아까의 이야기를 다 듣고 싶소."

하슬러는 그저 조용히 테이블만을 노려보았다. 고개를 조금 돌리자 지루하다는 표정으로 몸을 뒤틀며 하품을 간신히 참아넘기는 샌슨의 모습이 보였다. 칼은 이야기했다.

"루트에리노 대왕의 선택에 대해서는 지금 당장은 뭐라 말할 수가 없군요. 어차피 과거의 일. 300년 전의 일이니만큼 거기에 대해 뭐라 화를 낸다는 것도 우스운 일이 될 것 같소. 그런데 당신은 어떻게 이 모든 일에 대해 잘 알고 있는 것입니까? 시오네에게 들었다고 말씀하셨는데, 시오네는 어떻게……."

"생의 모든 희망이 파괴되고."

하슬러는 갑자기 터지듯이 말문을 열었다. 깜짝 놀란 엑셀핸드는 파이프를 떨어뜨릴 뻔하다가 간신히 잡아내었지만 불행하게도 손가락을 파이프 속에 집어넣고 말았다. 그는 울상이 되어 손가락을 빨기 시작했고 하슬러는 헛기침을 좀 한 다음 다시 조용히 말을 이어나갔다.

"생의 모든 희망이 파괴되고, 남은 하나의 희망마저 거절당한 핸드레이크는 자포자기하게 되었소. 그러다가 그는 갑자기 마법 연구에 정진했다고 합니다. 그 이유는 알 수 없지만 그는 자신의 손으로 일구어내다시피한 바이서스에도 거의 관심을 두지 않은 채 마법 연구에만 골몰했소."

길시언은 무릎에 팔꿈치를 얹은 채 하슬러 쪽으로 상체를 굽혔다. 칼은 고개를 끄덕이며 말했다.

"맞소. 바이서스 건국 초기의 핸드레이크의 활동은 거의 드물지요. 그만한 사람이라면 당연히 나타나야 할 업적들이 전혀 나타나지 않았고 그래서 아직껏 그에 관한 이야기는 기록보다는 전설에서 더 많이 찾아볼 수 있지."

아프나이델이 고개를 끄덕이며 조심스럽게 끼어들었다.

"예. 심지어 빛의 탑의 기록에도 핸드레이크의 일은 잘 나타나지 않습니다."

"그렇습니까? 아마도 그는 마법 연구에 골몰하느라 국사나 길드의 일에 대해선 관심도 두지 않은 것이었겠지요. 그리고 그 이유는 짐작할 수 있겠군요."

"짐작하신다구요?"

아프나이델은 당혹한 목소리로 말했고 하슬러는 의심스러운 눈으로 칼을 바라보았다. 칼은 천천히 한 마디 한 마디를 꺼내놓았다.

"내 생각이지만, 아마도 파괴된 여덟 별을 대신할 클래스 10의 마법을 만들어내려는 것이었겠지요."

뭐? 클래스 10의 마법?

맞아! 그렇구나. 내가 손가락을 튕기자 아프나이델은 의아한 얼굴로 날 바라보았다. 그래. 맞았어! 모든 것이 딱 맞아떨어진다. 이루릴의 말에 의하면 클래스 10의 마법은 세계 창조였다. 핸드레이크는 여덟 별로써 모든 존재가 완전해지는 세계를 만들려고 했지만, 그 여덟 별은 파괴되었으니까, 그래! 그러니까 그는 여덟 별 대신 모든 존재가 완전할 수 있는 세계를……, 직접 창조하려 했던 것이었겠지!

"세상에, 이토록 야심만만한 사나이라니!"

내 감탄에 아프나이델의 눈은 더욱 휘둥그레졌다.

"어? 어? 후치. 무슨 말이지? 클래스 10이라니? 게다가 내가 아니고 왜 네가 놀라는 거지? 내가 마법사라는 것은 불확실할지 몰라도 네가 마법사가 아니라는 것은 확실하다고 보는데?"

"아프나이델은 마법사 맞으니까 겸양하지 않아도 돼요. 난 클래스 10이라는 말에 놀란 것이 아니라 핸드레이크의 꿍꿍이 때문에 놀란 것이고."

"꿍꿍이?"

난 어깨를 으쓱였다. 뭐라고 설명해 주기가 어려운 말이니까. 핸드레이크는 그러니까, 자기 마음대로 세계를 뜯어고치려고 든 자란 말이야! 드래곤 로드로 하여금 꼬리를 말고 달아나게…… 잠깐, 드래곤이 하늘을 날 땐 꼬리를 말지 않던가? 그럼 그 대신 아무거나 말고 달아나게 만든 작자답게 이 황당한 남자는 스스로 신이 되려 했던 거였다구!

하슬러는 칼을 바라보았다. 칼은 고개를 끄덕이며 말했다.
"이 이야기는 천천히 해드리리다. 지금은 당신의 이야기를 계속 듣고 싶습니다만."
하슬러는 칼의 얼굴을 뚫어지게 바라보더니 고개를 끄덕였다.
"알겠소. 어쨌든 그는 바이서스 임펠에는 거의 머물지 않고 다시 세계를 주유하는 생활을 계속했소. 여러 가지 이유로 해서 정체를 숨긴 여행이었지. 때론 가명을 쓰고, 때론 마법으로 모습을 바꾸고……. 이 과정에서 그가 만나고 때론 지도하기도 했던 마법 수련사들이 훗날 빛의 탑을 이룩하게 되었다는 이야기는 당신들도 잘 알고 있을 것이오."
"알고 있습니다. 남부 대로의 솔로처가 핸드레이크를 만난 이야기는 유명하지요."
아프나이델은 내가 설명해 주지 않아서 못마땅한 얼굴이었지만 자신의 대선배들의 이야기가 나오자 곧 반색을 하며 다시 하슬러와 칼의 이야기에 빨려들어 갔다. 길시언은 의자를 거꾸로 돌리더니 등받이 위에 턱을 올려놓고는 이야기를 들었다.
"그런데 그는 이때 저 먼 자이펀에도 갔던 모양이오."
천장을 바라보던 운차이는 이 말에 고개를 내렸다.
"세계를 제멋대로 돌아다닌 자였으니 별로 이상할 것은 없소. 그런데 그는 언젠가 자이펀과 사우스 그레이드의 접경지에 위치한 아비스의 미궁에 들어갔던 모양이오."
"아비스의 미궁에!"
손가락을 빨고 있던 엑셀핸드가 벌떡 일어나며 외쳤다. 하슬러는 차가운 눈으로 엑셀핸드를 바라보았지만 엑셀핸드는 흥분을 감추지 못한 채 말했다.

"그가 아비스의 미궁에도 들어갔단 말인가! 맙소사! 그렇다면 그는 우리 드워프들 중에서도 한 명도 없는 2대 미궁의 침입자란 말인가!"

"2대 미궁의 침입자?"

엑셀핸드는 수염이 모두 곤두설 만큼 흥분해서는 말했다.

"그는 대미궁에도 들어갔다 하지 않았는가! 그렇다면 그는 대미궁과 아비스의 미궁 양쪽에 모두 발을 들여놓았다는 말이지 않나! 맙소사. 이건 드워프의 수치로군. 드워프들도 아무도 해내지 못한 일을 인간이 해내다니! 물론 대마법사 핸드레이크니까 가능한 일일 테지만, 정녕 놀라운 일이군!"

하슬러는 차갑게 웃었다.

"그렇소, 노커여. 조금 전 칼 씨가 말하지 않았소? 우리는 모든 것을 우리로 바꿔버리는 존재요. 어떻게 본다면 세상에서 가장 무서운 종족이지. 어떤 미궁도, 어떤 산악, 어떤 바다도 인간의 발 앞에 점령되지 않을 수 없소. 당신은 말 위에서도 불안해하지만, 우리는 하늘도 정복했다오. 마법사들은 하늘을 날아다니지."

"끄으으응!"

엑셀핸드는 끔찍한 신음을 흘렸지만 별말은 하지 않은 채 다시 주저앉아 파이프만 뻑뻑 피워대기 시작했다. 마치 말 같지 않아서 대꾸도 하고 싶지 않다는 듯한 모습이었다. 하슬러는 그 모습을 바라보다가 다시 테이블을 바라보며 말했다.

"그리고 실제로 핸드레이크는 아비스의 미궁도 정복했소. 시오네를 만나게 된 것은 그 때문이었으니까."

칼은 놀란 목소리로 말했다.

"시오네가 핸드레이크를 만났다고요?"

시오네가? 아, 잠깐. 시오네는 뱀파이어지. 그러니까 그 수명은 무한이라고 할 수도 있지. 최소한 그녀의 그 끔찍한 생명의 원천인 피가 공급되는 한 그녀는 영원히 사는 셈이지. 맞아! 가능해! 300년 전의 인물과 만나는 것도 가능한 일이군! 하지만 이건 정말이지 혼란스러운걸. 현재가 제멋대로 과거와 연결되어 버리니 시간 관념이 엉망이 되잖아.

"그렇소. 시오네는 뱀파이어였지 않소? 아비스의 미궁이야말로 그녀에게 어울리는 장소지. 그녀는 그곳에서 감히 아비스의 미궁에 도전하는 인간들을 자신의 제물로 삼아 불유쾌한 삶을 이어나가는 몬스터였소."

놀랍게도 하슬러는 강한 불쾌감을 나타냈다. 동지 아니었던가?

"그녀는 그 안에서 세계가 어떻게 돌아가는지도 모른 채 살고 있었소. 드래곤 로드가 세계를 지배하다가 핸드레이크와 루트에리노의 손에 의해 쫓겨났다는 사실 같은 것은 전혀 알지도 못했소. 그녀는 공허하고 암흑만이 가득한 아비스의 미궁을 모든 세계로 여기고 살았던 비참한 괴물이었소. 핸드레이크가 그곳에 들어갔을 때도 시오네는 아무 거리낌 없이 그를 공격했지."

"맙소사……. 그래서?"

"시오네로서는 어처구니없는 일을 당했다고 할 밖에. 핸드레이크는 간단히 그녀를 제압해 버렸소."

아프나이델은 히죽 웃었다. 대선배의 위업을 듣는 일이 그를 즐겁게 만든 모양이다. 난 빙긋 웃고는 다시 하슬러의 말에 귀를 기울였다.

"그러나 핸드레이크는 그녀를 없애버리지 않았던 모양이오. 그 비참함을, 미궁 이외에 세계를 알지 못하고 자기 이외의 모든 것은 먹이로만 생각하는 비참한 몬스터를 동정했던 것인지, 나로선 알 수가 없소. 시오네도 그 부분에 대한 이야기는 별로 들려주지 않았으니까. 어찌 되었건 시오네는 핸드레이크 본인으로부터 그 이야기들을 듣게 된 모양이오. 아마도 함께 다닌 것이 아닌가 싶기도 한데, 정확하겐 모르겠소."

"그렇습니까."

칼은 평온하게 말했지만 아프나이델은 걱정을 숨기지 못하는 얼굴로 말했다.

"그렇다면, 에, 그러니까 시오네는 핸드레이크의 전인인 모양이군요! 알려진 대로 무지개의 솔로처가 핸드레이크의 마지막 전인인 것이 아니라 시오네가 바로 핸드레이크의 마지막 제자였군요?"

칼은 고개를 갸웃거리며 아프나이델을 바라보았다.

"아프나이델 씨. 당신 생각으론 시오네가 핸드레이크의 제자라 할 만한 실력이었다고 봅니까?"

아프나이델은 고개를 끄덕여가며 말했다.

"예……, 사실 마법 사용자들 중에서 인간 마법사들만큼 우수한 실력을 갖춘 자들은 보기 어렵습니다. 인간들은 빛의 탑을 이용하거나, 뭐 기타 등등으로 선학께서 후학에게 지식을 전수해 주고 후학을 단련시켜 주시니까요. 아, 저 조화로운 엘프에겐 마법의 전승 지식이 대단합니다만, 뱀파이어는? 글쎄요. 뱀파이어는 누구에게 마법을 배우겠습니까? 시오네는 분명 보통 뱀파이어에게서 기대될 수 있는 정도보단 훨씬 숙련되고 고급한 마법 실력을 보여주었습니다."

"그렇습니까? 예. 그래서 시오네는 그런 이야기를 아는 것이었군요. 그리고 시오네가 당신 주인에게 그런 이야기들을 들려준 것입니까?"

"그렇소. 그리고 난 항상 주인의 곁에 있었으므로 그 이야기를 같이 들을 수 있었소."

"그랬군요……."

칼이 고개를 끄덕이자 하슬러는 몸을 일으켰다.

"이제, 들려줄 말은 다했소. 됐소? 그럼 난 이만 자고 싶은데. 내일은 수년 만에 내 딸과 함께 걸을 수 있을 테니 푹 자두고 싶군요."

하슬러는 표정 없는 얼굴로 길시언을 흘끔 바라보았다. 길시언은 어두운 표정으로 하슬러를 바라보았지만 별말은 하지 않았다.

하슬러는 몸을 던진다는 것이 정확한 표현이 될 듯한 동작으로 침대에 쓰러졌다. 그 모습을 보던 샌슨은 피식 웃으며 말했다.

"아무래도 성격에 맞지 않게 너무 말을 많이 해서 피곤한 모양이야."

별로 귀담아 들을 말도 아니었고, 샌슨은 그저 어깨를 으쓱이고는 역시 침대 속으로 들어갔다. 난 칼의 얼굴을 살폈다.

칼은 깊은 생각에 잠긴 표정이었다. 벼락이 칠 때마다 그의 얼굴은 창백한 망령처럼 보였지만, 난로의 불빛에 비친 그의 얼굴은 또 정반대로 뭔가 세상을 위한 따스한 계획이라도 세우기 위해 고심하는 사람처럼 보였다. 난 자신도 모르게 말해 버리고 말았다.

"그래봐야 세상은 제멋대로 돌아가요."

"응? 뭐라고 했나, 네드발 군?"

"웃긴다구요. 핸드레이크가 어쨌건 루트에리노 대왕이 어쨌건 세상은 제멋대로 돌아가는 것이 아닐까, 뭐 그런 생각이 떠오르는데요?"

길시언은 등받이에 괴고 있던 머리를 내 쪽으로 움직였다. 칼은 빙긋 웃으며 말했다.

"자넨 그 두 분이 모두 세상을 너무 만만하게 보았다고 여겨지는 모양이지?"

"어……, 물론 핸드레이크는 아직도 이름이 자자한 대마법사고, 루트에리노 대왕도 뭐라 흠잡을 데 없는 모범적인 영웅이시지만, 두 사람이 세상을 가지고 이랬다 저랬다 했다는 식의 이야기는 받아들이기 힘들어요."

"글쎄? 최소한 루트에리노 대왕께선 드래곤 로드의 세상을 자유 종족들의 세상으로 바꾸시지 않았는가?"

"칼. 능청을 떨어서 제자를 시험에 빠뜨릴 생각인 모양인데, 마음에도 없는 이야기는 하지 마세요. 뭐가 드래곤 로드의 세상이고 뭐가 자유 종족들의 세상이라는 거예요?"

칼은 대답없이 그저 벌쭉 웃었다. 길시언은 등받이 위를 줄타기하고 있는 자신의 머리를 조금 흔든 다음 말했다.

"후치. 그렇게 생각하냐? 드래곤 로드의 세상도 아니었고, 자유 종족의 세상도 아니라구?"

"세상은 세상이에요. 누가 이 세상을 가지고 나의 세상이니 어쩌니 생각하겠다면, 난 말릴 생각은 없어요. 하지만 나완 아무 상관없어요. 그걸 주장함으로써 날 귀찮게 굴지만 않는다면 말이죠."

"나는 나고 너는 너다라는 식이냐?"

"나는 네가 될 수 없고 너는 내가 될 수 없다는 거죠. 사람 수

만큼 많은 세상이라는 이야기 들어보셨어요? 핸드레이크의 세상은? 글쎄요. 뭔가 크게 개선해야 될 세상이었던 모양이죠. 여덟 별의 도움을 받아서라도. 루트에리노 대왕의 세상은? 아마 자기 다리로 걸으면 충분한 세상이었나 보지요. 도움 같은 거 없어도 충분히 살아갈 수 있는 세상인가 보지요."

"……네 세상은 뭐냐?"

"제 세상이요? 글쎄요. 대왕님의 세상 쪽이 마음엔 좀더 들어요."

"대왕의 세상이?"

"예. 세상이 자기 다리로 충분히 걸을 수 있는 편이 좋지. 지독한 부조리로 가득 차서 사는 게 곧 고통인 세상이라면 그거 어디 살맛 나겠어요? 게다가 난 핸드레이크처럼 대마법사도 아니니까 여덟 별 같은 것을 찾아서 세상을 뜯어고칠 능력도 안 되는걸요. 그러니 세상은 적당히 노력하면 자기 다리로 얼마든지 걸을 수 있는 편으로 남는 게 좋지요."

칼은 촛불에서 고개를 조금 돌려 볼만 발갛게 빛나고 있을 뿐 얼굴은 잘 보이지 않았다. 하지만 음흉스럽게도 미소를 짓고 있는 것은 확실하다. 길시언은 날 똑바로 바라보면서 말했다.

"……세상의 원래 모습이야 어쨌든, 불합리하든 합리적이든, 개선해야 될 필요가 넘치든 그 자체로 완벽하든 너완 아무 상관이 없단 말이냐? 세상의 진실보다는 너 자신이 더 중요하다는 거냐?"

"예. 그래요. 페어리퀸의 말을 좀 바꿔 말해 볼까요? 페어리퀸은 자기가 있고 타인이 있다고 했어요. 난 이렇게 말하지요. 자기가 있어야 세계도 있다고. 그런데 난 지금 몹시 졸리고, 따라서 날 세계와 단절시켜서 수마(睡魔)의 나라로 보낼 생각인데요."

길시언은 갑자기 두 팔을 들어올렸다. 그는 머리를 쓸어올리더니 목 뒤로 손을 깍지 끼고는 천장을 바라보며 소리없이 웃기 시작했다. 그러더니 길시언은 다시 고개를 내려 날 보며 피식 웃었다.

"그래. 긴 하루였다. 그리고 피로한 사람들의 대화 주제론 너무 무겁기도 하고. 쉬도록 해라."

고맙다고 말해야 되나? 내가 자고 싶어서 자는데 말이야. 하하.

밤새 내리던 비는 보슬비로 바뀌어 있었다.

가까운 산들의 녹색은 촉촉하게 젖어 반짝였고 조금 떨어진 산들은 청회색으로 아련히 사라져갔다. 산자락 자락마다 감고 도는 아침 안개의 희뿌연 흐름 속에 대지는 잠겨들어 보이지 않았다. 안개 위로 산봉우리와 산등성이만이 흘러 떠가는 듯했다.

머리카락을 촉촉이 젖어들게 만드는 빗방울들. 검푸른 아침 공기 속에 눈에 보이지 않을 정도로 미세한 빗방울들이 스며들듯 떠가듯 그렇게 내리고 있었다. 난 잠시 고개를 돌려 내 어깨의 갑옷 가죽에 맞아 튕겨오르는 빗방울을 바라보았다.

"어젯밤엔……, 미안했어."

"잊었다고 전해 줘."

"라는군요."

"저……, 불쾌했을 텐데, 끄, 끝까지 신경 써줘서 고마워."

"마지못해 한 일이지 본심으로 한 일이 아니라고 전해 줘."

"라는군요."

"……그렇게 정떨어지게 말하지 마."

"특별히 정 붙이고 싶은 생각도 없다고 전해 줘."

"그런데 내 생각에도 그렇게 말……, 알았어요! 그렇게 노려보지 말아요. 라는군요, 젠장."

아침 일찍 일어나는 것은 자칫 무서운 상황을 야기시킬 수 있다는 것을 알게 되었다. 아침에 일어나, 기지개를 켜고, 바라크를 나서서, 볼에 엉겨붙는 빗살 속을 걷는 일까지에선 별로 위험을 느끼지 못했다. 느낀 것이라고는 축축한 싱그러움뿐이었다. 그런데 거기서 난 절벽 언저리의 바위 위에서 눈을 지그시 감고 가부좌를 틀고 앉은 운차이를 발견하게 되었다. 여기서도 내가 위기로 다가가고 있다는 것은 알지 못했다. 운차이는 은자라도 되는 양 바위 위에 그럴듯한 자세로 앉아 명상을 하고 있었고 난 그저 그의 옆에 앉아 함께 산자락과 아침 안개를 내려다보았다. 아, 운차이는 눈을 감고 있었으므로 산자락과 아침 안개, 그리고 대기 속으로 녹아가는 듯한 빗방울은 나 혼자 바라보았다.

그런데 그때 문이 열리며 네리아가 나온 것이다. 네리아는 나와 운차이를 보더니 흠칫했다. 그러다가 네리아는 천천히 걸어왔고 난 그때서야 뭔가 불안하게 돌아간다는 느낌을 받았다.

그러나 난 도망갈 기회를 놓치고 말았다. 네리아는 날 사이에 두고 운차이와 떨어져 앉아서는 이야기를 꺼내기 시작했고 바위 위에 가부좌를 틀고 앉은 운차이는 눈도 뜨지 않은 채 냉랭하게 대답을 하기 시작했다. 그리고……, 나는 말을 전해 주기 위해 어쩔 수 없이 감정이 없는 무정물 흉내를 내야 하는 것이다. 젠장.

고요한 아침이다. 귀밑머리에 엉겨드는 미세한 빗방울들은 선뜻하면서 따스하다. 그리고 희푸른 산과 언덕들 주위로는 안개들이 꿈결 속의 무엇처럼 꿈틀거리고 있다. 그런데 이 광경을 내려다보면서 무정물 흉내를 내어야 하다니 정말 신세 고약하기 짝이 없군그래.

네리아는 다시 조심스러운 어투로 말했다.

"기분 많이 나빴어?"

운차이는 대답하지 않았고, 그래서 나도 모르게 '라는군요.'라고 말하려다가 황급히 입을 틀어막아야 했다. 네리아가 이상스러운 눈으로 날 바라보았다. 에휴.

운차이는 눈을 감은 채 여전히 곧은 자세로 앉아 있었다. 네리아는 입술을 깨물더니 운차이를 쏘아보기 시작했다. 쏘아보는 것은 좋은데, 네리아. 당신과 운차이 사이엔 내가 끼여 있다구.

"기분 더러웠어?"

네리아는 뾰족한 목소리로 말해 버렸다. 음. 그래. 말해 버렸다고 표현하는 것이 정확하겠는걸. 운차이는 여전히 바위보다 더 바위 같은 자세로 앉아 있을 뿐 아무런 대답도 하지 않았다. 네리아의 목소리가 더욱 날카롭게 바뀌었다.

"역겨웠어? 구역질이 났어?"

아이고, 젠장! 사람을 정말 난처하게 만드는군.

"네리아. 말이 좀 심하군요. 설마 운차이가……."

"끼어들지 마!"

"예……."

제길! 그럼 이왕이면 난 좀 빼놓고 말할 것이지, 애매한 사람을 가운데 끼워놓고 사람 취급도 하지 않으면서 말싸움이라니. 그때 바위가 말했다. 아니, 운차이가 말했다.

"별로. 측은했을 뿐이다."

"라는군……이 아니라!"

으아아, 맙소사! 난 내 귀가 들은 말이 의심스러워 네리아를 돌아보았다. 그리고 네리아의 눈이 휘둥그레진 것을 보고서야 내 귀의 성능에 대해 안심할 수 있었다. 음. 좀 잘려나갔지만 그래도 들을 건 제대로 듣고 있군그래. 그런데 정말 운차이가 저렇게 말했나? 네리아는 몹시 당황한 목소리로 말했다.

"그랬어? 어, 저, 운차이?"

운차이는 눈을 꾹 감은 채였다. 그는 입술을 움직이는 것인지 의심스러울 정도로 조금씩 움직여 가며 말했다.

"다른 감정은 없었다. 그리고 그렇게 자기를 비하할 필요는 없다고 생각한다."

네리아는 손을 가슴 앞까지 들어올렸다가 다시 내렸다. 그러더니 네리아는 두 손을 꼭 마주쥐었다가 다시 손을 들어올려 허공을 더듬었다.

"저, 저, 지금 나한테 말하는 거 맞아?"

운차이는 아무런 대답도 하지 않았다. 네리아는 이제 손을 입 앞에 모으더니 손톱을 깨물기 시작했다.

"측은했어? 저, 멍청하게 번개 같은 거 무서워하고 그런다고……, 바보처럼 보이지 않았어?"

운차이는 갑자기 눈을 떴다. 그는 고개를 휙 돌리더니 네리아를 바라보며 쌀쌀맞게 말했다.

"내가 여자에게 말을 못한다고 날 바보라고 생각했나?"

너무 똑바로 바라보며 말해서 오히려 이상하긴 하지만 분명히 네리아를 향해 말하고 있는 것이다. 네리아는 다시 정신 없이 손을 휘젓기 시작했다. 조금만 지나면 아마도 청회색 아침 하늘을 향해 날아갈 수 있을지도 모르겠다.

"어, 어, 그런 거 아냐, 아니, 그런 적 없어. 그러니까……."

"널 바보라고 생각한 적 없었다."

네리아는 운차이를 바라보더니 자리에서 벌떡 일어났다.

"고마워!"

그녀는 그대로 운차이에게 다가갈 것인지 아니면 몸을 돌려버릴 것인지 고민하는 것처럼 좌우로 몸을 뒤틀었다. 그러나 운차이는 다시 고개를 돌려 눈을 감았고 그러자 네리아는 그런 그의 모습을 바라보다가 그대로 몸을 돌렸다. 급한 발소리가 등 뒤로 멀어졌다. 탁탁탁탁탁.

그리고 등 뒤에서 문이 벌컥 열리는 소리가 들리며 동시에 엑셀핸드의 비명이 들려왔다.

"으악! 내 코!"

"꺄하하하! 누가 그렇게 문 뒤에 서 있으래요? 좋은 아침이에요! 으음!"

"어, 어! 뭐야? 뭐하는 거야? 아니, 잠이 덜 깼어? 아침부터 이 늙다리 드워프가 인간 미남자로 보인 거야?"

"꺄하하하! 엑셀핸드 볼 너무너무 탱탱하네. 드워프는 나이 먹어도 그런가 보죠? 그런데 수염 좀 깎는 게 어때요? 키스할 때 너무 간지럽네용!"

고개를 돌려보니 문 안쪽으로 사라지는 네리아의 뒷모습과 자신의 볼을 쓰다듬으며 어이없는 표정을 짓고 있는 엑셀핸드의 모습이 보였다. 엑셀핸드는 극히 의심스러운 얼굴로 문 안쪽을 바라보더니 곧 나에게 시선을 돌렸다. 그는 손을 들어 귀 옆에서 수직으로 빙글빙글 돌리며 묻는 듯한 눈길을 보내었고 난 어깨를 으쓱였다.

그때 절벽 저쪽의 내리막길에서 누군가가 안개 사이로 올라오는 모습이 보였다. 눈에 잔뜩 힘을 주고 바라보니 안개 사이로 나타난 그림자는 아는 사람이었다.

"칼?"

"오, 일찍 일어났군, 네드발 군."

칼은 뒷짐을 진 채 한 손엔 나뭇가지를 하나 들고 이리저리 휘저으며 느긋하게 걸어 올라오고 있었다. 어깨 부분이 적당히 젖어 있는 모습이 잘 보였다. 운차이가 눈을 뜨면서 돌아보았다.

"이제 오십니까. 산책은 잘 다녀오셨습니까."

"예. 산속이라 그런지 아침 공기가 참 상쾌하군요."

산책? 어, 칼도 참. 여행 중에 무슨 산책을 다녀왔다는 거야? 게다가 이렇게 부슬부슬 비가 내리는 산길에서 산책을 하다니. 칼은 내게 뭐라 말을 건네려다가 어이없는 얼굴을 하고 있는 엑셀핸드의 모습을 보았다.

"아인델프 님? 아침부터 왜 그런 얼굴을 하고 있습니까?"

바로 그때 바라크 안쪽에선 샌슨의 당혹한 신음소리와 뭔가 우당탕 퉁탕거리는 소리, 그리고 레니의 기겁한 비명소리가 들려왔다. "으아아! 언니! 뭐 하는 거예요! 하지 마요!" "일어나! 잠꾸러기야. 햇님이 아침 산책을 시작했단 말이야! 꺄하하하!" 거짓말이다. 온통 구름이 낀데다가 비까지 오고 있어 해는 구경도 할 수 없는걸. 그리고 제레인트의 넋이 나간 듯한 웃음소리와 함께 ("으허, 으허허허! 어흐?"), 무서운 기세로 엑셀핸드를 밀어젖히며 튀어나오는 아프나이델의 모습이 보였다.

칼은 대경실색한 얼굴로 운차이와 날 번갈아 쳐다보았고, 그래서 난 재빨리 고개를 돌려 운차이를 뚫어지게 노려봄으로써 칼 역시 운차이만을 바라보게 만들었다. 그러자 운차이는 헛기침을 하면서 다시 먼 산을 바라보기 시작했다. 뒤에선 여전히 괴상망측한 소음이 들려오는 가운데, 메드라인 고개의 활기찬 아침이 시작되었다. 세상은 복된 것이야. 푸하하.

"아침에만 저런 거요, 아니면 하루 종일 저 상태요?"

메드라인 1-4…… 어쩌고의 레인저 대장 카무이 라다는 두 손 위에 턱을 올리고 앉아서 운차이를 바라보며 방긋방긋 웃거나 간혹 입을 가리고 '킥킥킥!' 하는 톱날 긁는 소리로 웃음으로써 운차이의 평화로운 아침 식사에 지대한 악영향을 끼치고 있는 네리아를 가리키며 이렇게 말했다. 그러자 샌슨은 퉁명스러운 어조로 대답했다.

"아침에만 저렇게 양호한 편입니다, 대장님."

"……이해했소."

"킥킥킥!"

이번엔 네리아가 아니라 레니였다. 레니는 먹던 빵을 두 손으로 꽉 움켜쥐고는 웃음을 참기 위해 턱을 가슴에 박고 부르르 떨고 있었다. 빵을 입에 물고 부르르 떠는 항구의 소녀라. 우리 일행의 품위가 전폭적으로 하강하는 소리가 들리는 듯하군. 길시언은 눈살을 찌푸리면서도 입은 웃으면서 라다 대장에게 말했다.

"어젯밤의 폭풍이 꽤 심하던데요."

라다 대장은 고개를 끄덕였다. 푸른 조끼에 갈색 바지를 입고 머리는 정수리까지 벗겨진 것이, 레인저의 대장이라기보다는 마음씨 좋은 농부처럼 생긴 남자였다. 하지만 강건하면서도 질겨 보이는 팔뚝이라든지 허리에 차고 있는 폭 넓은 쇼트 소드가 전혀 이상할 것이 없다는 듯 마치 몸의 일부분처럼 매달려 있는 것을 보면 과연 레인저의 대장이구나 하는 생각이 들었다. 산바람을 많이 맞아서 생긴 것이 분명한 눈가의 주름을 조금 찌푸리면서 그는 말했다.

"예. 왕자님. 하지만 새벽에 나가본 대원들의 보고에 의하면 길이 유실되거나 한 일은 없답니다. 혹시라도 조난자가 발생했을까봐 열심히 살펴본 결과니까 안심하셔도 될 것으로 생각됩니다."

"그렇습니까? 다행이군요."

"예. 그런데 어젯밤에도 여쭸던 일입니다만, 목적지가 어떻게 되십니까? 목적지는 갈색 산맥 안에 소재한다고 하셨는데, 갈색 산맥 내부에 무슨 용무가 있으신지는 모르겠습니다만 산맥 안의 일이라면 저희 대원들을 파견해 드릴 수 있습니다. 쓸 만한 길잡이가 될 것이라고 생각되는데요."

그러자 곧장 엑셀핸드가 들고 있던 술잔을 탕 소리 나게 내려놓으며 말했다.

"아니, 카무이. 지금 날 못 본 척하는 건가? 내가 이 친구들을 안내하고 있잖은가?"

음. 광산에서 일하는 드워프들의 노커인 엑셀핸드가 갈색 산맥의 레인저 대장과 아는 사이라 해서 이상할 것은 없지. 라다 대장도 웃으며 대답했다.

"엑셀핸드. 지하에서라면 난 언제든지 당신에게 길잡이를 맡길 겁니다. 하지만 산봉우리 위나 숲 속에서라면 난 무슨 일이 있어도 당신만은 피해 다닐 겁니다. 혹시 그런 곳에서 길잡이를 하겠다고 나선다면, 달갑잖은 일행을 대하는 레인저의 예법대로 당신을 묶어서 데리고 다니는 것도 심각하게 고려해 보렵니다."

"핫하하하!"

제레인트는 엑셀핸드의 무서운 눈길을 받으면서도 웃음을 터뜨려버렸다. 엑셀핸드는 헛기침 소리를 좀 내고는 수염을 쓸어내리며 말했다.

"걱정 말게. 날 묶기 전에 자네 턱부터 쪼개놓을 테니 고려하실 필요는 없네. 게다가 자네의 왕자님을 숲으로 끌고 가서 나 몰라라 할 일도 없으니까 안심해도 되겠지. 우리 용무가 지하에 있다면, 자넨 누구에게 길잡이를 맡기겠는가?"

라다 대장은 고개를 갸웃거렸다.

"지하에? 허허. 물론 지하에서라면 내 부하 열 명보다도 당신을 더 신뢰할 것입니다만. 그런데 혹시 드워프들의 광산에 용무가 있으신 겁니까?"

"비슷한 곳에 있네. 어쩌면 정반대가 될지도 모르지만."

라다 대장은 고개를 갸웃거렸지만 우리 일행들은 엑셀핸드의 말을 알아듣고는 쓴웃음을 지었다. 크라드메서는 땅속에 잠들어 있을 것이다. 하지만 잠에서 깨어나면 하늘로 날아오를 테지. 그때 샌슨이 말을 꺼내었다.

"그런데 말입니다. 이런 경우를 생각해 보긴 해야 되지 않겠습니까?"

"무슨 말인가, 퍼시발 군?"

"만일 레니가 받아들여지지 않을 경우에는 말입니다. 우리도 뭔가 안전 대책을 강구해 둬야 하지 않겠습니까? 레니가 받아들여지지 않는다면 우리는 꽤 위험한 상황이 될지도 모른다는 생각이 드는걸요."

어, 어? 그런가? 만일 레니가 크라드메서에게 받아들여지지 않으면 크라드메서는 인간과 아무런 관련이 없는 드래곤인 셈이고 따라서 마음대로 우리를 공격해 버릴지도 모르는 일이지?

샌슨의 말을 듣고 놀라버린 레니는 입에 빵을 문 채 눈을 동그랗게 떴다. 그 모습을 보고서 제레인트는 스푼을 테이블에 떨어뜨리며 웃었다. 아프나이델은 스푼을 주워 제레인트에게 건네면서도 불안한 얼굴로 칼을 바라보았다. 칼은 고개를 끄덕였다.

"아아……, 물론 그런 걱정도 일리가 있네. 하지만 반대로 생각해 보면 어떨까."

"반대로라니요?"

"만일 우리가 실패한다면 대륙 전체가 어차피 지옥으로 바뀌지 않겠는가."

소름이 쫙 돋아올랐다. 칼은 담담하게 말했지만 이건 담담하게 들어줄 내용이 아니잖아.

"어느 황야나 깊은 계곡으로 달아나서 기구한 생명을 이어갈 수는 있겠네만, 글쎄. 그렇게라도 살아가고 싶은 마음이 없는 것은 아니지만, 그거 정말 비참하겠는걸."

샌슨은 무겁게 고개를 끄덕였다. 지금까지 제대로 인식하지 못하고 있던 우리들의 일의 무게가 뒷덜미를 콱 누르는 것처럼 느껴졌다. 우리가 실패하면, 대륙에 사는 모든 사람들이 죽는다. 모든 사람들이 죽지는 않을지 몰라도 최소한 300년 동안 유구하게 내려오던 나라는 철저하게 파괴될 것이고 문화와 역사, 전통, 모든 것이 소멸될 것이다. 목숨 외엔 아무것도 남지 않는다. 목숨은 남겠지만 그것은…… 저 넥슨과 같다. 우리를 이루고 있던 모든 선조의 소산들이 파괴되어, 살아 있는 것이지만 존재하지는 않는 자가 되는 것. 300년 전 드래곤 로드의 지배기로 돌아가 버리는 것이다.

숨소리 하나하나가 아프게 들려왔다. 귀가 잘려나간 것 때문일까. 그렇지 않았다. 저마다의 가슴속 깊은 곳에서 뿜어내는 한숨소리들. 이건 성공해도 좋고 실패하면 다음에 도전하면 되는 그런 일이 아니다. 망친 양초처럼 모조리 부서뜨려 다시 녹여 시작할 수 있는 일도 아닌 것이다. 실패하면 그걸로 끝장이다. 왜 지금까지 그걸 생각하지 못했을까. 길시언은 주먹을 불끈 쥐었다.

갑자기 칼은 장난스럽게 눈을 찡긋거리며 말했다.

"그래도 사는 게 좋지?"

샌슨은 멋쩍게 웃었고 다른 사람들도 간신히 얼굴을 좀 폈다. 엑셀핸드는 팔짱을 낀 채 테이블을 바라보며 웃었고 제레인트는 맑은 눈으로 천장을 바라보며 웃었다. 다만 우리들의 이 황당한 대화에 넋이 빠져버린 라다 대장만은 아직도 경황 없어하고 있었지만. 칼은 침착하게 말했다.

"난 드래곤의 레어에 대해서는 책에서 읽은 것밖엔 없다네. 내가 아는 것이라곤, 그것은 대개 잘 은폐되어 있지만 안은 넓고, 음……, 당연한 말이지. 안은 넓어야 되겠지. 그리고 드래곤이 움직여야 되므로 그렇게 복잡한 구조나 갈림길은 없다고 알고 있네."

아프나이델이 고개를 끄덕이며 말을 이었다.

"예. 그렇습니다. 그리고 드래곤들은 트롤이나 오거, 혹은 자이언트들을 노예로 삼아 레어를 지키게도 합니다만 수면기에 들어가 있는 드래곤이라면 그 노예들은 다 달아나버렸을 겁니다.

따라서 별다른 방해는 없을 겁니다. 드래곤에게 붙잡혀 있는 몬스터들의 수효도 적을 테고. 따라서 문제가 되는 것은 크라드메서뿐일 겁니다."

"조건은 나쁘지도 좋지도 않군요. 어쨌든 접근해서 주변 정황을 잘 관찰한 다음 안전을 도모해 봐야겠다……라는 소극적인 생각 외엔 없는데 말이야. 퍼시발 군. 난 차라리 자네에게 묻고 싶은데. 우리들 중에 드래곤과의 전투를 경험해 보신 분 또 있습니까?"

길시언은 당황한 얼굴이 되어 말했다.

"잠깐, 그렇다면 샌슨은 드래곤과 싸워본 적이 있다는 말입니까?"

샌슨은 고개를 끄덕였다. 길시언이 놀란 얼굴로 뭐라고 말하려 했을 때 라다 대장이 더 이상 못 참겠다는 어조로 끼어들었다.

"잠깐, 잠깐만요. 이거 아무래도 내가 들은 이야기를 종합해 보자면, 왕자님께서는 지금 드래곤 슬레이어가 되기 위해 드래곤을 찾아가는 것으로 생각되는데, 맞습니까?"

"드래곤 슬레이어? 당치도 않습니다. 난 루트에리노 대왕의 후예지만 그분의 용력까지 받지는 못했습니다. 그분처럼 좋은 동료분들을 가지고 있긴 합니다만."

길시언은 빙긋 웃으며 말했고 일행들 모두에게 잔잔한 웃음이 번졌다(세 사람만 빼놓고. 네리아는 여전히 운차이를 바라보며 방글거리고 있었고 그래서 운차이는 속이 거북하다는 표정을 짓고 있었으며 마지막으로 레니는 겁에 질린 얼굴로 주위를 돌아보고 있었으니까.). 하지만 라다 대장은 여전히 당황한 목소리로 말했다.

"그럼 제가 들은 말은 도대체 무엇입니까! 드래곤의 레어라니, 그리고 전투? 레어를 지키는 트롤과 자이언트? 이게 다 무슨 말이란 말입니까?"

그러자 길시언은 팔을 뻗어 겁에 질린 얼굴을 하고 있는 레니를 가리켰다.

"여기 있는 이 아가씨는 드래곤 라자입니다. 우리는 드래곤 라자의 계약을 위해 드래곤 크라드메서를 찾아가는 길입니다."

5

빗방울은 더 이상 떨어지지 않았고 은회색 구름들이 갈라진 틈 사이로 희미하게 황금빛 햇살이 내리비쳐 먼 산들을 물들여놓고 있었다. 높은 곳에서 내려다보자 대기의 곳곳이 빛살로 구분지어져 신비로운 광경이었다. 대지는…… 마치 황금색 얼룩 무늬가 있는 검은 천자락처럼 보였다.

바라크 앞에는 어젯밤 동안 푹 쉰 말들이 마차에 매어져서는 달려가고 싶다는 듯이 푸르릉거리고 있었다. 우리들은 마차 앞에 서서 레인저 대원들과 하슬러, 에포닌과 작별을 나누고 있었다.

"걱정하지 말라고 말하면 우습겠지요, 하슬러 씨."

하슬러는 과연 대답하지 않았고 칼은 그저 미소지었다. 한편에선 길시언이 중대 범죄자인 그들을 되도록 불편함이 없이 수도까지 호송하라고 말함으로써 라다 대장을 어이없게 만들고 있었다.

"레인저 대원들은 잔혹한 사람들은 아니라고 들어 알고 있소. 산등성이를 걷고 호수에 팔을 씻는 사람들이니까. 따라서 죄수들에게 쓸데없는 고통을 주지는 않을 거라고 믿겠습니다. 그리고 저 소녀는 죄수가 아니라 죄수의 딸이라는 점을 명심해 주시기 바랍니다."

"알겠습니다."

"감사합니다. 그리고 이 서찰은 죄수의 범죄 행위에 대한 길시언 바이서스의 고발장과, 그리고 정상 참작을 요청하는 진정서요. 모두 전하께 친전으로 전해 주시기 바랍니다."

"분부 시행하겠습니다."

"그럼, 부탁드리겠습니다."

난 에포닌을 바라보았다. 하슬러와 에포닌은 건장하게 생긴 레인저 대원 두 명 사이에 끼여 서 있었다. 에포닌은 지금 무슨 생각을 할까. 후작의 저택이 싫어서 도망나왔다가 만난 아버지가 하필이면 반역자라니. 그래서 지금 그 아버지와 함께 수도로 호송당하게 되다니. 판단을 잘못했다고 생각하고 있을까? 에포닌은 잔뜩 굳은 얼굴을 한 채 아무런 말이 없었다. 그러나 그녀는 아버지의 팔을 꼭 붙들고 서 있었고 하슬러는 그녀의 어깨를 부드럽게 감싸쥐고 있었다. 갑자기 그들 옆에 서 있는 레인저 대원들이 시야에서 완전히 사라져버리는 느낌을 받았다. 왠지 마음이 따스해지는 것 같은걸.

그때였다. 칼이 조심스럽게 네리아에게 다가갔다. 그가 네리아에게 뭐라고 귓속말을 하는 모습이 보였다. 갑자기 네리아의 얼굴이 환해졌고, 그녀는 웃으며 하슬러에게 다가갔다.

"이봐요. 푸른 이불은 세 명이. 날개는 그 아래에 있어요."

지금 네리아가 캐스팅을 하고 있나? 도대체 무슨 말을 하는 것인지 못 알아들을 말을 하네? 하슬러는 네리아의 얼굴을 뚫어지게 바라보았다. 그러다가 그는 네리아에게서 고개를 돌려 다시 에포닌을 내려다보았다. 네리아는 어깨를 으쓱하고는 레인저 대원들에게 말했다.

"잘 좀 부탁해요? 어린 소녀도 있으니까 너무 급하게 걷지 말아주면 고맙겠네요."

"예? 아, 예."

레인저 대원들도 그들의 대장과 마찬가지로 당혹스러워하며 고개를 끄덕였다. 네리아는 방긋 웃으며 에포닌에게 말했다.

"에포닌. 어렵게 만난 아빠니까 아빠 옆에 꼭 붙어다녀야지?"

에포닌은 의아한 얼굴로 네리아를 올려다보았지만 네리아는 그저 웃기만 했다. 인사가 끝나고 나서 하슬러와 에포닌을 남겨두고 우리는 모두 마차에 올랐다.

"이랴."

샌슨의 호령과 함께 선더라이더가 길게 울었다. "음메!" 그리고 마차는 거침없이 출발했다. 달가닥 달가닥. 절벽 위에서 다시 대로로 내려가는 급한 길을 따라 마차는 조심스럽게 내려갔다.

여전히 마차 위에는 나와 네리아, 그리고 운차이가 앉았다. 운차이는 또다시 나무 토막을 깎아대고 있었다. 이제는 완연하게 드러난 그것은, 무슨 말이나 낙타? 어쨌든 그런 날렵해 보이는 네발짐승의 모습이었다. 도대체 뭘 만들고 있는 거지? 네리아는 운차이의 손동작을 물끄러미 바라보고 있었지만 운차이는 돌아보지도 않았다.

난 마차의 흔들림 때문에 떨어지지 않도록 밧줄을 주의 깊게 잡고는 네리아에게 말했다.

"네리아. 아이고, 턱이야. 아까 그거 무슨 말이에요?"

말을 하려니 정말 힘드네. 경사 급한 산길을 내려가는 마차는 쉼없이 덜컹거렸다. 네리아는 그저 날 보며 해죽 웃었다. 그때 마차는 다시 길로 접어들었고 좀 편하게 앉아 있을 수 있게 되었다. 그러자 운차이가 말했다.

"그건 도둑 속어인 듯한데."

네리아는 손뼉을 짝 치면서 말했다.

"맞아맞아. 운차이. 뜻도 알아?"

운차이는 떨떠름한 표정을 짓더니 갑자기 뒤를 돌아보았다. 나도 그를 따라 뒤를 돌아보았고, 시야에서 멀어진 바라크의 모습을 볼 수 있었다. 길 옆에 있는 절벽 위로 바라크는 외롭게 서 있었고 그 앞에는 몇 명의 사람 그림자가 보였다. 아마도 레인저 대원들이 우리들을 내려다보는 모양이다.

갑자기 햇빛이 허공을 가로질러 바라크를 비추었다. 비에 젖어 검게 보이는 절벽 위로 바라크의 젖은 지붕이 마치 황금덩이처럼 빛났다.

운차이는 뒤를 돌아본 채로 말했다.

"세 아름짜리 소나무 아래에……."

"예?"

"세 아름짜리 소나무 아래에, 도망가는 데 도움될 물건이 있다는 뜻인 것 같다."

"뭐라구? 도망?"

길시언의 당황한 목소리가 들려왔다. 도망이라구? 어? 아침에, 칼이 산책을, 산책을 갔다왔지? 어라? 난 운차이를 바라보며 의혹에 가득 찬 목소리로 말했다.

"그럼……, 운차이가 아침에 그러고 앉아 있었던 것은 망을 봐준 거예요?"

운차이는 싱긋 웃었고 난 기막힌 심정으로 마부석에 앉아 있는 칼을 바라보았다. 길시언은 말도 안 되는 말을 힘들게 만들어내면서 떠들기 시작했지만 칼은 앞만 바라본 채 조용히 웃고 있었다. 아이고, 저 너구리! 길시언이 목에 핏대까지 세워가면서 떠들기 시작하자 칼은 앞만 바라본 채 나직하게 말했다.

"왕가가 할슈타일 가를 제어하지 못했고, 할슈타일 가는 하슬러 가를 괴롭혔고, 하슬러 가는 넥슨 가에 들어가 반란에 휘말려 들고, 왕가는 하슬러 가를 벌주려 하니, 헬턴트 가는 하슬러 가에게 왕가 대신, 그리고 할슈타일 가 대신 작은 도움을 주었을 뿐이오. 죄송합니다. 더 할말은 없는데."

길시언은 입을 다물었다. 잠시 후 그는 체념한 목소리로 말했다.

"무엇무엇을 남겨두셨습니까?"

"무기는 남겨두지 않았습니다. 식량과 돈 조금, 그리고 편지를 남겨두었지요."

"편지요?"

칼은 미소를 지으며 자신이 남긴 글을 그대로 반복하듯이 말했다.

"'이건 마지막 기회입니다. 이대로 아무도 모르는 곳으로 달아나 에포닌을 잘 키우도록 하십시오. 다시는 넥슨이나 할슈타일의 일에 관련되려 하지 말고 자신의 행복을 찾으십시오. 만일 그 일에 관련되려 들면 에포닌 양을 위해서라도 당신을 잡아 재판을 받게 하겠소. 아버지가 어디서 죽을지 모르는 일을 하는 것보단 감옥에 잡혀 있는 편이 에포닌 양에게 도움이 될 거라고 믿으니까. 그럼, 행복을.'."

길시언은 고개를 가로저으며 웃었다.

"썩 괜찮은 판결입니다, 칼. 국왕의 법정에 가서도 죄인에 대한 그만한 동정은 보기 어려울 겁니다. 훌륭한 재판관이었습니다."

비아냥거리는 것인가? 그러나 길시언의 얼굴에 그런 기색은 없었다. 칼은 겸연쩍게 대답했다.

"인간이었을 뿐입니다."

"그렇군요."

비에 젖은 나뭇잎들과 가지에서 빗방울들이 찰랑거리며 떨어져내렸다. 숲이 워낙 거대하다 보니 길을 가로지르는 개울도 몇 개 생겨나 있었고 군데군데 흙이 무너진 곳도 보였다. 걸어가기 힘든 흙탕길이지만 아침 나절이라 말들은 기운차게 걸어갔고 마차 바퀴는 흙탕물을 찰박거리며 잘도 굴러갔다.

"이 계절에 내린 비 치고는 꽤나 많아. 음."

네리아는 마차 지붕 위에 배를 깔고 길게 엎드려 마차 바퀴가 지나가면서 파문을 일으킨 물구덩이를 내려다보며 말했다. 마부석에 앉아 있던 길시언이 무거운 목소리로 말했다.

"피난민들이 걱정이오."

네리아는 고개를 돌려 길시언을 흘끔 바라보더니 다시 길을 바라보며 혼잣말처럼 말했다

"어차피 집 버리고 나온 피난길은 고생이지요, 뭐. 이런 비 때문에 특별히 더 감상적이 될 필요는 없어요."

"하긴. 옳은 말이오, 네리아 양."

다시 일행들은 모두 입을 다물었고 마차는 물방울이 뚝뚝 떨어지는 산길을 쉼없이 굴러갔다. 칼은 지루한 표정을 짓더니 마차 뒤쪽으로 고개를 돌렸다.

"아인델프 님!"

잠시 후 엑셀핸드가 마차 창문으로 머리를 내밀었다. 그는 데

굴데굴 굴러가는 마차 바퀴에 머리가 어지럽다는 표정을 짓고 말했다.

"왜 그러나?"

"크라드메서의 웨이크닝 사운드가 들렸다는 그 광산은 정확하게 얼마쯤 남았습니까?"

"아, 거기? 음. 여기선 설명하기 어렵고, 요정의 여왕의 성이 있는 레브네인 호수를 지나고 나서 설명하는 편이 낫겠군. 인간들은 잘 다니지 않는 길이라서 말이야. 대충 위치를 말하자면 갈색 산맥이 북쪽으로 크게 꺾어지는 곳에 있는 자날 한타 봉의 서쪽 사면이라고 할 수 있지."

그러자 길시언이 고개를 끄덕이며 말했다.

"아, 드워프들의 통행로 말씀이군요. 나도 몇 번 지나다녀 본 적은 있습니다. 낮에 나온 박쥐만큼이나 길눈이 어두워……, 관둬! 에, 그러니까 중부 대로에서 급히 북부 대로로 빠져나갈 때 유용한 길이었지요."

"그래? 그렇다면 광산으로 가는 길도 알고 있는가?"

"아니오. 광산에 들를 일은 없었으니까요. 가장 중요한 보물은 손에 쥐고 있는 프림 블레이드……, 거짓말! 웃기지 말아! 에, 그러나 그 길까지라면 내가 안내할 수 있을 것 같습니다."

"잘됐군. 그럼 자네가 인도하시게나."

엑셀핸드는 다시 머리를 마차 안으로 집어넣었고 길시언은 샌슨에게서 고삐를 넘겨받아 마차를 몰아가기 시작했다. 말들은 기운차게 걸어가 마침내 메드라인 고개를 넘어 내리막길을 내려가기 시작했다. 저 멀리 숲 사이로 레브네인 호수가 반짝이는 모습이 눈에 들어왔다. 금방이라도 가 닿을 듯한 거리였지만 내리막

길인 데다가 비가 내려서 도로 사정이 좋지 않은지라 길시언은 마차를 천천히 굴러가게 했다. 그래서 메드라인 고개 위에서 레브네인 호수의 아름다운 모습을 실컷 감상할 수 있었다.

난 아래쪽을 향해 고함을 질렀다.

"제레인트! 나와보겠어요? 페어리퀸의 성이 있는 레브네인 호수가 보이는데……."

"뭐야! 윽!"

제레인트는 마차 밖으로 급히 머리를 내밀다가 길 옆으로 뻗어나온 나뭇가지에 머리를 긁혔다. 마차 안에서 발랄한 웃음소리가 터져나왔다. 제레인트는 눈물이 글썽글썽한 눈으로 앞을 바라보더니 곧 환한 얼굴이 되었다.

"허! 허! 저게 호수야, 바다야?"

하긴, 산속이긴 하지만 고개를 돌리다보면 간혹 수평선도 보이는 곳이다. 수평선과 산봉우리가 한꺼번에 눈에 들어오는 곳이 여기 말고 또 어디에 있을까? 우리 마차는 그 거대한 레브네인 호수로 내려가는 완만한 곡선로를 따라 굴러 내려가고 있어서 호수까지 다다르는 데는 시간이 한참 걸릴 것 같았다.

제레인트는 주위를 잠시 둘러보더니 곧 마차 문을 열고 천천히 달리고 있는 마차에서 뛰어내렸다.

"영차! 이크. 진흙이네?"

그는 로브 자락을 양손으로 거머쥐어 올리더니 진흙탕 길을 반쯤은 미끄러지면서 겅중겅중 뛰어내려가기 시작했고, 네리아와 나는 마차 위에서 그 광경을 보며 쓰러질 정도로 웃었다. 운차이마저도 나무 토막을 내려놓더니 쓴 표정을 지으며 웃었다.

우리들의 웃음 소리를 듣고 마차 안에 있던 사람들은 머리를 내밀었다. 레니는 제레인트가 로브 자락을 날개처럼 걷어올리고 뛰어가는 모습을 보더니 어이가 없다는 표정으로 말했다.

"아, 저! 산속에서 저렇게 혼자 가시게 내버려둬도 되겠어요?"

네리아는 정신없이 웃으며 대답했다.

"하아, 하아. 괜찮아, 괜찮아. 키기기긱! 여긴 몬스터가 없어요. 레니 양."

"몬스터가 없다고요?"

네리아는 배가 아프다는 표정을 지으며 눈을 닦으면서 말했다.

"여긴 다레니안의 영토이기 때문에 몬스터는 들어오지 못해."

"그래요? 그럼 사람은 들어가도 돼요?"

"그래, 사람은……, 어랏?"

네리아는 갑자기 당혹한 표정을 지었고 그때 나도 퍼뜩 정신을 차렸다. 이크! 여기선 저렇게 경망스럽게 뛰어가면 안 되는 곳이잖아? 난 다시 제레인트를 돌아보았다. 제레인트는 아무것도 모른 채 마구 뛰어가고 있었다. 하지만 이곳은 다레니안의 영토이기 때문에 들어가기 전에 먼저 정중히 허락을 구한 다음 조용히 지나가야 되는…….

"침버 씨! 멈춰요!"

칼이 고함을 질렀다. 그리고 바로 그 순간, 굉장한 일들이 연속으로 일어나 우리들의 정신을 완전히 빼놓았다.

먼저, 제레인트가 칼의 고함소리에 놀라 몸을 돌리다가 그대로 진흙탕 길을 밟고 주루룩 미끄러져버렸다.

"으아악!"

그는 그대로 호수 쪽으로 향한 급한 경사를 미끄러지기 시작했다. 난 그 모습을 보고는 그만 웃어버렸다. "푸하하!" 그런데 그와 동시에 길시언이 황급하게 마차를 급출발시켰다. "젠장, 들어가면 안 돼! 이랴아! 하!" 마차가 급출발하면서 몸이 뒤로 젖혀지는 짧은 순간에 머릿속에서 생각들이 파바밧 자리를 잡는 느낌이 들었다. 길시언이 마차를 급히 출발시킨 이유는, 제레인트가 다레니안의 영토에 들어가기 전에 그를 붙잡기 위해서……. 그런데 그 순간 말들 사이에서 커다란 빛이 터져나와서 머릿속이 하얗게 바뀌어버리고 말았다. "뭐, 뭐야!" 눈을 찌르는 아픔을 느끼면서도 난 마차 지붕 위라는 사실에 등골이 오싹해져 손을 휘둘렀다. "으아악!" 샌슨의 고함소리와 함께 말들도 비명을 지르기 시작했다. "힝힝힝힝힝!"

마차가 거세게 흔들리더니 곧 겁에 질린 말들은 격하게 출발했다. 쿠르르르르! 돌멩이와 진흙이 튀어나가는 소리가 들리며 마차는 무서운 속도로 달리기 시작했다. 손이 빠져나가라 휘저었지만 아무것도 잡히지 않았고, 나와 운차이는 뒤로 휘청 넘어지다가 짐더미에 등을 부딪혔다. "커헉!" 그리고 바닥에 배를 붙이고 있던 네리아가 주루룩 미끄러지더니 우리들 위로 덮쳐왔다.

"케엑! 네리아!"

"아, 난 괜찮아."

"난 괜찮지 않아요! 엉덩이 치워요!"

눈앞에 별이 돌면서 난 무의식적으로 네리아를 밀어냈다. 그런데 힘이 좀 많이 들어갔는지 네리아는 데굴데굴 앞으로 굴러가버렸다. "아악! 후치 이 자식아!" 네리아는 간신히 떨어지지 않고 지붕 가장자리를 붙들었다. 콰과과과! 마차 굴러가는 소리에 귀가 멀어버릴 것 같다. 난 도대체 왜 말들 사이에서 빛이 터져나왔는지 보기 위해 손을 휘저어 일어나려 했다. 하지만 몸은 짐더미 속에 박혀 있었고 다리는 하늘로 올라가 있었다. 게다가 급하게 달리는 마차 위라 몸을 일으키기가 쉽지 않았다. 그때 칼의 비명소리가 들려왔다.

"어엇? 말이 여섯이야!"

그야 6두 마차니까 당연하……, 잠깐! 말은 다섯이잖아? 그때 운차이가 마치 고양이처럼 날렵하게 몸을 굴리는 모습이 보였다. 그는 공중에서 놀라운 동작으로 몸을 안정시키더니 마차 바닥 위에 한쪽 무릎을 꿇고 두 손으로 바닥을 짚으며 부드럽게 균형을 잡았다.

"운차이! 나 좀 꺼내줘요!"

그런데 운차이는 내 쪽은 돌아보지도 않았다. 그는 여전히 그렇게 구부린 자세로 앞을 보면서 숨막히는 목소리로 말했다.

"선더라이더가……?"

그러나 다음 순간 운차이는 황급하게 앞으로 몸을 날렸다. 그는 지붕 위에 엎드리더니 마부석 쪽의 가장자리를 붙잡으며 외쳤다.

"멈춰! 제레인트를 깔아뭉개겠어!"

"으아아앗!"

길시언의 기합소리와 함께 마차가 거세게 요동했다. 그리고 칼의 고함소리도 들려왔다.

"제동기를 당기면 안 돼! 퍼시발 군! 이 속도에서 당기면 마차가 뒤집혀!"

"옆으로 틀어! 옆으로 틀어! 제레인트, 일어낫!"

운차이의 고함소리는 귀가 멍멍할 정도였다. 그러나 말들은 그 고함소리에 놀랐는지 더욱 격하게 달음박질쳤다. 그래서 절반쯤 일어나던 나는 다시 짐더미 속에 틀어박히고 말았다.

"이런, 제기랄! 걸음마는 16년 전에 졸업한 줄 알았는데!"

그때 마차 바퀴가 무엇에 걸렸는지 터덩! 소리를 내면서 마차와 내 몸이 함께 떠올랐다. "으아앗, 새가 부럽지 않아!" 다행스럽게도 격한 충격 때문에 내 몸은 짐더미 속에서 튕겨나왔다. 난 재빨리 몸을 앞으로 던졌다. 가슴에 부드러운 충격이 다가왔다.

"꺄악! 후치, 임마! 좋으면 말로 해!"

나는 네리아를 깔아뭉개며 운차이 옆에 나란히 엎어지게 되었고 그리고 그 순간 눈에 들어온 광경은 머리 끝을 쭈뼛 곤두서게 만들었다. 네리아가 가슴 아래에서 고래고래 욕설을 퍼부어대고 있었지만 난 비켜날 생각조차 하지 못했다.

호수가 온통 터져나가는 듯했다!

저 넓은 레브네인 호수 곳곳에서 쏟아져 나오는 붉은 섬광은 하늘을 찌르며 솟아올랐다. 붉은 빛살들은 숨쉴 사이 없이 계속해서 뿜어져 나왔다. 언젠가 한번 본 장면이지만 굉장한 장관에 입을 다물 수 없었다. 수면은 거칠게 파도치고 있었으며 붉은 섬광은 이제 갈대밭처럼 빽빽하게 뿜어져 나와 눈을 어지럽게 만들고 있었다. 그때 내 아래에 깔려 있던 네리아가 공포에 질린 목소리로 말했다.

"말이……?"

고개를 내린 나는 숨이 멎는 듯했다.

말이 여섯 마리였다! 조금전까지 말들 사이에 끼여 있던 황소는 어디로 갔는지 보이지도 않았다. 대신 그 자리에는 너무 말같이 생겨서 오히려 말인지 의심스러울 정도로 잘생긴 말 한 마리가 있었다. 슈팅스타보다 더 거대한 그 몸은 에보니 나이트호크보다도 더 새카만 털로 뒤덮여 있었는데 놀랍게도 목 뒤에서 흩날리고 있는 갈기는 타오르는 은백색이었다. 밤하늘을 가로지르는 은색 번개…….

"선더라이더?"

"선더라이더!"

길시언이 비명을 지르며 내 의심을 확인시켜 주었다. 말들은 선더라이더의 갑작스러운 변신 때 일어난 빛과 호수에서 뿜어져 나오는 붉은 섬광 때문에 굉장히 겁을 집어먹었는지 무서운 속도로 달리고 있었다. 쿠르르르르! 그리고 저 앞에는 미끄러지는 것을 멈춘 제레인트의 모습이 보였다. 제레인트는 일어나려고 비칠거리고 있었지만 다리가 부러진 것인지 제대로 일어나지 못하면서 다시 진흙탕에 얼굴을 갖다박고 있었다. 휙휙 지나치는 좌우를 보자 왼쪽은 나무가 꽉 들어찬 숲이었고 오른쪽은 호수로 통하는 격한 사면이었다. 젠장! 마차를 틀 길이 없어!

"테페리여!"

제레인트는 쓰러진 채 고함을 지르더니 두 손을 얼굴로 가져갔다. 마부석에 앉아 있던 샌슨은 욕지거리를 뱉어내더니 기어코 제동기를 당겨버렸다. 끄끼기기긱! 뼈를 긁는 소리가 들리면서 말들이 휘청거렸다. "이힝힝힝!" 바퀴가 멈춰버림에 따라 말들은 몸이 뒤로 당겨지게 되었다. 말들 중 몇 마리는 그대로 주저앉기도 했다. 마차는 뒤집힐 듯이 요동을 쳤으나 간신히 뒤집히지는 않았다. 눈썹이 뽑혀나갈 정도로 맹렬히 달리고 있던 속도 때문인 듯했다. 그러나 그 속도 때문에 마차는 바퀴가 멈추고도 계속해서 진흙탕 길을 미끄러져 내려갔다. 좌우로 정신 없이 휘청거리며 미끄러지는 마차 때문에 고정되지 않은 다리가 좌우로 심하게 요동쳤다. 주루룩, 주루룩! "으아아아!" 난 차라리 네리아 위에서 그대로 있기로 했다. 아무것도 잡지 못한 네리아가 떨어져 나갈 것 같았으니까. 지붕 가장자리를 부서져라 움켜쥐면서 차마 바라보고 싶지 않은 광경을 바라보았다.

제레인트는 이제 코앞까지 다가와 있었다. 그는 여전히 두 손으로 얼굴을 가린 채 똑바로 누워 있었다. 그의 두 손만이 내 눈에 가득 들어왔다.

"안 돼!"

난 눈을 감으며 고개를 돌렸다. 말들은 그대로 제레인트의 위를 지나가 버렸고 마차 역시 좌우로 미끄러지면서 그대로 지나쳐 갔다. 이런, 제기랄! 그때 운차이가 낮게 신음을 흘렸다.

"맙소사, 제레인트!"

제레인트는 죽었어! 난 이빨을 마구 부딪치면서 힘겹게 고개를 돌려 마차 뒤쪽을 바라보았다. 끔찍하게 짓이겨진 시체……가 없네? 뒤에 남은 것은 마차가 미끄러지면서 땅을 파헤친 무시무시한 궤적뿐이었다. 난 다시 고개를 돌렸고, 그때 운차이가 허공을 바라보고 있다는 것을 알게 되었다. 난 운차이의 시선을 따라 고개를 돌렸고, 다음 순간 내가 생각해도 정말 말도 안 되는 소리를 지르고 말았다.

"제레인트! 거기서 뭐해요?"

제레인트는 호수 상공에 떠 있었다. 당신 정체를 이제야 밝히는군! 원래 새였지? 아니, 젠장! 운차이와 내가 얼빠진 얼굴로 바라보는 가운데 제레인트는 고함을 질렀다. "우오오, 너무 높아!" 제레인트는 그렇게 고함을 지르며 날갯짓을 시작했다. 아니, 그건 날갯짓이 아니라 그냥 팔을 마구 휘저음에 따라 로브가 펄럭거리는 것에 불과했다. 제레인트는 다행히도(?) 그대로 호수 수면으로 곤두박질치기 시작함으로써 자신이 인간임을 입증하기 시작했다. 차라리 안도의 기분이 드는 이유가 뭘까?

풍덩! 제레인트는 쏘아져오르는 붉은 섬광과 완전히 반대되는 방향으로 멋지게 잠수해 들어갔다. 물보라가 거세게 튀어오르는 모습이 보였다. 쿠쿠쿵! 그때 좌우로 비틀거리며 미끄러지던 마차가 드디어 무엇에 걸려버린 모양이다. 콰아아앙!

"앞으론 마차 안 타겠어어어어!"

엑셀핸드의 비명소리와 함께 마차는 그대로 부웅 떠올랐다. 그러나 마차는 말들과 연결되어 있었고 그래서 다시 호되게 땅에 부딪히면서 제자리에서 빙글빙글 돌기 시작했다. 말들은 마차의 회전에 쓸려 들어가며 비틀거렸고 마차는 시작했던 것만큼이나 빠르게 회전을 멈추었다. 젠장! 그럼 왜 돌기 시작했어!

"으아아아!"

난 그대로 마차에서 퉁겨져나갈 수밖에 없었다. 한마디 하지 않을 수 없군.

"하늘을 나는 기분이야!"

볼을 스치는 맹렬한 바람이 느껴졌다. 신기하게도 시간은 느려졌고 난 차라리 느긋한 기분을 느끼며 비행의 경험을 음미했다. 내 몸은 붉은 섬광들 사이로 한 마리 새처럼 유연하고도 아름답게 날아갔다(아, 훗날 내 비행을 관찰하던 운차이의 증언을 들어볼 기회가 있었는데 그의 말에 의하면 나는 팔다리를 마구 휘저으며 그야말로 볼품없이 나가떨어졌다고 한다).

"풍덩!"

캐액! 귀가 멍멍해지는 느낌이 왔고, 동시에 어깨와 배가 누군가의 주먹으로 맞은 것처럼 아파왔다. 코와 입으로 들어오는 물

맛은 괜찮은 편이었지만 순간적으로 구역질이 올라왔다. 손끝, 발끝이 뜨거워지고 발가락은 꽉 오므라들었다. 물 속에 웬 별들이 저렇게나 많이 떠다니는 거지? 팔다리는 누가 잡아당기는 것처럼 뻣뻣해졌고 위와 아래도 구분할 수 없었다. 그러나 다음 순간 누군가 내 머리를 쓸어내리는 듯한 기분이 느껴지면서 난 물 밖으로 머리를 내밀고 있었다.

주위는 완전히 환상적이었다. 눈 바로 아래에서 출렁거리는 물결, 그리고 '츠핏! 츠핏!' 하는 괴상한 소리와 함께 사방에서 뿜어져 올라가는 붉은 섬광, 머리가 돌아버리는 것 같았다.

그런데 말이야, 평생 동안 개울보다 더 큰 물에는 들어가 보지 못한 사람이 어느 날 갑자기 세계에서 가장 큰 산중 호수에 빠지게 되었을 때 마주치게 되는 심각한 문제가 하나 있지.

"어푸! 웁! 사람, 살려!"

입은 다물 수가 있지만 코는 어쩔 수가 없었다. 코로 들어오는 호수 물 때문에 죽을 것 같았다. 물결은 계속 위아래로 움직여 물속과 물 바깥이 번갈아 보였다. 물 위로 올라왔을 때는 붉은 섬광이, 그리고 물 아래에서는 짙은 보라색의 섬광이 눈을 어지럽게 만들었다. 숨이 차올라서 말도 제대로 꺼낼 수 없었다.

레니의 목소리가 멀리, 아련하게 들려왔다.

"후치이이! 헤엄쳐! 머리를 억지로 물 밖으로 내려고 들지 말고 가만히 있어!"

젠장! 입장을 바꾸자구! 내가 밖에서 그렇게 외쳐줄 테니까 레니 네가 여기 들어와 있어보란 말이야!

"우푸우! 풋! 케겟! 사람 살려! 나 헤엄 못 쳐!"

그때 누군가가 내 귀 옆에서 정겹고도 황당한 목소리로 말을 걸어왔다.

"그런 것 같군. 그건 다른 때라면 큰 문제가 되겠지만 지금은 별로 문제가 되지 않겠는데?"

고개를 돌렸다. 응? 고개를 돌렸다고? 고개를 돌려보니 물 위에 앉아 손에서 뿜어져 나오는 은은한 빛으로 다리를 치료하고 있는 제레인트의 모습이 보였다. 어라? 그러고 보니 난 물 위에 앉아서 칭얼거리는 꼬마처럼 다리를 뻗대며 팔을 휘젓고 있었다. 난 얼빠진 얼굴로 제레인트를 바라보았고 제레인트 역시 황당한 표정으로 날 마주보았다. 제레인트가 말을 꺼내려 하기 직전, 내가 먼저 날카로운 질문을 던졌다.

"사람이 원래 물 위에 떠요?"

제레인트는 미심쩍은 목소리로 대답했다.

"그렇지 않다고 알고 있었는데. 지식과 경험이 아무리 다르다지만 이건 좀 심한 거 같다?"

난 고개를 숙여 아래를 내려보았다. 난 마치 풀밭 위에 앉아 있는 것처럼 물 위에 편안하게 앉아 있었다. 불안한 손길을 내려 물을 만져보다가 손이 물 아래로 쑥 들어가는 것에 기겁하면서 손을 들어올렸다. 이상하네? 물인데? 난 다시 조심스럽게 손을 집어넣어 가랑이 사이를 만져보았지만, 마찬가지로 손은 익숙한 느낌을 주면서 물속으로 들어갔다. 그러나 내 몸은 물 위에 앉아 있었다.

"상황만 좋다면, 이유 같은 거야 굳이 따질 필요는 없겠죠?"

"명언이다! 좋아. 따지지 않겠어."

제레인트는 이 이해 불가능한 상황에 대해 따지고 들지 않을 것을 엄숙하게 선언했다. 난 고개를 돌려 호수 가장자리에 있는 마차를 바라보았다.

마차는 옆으로 넘어져 있었고 샌슨과 길시언은 우리들을 바라보다가 아무래도 현실처럼 보이는 문제로 돌아가기로 작정했는지 쓰러진 말들에게 다가가 악전고투를 하면서 말들을 풀어내기 시작했다. 다행히 말들은 두 사람이 풀어주자 곧 기운차게 일어났다. 흥분해서 조금 날뛰는 말도 있었지만 심하게 다친 말은 없는 듯했다. 멀어서 잘 보이진 않았지만.

쓰러진 마차 옆에는 네리아가 레니를 끌어안은 채 서 있었고 그 옆에선 칼이 땅바닥에 네 발 짚고 엎드린 채 우리들에게 기막힌 시선을 보내고 있었다. 운차이는 창문을 통해 마차 안에 있던 아프나이델을 끄집어내고 있었다. 아프나이델은 마차 밖으로 힘들게 나오다가 우리 모습을 보고선 그대로 굳어버렸다. 제레인트와 나는 입을 쩍 벌리고 있는 아프나이델을 보면서 히죽 웃고 말았다. 뒤이어 엑셀핸드가 머리를 문지르면서 모습을 드러내더니 곧장 비명을 질렀다.

"이봐! 거기! 거기이!"

난 어깨를 으쓱이며 말했다.

"설명을 요구하지 말아요! 우리도 잘 모르니까!"

그러자 엑셀핸드는 자신의 수염을 쥐어뜯으면서 말했다.

"멍청아! 뒤를 보란 말이다!"

뒤? 나와 제레인트는 서로의 얼굴을 마주본 다음, 그대로 고개를 돌려 뒤를 바라보았다.

"으아아, 제기랄!"

무슨 배짱으로 그럴 수 있었는지는 모르지만, 어쨌든 제레인트와 난 벌떡 일어나서는 죽어라고 달리기 시작했다. 물 위에 앉을 수도 있는데 설마 달리지는 못할까 등의 합리적인 생각을 한 것이 아니라 뒤의 광경을 보자마자 자연스럽게 달려가기 시작한 것이다. 너무 커서 눈에도 다 들어오지 않는 파도가 몰려오고 있었다!

"으아아, 안 돼!"

"오지 마! 오지 마!"

제레인트는 파도를 향해 말하면 알아듣기라도 할 듯이 그렇게 외치며 달려가고 있었다. 나 역시 말도 안 되는 소리를 외치며 달려가고 있었다. 한 가지는 확실했다. 우리는 수면을 달릴 수가 있었다. 하지만 또 다른 사실 한 가지가 확실했는데, 우리가 아무리 빨리 달려도 저 급격한 파도보다 더 빠를 수는 없다는 사실이었다.

"멈춰."

아름다운 목소리가 들려온 것은 '도저히 안 되겠다. 제미니, 날 잊고 좋은 남자를 만나…….' 등의 우습지도 않은 생각을 하고 있을 무렵이었다. 나는 달려가던 동작 그대로 굳어버린 채 고개만 다시 뒤로 돌렸다. 이런, 조금 전과 똑같은 동작이잖아? 이번에도 역시 고개를 돌리는 동안 먼저 제레인트의 질린 얼굴이 보였고, 그 다음 제레인트와 난 나란히 뒤의 광경을 보게 되었다.

파도는 멈추어 있었다.

멈추어 선 파도는 우리들 바로 뒤에서 딱딱한 벽처럼 서 있었다. 높이는 대략 20큐빗 정도. 그러나 그 표면에선 물이 계속해서 흐르고 있었다.

그리고 그 파도의 가장 위쪽, 하얗게 포말이 일어나는 부분에는 무언가 작은 반점 같은 것이 보였다. 난 얼굴에 묻은 물과 엉겨붙은 머리카락을 걷어내고는 다시 그것을 노려보았다. 그때 파도가 서서히 낮아지기 시작했다. 제레인트와 난 여전히 사람은 원래 물 위를 걸을 수 없다는 사실을 무시하면서 뒤로 주춤 물러났다.

서서히 낮아진 파도는 이제 내 가슴 높이 정도의 높이가 되었다. 이제는 파도라기보다는 좀 커다란 물결, 아니 물기둥? 그 정도로 보이는 크기로 바뀌었다. 그리고 그 첨단 부분에 있는 물체도 똑똑히 알아볼 수 있었다. 그것은 작은 인간 형체였다. 마치 인형처럼 보이는……, 그런데 그것은 살아 있었다. 굳이 말을 꺼내지 않아도 살아 있다는 것을 알 수 있었지만 그 형체는 자신이 살아 있다는 것을 확신이라도 시키듯이 말을 꺼내었다.

"고맙다는 말씀은 들을 수 있을 줄 알았는데. 그런 의심스러운 시선이 아니라."

아름다운 여성의 목소리였다. 그리고 그제야 눈으로 보고 있었지만 제대로 이해되지는 않던 그 형체가 똑똑히 이해되기 시작했다. 그것은 물빛 옷으로 성장한 아름다운 여성의 모습이었는데 키는 내 손바닥에 조금 못 미쳤다. 물빛 머리카락이 순간 내 눈을 사로잡았다. 그 작은 여자는 파도를 마치 의자나 되는 것처럼 다리를 꼰 채 타고 앉아서는 내게 미소를 짓고 있었다. 당연한 질문이 나왔다.

"다레니안……, 이크! 페어리퀸이십니까?"

아차, 무릎! 말을 꺼내고 나서야 난 수면 위에 무릎을 꿇었다. 느낌이 너무 이상한걸. 바닥에 무릎이 부딪히는 느낌이 와야 되는데 물이라서 그런지 부딪히는 느낌은 들지 않고 대신 첨벙 빠지는 느낌이 들었다. 기겁한 나머지 일어날 뻔했지만 다음 순간 빠지지 않는다는 것을 깨닫고는 그 자세를 유지할 수 있었다. 제레인트가 나보다는 좀더 조심스럽게 무릎을 꿇고 나서야 그 작은 여자의 목소리가 머리 위에서 들려왔다.

"그래. 내가 요정의 성 레브네인의 성주이자 페어리의 여왕 다레니안이야."

역시 날개가 없군. 그런데 난 이 경악할 만한 상황에서 왜 이런 생각을 떠올릴까?

광막한 수평선을 바라보기도 어려웠고, 그렇다고 해서 곧장 빠져들 것 같은 현기증을 불러일으키는 아래를 내려다보기도 어려웠고, 게다가 고개를 들어 요정의 여왕을 올려다보기도 어려워서, 도대체 시선 간수할 길이 없었다. 이런 상황에서 무슨 말을 꺼내야 되느냐 하는 고민은 시시한 것이었다. 그래서 입을 열지 못하고 있자 다레니안이 먼저 말을 꺼내었다.

"이루릴은 어디 있지?"

난 고개를 들며 날카로운 음성으로 반문했다.

"이루릴이 어디 있냐고요?"

윽! 나도 모르게 엉뚱한 말을 해버렸다. 다레니안은 놀란 눈으로 날 내려다보며 말했다.

"그래. 이 질문이 그렇게도 부당한 것이니?"

"아, 아뇨. 죄송합니다. 너무 놀라서, 에, 정신이 없어서…….
용서해 주십시오."

"아, 그래? 미안하군. 먼저 이름을 묻고……, 친해지기 위해 이야기를 좀 나눠야 되는 거지?"

"예? 예?"

다레니안은 내 당황스러운 반문은 듣지 못했는지 골똘히 생각에 잠긴 표정이었다. 그녀는 고개를 갸웃거리다가 다시 말했다.

"내 이름은 말했는데. 다레니안. 그렇게 부르면 될 거야."

"아, 예. 전 후치 네드발이라고 합니다. 헬턴트 마을의 초장이 후보입니다. 예. 아, 헬턴트라는 것은 저희 인간들이 부르는 마을 이름으로서 그 소재는 저 중부 대로가 웨스트 그레이드를 만나게 되는, 아, 웨스트 그레이드라 함은 역시 저희 인간들이 부르는 땅의 한 부분을 가리키는 이름으로서……."

페어리퀸 다레니안은 나로 하여금 인류의 모든 역사와 지리에 대한 지식을 마구잡이로 늘어놓게 내버려두지는 않았다. 그녀는 내 횡설수설을 똑바로 잘라 들어왔다.

"아니. 그건 궁금하지 않아. 후치 네드발이니? 후치라고 부르면 되겠지?"

"예! 감사합니다!"

"그래? 뭐가 감사하다는 거니?"

윽! 실수했다. 다레니안은 재미있다는 표정으로 날 내려다보고 있었고 난 어쩔 줄 몰라하다가 재빨리 머리를 굴린 다음 제레인트를 무섭게 노려보기 시작했다. 그러자 제레인트는 깜짝 놀라며 말했다.

"제레인트 침버입니다! 테페리의 지팡이 노릇을 하고 있습니다."

그러자 다레니안은 걱정스러운 얼굴로 제레인트를 돌아보며 말했다.

"그래? 테페리께서 요즘 다리가 불편하신가?"

제레인트는 울음을 터뜨리려는 것인지 기절하려는 것인지 구분이 모호한 표정을 지으며 다레니안을 올려다보았다. 다레니안은 고개를 갸웃거리다가 다시 말했다.

"아냐, 아냐. 테페리께서는 신이신데……. 다리가 불편하다는 것은 인간이나 오크, 드워프들의 경우였던 것 같아. 그렇지? 이상하네."

"아, 제가 말씀드린 것은, 저, 제가 테페리를 모시는 프리스트라는 뜻입니다."

다레니안은 여전히 이해가 되지 않는 듯한 멍한 미소를 지으며 말했다.

"그래? 아, 그렇구나. 혼란스럽네. 헬카네스가 우리 만남을 주재하시는 모양이지."

그런가 보다. 정말 무슨 만남이 이렇게 괴상망측할 수가 있는지. '수면 위에서의 만남' 이라고 하면 그거 왠지 배가 등장할 것 같은 이야기잖아. 그런데 배는 구경도 할 수 없는걸.

주위의 붉은 섬광들은 어느새 사라져 있었다. 보이는 것이라고는 조금 전의 소란이 남겨놓은 잔잔한 파문과, 넓은 수면 위에 조그맣게 솟아올라 너무 이상하게 보이는 물결, 그리고 그 위의 다레니안뿐이었다. 다레니안은 제레인트를 바라보며 말했다.

"붉은 빛을 뿜어 놀라게 한 것 같은데. 그건 허락 없이 들어오려는 자가 있으면 그냥 나가게 되어 있거든."

"예? 죄송합니다!"

제레인트는 코가 땅에 닿을 듯이……, 아니, 코가 물에 닿을 듯이 고개를 숙였다. 그러나 다레니안은 제레인트의 사과에는 관심도 두지 않고 이번엔 날 바라보았다.

"멀리서 다가오는 모습을 보았어. 그런데 기억에 있는 얼굴들이 보이더구나. 언젠가 이루릴과 함께 여기를 지나갔지?"

"예. 그렇습니다. 아, 그때 저희들을 도와주신 것, 진심으로 감사드립니다. 대단한 은혜를 입었습니다."

"응……. 그래서 이루릴에 대한 이야기를 물어볼까 하고는 너희들에게 신경을 쓰고 있었어. 그래서 제때에 도울 수 있었지."

"아, 정말 감사합니다."

다레니안은 싱긋 웃더니 말했다.

"그런데 이루릴은 지금 어디에 있지? 보이지가 않네."

"예? 아, 이루릴 세레니얼 양은 저희들과 함께 여행중이었지만 잠시 자신의 용무 때문에 지금은 저희들 곁을 떠나 있습니다. 어디에 있는지는 저희들도 모릅니다."

"그래? 알겠어. 그럼."

다레니안은 그렇게 말했고 그러자 나와 제레인트는 뭐라고 말해야 할지 모르게 되어버렸다. 우린 동시에 다레니안을 올려다보았고 다레니안은 고개를 갸웃거리다가 말했다.

"가라구. 계속 여기 있을 거니?"

"예? 아, 예. 알겠습니다."

제레인트는 그렇게 말하며 일어났다. 하지만 아쉬운걸? 요정의 여왕을 만났는데 그냥 이렇게 헤어져야 되다니. 난 좀더 말을 끌어볼 욕심으로 다레니안에게 말을 걸었다.

"저, 구해 주신 은혜 정말 감사합니다. 이 은혜를 어떻게 갚아야 할지. 이루릴에게 무슨 전할 말씀이라도 없으십니까? 이루릴은 다시 저희들을 찾아오겠다고 말했습니다만."

"그러니? 영원히 헤어진 것이 아니라?"

"예? 잠시 헤어진 것뿐입니다만?"

"그녀가 그렇게 말했어?"

"예. 그렇습니다."

"그렇구나."

다레니안은 이해 못할 말을 마치고 나더니 이젠 고민하는 얼굴이 되었다. 제레인트는 다시 무릎을 꿇었지만 파도 위에 앉아 다리를 까딱거리며 생각에 잠겨 있는 페어리퀸을 올려다보면서 거의 넋이 나가버린 얼굴이 되어 있었다.

다레니안은 잠시 후 고개를 끄덕이며 말했다.

"다시 이루릴을 만나거든 그 소용없는 추적을 그만두라고 전해줘."

"소용없는 추적이오?"

다레니안은 놀란 눈으로 우릴 내려다보았다. 엄지손가락 한 마디 정도 크기의 얼굴이었지만 그 표정 하나하나는 확실하게 알아볼 수 있었다. 얼굴이 아니라 몸 전체가 표정을 짓는 것 같았다. 페어리는 원래 그런가?

"너희들은 모르니? 함께 있었는데? 다시 만날 거라며?"

"예?"

다레니안은 정말 희한한 것을 본다는 듯한 시선으로 우리들을 바라보았고 그래서 갑자기 내가 정말 희한한 것이 되는 기분이 들었다. 다레니안은 멍한 표정으로 우리를 바라보다가 갑자기 웃었다.

"아, 그래! 말하지 않았구나? 호호호."

"예?"

"맞아. 너희들은 인간이었지. 엘프가 아니니까, 이루릴이 말하지 않았다면 너희들은 알지 못했겠지."

아니, 그게 아닌데?

"저, 그런데 이루릴은 자신의 추적에 대해 저희들에게 조금 들려주었습니다만. 저희들이 알기로 이루릴은…… 핸드레이크를 추적하고 있는 것입니다만. 그 추적을 말씀하시는 겁니까?"

핸드레이크의 이름이 나왔을 때 다레니안의 얼굴이 어떻게 바뀌는지 궁금해 견딜 수가 없어서 난 조심스럽게 그녀를 올려다보았다. 하지만 그 이름이 말해졌을 때 다레니안의 얼굴엔 아무런 표정의 변화가 없었다. 그녀는 심드렁하게까지 들리는 목소리로 말했다.

"알고 있었니? 그래. 그 추적을 그만두라고 말하려는 거야."

"그, 글쎄요. 제가 알기로 그녀는 열심히 추적하고 있습니다. 그녀에게 그 말을 전해 주면서 왜 소용없는 추적인지 물어보지도 않았다는 비난은 듣고 싶지 않은데요. 이유를 들려주시겠습니까?"

"이유? 이유라. 이루릴은 그런 것 궁금하게 여기지 않을 텐데."

다레니안은 살짝 웃으면서 말했고 그래서 난 얼굴을 붉히고 말았다.

"제가…… 궁금합니다만."

"그래? 너완 상관이 없는 일 아니니?"

"예? 예. 그렇긴 합니다. 그렇다고 궁금하게 여길 수 없는 것은 아니잖습니까? 뭐, 그렇게 궁금해하다가 상관이 생기고 관계가 생길 수도 있는 것이고."

다레니안은 물끄러미 날 내려다보았다. 그 작은 얼굴에 오밀조

밀하게 붙은 눈, 코, 입들이 아름다운 조화를 이루며 날 내려다보는 것은 얼굴을 더욱 뜨겁게 만드는 것이었다. 다레니안은 말했다.

"핸 같구나."

사람은 깜짝 놀랐을 때도 털을 곤두세우는 고양이나 귀를 쫑긋거리는 말처럼 몸의 일부분이 바뀌지 않는다는 것은 참 다행스러운 일이다. 심장이 떨어질 만큼 놀랐지만 난 평온하게 대답해 버렸다.

"무슨 말씀이신지?"

"핸도 그랬지. 뭐든지 관심 있어하고 자신은 상관도 없는 모든 종족의 일에 끼어들고."

다레니안은 여전히 대단찮다는 얼굴을 한 채 날 내려다보고 있었다. 눈앞 3큐빗 정도에 신장 반 큐빗짜리 페어리가 파도 위에 앉아서는 날 그렇게 내려다보고 있는 것이다.

"우스운 남자야. 자기도 돌볼 줄 모르면서."

다레니안은 미소까지 지으면서 그렇게 말했다. 뭐라고 대답해야 할지 알 수가 없었다. 젠장. 나 대신 칼이 여기 빠졌다면 좋았을 텐데. 그때 제레인트가 말했다.

"다른 피조물들에게 자기 자신에게 쏟는 것과 똑같은 애정을 표시했다는 것은, 칭송받을 일이라고 생각됩니다만."

다레니안은 물끄러미 제레인트를 바라보았다. 제레인트는 다레니안을 올려다보며 맑게 웃고 있었다.

"핸드레이크의 일에 대해선 잘 알지 못합니다. 하지만 그는 태어나기를 인간으로 태어났지만 그 사실에 구속되지 않았다고 알고 있습니다. 우리가 당연히 가지고 태어나는 그 족쇄에서 자유로울 수 있었다는 것에서, 전 핸드레이크의 행동을 우습다고 평가하고 싶지는 않습니다. 오히려 높게 평가하고 싶습니다."

페어리퀸은 우울한 얼굴로 제레인트를 바라보았다.

"늑대가 양에게 동정심을 가지면 어떻게 되지?"

"예?"

"대답해 봐. 늑대가 양에게 동정심을 가지면, 그렇다면 늑대는 어떻게 될까?"

다레니안은 무표정한 얼굴로 질문했다. 제레인트는 고민하는 얼굴이 되더니 이윽고 힘없이 대답했다.

"굶어…… 죽겠지요."

"응. 거미가 나비의 아름다운 날개에 매혹을 느끼면 어떻게 되지?"

"죽게 될 겁니다."

"그래. 땅속을 다니며 뿌리를 캐어먹는 땅강아지가 자신은 보지도 못한 꽃잎의 아름다움을 동경하면 어떻게 될까? 그는 한 번도 꽃을 본 적이 없을걸. 하지만 누군가가 땅강아지에게 지금 그대가 파먹고 있는 뿌리는 지상에서 가장 아름다운 꽃의 뿌리라고 알려주면, 그래서 땅강아지가 꽃의 모양에 대해 상상하기 시작하고 그것을 동경하게 되면 어떻게 될까?"

제레인트는 이제 고개를 똑바로 들어 다레니안을 올려다보면서 말했다.

"죽을 겁니다."

"꽃은 그걸 알지도 못하겠지?"

"그럴 테지요."

"늑대의 경우를, 거미의 경우를, 땅강아지의 경우를, 넌 뭐라고 표현하겠니?"

"멍청하다고 말하겠습니다."

제레인트는 침착하면서 자신감 있는 어조로 말했다. 다레니안은 고개를 갸웃거리다가 온몸으로 궁금한 표정을 지으면서 말했다.

"칭송하지 않을 거니?"

"아뇨. 그건 어리석은 경우입니다. 늑대는 양을 잡아먹게 태어났습니다. 그리고 거미는 나비를 잡아먹도록 되어 있지요. 또한 땅강아지는 꽃에 신경 쓰지 않고 뿌리만 캐어먹도록 되어 있습니다. 그러나 인간은 아닙니다."

"왜 그렇지? 인간은 어떻게 다르다는 거니?"

"늑대는 양을 동정하지 못하게 태어났습니다. 거미도, 땅강아지도 마찬가지입니다. 그들은 원래 자신의 제물에 감정을 이입하지 못합니다. 하지만 인간은 할 수 있습니다."

그때 내가 끼어들었다.

"예. 헬카네스의 빚음에 따라 우리들은 남과 달라지려는 존재가 되었지만, 유피넬의 힘은 우리를 남에게 전달하도록 합니다. 우리는 유피넬과 헬카네스 양쪽의 관심을 받습니다."

제레인트는 웃으며 날 바라보다가 다시 다레니안에게 고개를 돌려 정중한 목소리로 말했다.

"우리는 원래 그럴 수 있도록 만들어졌습니다. 따라서 그것은 어리석은 것이 아닙니다."

다레니안은 물끄러미 내려다보았다. 물결치는 파도에서 쉼없이 물방울이 치솟아 올랐지만 다레니안에게는 한 방울도 떨어지지 않았다. 다레니안은 손을 뻗어 파도의 하얀 포말을 어루만지다가 다시 말했다.

"너희들은 넓은 마음을 가지고 태어난다는 것이니?"

"아뇨. 우리의 마음은 넓지 않습니다. 엘프나 당신 같은 페어리에 비한다면 우리는 소견머리 없고 터무니없이 속 좁은 자들입니다. 하지만 우리는 우리를 나눠줌으로써 넓어질 수 있습니다."

"그래서……, 그래서 핸은 그 멍청한 일에 만족감을 느꼈던 것이니?"

제레인트는 잠시 뭐라고 대답해야 할지 몰라했다. 그래서 내가 재빨리 고개를 끄덕이며 말했다.

"그렇습니다. 자신의 모든 것을 던질 정도로."

갑자기 다레니안은 주먹을 불끈 쥐었다.

"거짓말이야!"

다레니안의 외침소리와 함께 물기둥은 요동치기 시작했다. 이제는 다레니안이 앉아 있는 부분만 제외하고 모든 호수가 날뛰기 시작했다. 콰아아아아. 호수는 거대한 소용돌이를 이루기 시작했다. 우리는 벌떡 일어났다.

"그는 나 하나에게도 마음을 주지 않았어!"

다레니안의 작으면서도 날카로운 고함소리가 터지듯 울려나왔다. 소용돌이는 하늘까지 솟아오를 정도로 거세게 물결쳤다. 다레니안과 우리 두 명이 있던 장소 주위로 무서운 소용돌이가 뿜어져 올라가 주위엔 물의 벽이 형성되었다. 귀가 먹어버릴 정도의 물소리. 몸이 그대로 소용돌이 속으로 찢겨 흩어질 것 같은 기분이 들었다. 다레니안은 이제 파도 위에 똑바로 선 채 두 주먹을 하늘로 뻗어올리며 외쳤다.

"거짓말이야! 거짓말! 너희들은 엘프들처럼 나눠주는 종족이 아니야! 너희들은 모든 것을 집어삼키는 불길, 꽃잎을 사그라들게 하고 구름마저 그슬리는 미친 불꽃일 뿐이야! 세상의 모든 것 속에 너희들을 투영함으로써, 세상 모든 것을 소유하려는 것이야!"

과우우우! 이제 주위의 공기들마저 소용돌이와 함께 돌기 시작했다. 제레인트는 똑바로 서지 못하고 비틀거리기 시작했다. 난 한 손으로 그의 어깨를 붙잡았다. 하지만 물결이 요동을 쳐서 나 역시 똑바로 서 있기 어려웠다. 다레니안의 머리카락은 모두 하늘로 곤두서 있었고 그녀의 얇은 옷은 회오리 속에서 찢어질 듯이 펄럭거렸다. 다레니안은 그 작은 몸이 터지는 것이 아닌가 걱정될 정도로 무서운 비명을 질렀다.

"너희들은 모든 것을 태우는 불꽃이야!"

제레인트는 팔을 들어 바람을 막으면서 어처구니없는 목소리로 외쳤다.

"아닙니다!"

지지직! 지직! 호수 상공에서 불꽃들이 튕기기 시작했다. 소용돌이 사이에서 바라보는 하늘은 번갯불에 의해 가로로 찢어지고 세로로 갈라지고 있었다. 번갯불이 소용돌이의 첨단을 가격할 때마다 굉음이 울려퍼졌다. 쾅! 콰과광! 호수 전체가 그대로 주위의 산을 집어삼키며 하늘로 솟아오를 것 같았다. 지직, 지지직!

"아닙니다! 우리는……, 어엇!"

말을 꺼내려 할 때 몸이 서서히 떠오르기 시작했다. 회오리바람이 마침내 나와 제레인트를 끌어올리기 시작한 것이다. 난 물 외엔 아무것도 없다는 것을 잘 알면서도 미친 듯이 주위를 돌아보며 붙잡을 것을 찾았다. 그때 제레인트가 내 팔을 꽉 붙잡으면서 헐떡거리며 외쳤다.

"제발! 이러지 마시오! 우리는……."

"당신이 핸드레이크를 태웠잖아!"

제레인트의 말이 채 끝나기도 전에 내가 먼저 고함을 질렀다. 내 입에서 나온 것인지 의심스러울 정도로 커다란 고함소리였다. 주위의 소용돌이 소리도, 번개의 굉음도, 휘몰아치는 회오리바람 소리도 순간적으로 조용해지는 것 같았다.

팔이 아파서 돌아보니 제레인트가 내 팔을 꽉 붙잡은 채 허옇게 질린 얼굴로 날 쳐다보고 있었다. 하지만 난 고개를 돌려 다레니안을 쏘아보았다.

다레니안의 머리카락은 여전히 사방으로 나풀거리고 있었지만 그녀는 두 팔을 늘어뜨렸다. 그녀의 얼굴에 의아한 표정이 떠올랐다.

"뭐라구?"

"당신이, 당신이……, 후욱! 당신이 핸드레이크를, 태웠잖아! 핸드레이크의, 일생의 소망이던 여덟 별을 파괴했잖아!"

다레니안은 갑자기 두 손으로 입을 가렸다. 터져나오려는 비명을 막는 듯한 모습이었다. 그녀는 그렇게 자신의 입을 틀어막고는 내 얼굴을 뚫어지게 바라보았다.

"당신은 핸드레이크에게 무엇을 주었어!"

다레니안은 입을 틀어막고 있느라 대답하지 못했다. 난 다시 한번 고함을 질렀다.

"당신은 무엇을, 후우욱! 무엇을 주었냐구! 핸드레이크를 도운 적이 있어? 그를 이해해 보려 한 적이 있냐구!"

"아아악!"

다레니안은 비명을 지르며 파도 위에 무릎을 꿇었다. 발이 떠올라서 공중에서 볼품 사나운 꼴로 허우적거리면서도, 난 다시 한번 숨을 들이쉬고는 외쳤다.

"당신 멋대로 핸드레이크를 평가하고! 그의 소망을 평가하고! 그를 좌절하게 만들었잖아!"

"아악! 그만해!"

"그의 투쟁이 소용없다고 판단했지? 그래서 제멋대로 그를 드래곤 로드에게 넘기려고 했고! 그의 소망이 부질없다고 판단했지? 그래서 여덟 별을 파괴하고!"

"아아악! 아아아아악! 듣지 않겠어! 그만해!"

다레니안은 고개를 가로저으며 처절한 비명을 질렀다. 하지만 난 멈추지 않았다. 제레인트가 내 입을 틀어막으려고 허우적거렸지만 난 그것도 무시하면서 고함질렀다.

"당신이 그의 무엇이기에! 당신이야말로 핸드레이크를 집어삼키려고 들었잖아! 핸드레이크를 핸드레이크로 있게 만들지 못하고! 당신의 핸드레이크로 있게 만들려고 했잖아아!"

갑자기 다레니안은 고개를 쳐들었다. 그녀의 작은 눈에서 무시무시한 빛이 뿜어져 나와 내 눈을 태우는 것 같았다. 다레니안은 날 쏘아보면서 말했다.

"내가 그의 무엇이냐구?"

난 입을 열려고 했지만 도저히 입을 열 수가 없었다. 몸은 낙엽처럼 흩날리고 있어 사방이 빙빙 돌고 있었고 하늘과 땅의 자리바꿈은 끝없이 계속되는 것 같았다. 번갯불이 하늘을 쪼갤 때마다 세상은 하얗게 바뀌었고 다음 순간 지독한 암흑이 찾아왔다. 순백색과 검정색은 서로를 끊임없이 침범했다. 그 혼란스러운 세상의 가운데, 그 중심에서 페어리퀸이 죽일 듯한 시선을 보내고 있는 것이다.

"왜 내가 그의 무엇이어야 하지?"

"그…… 그럼…… 왜 그를…… 그토록 괴롭……혔어?"

다레니안은 퍼렇게 질려버렸다.

"그를 괴롭혀?"

"그의…… 모든 것을…… 파괴했잖아……."

"거짓말! 핸드레이크는 날 비난하지 않았어! 그가 비난한 것은 루트에리노야!"

이런 멍청한! 이게 정말 페어리들의 여왕에게서 나올 말인가? 아니면 페어리라는 것이 원래 이 모양인가?

"그건…… 그가 당신을…… 사랑하기 때문에……."

"뭐라구?"

"이해할…… 수…… 어떻게…… 그토록 지극하게…… 비록 방법은 틀렸지만…… 그렇게 위해 주는…… 자신을 위해 주는…… 사랑하지 않을 수……."

너무 오래 돌았다. 균형 감각은 모조리 사라지고 지독한 어지러움과 희미해지는 세상만이 남았다. 하지만 난 다시 한번 고함을 질렀다. 300년간의 오해를 풀어야 한다. 내 것도 아니지만, 나완 아무런 상관도 없지만, 이 지독한 오해의 고리를 두고 볼 수는 없다. 이것은 벗겨야 한다.

"핸드레이크는…… 당신을…… 이해…… 한 번도…… 당신의 행동에 대해…… 묻지 않았겠지…… 비난하지도, 의미를 묻지도…… 그가 당신을…… 사랑하니까……."

너무 오래 버텼다. 세상은 이제 까맣게 멀어지기 시작했다. 깨어나면 질푸른 물 속일까?

6

"정통 드워프식으로 할까?"

엑셀핸드의 목소리. 그리고 네리아의 목소리가 이어졌다.

"드워프식은 어떻게 하는 건데요?"

"양념은 하지 않고 소금으로만 간을 맞추는데, 그대로 굽는 거야. 너무 바삭바삭하게 굽지는 않고 씹히는 맛이 충분히 남아 있도록."

"좀 불안하네요. 엑셀핸드가 씹히는 맛이 있다고 말하는 것은 어느 정도를 말하는 거예요?"

탁탁거리는 모닥불의 소리 사이로 아프나이델의 목소리가 들려왔다.

"하하하, 제가 함께 여행해 봐서 잘 압니다. 거의 날것이나 다름없는 수준이지요."

"휴우. 차라리 내가 할래요. 하필이면 우리들 중 일류 요리사들이 모두 사라졌담."

"왜 그래? 언니는. 왜 난 생각도 하지 않는 거야?"

레니의 목소리가 들리는 순간 난 입술을 슬그머니 올렸다. 네리아는 자기가 요리를 못하니까 다른 여자도 요리를 못한다고 생각하는 게지. 하하하.

"어? 아, 그래! 너 요리할 줄 아니?"

"그럼. 뭐, 우리 아빠는 내가 만든 게 세상에서 제일 맛있다고 말하긴 하지만, 그건 아빠라서 하는 말일 거야. 하지만 우리 집에 온 손님들도 먹어보고 괴로워하진 않았어."

"다행이구나. 그럼 레니에게 맡길게."

음. 나와 제레인트가 없어지면 우리 일행의 최대 문제는 요리사 부재가 되나 보군. 그것 참. 막중한 사명감을 느끼게 하는데? 그때 샌슨이 말했다.

"그런데 이 사람들은 도대체 어떻게 된 걸까. 이런 말 하긴 싫지만, 빠져죽은 거 아닐까?"

"샌슨! 그런 소리 하지 마!"

"어, 네리아. 그러니까……."

"아프나이델이 절대로 호수 안에는 없다고 했잖아! 틀림없이 다레니안이 데리고 있는 거라구. 확실해!"

어라? 이게 무슨 말들이야? 그때 발소리와 함께 길시언의 피곤한 목소리가 들려왔다.

"샌슨. 난 도저히 못하겠소."

"길시언."

"샌슨이 대신 가서 칼 좀 끌고 와주시오. 내 말은 들은 척도 하지 않고 있어."

"그런데 말입니다. 내가 간다고 해서 될 일도 아닐 것 같습니다. 그렇게 보이진 않지만 칼도 은근히 고집이 이만저만이 아니거든요."

털썩 하는 소리가 들려왔다. 고개를 돌리며 눈을 뜨자 땅바닥에 주저앉은 길시언의 모습이 보였다. 모닥불빛은 그의 얼굴을 검붉게 물들여 놓았다. 그리고 맞은편에는 샌슨과 네리아 등이 앉아 있었고 모닥불 주위로 아프나이델과 엑셀핸드의 모습도 보였다.

샌슨이 고개를 돌려 멀리 바라보는 모습이 보였다. 난 샌슨의 시선을 따라 쳐다보았다. 멀리 레브네인 호수가 보이고, 그리고 호숫가에 앉아 있는 휘우듬한 그림자가 보였다. 칼인가?

떠오르는 달이 호수 수면을 은색으로 치장하고 있었다. 칼의 어깨에는 달빛이 부서지고 있었지만 칼은 주저앉은 채 꼼짝도 하지 않고 검은 호수를 바라보고 있었다. 보이는 것은 그의 뒷모습뿐이다. 샌슨은 한숨을 쉬다가 아프나이델에게 고개를 돌렸다.

"빠져죽은 것은 확실히 아니죠?"

모닥불 옆에 앉아 있던 아프나이델은 피로한 표정으로 말했다.

"예. 호수 전체를 관찰해 보았지만 두 사람의 흔적은 느껴지지 않습니다. 따라서 호수 안에 있는 것은 아닙니다. 빠져죽었다면, 설령 죽었다 해도 흔적은 남을 텐데 말입니다."

"그래요."

"혹시 제레인트의 디바인 파워의 경우엔 그가 사망했을 경우 약화될지도 모릅니다. 하지만 후치의 OPG의 경우는 그의 생존 여부와 상관없이 느낄 수 있어야 합니다. 그런데 그 느낌도 전혀 없었습니다. 아, 제가 못 느끼는 것일 수도 있습니다만, 전 최선을 다했습니다."

샌슨은 머리를 벅벅 긁으며 대답했다.

"예. 알겠습니다. 그럼 역시 다레니안이 그 둘을 데리고 있다는 결론으로 돌아오게 되는군요. 흐음."

길시언은 다시 칼의 등을 바라보다가 한숨을 토하듯 말했다.

"그런데 페어리퀸께서는 그들을 얼마나 데리고 있을 생각인지…….”

“돌려보내 주실까요?”

“알 수 없습니다.”

그때 레니가 불안한 목소리로 말했다.

“요정의 나라로 붙잡혀 간 사람들은, 저……, 그러니까…….”

“수십 년 만에 돌아온다는 식의 이야기 말이야? 돌아와 보니까 세상은 바뀌어 있고 자기 자식들은 모두 호호 할아버지나 할머니가 되어 있고?”

“진짜 그래요?”

“내가 잡혀가 봤니. 그걸 알게. 그리고 그런 이야기들은 모두 ‘옛날 옛적에’, 이런 말로 시작한다구. ‘며칠 전에’가 아니라.”

네리아의 힘없는 대답에 레니는 입을 다물었다. 그런데 이 사람들이 지금 사람을 옆에 놓고 무슨 말을 하고 있는 거야? 난 어처구니가 없어서 샌슨의 어깨를 잡아당기려 했다. 그런데 내 손은 그의 어깨를 그대로 지나쳐버렸고 난 기절할 만큼 놀라버렸다.

“히익!”

난 내 손을 내려다보았다. 손은 그냥 손이다. 그리고 샌슨의 어깨는 그냥 어깨고. 난 다시 조심스럽게 샌슨의 어깨를 짚으려 했다. 천천히 손을 뻗어, 익숙한 느낌이 올 때까지 손가락을 뻗어보았지만, 손가락 끝에는 아무런 느낌도 오지 않았다.

“이익!”

난 흡사 주먹질을 하듯 손을 쭉 내밀었지만 주먹은 그대로 샌슨의 몸을 지나칠 뿐이었다. 게다가 샌슨은 아무런 느낌도 받지 못한 모양이다.

네리아를 바라보았다. 네리아는 날 정면으로 바라보고 있었다.

그런데 그 시선의 초점은 내가 아니었다. 난 그녀에게 후다닥 다가가서는 그녀의 얼굴 바로 앞에서 고함을 질렀다.

"네리아! 평소에 하고 싶은 말이었는데, 당신 정말 미인이에요! 내가 평소에 얼마나 거짓말이 하고 싶었는지 잘 알겠죠?"

그러나 네리아는 꿈쩍도 하지 않고 그저 불안한 얼굴을 하고 있을 뿐이었다. 뭘 느끼는 것 같지도 않았다. 그저 레니와 이야기를 나누며 음식 재료들을 힘없이 다듬고 있을 뿐이었다.

난 자리에 털썩 주저앉으며 말했다.

"오, 젠장! 아프나이델. 미안하지만 당신이 틀렸어요. 난 죽었나 봐요. 음. 그렇게 나쁘진 않네요. 생사의 갈림길이 뚜렷하다 보니 이야기를 전할 수야 없지만, 그래도 친구들의 모습은 생전처럼 볼 수가 있군요? 뭐, 이 정도라면 고마워할 만한 일이라고 생각되는군요. 기뻐하죠, 뭐."

말을 꺼내놓고 보니 정말 웃기는 상황에 웃기는 말이로군. 난 미소를 지었다. 그런데 내 넋두리는 나 스스로를 웃겼을 뿐만 아니라 또 다른 사람 하나도 웃겼던 모양이다.

"파핫하하하! 후치, 왜 오랜 세월에 걸쳐 그 효능이 입증된 믿을 만한 방법을 사용해 보지 않는 거야?"

"볼을 꼬집는 거요?"

말을 하면서 고개를 돌려보자 길시언의 등 뒤에서 배를 잡고 웃는 제레인트가 보였다. 제레인트는 짓궂은 얼굴로 손을 내밀며 말했다.

"대신 해줄까?"

"정중히 사양하지요. 우리 안 죽었어요?"

"내가 알기론, 그래."

"넌 죽지 않았어. 느끼지 못하겠니?"

제레인트의 말꼬리를 이어 또 다른 말이 들려왔다. 고개를 조금 들어올리자 낮은 나뭇가지에 앉아 있는 다레니안의 모습이 보였다.

다레니안은 나뭇가지에 다리를 꼬고 앉아서는 날 지그시 내려다보고 있었다. 모닥불의 빛이 닿지 않는 어두운 나무 위였지만 다레니안의 모습은 똑똑히 보였다. 난 동료들의 모습을 주욱 돌아보고 나서 다레니안을 바라보았다.

"뭐, 죽어본 적은 없지만, 그래도 확실히 죽었다는 실감은 오지 않더군요. 그런데 그렇다면 여긴 도대체 어디지요?"

다레니안은 레니를 가리키며 말했다.

"저기 저 계집아이가 말한 대로 요정의 나라지."

"요정의 나라? 그런데 이건 현실과 똑같잖아요?"

"똑같다고? 현실의 사람들은 널 느끼지 못하잖아?"

"어, 그렇긴 하네요. 그렇다면 요정의 나라라는 것은 뭐지요?"

다레니안은 웃으며 말했다.

"요정의 나라는 현실의 나라 바로 이웃에 있어. 어쩌면 가장 멀리 떨어져 있다고 말할 수도 있지. 사실 현실의 거리를 나타내는 말을 그대로 사용하면 관념이 이상하게 변질되지. 하지만 너희들의 언어는 모두 너희들의 현실에만 맞도록 되어 있으니 설명해 줄 길이 없구나."

"그래요?"

"후치야! 이것 봐!"

제레인트의 고함소리가 들려 옆을 돌아보았다. 그리고 난 곧 쓰러질 듯이 웃게 되었다.

"푸흐허으우하하핫!"

길시언은 우리들에 대한 걱정으로 근심스럽고도 근엄한 표정을 짓고 있었다. 모닥불의 이글거리는 붉은 빛이 그의 얼굴을 더욱 고뇌에 찬 무엇으로 만들어놓고 있었다. 그런데 그 가슴 부분에서 제레인트의 머리가 불쑥 튀어나와 있는 것이다. 제레인트는 길시언의 가슴으로 머리를 내민 채 나에게 윙크를 해보였고 그 광경은 괴기스럽다기보다는 폭소를 터뜨리게 했다.

내가 정신 없이 웃는 것을 보며 제레인트는 어깨를 으쓱이더니 길시언의 목소리를 흉내내면서 말했다.

"이게 요정의 나라야. 우리 이웃. 하지만 우리 차원과는 다른 차원이고. 페어리는 우리가 땅을 걷듯이 차원 사이를 걸어다니지. 그랬다고 들었어."

"하하하. 너무 어려워서 뭐가 뭔지는 잘 모르겠어요. 현실 차원은 뭐고 다른 차원은 뭔지. 난 차원이라는 말도 제대로 이해하지 못하겠는데요."

레니가 재료를 다루는 모습을 보면서 기분 좋게 고개를 끄덕이고 있던 제레인트가 헛기침을 하면서 말했다.

"흠흠. 설명해 주길 바라는 거야? 그런데 나도 잘 모르겠는걸."

난 고개를 돌려 다레니안을 바라보았다.

"그런데, 페어리퀸께서는 어떻게 그 나뭇가지에 앉아 있을 수 있지요?"

"후훗. 인간다운 의문이구나. 설명해 주기가 어렵네. 눈에 보이는 것으로 판단하려 들지 말라는 말밖엔 해줄 말이 없구나."

다레니안은 그렇게 말하더니 갑자기 나뭇가지에 앉은 자세 그대로 허공을 떠오기 시작했다. 날개도 없는데? 아, 여긴 요정의 나라였던가? 잠깐, 그렇다면?

"나도 날 수 있어요?"

"해보렴."

"우아아악!"

뭐야! 뭐! 위로 떠오르려고 마음을 먹은 순간 레브네인 호수가 불쑥 내려가기 시작했다. 그리고 갑자기 난 산봉우리들 사이로 떠올랐다. 산봉우리들이 내 시야에 있었던 것도 잠시, 난 갈색 산맥의 산봉우리들이 발 아래 까마득하게 사라질 만큼 솟아올라 버렸다. 저건 중부 대로인가? 밤인데도 불구하고 산맥 사이로 구불구불하게 뻗은 길이 눈에 들어왔다. 몇 군데 횃불이 일렁거리는 모습이 보였다. 누군가가 이 밤에 중부 대로를 따라 움직이고 있나 보지? 그리고 잠시 후 미드 그레이드에 무수하게 많은 반딧불을 모아놓은 것처럼 보이는 바이서스 임펠이 보였다.

"우와아아아!"

그러나 곧 모든 산맥과 강, 그리고 대지가 모두 평평하게 바뀌고 주위의 하늘은 짙은 보랏빛으로 바뀌기 시작했다. 놀랍게도 하늘 저편으로는 푸른 선이 주욱 그어져 있었고 그 위로 붉은 기운들과 푸른 기운들이 뒤섞이며 일렁거리고 있었다. 저 멀리 동쪽으로는 둥글고 새카만 지평선(지평선이 둥글어?) 뒤로 태양이 떠오르기 시작했다. 태양빛이 뿜어져 나오는 순간 눈이 부셨다. 뭐야, 이건! 밤인데 왜 태양이 떠오르는 거야? 위를 보자 별들이 무시무시한 빛을 내뿜었다. 땅에서 바라보는 그런 별이 아니었다. 깊이를 알 수 없는 검정색 하늘에서 창백하게 불타오르는 별들이었다. 으아아아! 별에 부딪히겠다!

"반대로! 거꾸로! 돌아서!"

뚝. 그런 소리가 난 것은 아니지만 상승이 갑자기 멈추자 그런 소리가 들리는 듯했다.

"설마? 서어어얼마아아!"

우아아앗! 올라올 때와 똑같은 속도로 이제 땅이 내게 달려오기 시작했다! 이런 제에에에기랄! 굉장한 속도로 떨어지면서 나는 다시 바이서스를, 그리고 미드 그레이드를, 여전히 횃불 빛이 일렁거리고 있는 중부 대로를, 그리고 레브네인 호수를 보게 되었다. 저녁 식사를 하고 있는 우리 동료들의 정수리들이 보이고 그 사이에서 위를 올려다보고 있는 제레인트의 얼빠진 얼굴이 보인 순간, 난 땅속으로 파고들어갔다.

"우이야아앗!"

내 머리 박살나겠다! 그러나 내 몸은 아무데도 걸리지 않은 채 그대로 물속으로 들어가듯, 아니 그냥 허공에서 떨어지듯 땅속으로 쑥 파고들어갔다. 마치 갑자기 시트라도 뒤집어쓴 것처럼 주위가 삽시간에 시커멓게 바뀌었다. 아무런 빛이 없어서 주위는 보이지 않았지만 간혹 뭔가 흙덩어리나 바위처럼 보이는 윤곽이 눈에 들어올 때도 있었다. 빛 한점도 들어오지 않는 이곳에서 어떻게 저런 것이 보이는 것일까? 그냥 내가 그런 것이 보인다고 생각하는 것이 아닐까? 어쨌든 그런 윤곽들을 보면서 내가 무지무지한 속도로 떨어져내린다는 것을 알 수 있었다.

그런데 잠시 후, 주위가 붉게 변한다는 느낌이 들기 시작했다. 이건 내가 생각해서 그런 것이 아니라 확실히 뭔가 빛이 나고 있는 것이다. 놀라움에 눈을 감았다가 다시 떠보았지만 더 강해진 붉은 빛을 볼 뿐이었다. 그리고 그 붉은 빛 속에서, 난 주위에 바위도, 흙도, 아무것도 없다는 것을 깨닫게 되었다.

"오……, 맙소사!"

주위는 온통 용암이었다.

이글거리며 타오르는 용암들. 위로 치솟았다가 아래로 떨어지는, 그리고 물결치는 용암들이 보였다. 끓는 수프 속에 던져진 야채가 된 기분이었다. 주위는 온통 이글거리는 용암의 수프였다. 그리고 난 벌겋게 녹아 꿈틀거리는 용암 속으로 떨어져내리고 있는 것이었다.

노란색, 붉은색, 그리고 황금빛의 흐름들이 폭발하듯 요동치며 꿈틀거리고 있었다. 한 줄기 노란 흐름이 쉬익 지나쳤다. 그리고 황금의 얼룩처럼 보이는 무늬가 잠시 거대하게 펼쳐지기도 했다. 그러나 다시 주위는 붉은 색조로 바뀌어버렸다. 눈이 타버리는 것 같은 빛들. 도대체 얼마나 떨어져내리고 있는 것일까? 작열하는 용암들은 이제 흰색에 가까워지고 있었다. 아앗! 이렇게 아무 생각 없이 떨어질 일이 아니잖아? 난 다시 악을 질렀다.

"땅으로! 땅으로 가잔 말이다! 지표로!"

순간 난 지표에 서 있었다.

난 떨어지는 것에 대비하는 자세로 몸을 잔뜩 웅크린 채 무릎을 구부리고 아래로 팔을 휘두르는 자세 그대로 갑자기 땅 위에서 있게 되었다. 그래서 난 옆에서 들려오는 제레인트의 비명소리를 들으며 균형을 잡지 못하고 그대로 굴러버렸다. 굴렀어? 잠깐. 내가 지금 땅에 빠져 들어간 것이 아니라 구른 거야?

난 얼빠진 얼굴로 위를 올려다 보았고 다레니안의 웃는 얼굴을 볼 수 있게 되었다. 다레니안은 말했다.

"그냥 평소대로 생각해. 넌 걸어다닐 때 땅이 꺼져들까 봐 주의하면서 걷지는 않겠지?”

“평소대로요?”

“그래. 그냥 그렇게 걸으면 돼. 날려고 들면 날 수 있고, 땅속으로 들어가려 들면 얼마든지 들어갈 수 있으니, 땅을 밟으며 걸으려 들면 걸을 수 있어. 그러니까 결국 평소대로 행동하면 되는 거지. 테페리의 프리스트는 너처럼 이상한 생각을 하지 않았기 때문에 그대로 서 있을 수……”

“우아아악!”

제레인트는 비명소리만 남겨두고 하늘로 올라가 버렸다.

제레인트는 제자리에 서게 되는 데 나보다 훨씬 많은 시간을 잡아먹었다. 그 동안 질러댄 그의 비명 때문에 고막이 좀 이상해지는 기분이 들었다. 하지만 익숙해지고 나자 제레인트는 정말 재미있는 재주를 보여주기 시작했다.

“후치야! 이것 봐라!”

“어지러워요. 제레인트. 제발……, 그러지 말아요…….”

그는 지금 허리 아래는 땅속에 묻어둔 채 마치 개울 속을 걷듯이 걸어다니고 있었다. 상상력이 풍부한 모양이야. 나도 그렇게 해보려 했지만 시도할 때마다 땅속으로 대책 없이 파고들거나 기겁한 나머지 하늘로 솟아오르는 일을 반복하게 될 뿐이었다. 난 도대체 ‘땅에 허리를 반쯤 파묻고 뻔뻔스럽게 걷는다.’는 상상을 정확하게 할 수가 없었다. 말로는 되지만 그 모든 상황을 그릴 수가 없었다. 그래서 그냥 평소대로 행동하기로 했고, 그래서 난 땅 위에 서 있을 수 있었다.

그것도 쉬운 일이 아니었다. 언제든지 땅속으로 빠져들 수 있다는 생각을 할 때마다 내 몸은 현실 감각을 잃고 그대로 땅속으로 잠겨들곤 했으니까. 그래서 난 그런 생각을 떠올리지 않기 위해 마구잡이로 말을 시작했다.

"페어리퀸. 그런데 우리들을 언제 돌려보내 주실 거죠?"

절대로 옆을 보지 않으려 애쓰면서(옆에선 제레인트가 머리를 땅으로 향한 채 거꾸로 떠서는 허공을 밟으며 걸어다니고 있었다. 속이 이상해지는 것 같아.), 난 다레니안에게 물어보았다. 다레니안은 날 지그시 바라보더니 마침내 입을 열었다.

"설명해 줘."

"설명하라구요?"

"내가 핸을 태워버렸다고? 그런데 핸은 날 사랑했다고? 넌 어떻게 그때 있지도 않았는데 그렇게 자신 있게 말할 수 있는 거지? 뭔가 이유가 있겠지. 이유를 말해 줘."

뭐라고 말해야 되지? 난 잠시 대답을 생각하다가 고개를 돌렸다. 난 누운 채로 떠서는 그대로 하늘을 향해 걸어가고 있는 제레인트를 보며 한숨을 쉬며 말했다.

"아까는, 마구 말해서 정말 죄송합니다."

"그건 내가 원하는 대답이 아니야."

"알겠습니다. 예. 난 핸드레이크가 아닙니다. 하지만 다른 사람의 속마음을 어느 정도 짐작할 수 있는 거 아닙니까? 정확하기는 어렵지만 그렇게 하며 사는 거니까요."

"그렇게 하며 산다고? 엘프들처럼 되려고?"

"엘프? 예. 우리는 서로간에 약속된 조화를 누리지는 못하니까, 뭐 상대의 의중을 짐작해 보면서 조화를 이루도록 애쓸 수밖에 없지요. '내가 욕설을 하면 상대는 기분 나쁠 것이다.'라는 수준 낮은 것부터 시작해서…… 더 복잡한 개념과 사상을 나누려고 애쓸 수밖에 없지요."

"그래서 넌 핸의 마음을 짐작할 수 있다는 거니?"

"뭐라고 말씀드려야 될진 모르겠지만, 난 핸드레이크처럼 인간입니다. 따라서 페어리인 당신보다는 그를 이해하기가 쉬울 거라고 말할 수도 있습니다. 물론 그와 나 사이엔 300년의 시간이 있기 때문에 결코 쉬운 일은 아니겠습니다만."

다레니안은 잠자코 날 바라보았다. 난 고개를 돌려 우울하게 저녁 식사를 하고 있는 동료들을 바라보았다. 모두 풀이 죽어 있는 모습들을 보자니 가슴이 아파왔다. 그리고 칼은 일행들이 부르는 소리도 무시하면서 여전히 수면만을 바라본 채 앉아 있었다.

난 칼 쪽으로 걸어갔다.

옆에선 두 팔을 수평으로 든 채 허공에 떠서 빙글빙글 돌고 있던 제레인트가 그대로 빙글빙글 돌면서 따라왔다. 윽. 잠자리 같군. 아니, 뭐라고 말해야 할지 모르겠군. 빙글빙글 돌면서 날아다니는 생물은 전혀 없으니.

난 칼의 얼굴 앞에 쭈그리고 앉았다.

모닥불을 등지고 앉은 칼의 얼굴은 침침한 어둠으로 젖어 있었다. 그는 다리를 감싸안은 채 구부정하게 앉아서는 차갑게 굳은 얼굴로 호수를 바라보고 있었다. 그의 눈은 수면처럼 가늘게 뜨여 있었고 호수에서 불어오는 싸늘한 바람은 그의 머릿결을 떠오르게 만들었다. 추위 때문에 시퍼렇게 질린 그의 얼굴에서 입술만이 움직이며 무슨 말인지 모를 말을 중얼거리고 있었다. 무슨 말씀을 하시는 거지?

제레인트가 내 옆으로 내려왔다. 제레인트는 칼의 입술을 주의

깊게 바라보더니 그 입술 모양을 하나씩 하나씩 따라하기 시작했다.

"오…… 우이오. 아에……안?"

난 착잡한 심정으로 말했다.

"돌려주시오. 다레니안."

"아, 맞아. 그렇군. 아라이……이? 부영이 아라이으테이?"

"살아 있지? 분명히 살아 있을 테지?"

난 목이 메어오는 기분을 느꼈다. 그때 칼이 다시 입을 열었고 제레인트가 그것을 따라했다.

"이……여아. 으으으…… 오여여?"

……목이 메이는 기분이 싹 사라지려고 했다. 못 말리겠군, 정말. 제레인트는 궁금하다는 표정으로 날 바라보았지만 난 모르겠다는 표정을 지었다. 앞으로도 칼이 '이년아, 그들을 돌려줘!' 라고 독백했던 것은 죽을 때까지 그와 나 둘만의 비밀이야.

그때 머리 위쪽으로 다레니안이 천천히 날아왔다. 난 갑자기 참을 수 없는 기분이 들었다.

"당신은 모르시겠어요?"

"뭐라구?"

"지금 칼의 말, 그의 마음, 짐작할 수 없냐구요!"

다레니안은 여전히 허공에 뜬 채 칼의 얼굴과 내 얼굴을 번갈아 쳐다보았다. 그녀는 고개를 가로저으며 말했다.

"그는 너희들을 그리워하고, 또 너희들이 돌아오기를 바라는 것 같구나."

"그래요! 왜 그럴까요?"

다레니안은 다시 칼의 얼굴을 물끄러미 바라보았다. 나와 제레인트, 그리고 요정의 여왕이 그를 바라보고 있었지만 칼은 전혀 느끼지 못한 채 대답 없는 수면을 향해 대답을 들을 수 없는 질문을 날려보내고만 있었다. 다레니안은 그의 얼굴을 바라보면서 말했다.

"너희들을 사랑하니까?"

"잘 아시는군요. 당신도 짐작할 수 있어요, 다른 사람의 마음을. 그렇잖아요?"

"그래. 그렇구나. 그런데?"

"어떤 변화가 느껴지지 않아요?"

"변화?"

"우스운 말이지만, 칼에 대한 동정심이, 그리고 우릴 돌려보내주어야 되겠다는 그런 생각이 떠오르지 않느냐고요?"

다레니안의 얼굴을 본 순간 난 그만 고함을 지르고 싶어졌다. 다레니안은 무슨 말인지 도대체 알아듣지 못하겠다는 표정을 지은 것이다. 그래. 이게 페어리다. 이젠 확실해지는군.

"너의 말을 알아듣기가 힘들구나. 그는 허공을 향해 말하고 있는데, 내가 왜 그런 마음을 느껴야 되는 거지?"

이거였어. 난 대답하지 않고 다만 속으로 외쳤다. 바로 이거였어. 그래. 그녀는 핸드레이크의 정열에 동참하지 못해서 그를 이해하지 못했지. 아니, 이건 이해에 관련된 문제가 아니야. 단지 그 뜨거운 마음을 느끼고 함께 마음이 뜨거워지는, 그런 사소한 공명을 그녀는 하지 못한 거야. 오로지 머리로써만 핸드레이크를 이해하려고 했고, 그래서 끝끝내 그를 이해하지 못하고 그를 방해한 것이겠지.

"그래도 핸드레이크는…… 이해해 주려고 애쓰는 모습만으로 당신을 사랑했겠지요."

제레인트가 무의식적으로 꺼낸 말은 다레니안으로 하여금 한 참 동안 입을 다물게 만들었다. 난 제레인트를 바라보았고, 제레인트는 허공에 다리를 꼬고 앉아서는 오른 손등으로 턱을 받친 채 말했다.

"아냐. 그는 원래 만물을 사랑했고, 당신 또한 사랑했겠지. 큰 사랑이었을 거야."

"뭐라구? 지금 무슨 말을 하는 거지?"

"맞아. 스스로를 단수로 생각할 수 없는 남자였지. 소유욕과 별 차이 없는 그런 사랑은 하지 않았겠지. 후, 후후, 하하하! 이건 정말 웃기는 일입니다, 다레니안! 그는 누구도 줄 수 없는 그런 사랑을 당신에게 주었는데, 당신은 그것을 알지 못했다니."

"무슨 말을 하는 거야!"

제레인트는 즐거운 얼굴로 다레니안을 바라보며 말했다.

"핸드레이크가 당신에게 무엇을 요구한 적이 있습니까?"

"뭐?"

"핸드레이크가 당신에게 무엇을 요구한 적이 있냐고 물었습니다. 자신을 이해해 달라고 간곡하게 말한 적이 있었습니까? 혹은 당신에게 무엇이 되라고 요구한 적이 있습니까? 당신이 변화될 것을 요구한 적이 있습니까?"

다레니안은 입을 딱 벌린 채 아무 말도 하지 않았다. 제레인트는 고개를 끄덕이며 말했다.

"한 번도 없었겠지요. 우리들이 보통 사랑이라고 부르는 것은 일종의 파괴입니다. 상대에 대한 적극적 파괴 행위지요. 그 점에선 당신의 말이 맞습니다. 우린 불길일지도 몰라요."

"파괴라구?"

"그래요. 상대를 원래의 모습으로 있게 두지를 못하지요. 어떻게든 상대로 하여금 자신을 사랑하는 마음으로 바뀌게 하려 애씁니다. 상대가 스스로의 즐거움, 스스로의 기쁨을 누리는 것을 바라는 것이 아니라 나와 함께 있음으로써 즐겁고, 나와 함께함으로써 기쁘기를 바랍니다. 상대가 알고 있는 그만의 즐거움을 이해해 주지 못하고. 이 점에선 사랑과 증오는 거의 같아요. 어쨌든, 상대를 변화시키려고 애쓰는 것이니까요."

"난, 난 네 말을……."

제레인트는 갑자기 진지한 표정을 지으면서 말했다.

"인간 세상에서 가장 슬픈 사랑이 뭔지 아십니까?"

"뭐?"

제레인트는 엄숙하게 말했다.

"짝사랑이지요."

윽. 터져나오려는 웃음을 가누기가 어려웠다. 그러나 제레인트는 여전히 진지하게 말했다.

"그럼, 인간들 사이에서 가장 무서운 병이 뭔지 아십니까?"

"난, 난……."

"상사병이올시다."

도저히 못 참겠다. 난 맹렬하게 입을 틀어막으며 몸을 돌렸다. 내가 몸을 부들부들 떨면서 눈물을 찔끔거리는 동안에도 제레인트는 계속 웃지도 않은 채 말했다.

"왜 그런 줄 아십니까? 짝사랑과 상사병은 상대를 변화시키지 못하기 때문입니다. 그래서 슬프고 아프지요. 참 글러먹은 문제입니다. 짝사랑을 하면 그냥 그 사랑을 소중히 여기면 될 문제인데 말입니다. 상대에게 아무런 영향도 주지 못하기 때문에 꼭 그것 때문에 슬퍼하고 아파해야 된단 말입니다. 상대도 날 봐주었으면, 날 생각해 주었으면, 날 사랑해 주었으면 하고 바라게 되고, 그 바람이 이루어지지 않으니까 고장이 나버리지요. 고약하다면 고약한 것이고, 동정하려고 들면 정말 동정받을 일이라고 생각되는군요."

"도, 도대체 무슨 말을……."

제레인트는 갑자기 고개를 옆으로 조금 꺾더니 다레니안을 삐딱하게 바라보면서 말했다.

"당신도 그 점에선 우리와 마찬가지입니다."

"뭐라구?"

"사랑은 어쩌면 모든 종족에게 있어서 마찬가지의 불길일지도 모르겠군요. 당신은 그가 변화하기를 바랐을 겁니다. 맞습니까?"

"변화……?"

"만물을 사랑하는 핸드레이크가 아니라 자신을 위해 사는 핸드레이크가 되기를 바랐을 겁니다. 당신은 세계를 사랑하는 인간이라는 것을 감당할 수 없었을 겁니다. 사실 누가 그런 자를 감당할 수 있을까요. 하지만 당신은 제멋대로 그가 변화하게 되기를 바랐습니다. 사랑이라는 이름으로, 그가 그의 모습으로 있게 허락하지 않고, 그를 파괴해서 재조립하려고 했을 겁니다. 맞습니까?"

다레니안은 아무런 대답도 하지 못했다. 그녀는 그저 창백한 얼굴로 제레인트를 마주볼 뿐이었다.

"당신은 그의 모습에 맞추어 당신의 사랑을 변화시킨 것이 아니라 당신의 사랑에 맞추어 그를 변화시키려고 했습니다. 적어도, 내가 들은 바로는 그렇습니다."

다레니안은 더듬거리며 말했다.

"그럼, 그럼 네가 말하고 싶은, 진정한, 진정한 사랑은 뭐지?"

"상대의 모습 그대로를 사랑하는 것."

"그렇다면, 그렇다면 그건 무관심하고 뭐가 다르다는 거지? 상대를 그냥 내버려두는 것이라면, 그건 무관심하고 뭐가 다르단 말이야!"

다레니안의 작은 몸 전체가 분노로 떨고 있었다. 하지만 제레인트는 담담하게 말했다.

"그 두 가지는 구별하기 어렵겠지요. 나로선 확신은 없습니다. 신이 우리를 사랑하시는 것인지, 아니면 우리에게 무관심한 것인지 구별하기 어려운 것과 비슷하겠지요. 그래서 나는 핸드레이크가 당신에게 무관심했는지, 아니면 자신을 마구 변화시키려 드는 당신의 모습마저도 포용했는지 알 수 없습니다."

제레인트는 두 팔을 벌리며 말했다.

"하지만 이렇게 생각해 볼까요. 핸드레이크는 드래곤 로드마저도 북방으로 쫓아버릴 정도의 남자였습니다. 그건 잘 아실 테지요. 직접 보셨으니까. 그런 자가 왜 시시콜콜 자신을 방해하는 당신은 그대로 내버려두었을까요?"

"뭐야?"

이번에는 다레니안의 몸 전체가 경직되었다. 제레인트는 차분하게 말했다.

"그는 간단하고도 불쾌하지 않은 방법으로 당신을 제어할 수 있을 남자였습니다. 하지만 그는 그러지 않았습니다. 그는 왜 당신을 그대로 내버려두었을까요? 그런 실수 때문에 결과적으로 핸드레이크는 일생의 목표를 파괴당하게 되었는데도 말입니다. 빼저린 실수일까요? 그러나 여덟 별이 파괴되던 날, 그는 당신을 소중히 가슴에 안은 채 사라졌다고 들었습니다."

다레니안은 휘청거리기 시작했다. 제레인트는 걱정스러운 표정으로 바뀌었지만 하던 말은 중단하지 않았다.

"그날, 핸드레이크는 당신을 포옹한 채 루트에리노의 곁을 떠났다고 들었습니다. 그때 그가 뭐라고 말했습니까? 그 이후에 어떤 일이 있었던 것입니까?"

다레니안은 제대로 서 있지를 못했다. 그녀는 갑자기 땅으로 떨어지려고 했다. 난 재빨리 앞으로 나서서 추락하는 그녀를 두 손으로 받아내었다.

받아낼 수 있었다. 그렇게 하려고 들면 할 수 있는 세상이니까. 난 한쪽 무릎을 꿇은 채 두 손으로 다레니안을 받쳐들었다.

다레니안은 내 손바닥 위에 쓰러져 신음을 흘리고 있었다.

"핸……."

귀가 빨개지는 것 같군. 내가 핸드레이크가 된 것 같잖아? 난 고개를 가로저으며 말하려 했지만 그때 제레인트가 손가락을 입술로 가져가는 모습이 보였다. '아무 말 하지 마.'

다레니안은 눈물을 흘리고 있었다. 그 작은 눈물이 엄청나게 뜨거워 나는 놀라고 말았다. 다레니안은 울먹이며 말했다.

"왜 아무…… 말도 하지 않지요?"

난 잠자코 그녀를 내려다보았다. 갑자기 이상한 기분이 들었다.

뭐지?

난 걷고 있었다.

좌우는 돌벽이었고, 간혹 매달려 있는 횃불이 돌벽과 바닥에 타원형의 빛을 뿌리고 있었다. 횃불 빛이 비치고 있는데도 굉장히 어둡다는 느낌이 들었다. 싸늘한 기분이 드는걸.

저벅저벅. 바닥도 돌인가 보군? 아래를 내려다보았다. 어라? 내 신발이 어떻게 된 거야? 그리고 내 옷은 또 왜 이래? 난 기다란 로브를 입고 손에 다레니안을 든 채 돌로 된 통로를 걸어가고 있었다.

다레니안은 이제 내 손바닥 위에 앉아 있었다. 그런데 입고 있는 옷이 달라져 있었다. 이게 어떻게 된 일인지 물어보려 한 순간 그녀는 내 턱을 올려다보며 떨리는 목소리로 말했다.

"왜 아무 말도 하지 않아요? 화를 내는 건가요? 실망했어요?"

저벅저벅. 발소리만 텅 빈 통로에 울려퍼졌다. 다레니안의 가느다란 목소리는 통로의 공허가 흔적도 없이 삼켜버리는 것 같았다. 난 계속해서 걷고 있었다.

"무슨 말이든 해요!"

다레니안은 앙칼지게 말했다. 그때 비로소 내 입이 열렸다.

"성에 돌아가거든……."

어라라? 이건 내 목소리가 아니잖아? 그리고 내가 왜 이런 말을 하는 거지? 그러나 내 입은 계속해서 처음 들어보는 목소리, 그렇지만 왠지 익숙한 느낌이 드는 목소리를 만들어내었다.

"성에 돌아가거든, 당신이 만들 수 있는 가장 강력한 방어벽을 구축하시오."

다레니안은 입을 쩍 벌리더니 힘들게 말했다.

"뭐라구요?"

이런! 난, 난 열일곱 살짜리 더벅머리의 초장이가 아니었다.

기다란 로브를 입고, 우수에 젖은 눈으로 다레니안을 내려다보는 나는, 인간의 몸에 담긴 것이라고 믿을 수 없는 한없는 힘을 가진 나는, 나는 대마법사 핸드레이크였다!

"최대한의 노력을 기울여, 그 어떤 것도 뚫고 들어갈 수 없는 방어벽을 만드시오."

"무슨 의미인지……?"

난 느낄 수 있었다. 지독한 좌절감, 세상이 무너지는 것 같은 허탈감, 그리고 배신감. 어떻게 나는 쓰러지지 않을 수 있는 것일까? 우정은 금이 갔고 일생의 노력은 무의미해졌다. 그런데도 내가 쓰러지지 않은 것은 계속 걷고 있기 때문일 것이다. 멈춰 서서 목놓아 울고 싶지만, 주저앉아 고래고래 고함을 지르고 싶지만, 나는 그저 묵묵히 걸어가고 있었다. 후치 네드발이었다면 이렇게는 못했을 것이다. 그러나 나는 핸드레이크였다. 그래서 나는 걸어갔다.

"이번엔 당신을 고이 보내주겠소."

"이번엔?"

"하지만 다음번에 당신을 만나면 죽여버리겠소."

다레니안은 창백한 얼굴로 날 올려다보았다. 그리고 그 순간 난 핸드레이크의 살의도 느낄 수 있었다. 느끼고 있는 내가 못 견딜 정도의, 미쳐버릴 것 같은 살의였다. 게다가 성취될 수 없어서 더욱 안타까운 살의였다. 죽일 수 없는 존재에 대한 살의와 또 다른 감정, 두 가지 감정이 뒤섞여 머릿속이 그대로 터져버리는 듯했다.

"뭐라고……?"

"그러니, 살고 싶다면 당신은 날 막기 위해 세상에서 가장 강력한 방어벽을, 미친 드래곤이라도 돌파할 수 없는 그런 방어벽을 만드시오. 일러두겠는데, 난 미친 드래곤보다 더 무서워질 수 있소. 적어도 지금의 내 느낌으로는 충분히 그럴 수 있을 것 같소."

내 메마른 목소리는 통로의 공기를 울리게 하지 않았다. 그것은 말의 조각, 던져진 파편 같았다. 하지만 다레니안을 공포에 떨게 만들었다.

갑자기 다레니안은 고개를 똑바로 들고 외쳤다.

"지금 죽여요!"

난 고개를 내려 내 모든 희망을 꺾어버린, 그러나 미워할 수 없는 페어리퀸을 내려다보았다. 내 손바닥 위에 앉은 다레니안은 두 주먹을 불끈 쥐어 올리면서 외쳤다.

"지금 죽여요! 그렇게도 내가 밉다면, 그렇게도 내가 싫다면, 죽여버려요! 왜 놔두겠다는 거예요!"

난 눈앞이 뿌옇게 바뀌는 것을 느끼면서 황급히 고개를 들어올렸다. 바보 같은 요정의 여왕이여. 내가 당신을 죽인다고? 내가 당신을 미워한다고?

"왜! 왜 살려두겠다는 거예요! 그리고 다음번엔 죽여버린다고요? 그냥 지금, 당신의 손에 죽게 해줘요! 당신의 사랑 속에 죽지 못하니, 당신의 증오 속에 죽겠어요. 당신 손으로 날 죽여줘요!"

"아니, 지금은 당신을 죽이지 않겠소."

"왜죠? 내가 죽이고 싶도록 밉다면서요!"

"그럴 수 없소. 지금의 나는 당신을 죽일 수 없소."

갑자기 다레니안이 조용해졌다. 난 조금 더 걸어가다가 이상한 기분을 느꼈다. 이건 살기? 어떻게 된 일이지? 난 고개를 내렸고, 순간 무시무시한 것을 보고 말았다.

다레니안의 얼굴은 허옇게 질려 있었다. 그녀의 조그마한 입술은 퍼렇게 바뀐 채 그녀의 이에 짓눌려 있었다. 다레니안은 천천히 떨리는 손을 들더니 날 겨냥했다. 그 시간은 결코 짧지 않았지만 난 그 동안 아무런 말도 못했다. 다레니안의 입이 힘들게 열렸다.

"페어리들 때문이지요?"

뭐라구? 당신은 지금 무슨 말을 하는 거지?

"내가 죽으면, 페어리퀸인 내가 죽으면 페어리들에게 치명적인 해가, 치명적인 해가 가기 때문이지요? 그래서 날 죽이지 않겠다는 거지요? 그것 때문이지요?"

부들부들 떨리고 있는 다레니안의 몸 때문에 내 손바닥마저도 떨렸다. 난 침을 삼키고 나서야 간신히 말할 수 있었다.

"그 말도 맞소. 다레니안. 하지만……."

"페어리 따위 집어치워요!"

뭐라구? 그게 당신이 한 말인가? 그게 페어리퀸인 당신의 입에서 나오는 말인가? 그게 모든 차원을 자신의 마당처럼 누비고 다니는, 신의 차원까지 마음대로 거니는 페어리퀸이 하는 말인가?

다레니안은 미친 듯이 고개를 가로저었고 그녀의 물빛 머리카락이 험하게 흩날렸다. 그녀는 머리를 가로저으며 외쳤다.

"페어리 따위, 집어치워요! 당신 뜻대로 해요! 날 죽이고 싶나요? 당신 마음대로 하라구요! 그들과 날 단절시키겠어요. 페어리들은 내가 없어도 살아갈 수 있도록 하겠어요. 이제 안심하나요? 아무런 걱정이 없을 테지요? 그렇다면 마음 놓고 날 죽여요!"

다레니안은 이제 내 손바닥 위에 무릎을 꿇고는 두 팔을 좌우로 벌려 가슴을 펴고는 두 눈을 꼭 감았다. 그녀는 턱을 도도하게 치켜들고 있었다. 가느다랗게 떨리는 입술에서 이제 한결 낮은 목소리가 들려왔다.

"죽여줘요."

젖은, 그리고 잔뜩 쉰 목소리. 요정의 여왕이여. 다레니안이여. 당신은 나에게 불가능한 것을 요구하는군요.

"그럴 수 없소."

다레니안은 눈을 감은 채 고개를 도리도리 저었다. 난 뭐라고 말하려다가 다시 걷기 시작했다. 그러자 다레니안은 눈을 뜨더니 말했다.

"왜죠? 왜 날 죽이지 않겠다는 거지요? 난 당신의 소망을 파괴했어요. 난 당신을 파괴한 것이나 다름없어요. 죽이고 싶도록 밉잖아요!"

내가 왜 당신에게 가장 강한 방어벽을 만들라고 하는지 모른단 말인가? 내가, 혹시라도 내가, 내 손에 당신의 피를 묻히는 일이 생길 것을 두려워한다는 것을 모른단 말인가?

"으흑, 흑. 잔인해. 날, 날 당신에게 사랑을 구걸하게 하더니, 이제 그 손으로 죽여달라는 소망도 들어주지 않는 건가요? 왜 그래요! 왜!"

"난 그럴 수 없소. 왜냐하면……."

난 다시 한번 침을 삼켰다. 가슴속 깊은 곳에서 너무 오랫동안 억눌려 있었던 뜨거움이 꿈틀거리는 것이 느껴졌다. 난 더운 김을 뿜어내며 말했다.

"왜냐하면……, 난……, 내가……."

난 갑자기 입이 굳는 것을 느꼈다.

뭐지? 도대체 뭐지? 이 소름 끼치는 느낌은? 살기다! 이런, 젠장! 어디지? 그 순간 왁자한 발자국 소리가 들려왔다.

"일스, 멈춰! 어억!"

"핸드레이이이크!"

고함소리가 동시에 들려왔다. 그리고 눈앞으로 돌진해 들어오는 일스의 모습, 그리고 그 뒤에서 뒤로 넘어지는 라인버그의 모습이 보였다. 라인버그는 허클릿의 손에 부축되면서도 고함을 지르고 있었다.

"일스를 잡아! 붙잡아!"

"이 마법쟁이! 오늘에야말로 죽이겠다!"

일스는 검끝을 똑바로 겨냥한 채 달려오고 있었다. 뒤에 있던 기사들은 저마다 당황해하며 그를 붙잡으려 했지만 이미 그들이 잡기엔 너무 늦었다. 난 다레니안을 공중으로 띄워올렸다. 일렁이는 횃불이 눈앞을 어지럽게 만들고 있었다. 제기랄! 지금 다레니안을 보내고 나면 일스의 검을 막을 시간이 없다. 하지만 고민과 상관없이 내 입은 내 심정을 충실하게 대변했다.

"요정의 성으로!"

"핸!"

다레니안은 비명을 남기고 사라져갔다. 그리고 다음 순간 일스는 무시무시한 웃음을 띠었다. 그의 검이 횃불 빛을 받아 번뜩이는 모습이 눈앞을 가득 채웠다. 이런, 젠장!

'사랑을 해본 적이 있습니까?'

'사랑을 하고 있어요.'

'그렇다면 내 모든 것을 사랑하십시오.'
'여기 있는 이 핸만 사랑해요.'

'내가 그를 도운 것은…… 당신 때문이에요.'

'왜 아무 말도 하지 않지요?'

'죽여줘요.'

'왜냐하면……, 난……, 내가…….'

난 호숫가의 풀밭에 무릎을 꿇고 앉아 있었다.
철썩거리는 소리가 들려온다. 믿을 수 있겠어? 산속에서 파도 소리를 들을 수 있다니.
손바닥 위의 다레니안은 이제 몸을 절반쯤 일으킨 채로 울고 있었다. 그리고 나 역시 눈물을 흘리고 있었다. 옆에 서 있는 제레인트는 아무것도 모르는 모양이다. 그는 그저 그곳에 서 있었다. 하지만 조용히 웃고 있었다.
다레니안은 어깨를 부들부들 떨면서 머리를 늘어뜨린 채 흐느끼며 말했다.
"왜 아무…… 말도 하지 않지요?"
다레니안은 몹시 흐느꼈다. 난 목이 메이는 느낌을 받으며 다레니안을 내려다보았다. 다레니안은 여전히 어깨를 떨면서 말했다.
"차라리…… 죽여줘요. 당신이……."
난 타들어가는 듯한 입술을 힘들게 열었다.

"난 그럴 수 없소. 왜냐하면……."

주위는 고요했다. 아무것도 없는 것 같았다. 존재하는 것이라고는 나와 다레니안뿐이었다. 다레니안은 흠칫하더니 고개를 들었다.

그녀는 내 얼굴을 똑바로 보았다. 가냘픈 손을 들어 눈물을 닦아낸 다레니안은 내 얼굴을 똑똑히 들여다보기 위해 애썼다. 입술은 타들어가는 것처럼 뜨거웠다. 다레니안의 눈은 어느새 다시 눈물이 글썽해졌지만 그녀는 눈물을 닦을 생각도 하지 못한 채 내 모습을 올려다보았다. 그녀는 헬턴트 마을의 열일곱 살짜리 초장이 후보를 올려다보고 있었지만, 난 내가 아니었다.

"왜냐하면……, 난……, 내가……."

제레인트는 땅바닥에 무릎을 꿇고 있는 날 내려다보면서 아무 말도 하지 않았다. 다레니안 역시 아무 말도 하지 않은 채 날 올려다보았다. 난 요정의 나라에 무릎을 꿇은 채, 300년 전에 다른 사람이 꺼내려다가 끝끝내 꺼내지 못했던 말을, 그러나 반드시 했어야 했던 말을, 감히 내가 전할 수 없는 말이지만 나 외엔 전할 사람이 없는 말을, 조용한 확신을 담아 말했다.

"내가…… 당신을 사랑하니까."

7

싸늘한 바람이 스치고 지나갔다. 바람에 일어난 머리카락이 베어져나간 귀 부분을 간질여서 기묘한 기분이 들었다.

다레니안은 손바닥이 타오르는 것 같은 뜨거운 눈물을 흘리고 있었다. 마치 양초를 들고 있는 것 같은걸. 불이 꺼진 채 300년 동안 싸늘하게 식었던 아름다운 양초가 타오르고 있었다. 그 뜨거운 촛농이 내 손바닥을 태우며 내 가슴도 태우는 것 같았다.

"고마워……, 고마워……."

다레니안은 두 마디를 어렵게 꺼내놓고는 계속해서 흐느꼈다. 이상한 소리가 들려 돌아보니 황급히 고개를 돌리는 제레인트의 모습이 보였다. 제레인트는 뒤로 돈 채 뭐라고 중얼거리더니 그대로 날아올랐다. 정말 재주가 탁월해. 제레인트는 그대로 새카만 밤하늘로 날아가 보이지 않게 되었다.

난 다시 손바닥을 내려다보았다.

다레니안은 내 손바닥 위에서 꿈틀거리더니 내 엄지손가락을 붙들고 일어났다. 그녀는 내 엄지손가락을 무슨 기둥처럼 짚고 선 채 울었다. 목이 뜨거웠지만 겨우 말했다.

"선량한 마음에서 나온 친절로 받아들여 주시겠다면……."

난 더 이상 말을 이을 수 없었다. 그래서 나는 조용히 다른 손을 들어 손가락 끝으로 그녀의 물빛 머릿결을 천천히 쓸어내렸다. 그녀는 흠칫했지만 곧 움직이지 않고 내 손길을 내버려두었다. 300년 전의 어떤 손길에야 비교할 수 없겠지만, 난 그가 지금 여기 와서 보더라도 화내지 않게끔 부드러운 손길로 그녀의 머리카락을 쓸어내렸다.

다레니안은 몸을 돌리더니 내 엄지손가락에 기댔다. 난 다른 손을 치우고 그녀를 내려다보았다. 그녀는 그대로 하늘을 올려다보았다.

"네 속에도 핸이 있나 보구나."

대답하지 않았다. 다레니안도 대답을 기다리지 않고 말했다.

"핸은…… 모든 것 속에 그를 남기려 했으니, 네 속에도 핸이 남아 있겠지. 아니, 너나 그 프리스트의 말대로라면 그게 원래 인간인 것인가."

"그런 것 같습니다."

"그래. 알았어."

다레니안은 다시 입을 다물고 하늘만을 올려다보았다. 잠시 후 그녀는 손등으로 눈을 닦아내더니 배시시 웃었다.

"이런, 부끄럽네. 내가 페어리퀸이라고 믿어지지 않지?"

"아뇨. 믿습니다. 당신은……."

이 말을 해야 되나? 고민은 깊었지만 결심은 빨랐다.

"당신은 핸드레이크의 다레니안입니다."

다레니안은 고개를 조금 움직여 내 얼굴을 똑바로 바라보았다. 그녀의 얼굴엔 바라보는 나마저도 웃고 싶게 만드는 밝은 웃음이 떠올라 있었다.

"후훗. 핸의 말투. 네 속에 있는 핸이 이제 똑똑히 보여."

"뭐라 말해야 될지……. 감사합니다."

"저 호수를 보렴."

다레니안은 검은 호수를 가리켰다. 난 다레니안을 떨어뜨리지 않으려 주의하면서 그녀를 손에 올려놓은 채 칼을 지나쳐 호숫가를 향해 걸어갔다.

철썩거리는 물이 호숫가의 모래를 적시고 있었다. 백사장처럼 보이는걸. 달빛을 받아 푸르게 빛나는 모래 위로 난 천천히 걸어갔다. 잠시 후 발목이 물에 들어가는 느낌이 왔다.

"우습지? 난 저 거대한 호수를 만들었어. 날 사랑하는 자로부터 날 지키기 위해. 하지만 사실 상처 입고 괴로워한 것은 핸이었어. 그런데 내가 그에게서 도망을 친 거야. 저 호수엔 300년간의 오해가 쌓여 있지. 그런데도 저렇게도 맑게 출렁이는구나."

다레니안은 물끄러미 수면을 바라보았다. 나 역시 그녀를 손바닥에 올려놓은 채 수면만을 바라보았다. 갑자기 다레니안이 손을 들어올리며 말했다.

"저길 봐. 나와 핸이야."

다레니안이 가리키는 것은 수면에 어리는 두 개의 달이었다. 하나는 셀레나의 보름달이었고 다른 하나는 루미너스의 초승달이었다. 그 둘은 물결 위에서 일렁거리고 있는 것이 마치 열심히 달려가는 모습처럼 보였다. 난 고개를 갸웃거렸지만 다레니안은 수면의 달빛만 바라보며 말했다.

"저 보름달은 나야. 아무것도 나눠주지 않은 채 가득 차서 더 이상 아무것도 받아들일 수 없는 요정의 여왕. 그리고 저 초승달은 핸처럼 보이는구나. 다 나눠줘 버리고 저런 모습으로, 하지만 곧 다시 부풀어오를 핸이야."

"당신은……, 글쎄요. 말하긴 우습지만, 절 받아들였습니다."

“넌 특별한 것 같아.”

“글쎄요. 모든 이가 다 특별하겠지요.”

“그래? 후후. 인간아. 인간으로 서고 인간으로 말하는구나? 너희들은 모두 하나이며 모두가 특별하다는 말이겠지?”

다레니안은 농담을 건네듯 말했고 난 머쓱하게 웃어버렸다. 다레니안은 고개를 돌려 우리 동료들을 주욱 둘러보다가 칼에게 시선을 멈췄다.

칼은 정말 대단한 고집을 보여주고 있었다. 그는 여전히 웅크리고 앉아서는 수면을 노려보고 있었다. 다레니안은 손가락으로 턱을 탁탁 두드리며 말했다.

“저 남자는 너희들을 무척 그리워하고 다시 만나기를 바라는 것 같아. 그리고 내가 그의 소망을 받아들여 너희들을 풀어준다면, 그는 나에게 고마워하겠지. 그리고 난 그의 고마움을 느낄 때 기쁘겠지. 그게 인간식이지?”

“그런 것 같……, 그렇습니다.”

“알았어. 돌아가렴.”

“아, 저, 그런데 그 프리스트가 날아가 버려서, 음. 그가 돌아올 때까지 다른 말씀을 좀 물어보면 안 될까요?”

“뭐가 궁금하니?”

다레니안은 살짝 날아올라 다시 내 눈앞에 섰다. 휴우. 이제 팔 좀 내리게 되었군. 난 슬그머니 팔을 내리며 물었다.

“이루릴에게 뭐라고 전하면 좋을지요?”

“아, 쓸모없는 추적. 음. 이젠 쓸모없는 추적이 아냐. 나 역시 핸을 만나야겠다고 생각하니까.”

“예. 그런데 아까는 왜 쓸모가 없다고 하신 것인지요?”

다레니안은 잠시 생각하는 얼굴이 되었다. 그녀는 자신의 생각에 깊이 빠져들어 마치 잠꼬대처럼 들리는, 힘없는 목소리로 말했다.

"그녀가 핸에게서 클래스 10의 마법을 배울 작정이라는 것은 알고 있니?"

"예. 알고 있습니다."

"그래? 난 핸이 그 마법을 만들어냈는지 아닌지는 모르겠어. 하지만 그가 그런 마법을 만들어내었다면, 과연 사용할 수 있을까?"

"예?"

다레니안은 자신의 가슴에 손을 올리며 말했다.

"난 페어리야."

물론 그렇지. 그런데? 그게 무슨 상관인지?

"차원의 경계는 나에겐 별 의미가 없어. 너희들이 말을 타고 국경을 넘듯, 난 차원을 넘어다니지. 조금 전 네가…… 과거의 나와 핸을 보았던 것도…… 내가 기억 속에 있는 과거의 차원으로 도피했기에……."

다레니안은 말꼬리를 흐렸고 난 시선을 조금 돌렸다. 그런데 도대체 차원이라는 것이 뭐야? 그건 시간을 말하는 것인가? 그런데 지금 내 상황을 보자면 그건 공간과도 관계가 있는 것 같은데. 그러나 다레니안은 거기에 대해서는 설명하지 않았다.

"만일 그가 새로운 세계, 새로운 차원을 만들어내었다면 난 거기로 갈 수 있어."

"가실 수 있다고요? 핸드레이크가 만들어낸 새로운 세상에?"

"그래. 그럴 수 있겠지."

"그렇다면, 페어리퀸께서 하시는 말씀은, 페어리퀸께서는 그런 차원은 보지 못했다는 말씀입니까? 핸드레이크가 만들어낸 새로운 세계를 못 보셨다고요?"

"그래. 난 보지 못했어. 그리고 나라는 존재가 있는 이상, 핸드레이크는 모순에 빠져버리기 때문에 클래스 10의 마법을 만들 수……. 난 끝까지 그를 방해하고 있어."

다레니안은 고개를 돌렸다. 모순이라구? 모든 모순에서 자유로워지기 위해 신세계를 만들어내려 한 것 아닌가? 그런데 그것 자체가 모순이라구?

"저, 죄송하지만 무슨 말씀인지 알 수가 없습니다."

다레니안은 한참 동안 입을 다물고 있다가 메마른 목소리로 말했다.

"난 차원을 건너다녀. 핸이 새로운 세계를 만들어내면, 난 거기에도 갈 수 있어. 그런데 내가 거기에 가게 되면 나라는 존재 때문에 이 세계와 그 세계가 연결되고, 결국 새로운 세계가 아니게 되지."

"예……, 예?"

다레니안은 싱긋 웃었다.

"너희들이 알아듣게 말하는 것은 어렵구나. 그렇지. 너희 나라 바이서스는 국왕이 우두머리가 되지?"

"예? 아, 그렇습니다."

"그리고 일스 공국, 거기는?"

"일스 대공이 우두머리가 됩니다만."

"일스는 루트에리노에게 공을 인정받아 그렇게 새로운 나라를 만들 수 있었어. 하지만 그게 새로운 나라일까? 육로로 이어져 있고 누구든지 오갈 수 있잖아. 너희들이 말하는 나라라는 것은, 음. 그렇지. 너희들끼리 정해 놓은 이야기일 뿐이잖니. 결국 광대무변한 땅에 금을 그어놓은 것에 불과하지. 일스 공국을 완전히 새로운 세계라고 할 수 있을까? 그 선을 없애버려도, 일스의 세금이 바이서스의 국왕에게로 간다는 것 외에는 달라지는 것이 아무것도 없지 않겠니?"

"아. 알겠습니다. 금을 그어놓은, 그러니까 국경선을 그어놓았을 뿐 똑같은 대륙에 똑같은 사람들이 살고 있다는 말씀이십니까? 세상이 다른 것은 아니라는?"

"그래. 그런데 핸이 만들려고 했던 것은 완전히 새로운 세계야. 그런데 난 거기에 갈 수 있어. 무슨 말인지 알겠지?"

"그렇군요. 대충 알 듯합니다."

대충 알 듯하다는 것은, 상당 부분 모르겠다는 말이다. 으윽. 이 이야기를 잘 기억해 두었다가 다른 사람에게 들려주고는 토론을 좀 시켜봐야겠는데.

"그럼 페어리퀸께서는 핸드레이크가 절대로 클래스 10의 마법을 만들어낼 수 없다고 생각하십니까?"

"그렇게 생각돼."

"하지만 이루릴은 현명한 엘프입니다. 저야 죽었다 깨어나도 알 수 없는 일이긴 하지만, 이루릴은 페어리퀸께서 말씀하시는 그런 모순을 생각하지 않았을까요? 그렇지만 제가 보기엔 이루릴은 확신을 가지고 추적하고 있는 듯 보였습니다."

"난 모르겠어. 핸이 그런 모순마저도 뛰어넘고 클래스 10의 마법을 만들어내었는지, 그리고 만들어내고도 아직 사용하질 않아서 내가 못 본 것인지. 만일 그렇다면 난 존재 자체가 끝끝내 핸을 방해하게 된다는 죄의식에서는 벗어날 수 있겠지. 하지만 난 다른 이유에서도 그것을 반대해."

"왜입니까?"

다레니안은 잠시 대답을 보류했다. 그녀는 물끄러미 호수를 바라보기 시작했고, 잠시 후 그녀의 입술이 움직이는 것도 보지 못했는데 그녀의 말이 들려왔다.

"난 엘프들이 다 이 땅을 떠나버리는 것이 싫어."

난 입을 다물고 말았다. 다레니안의 말은 그대로 내 마음이다.

왜, 무엇 때문에 저 아름다운 종족이 이 땅을 떠나야 된단 말인가. 지평선이 아름다운 이유는 그 너머에 모험이 있기 때문이라고 할 수 있다. 수평선이 아름다운 이유는 그 너머에 미지가 있기 때문이고. 어쨌든 무엇인가가 있기 때문에 아름다운 것이지, 그 너머에 아무것도 없다면 그건 아름다울 까닭이 없다. 이 대륙이 아름다운 이유는, 뭐 여러 가지 이유가 있겠지만 엘프가 있기 때문이라는 것도 상당 부분을 차지할 것이다. 왜 그들이 우리를 버리고 떠나야 한단 말인가.

그들 나름의 이유가 있긴 하겠지. 이루릴은 그들 스스로가 견딜 수 없기 때문이라고 설명했다. 그들이 이 땅에 남아 불행하기보다는 새로운 세계에서 행복을 찾는 것이 더 바람직하긴 하다. 하지만 그것이 그토록이나 불행일까. 다른 모든 종족들은, 어쨌든 살아가고 있지 않은가.

핸드레이크가 틀린 것일까?

불행이든 부조리든, 우리는 살아가고 있어. 아무튼 현재로선 그렇다. 난 핸드레이크만큼의 위대한 지혜를 가진 현자는 아니라서 미래가 어떻게 될지는 모르겠다. 나도 범부인가 보지. 젠장.

“알겠습니다. 이루릴에게 그대로 전하면 되겠습니까?”

“그래.”

“아, 그리고 물어볼 것이 있습니다. 리치몬드가 핸드레이크입니까?”

“응? 무슨 말인지 모르겠구나. 너도 조금 전에 느끼지 않았니?”

느꼈다고? 아, 그래. 난 조금 전 다레니안을 손에 든 핸드레이크였다. 그리고 그때의 기억을 떠올릴 수 있었다. 다레니안은 300년 동안 핸드레이크를 만난 적이 없다. 그래서 오해는 오해로 남았던 것이지.

“알겠습니다. 그 대답은 이루릴이 스스로 구해야겠군요.”

“리치몬드라는 자가 핸드레이크라고 주장했니?”

“아, 그렇진 않습니다. 단지 이루릴이 그렇게 의심하고 있는 겁니다.”

“그래?”

다레니안은 대답하더니 고개를 들어 하늘을 바라보았다. 나도 그녀의 시선을 따라 하늘을 보았고, 곧 어두운 밤하늘에서 멋들어지게 날아오는 제레인트의 모습을 보게 되었다.

“푸핫하하!”

그는 오른팔을 앞으로 쭉 뻗고 왼팔은 옆으로 쭉 뻗고 있었다. 그리고 오른다리는 뒤로 길게 뻗고 왼다리는 살짝 구부려 왼발로 오른쪽 무릎 안쪽을 받친 자세로 날아오고 있었다. 완전히 익숙해졌구나! 제레인트는 그야말로 유성처럼 밤하늘을 날아오고 있었다. 다시 우리 세계로 돌아가면 제레인트는 아쉬워서 어떻게 할까? 하하하.

제레인트는 우리 머리 위까지 우아한 호선을 그리며 날아오더니 공중제비를 틀고는 그대로 두 팔을 좌우로 펼친 채 한쪽 무릎을 꿇으며 착지했다.

"멋집니다!"

짝짝짝. 박수를 쳐주었는데도 제레인트는 기쁜 표정이 아니었다. 그는 황급히 다레니안에게 말했다.

"저, 우리들을 빨리 돌려보내 주시면 감사하겠습니다."

"어? 왜 그래요, 제레인트? 뭐 급한 일이라도 있어요?"

"할슈타일 후작 일행이 쫓아오고 있는 모습을 봤다. 거리가 가까워!"

"이런!"

아차, 까먹었다. 중부 대로에 그 횃불! 이 밤에 움직이고 있었지. 이런, 그렇다면 후작 일행이구나! 다레니안은 고개를 갸웃거렸지만 곧 선선히 허락했다.

"알겠어. 급한 용무가 있는 모양이구나. 좋은 만남, 가슴 깊이 간직할게. 너희들을 페어리의 친구로 받아들이겠어. 이 호수는 너희들에게 언제든지 열려 있을 거야. 언제라도 이 호수를 다시 찾아올 땐 나에게 들러줘. 그리고 너희들이 도움을 필요로 할 땐 페어리들이 도와줄 거야."

"아, 감사합니다. 다레니안."

나와 제레인트는 나란히 다레니안 앞에 무릎을 꿇고 경배했다. 다레니안은 가만히 고민하는 얼굴이 되더니 말했다.

"후치. 네 덕분에…… 다른 사람의 입장을 생각해 보는 취미가 생긴 것 같아. 누군가에게 쫓기고 있니?"

"예? 아. 그렇습니다."

"내가 도와줄까?"

"예? 그래주신다면 정말 감사하겠습니다!"

"그러니? 알았어. 어떻게 도와주면 되겠니?"

샌슨의 눈을 가린 다음, 난 기묘한 목소리로 말했다.

"누구게?"

샌슨은 눈이 가려지고서도 달인답게 정확하고 절도 있는 동작으로 빵을 들어 입으로 가져가 우물거리며 우울한 목소리로 말했다.

"장난칠 기분 아냐, 후치. 지금 후치들이 어떻게……, 으악!"

샌슨은 황급히 고개를 돌렸고 네리아는 벌떡 일어나다가 냄비를 걷어참으로써 엑셀핸드로 하여금 눈물을 찔끔거리게 만들었다. 엑셀핸드는 분명히 30초 정도는 다시 나타난 나와 제레인트보다는 엎어진 냄비에 더 신경을 쏟을 수밖에 없었을 것이다. 아프나이델은 탄성을 질렀지만 그 탄성은 저 멀리서 들려온 칼의 비명소리에 덮여버리고 말았다.

"으아악!"

"칼? 괜찮아요?"

길시언의 황당한 질문이 채 끝나기도 전에 칼은 다시 일어나 역시 무서운 속도로 달려왔다. 저러다가 또 넘어지실라. 몇 번 휘청거렸지만 다행히도 칼은 제대로 달려와서는 내 얼굴을 붙잡고 좌우로 흔들어댈 수 있었다.

"네드발 군! 네드발 군! 정말 네드발 군 맞는가?"

"이런 식으로 조금만 더 흔들면 우리 아버지께서도 내가 후치라는 걸 못 알아보게 될 거예요……. 어지러워요!"

"맞군! 네드발 군이야! 다행이야! 오, 다레니안! 감사합니다, 감사합니다!"

칼은 날 부둥켜안고는 빙빙 돌기 시작했다. 그 다음 칼은 네리아에게 날 빼앗겼고 네리아는 칼보다 더 열렬한 동작으로 빙빙 돌았다. 제레인트 역시 비슷한 취급을 당하고 있었고 그래서 한 10분 동안은 우리 둘 다 아무 말도 못한 채 이리저리 끌려다녀야 했다. 말들까지도 우리를 끌어안으려 하는 것이 아닌가 싶은 시간이 지나가고, 난 간신히 상황을 설명해 줄 수 있었다.

아, 그것도 쉬운 일은 아니었다. 제레인트는 내 설명의 상당 부분에 걸쳐 보충 설명이 필요하다고 느꼈던 모양이고 그런 필요성을 느낄 때마다 곧잘 끼어들었다. 그리고 우리 일행들도 상당 부분에 걸쳐 다시 설명하게 하거나 이야기를 앞으로 돌아가게 만들어대었다. 제레인트가 하늘을 날아다니던 광경에 대한 설명은 엑셀핸드와 레니로 하여금 눈이 휘둥그레지게 만들었다. 차원이 어쩌고 하는 부분에서는 칼과 아프나이델만이 고개를 가로저으며 몇 마디 질문을 했을 뿐 그 외에 다른 사람들이 모두 고개를 끄덕이며 아무 질문도 하지 않는 것으로 보아 두 사람 외에는 아무도 제대로 이해하지 못하는 모양이었다. 그리고 핸드레이크와 다레니안의 이야기는 네리아와 레니의 귓불을 발갛게 만들었고 그녀들의 입술을 조금씩 벌어지게 만들었다. 그러나 마지막 제레인트의 이야기에서는 모두들 심각한 표정이 되었다.

"후작이 오고 있단 말이군."

칼은 눈살을 찌푸리며 턱을 긁적거렸다. 길시언은 이를 드러내며 나에게 물어보았다.

"페어리퀸께 이곳에서 싸움을 벌여도 좋은지 물어보았나?"

"윽. 그런 건 물어보지 않았어요. 우리가 달아날 수 있도록 도와주실 수 있냐고 물어보았죠."

"달아나? 흐음. 제레인트 씨. 적의 병력은 얼마나 되겠습니까?"

길시언은 이미 상대를 '적군'으로 간주한 모양이다. 따라서 우리들은 자연스럽게 '아군'이 되어버리는 모양이고. 흐흠. 제레인트는 난처한 표정으로 말했다.

"횃불의 숫자는 십여 개입니다만, 모두 횃불을 들고 있는 것처럼 보이지는 않던걸요. 그래서 가까이 다가가보았습니다. 아, 말씀드렸다시피 요정의 나라에서는 바로 옆에까지 다가가도 현실의 사람들은 알아차리지 못하기 때문에 전 옆에까지 다가가 관찰해볼 수 있었습니다. 재미있더군요."

바로 옆에까지 다가가서 어쩌고 하는 부분에서 칼과 아프나이델을 제외한 다른 일행들은 다시 멍한 얼굴이 되었다. 역시 도저히 이해를 못하는 모양이다. 제레인트는 그가 후작의 일행의 바로 앞에까지 다가가 어떤 괴상망측한 표정을 지어보이고 무슨 농담을 걸었는가에 대해 장황하게 말하려 했지만 이구동성으로 외쳐대는 일행의 제지를 받아 간신히 본론으로 돌아오게 되었다.

"우두머리는, 에, 그러니까 일행 중간쯤에서 말을 타고 호위가 따르며, 복장이 좀 화려한 것으로 보아 우두머리일 것으로 생각했습니다만, 그 남자는 날카로운 얼굴에 드문드문 새치가 섞인 짙은 갈색 머리더군요."

길시언은 고개를 끄덕였다.

"할슈타일 후작이요. 갈색보다는 밤색에 가깝지. 역시 그가 직접 오고 있는 모양이군."

"그렇군요. 어쩐지 섬뜩한 느낌이 드는 사람이었습니다. 그 외에 다부져 보이는 전사들이 모두 말을 타고 있었는데 37명이더군요. 모두들 중무장을 하고 있었습니다. 무장들이 굉장하던걸요. 이루릴 양의 무장보다 더 대단하다고 말할 수 있겠더군요."

"이상하군……. 후작의 사병은 모두 30명 아니었던가? 어제 낮에도 상당수가 부상을 입었을 텐데 어떻게 37명이라는 숫자가 나올 수 있지?"

길시언의 말에 운차이가 피식 웃으며 싸늘하게 말했다.

"나 같으면 30명 이상 되는 사병을 가지고 있다고 떠들고 다니진 않겠어."

"그렇군! 비밀리에 키워둔 것이군! 이놈이!"

길시언은 화를 버럭 내며 말했다. 칼은 고개를 끄덕였다.

"흐음. 비밀리에 키워둘 작정을 했다면, 쩨쩨하게 열 명 스무 명을 키우지는 않았을 테지요. 못 돼도 100명은 넘게 준비했겠지요. 아, 천 단위까지 올라가지는 않을 겁니다. 그 정도의 인원을 들키지 않게 관리하는 것은 어려울 테니까. 후작에게 군권에 관련된 권한이 있습니까?"

"아니. 군무에 관련된 부분은 없습니다. 드래곤 라자의 가문이니까요."

"그렇겠군요. 으음."

그때 제레인트가 말했다.

"그리고 또 다른 사람으로……."

"또 다른 사람? 더 있다는 말입니까?"

"예. 두 사람이 더 있더군요. 그 둘은 우리가 아는 사람들이더군요. 넥슨 휴리첼과 자크였습니다."

"이런……, 젠장! 잡혔군!"

"예. 두 사람 모두 몰골이 말이 아니더군요."

"크게 다쳤어요?"

조용히 듣고 있던 네리아가 갑자기 질문했다. 제레인트는 고개를 가로저었다.

"옷이나 겉모습은 엉망이었지만 움직임을 보아하니 그렇게 다친 것 같지는 않았습니다. 다그쳐대는 후작의 사병들에게 반항할 정도더군요. 그 넥슨은 재가 프리스트라면서요? 아마 치료를 했던 모양입니다."

네리아는 안심하는 표정이 되었다. 제레인트는 계속해서 말했다.

"하지만 그 둘의 몸에 묻은 피를 보아하니 꽤 많은 인원을 쓰러뜨린 모양입니다. 후작의 일행이 37명이었지만 말들의 숫자는 훨씬 더 되던걸요. 뒤를 따라오는 수레에 실린 짐도 꽤 많았습니다."

칼은 심각한 표정으로 말했다.

"그럼 이렇게 된 것이군요. 37명보다 훨씬 더 많은 인원이 쫓아오고 있었지만 우리들과, 그리고 어제 넥슨과 자크와 교전하면서 많은 인원이 쓰러져서 그 숫자가 되었다, 이 말입니까?"

"예. 그렇게 생각됩니다. 그 둘은 모두 단단히 포박당해 있었고 무장과 OPG는 모두 빼앗긴 모양입니다. 그들의 OPG 중 하나는 후작이 끼고 있었는데 다른 하나는 보지 못했습니다."

"흐음. 꽤 세밀하게 관찰하셨군요. 훌륭하십니다."

"하하, 뭘요. 바로 옆에 다가가도 알아차리지 못하니까, 쉬운 일이었습니다."

칼은 고개를 끄덕이다가 길시언을 보면서 말했다.

"예. 아무래도 교전할 필요는 없겠군요?"

"없겠습니다. 젠장."

"그럼 준비를 합시다."

서둘러 저녁 식사를 마치고 나서 뒷정리를 끝내었다. 뒤집힌 마차를 다시 세울 수는 있었지만 바퀴축이 크게 부러져 있었고 바퀴도 두 개 박살이 나서 타고 다닐 수가 없었다. 그래서 우리들은 말을 풀어내어 짐을 실은 다음 걸어가기로 결정했다. 오늘 밤에 달려버리면 내일 낮에 말들은 지치고 말 테니까.

마차에서 짐을 꺼내어 정리하다가 고개를 돌려보니 선더라이더의 갈기를 쓸어내리고 있는 길시언의 모습이 보였다. 길시언은 애정이 가득 담긴 눈으로 말없이 선더라이더를 어루만지고 있었고 선더라이더 역시 커다란 목을 움직여 길시언의 머리에 비벼댔다. 길시언의 밝은 웃음소리가 들려왔다. 그렇게 그들의 모습을 바라보고 있는데 갑자기 운차이가 다가왔다.

"이봐, 후치."

"예?"

운차이는 별말 없이 손에 들고 있던 것을 내밀었다. 그것은 그가 깎고 있던 나무 조각이었는데 이제는 완성이 되어 있었다. 그것은 웅크리고 있는 말의 모습이었다. 얼떨결에 받아들고는 의아한 눈으로 운차이를 올려다보자 운차이는 먼곳을 바라보며 말했다.

"낙타를 깎아볼까 했는데, 맘이 바뀌었어."

난 무슨 말인지 몰라서 손에 그 말 조각을 든 채 운차이를 올려다보았다. 운차이는 헛기침을 좀 하더니 말했다.

"제미니를 깎아보았는데, 별로 안 비슷하군."

제미니?

난 손에 나뭇조각을 든 채 운차이를 멍하니 올려다보았다. 그러다가 갑자기 고개를 돌려 선더라이더를 바라보았다. 길시언은 여전히 그 옆에 선 채 선더라이더를 애무하고 있었다. 갑자기 눈물이 핑 돌면서 선더라이더가 제미니로, 그리고 길시언의 모습이 나로 보였다.

내 목소리가 그렇게 젖어 있지 않기를 애타게 바라며, 난 운차이에게 감사했다.

"고마워요, 운차이. 잘 간직할게요."

운차이는 다시 헛기침을 하더니 몸을 돌리려다가 불쑥 말했다.

"돌아와서 기쁘다. 계속 지붕 위에 앉아서 말만 바라보고 있는 짓, 이젠 그만해."

아……, 그거였군.

내가 계속 마차 지붕 위를 고집하고 있었던 것은 바로 그것 때문이었군. 나도 모르는 사실이었는데, 운차이는 그 날카로운 눈으로 정확하게 알아보았던 것인가. 무섭도록 날카로운 저 눈으로? 쳇. 나도 모르는 속마음이 들키니 이거 제법, 아니, 꽤나 부끄러운걸. 난 멋쩍게 한마디 했다.

"어차피 이젠 마차도 없는걸요."

운차이는 피식 웃더니 다시 짐더미가 있는 곳으로 돌아갔다. 난 그 뒷모습을 한참 바라보았다. 갑자기 이상한 소리가 들려 돌아보니 팔짱을 낀 채 날 바라보고 있는 칼의 모습이 보였다. 칼이 뭐라고 말하려 할 때, 난 재빨리 손을 들어올리며 얼굴을 딱딱하게 굳힌 채 말했다.

"부탁인데, 아무 말도 하지 말아요. 아시겠지요?"

"아, 그래. 네드발 군. 그런데 그 동안 정말 가슴이……."

"아무 말도 하지 말라니까요!"

"음. 그래. 그런데 그 조각품은……."

"카아아알!"

칼은 너털웃음을 터뜨렸고 난 화난 동작으로, 하지만 조심스럽게 말 조각을 배낭 속에 던져넣었다. 깨지면 큰일이잖아? 칼은 웃음을 멈추더니 길시언과 선더라이더를 보면서 다른 말을 했다.

"선더라이더의 저주가 풀렸으니, 그건 리치몬드가 죽었다는 말인가?"

"아, 그렇겠네요?"

무심결에 칼의 말에 대답하다가 순간 섬뜩한 기분을 느꼈다. 칼의 얼굴을 쳐다보았지만 그 얼굴에는 별 표정이 떠올라 있지를 않았다.

"이루릴이?"

"그럴 수도 있겠지, 네드발 군. 아니면 지골레이드가 리치몬드를 처치했을 수도 있고."

"흐음."

8

'쾅! 쾅!' 하는 소리가 났으면 제격일 텐데. 아프나이델이 마법을 걸어버린 공간에서는 아무런 소리도 들리지 않았다. 꼭 이렇게까지 소리가 들리지 않도록 해야 되나?

"소리를 들려줄 필요는 없지. 우리 위치를 알려주게 되니까."

"그리고, 이왕이면 갑자기 이 꼴을 보고 놀라게 되는 것이 좋지 않겠어? 하하하."

좀더 고상한 이유와 좀 덜 고상한 이유가 손을 잡은 모양이다. 어쨌든 칼과 제레인트는 그런 소리들을 하면서 우리 작업을 구경하고 있었다. 난 다시 한번 엑셀핸드의 도끼를 힘차게 당겼다가 나무에 박아넣었다. 여전히 아무런 소리도 울려퍼지지 않지만 도끼에서 전해져 오는 충격은 확실히 느껴진다. 음. 기이한 기분이야.

"넘어간다!"

"와, 와, 와! 레니! 피해라!"

"난 여기 있어요, 네리아 언니."

나무가 쓰러지는 방향에서 뒷짐을 진 채 나무를 올려다보고 있던 네리아는 호들갑을 떨면서 쓰러지는 나무를 피했다. 재미있나? 곧 나는 다른 나무로 다가갔고, 네리아는 그 나무 앞에서 얼씬거리기 시작했다. 네리아는 나무가 쓰러지려고 하자 안절부절하는 모습을 우스꽝스럽게 해내었고 나무가 쓰러지는 순간 날렵하게 피했다. 그러곤 쓰러지는 나무 옆에서 가슴에 손을 얹은 채 한숨을 쉬고는, 다시 날 졸래졸래 따라오는 것이었다.

"신경 쓰이니까 그러지 말아요!"

"재밌는데."

말을 말자. 어쨌든 잠시 후, 우리가 타고 오던 마차와 십여 개의 통나무가 어우러져 호숫가의 통행로는 완전 봉쇄되었다. 통나무를 다 쌓아올리고 나자 아프나이델도 마차에서 걸어나왔다.

"준비 끝났습니다."

아프나이델은 피곤한 얼굴이었지만 즐거운 표정으로 말했다. 내 작업도 이제 슬슬 끝나가는군.

"이만하면 됐어요?"

칼은 만족스러운 표정으로 고개를 끄덕였고 난 도끼를 어깨에 걸머지고 통나무 무더기를 우회해서 내려왔다. 흐음. OPG를 가진 일행이 아니라면 도대체 어떤 사람들이 통나무를 가지고 길을 막아버릴 생각을 할 수 있을까. 한편에선 샌슨과 길시언이 포도주 통을 가운데 놓고 앉아서는 아깝다는 표정을 지으며 구시렁거리고 있었다. 길시언은 갑자기 솟구치는 흥취를 감당하지 못했는지 술잔을 든 손을 밤하늘을 향해 높이 들어올리며 노래를 부르기 시작했다.

흰 얼굴의 가인이 밤산책을 나섰지.

별의 노래에 홀렸다가 눈을 돌리니

뒤를 쫓는 남자가 가인을 부르네.

부끄러워 몸 돌리다 손수건을 흘렸네.

떨어진 손수건 물결에 두둥실
이슬 머금은 햇살이 무서워
가인은 서쪽으로 황급히 달려가고
뒤쫓는 사랑, 단검을 흘렸지.
손수건과 단검만
호수에 두둥실.

훌륭하군, 훌륭해. 하늘의 두 개의 달과 호수의 두 개의 달을 가지고 아주 멋진 연상을 해내었군. 좀 다듬어줄 필요가 많긴 하지만 연상 자체는 훌륭해. 하지만 말이야.

"그렇게 마셔대면 나무에 뿌릴 거 다 없어지겠어요."

난 말을 꺼내놓고는 허락이나 동의도 구하지 않은 채 매정하게 술통을 들고 와버렸고 길시언의 노래에 박수를 치던 샌슨은 울상이 되었다. 난 눈 딱 감고 나뭇단에 포도주를 부었다. 아이고, 그런데 아깝기는 하다, 이거. 그런데 드워프의 노커는 어딜 갔지?

"엑셀핸드는?"

놔두고 떠나겠다는 엄포가 동원되고 나서야 엑셀핸드가 못마땅한 얼굴로 마차에서 나왔다. 아프나이델이 불안한 얼굴로 엑셀핸드를 바라보았지만 엑셀핸드는 그저 킥킥 웃을 뿐이었다. 손에 들고 있던 마지막 잔을 비우고 입술을 닦던 샌슨이 말했다.

"할슈타일 일행이 불쌍하군."

말은 저렇게 하지만 동정심은 전혀 찾아볼 수 없는 표정으로 말하고 있으니 말과 표정이 안 맞잖아. 킥킥 웃고 있던 엑셀핸드는 아쉬운 표정으로 마차를 돌아보며 말했다.

"허엇, 참! 시간이 조금만 더 있었으면 근사한 작업을 할 수 있을 텐데."

"아, 충분합니다. 더 수고하실 필요는 없겠지요."

"그래. 쩝. 음? 이게 무슨 냄새지?"

잠시 후, 남은 술을 몽땅 통나무에 부어버리면 어떻게 하냐는 별로 어려울 것도 없는 내용을 대단히 박력 있게 항의해 대던 엑셀핸드가 마지막으로 입을 다물고 나자, 일행들은 모두 입을 다물고 호숫가를 걸어가기 시작했다. 샌슨과 길시언의 경우엔 이왕 버릴 술 입가심이나 하자며 마신 술이 과해 좀 휘청거리며 걸었다.

"흠, 흐흠, 루루루."

샌슨의 흥얼거리는 콧노래를 들으며 하늘에서 반짝이는 별과 호수에서 반짝이는 별들 사이로 난 길을 걸어갔다. 풀잎 사이사이로 싱그러운 밤내음이 풍겨나오는 길을 걸어갔다. 그렇게 호숫가를 따라 한참 돌아가다가 언제 호수를 떠났는지도 모르게 산등성이로 올라오게 되었다.

밤하늘로 불쑥 튀어나오는 것 같은 검은 산등성이의 그림자가 우리 머리 위로 펼쳐졌다. 셀레나의 보름달빛이 있는데다가 중부대로의 길이기 때문에 밤길을 걷는 것은 별로 어렵지 않았다. 일행들은 모두 조용한 숨소리만 내면서 산길을 거슬러 올라갔다. 갑자기 운차이가 말했다.

"저기."

고개를 돌려 보니 호수는 이제 발 아래로 꽤 멀리까지 보였고 옆에서 튀어나온 봉우리들에 그 모습이 많이 가려지고 있었다. 그리고 멀리 메드라인 고개에서 내려오고 있는 횃불이 보이기 시작했다. 길시언은 신음을 흘리며 말했다.

"꽤나 빨리 쫓아오는데. 훈련이라면 질색……, 훈련이 잘된 전사들인 모양이군."

칼은 고개를 갸웃거렸다.

"그런데 저만한 인원이 레인저들의 눈에 들키지 않기는 어려웠을 텐데요."

"후작이 있으니, 어떻게든 둘러댈 수는 있었겠지요."

"그렇군요. 자, 레니 양. 힘들겠지만 조금만 더 올라가면 쉬기 좋은 곳이 있습니다. 거기까지 올라가서 쉬도록 하지요."

"아, 하악, 하악. 예."

레니의 숨가쁜 대답을 마지막으로 우리들은 다시 묵묵히 올라갔다. 올라가면서 때때로 고개를 돌려 바라볼 때마다 횃불들은 재미있을 정도로 죽죽 다가오고 있었다. 상당히 빠른데. 밤중이라는 것을 감안한다면 무시무시할 정도야.

말들의 터벅거리는 발굽 소리, 그리고 조용한 일행들의 발소리. 산속의 밤은 모든 소리를 선명하게 울리게 하고 있었다. 내 눈길을 잡아끄는 것은 선더라이더였다. 선더라이더의 시커먼 몸은 조금도 반사를 일으키지 않았지만 그의 갈기는 달빛을 받아 환하게 떠올랐다. 이윽고 레니의 숨소리가 더욱 거세게 바뀌었을 무렵, 길시언이 일행들을 멈추게 했다.

"여기서 쉬도록 합시다. 새벽이 올 때까진 잠시 눈을 붙이도록 하지요."

우리가 멈춘 곳은 레브네인 호수에서 한 3000큐빗 정도 떨어진 곳이었다. 산속에서 밤길을 걸은 것 치곤 우리들도 꽤 빨리 걸어왔는데. 길에서 약간 벗어난 공터에 자리를 잡고 말을 묶어둔 다음, 서로에게 아무 말도 하지 않았지만 우리들은 모두 하나같이 호수를 내려다보기 좋은 위치에 자리를 잡았다.

난 산의 사면에서 불쑥 튀어나온 거대한 바위 위로 올라가 앉았다. 바위 위에 자리를 잡자마자 뒤에서 졸린 목소리가 들려왔다. "후치. 나도 올려줘." 레니의 목소리였다. 난 손을 내려 레니를 붙잡아 올렸다. 레니는 바위 위에 앉자 내게 어깨를 기댄 채 저 아래의 호수를 내려다보기 시작했다. 나머지 일행들도 모두 바위나 나무에 기대어앉아서, 또는 네리아 같은 경우에는 나뭇가지에 앉아서 아래를 내려다보기 시작했다.

나와 레니가 앉아 있는 곳은 산의 사면에서 튀어나온 바위라 허공에 앉아 있는 듯한 느낌마저 들었다. 주위는 캄캄하고 산들은 우리 뒤로 슥 사라져버린 것 같았다. 별들 사이에 앉아 있는 것 같은데? 가을보다는 겨울에 가까운 날씨라 풀벌레들의 울음소리는 없었다. 하지만 허공의 자유로운 악사는 풀잎과 나뭇가지를 악기 삼아 멋진 야상곡을 만들어내고 있었다. 우서석 우서석 위이이잉.

갑자기 어깨가 눌리는 느낌이 들어 돌아보니 레니가 작게 하품을 하고 있었다.

"졸리지 않아?"

레니는 옷소매로 눈을 비비며 잔뜩 잠긴 목소리로 말했다.

"냠, 쩝. 그래도 보고 싶은걸. 잠 못 잘 거야."

레브네인 호수의 표면은 시커먼 주위의 산들 사이에서 유달리 반짝거렸다. 멀리 호수 반대편으로 나란히 내려오던 횃불은 호숫가로 내려오다가 잠시 멈췄다. 잠시 후 횃불은 모두 일렬로 늘어섰다.

"뭐하는 걸까?"

"음. 호숫가로 들어오기 전에 페어리퀸에게 허락을 구하는 거야. 눈 크게 뜨고 봐."

잠시 후 호수 가운데서 파문이 일어나기 시작했다. 달빛을 받아 거울처럼 반짝이던 호수가 갑자기 거대한 꿈틀거림으로 살아나기 시작했다. 이윽고 호수 가운데에서 붉은 광선이 쏘아져 올라가기 시작했다.

어두운 산중의 호수에서 검은 밤하늘을 향해 쏘아져 올라가는 붉은 광선은 오금이 저리도록 환상적이었다. 소리는 들리지 않았지만 횃불이 갑자기 어지럽게 움직이는 것을 보면서 난 그들의 상황을 상상해 볼 수 있었다. 정중하게 부탁을 했는데도 거부의 표시가 나왔으니 꽤나 당황하고 있겠지? 하하하. 레니는 눈을 동그랗게 뜨면서 말했다.

"와아……, 저건?"

"통과할 수 없다는 거지. 다레니안께서 우릴 도와주시는 거야."

"음. 그럼 아까 낮에 우리는?"

"우리? 우리야 사고 때문에 아무런 허락을 구하지도 못한 채 마구 들어갔으니까 거부의 붉은색이 나온 거야."

횃불들은 심각하게 움직이고 있었다. 잠시 후 붉은 광선은 아래 부분부터 희미해지면서 그대로 하늘로 올라가 버렸고 호수는 다시 검게 변했다. 저 사람들은 지금 무슨 말들을 나누고 있을까?

"어떻게 할까요?"

"아무리 후작이라도 다레니안의 의지를 거스르기는 어려울 겁니다. 하지만 한 번 시도해 볼 수야 있겠지요."

길시언의 질문에 칼의 대답이 들려왔다. 흠. 그렇긴 하지.

머뭇거리고 있던 횃불은 다시 움직이기 시작했다. 할슈타일 후작은 다레니안의 의지의 강도를 시험해 보기로 작정한 모양이다. 횃불이 다시 호수 옆의 길로 들어서자, 호수가 갑자기 터지듯 요동쳤다.

퍼퍼퍼퍼펑!

호수에서는 낮에 본 것과 같은 수백 가닥의 붉은 광선이 쏟아져 올라갔다. 조금 전 고요하게 올라간 한 가닥의 붉은 광선이 신비로웠다면 이것은 공포스러웠다. 호수 위에 수백 개의 파문이 그려졌고 물보라가 솟구쳐 올랐다. 호수가 뒤집어지는 굉음은 우리들이 서 있는 장소까지 들려왔다.

곧 호숫가에 있던 숲에서 어린 소녀의 비명소리 같은 소리들이 들려오기 시작했다. 꺅꺅꺅! 폭발음과 불빛에 놀란 새들이 잠에서 깨어 일제히 날아오르고 있는 것이다. 검은 그림자들이 무수히 날아오르는 모습은 마치 숲이 통째로 하늘로 날아오르는 것처럼 보였다. 푸드드득!

츠핏, 츠핏, 츠핏! 솟아오른 붉은 광선들은 그대로 호수의 수면에 비쳐 물빛을 기괴하게 변화시켰다. 수면 전체에 붉은 선이 수평으로 마구 그어지는 모습 때문에 호수는 달아오른 석쇠처럼 보였다. 그리고 주위의 나무들이 붉게 비쳐서 가을이 다시 찾아온 것처럼 보였다.

"와우우우!"

오른쪽 하늘로 뻗은 나뭇가지 위에선 커다란 부엉이가 울듯이 네리아의 외침소리가 들려왔다. 호숫가의 길로 들어서려던 횃불들은 황급히 뒤로 물러났다. 하하하. 횃불들이 굉장한 속도로 멀어지자 붉은 광선은 다시 하나둘 사그라들었다. 이윽고 횃불들이 필요할 듯한 거리보다 훨씬 더 많이 물러났을 때 붉은 광선은 모두 사라졌다. 횃불은 호수에서 충분히 떨어진 거리에 모여서더니 다시 불안하게 일렁거리기 시작했다.

후작은 지금 분통을 터뜨리고 있을까? 정중히 요청했는데도 다레니안이 허락하지 않으니 억울하다고 생각할 수도 있겠지. 지금 부하들과 무슨 말을 나누고 있을까?

나무 위에서 네리아가 킬킬거리는 웃음소리 외에는 모두들 조용했다. 모두들 후작의 다음 행동을 궁금하게 여기면서 지그시 아래를 내려다보고 있었다. 레니는 내 팔을 부둥켜안고는 볼을 내 어깨에 비비고 있었다. 꽤나 졸린 모양이야.

꽤 긴 시간이 지났다고 생각했지만 사실 별로 많은 시간이 지나진 않았을 때, 횃불들 가운데 하나가 갑자기 호숫가로 다가오기 시작했다. 이렇게 멀리 떨어진 거리에서는 간신히 확인할 정도의 움직임이었다. 뭘까? 칼은 나직하게 말했다.

"다시 부탁해 보려는 건가."

다른 횃불들은 전혀 움직이지 않았다. 후작의 부하들은 짓눌리는 듯한 공포와 명백한 충성의 의무 사이에서 갈등을 느낄 필요는 없다고 믿는 모양이다. 그들은 떨면서 후작의 등을 바라보고 있을까? 따로 떨어져 나온 횃불은 이제 호수의 물결이 주위의 모래를 적시는 부분까지 와 있었다. 그 횃불은 그곳에서 멈추어 섰다. 운차이는 낮은 목소리로 모두가 짐작하는 것을 확인해 주었다.

"밤색 머릿결에 새치머리, OPG. 저건 후작이군."

"히에엑? 저게 보여요?"

"횃불을 들고 있으니까."

아니, 어둠이 문제가 아니라 내 말은 거리를 말한 거라구. 원 참. 이 거리에선 횃불들도 가물거리는 별빛처럼 보일 지경인데 말이야. 다른 사람들이 모두 탄성을 올리고 나서 다시 잠잠해졌을 때까지 후작은 여전히 호숫가에 서 있었다. 뭔가 꽤나 기다란 말을 하는 모양이지?

후작은 꽤 오랫동안 이야기했다. 그리고 갑자기 등 뒤에 있던 횃불들이 움직이기 시작했다. 뭐지? 횃불들은 이제 다시 열을 맞추어서 두 번째로 호숫가의 길로 접어들었다. 하지만 지금까지 달려오던 속도나 조금 전의 속도에 비교해 볼 때는 엄청나게 느린 속도였다. 움직이고 있는 것이 확실한가? 움직이고 있었다.

내 눈은 자연스럽게 호수를 바라보게 되었다. 하지만 호수에는 아무런 움직임이 없었다. 거세게 움직이던 파도도 잠들었고 날아오르던 새들도 흥분을 가라앉히고 다시 보금자리로 날아들었다. 고요뿐. 다레니안은 아무런 움직임을 보여주지 않았다. 호숫가를 따라 걸어오는 횃불들만이 살아 움직이고 있었다.

레니가 하품에 섞어 말했다.

"아함. 다레니안께서…… 가만히 계시네?"

"그래. 거부도 없지만 허락도 없어. 후작 부하들은 꽤나 마음이 무거울걸."

"흐음. 쩝. 그도 그렇네."

느릿느릿하게 움직이던 횃불은 다시 멈추어 섰다. 횃불들의 움직임이 조금 활발해지는 것을 보면서 바위 아래에 기대어 서 있던 엑셀핸드가 킥킥거렸다.

"자아, 어서 와랏!"

음. 원초적이군. 레니는 이제 똑바로 앉은 채 아래를 내려다보았다. 그녀는 자꾸 바위 끄트머리로 나가려 해서 주의를 좀 주어야 했다.

횃불이 멈춰 선 것은 우리들이 마차를 세워둔 장소였다. 아마도 길이 막힌 것을 보면서 화를 내고 있겠지? 일행들 모두 아무 말도 하지 않고 기다렸다.

그리고 예상했던 것보다 더 놀라운 광경이 펼쳐졌다.

"퍼퍼펑!"

폭음, 호수에 거센 파도가 일어날 정도의 폭음이 들려왔다. 맙소사! 도대체 무슨 조치를 해놓았기에? 아무리 고요한 산속이라지만 어떻게 이렇게 떨어진 위치까지 폭음이 들려오는 것이지? 얼빠진 얼굴로 바라보는 가운데 치밀어오른 불꽃은 이제 수십 큐빗 높이로 뿜어올랐고 자욱한 연기를 날렸다. 솟아오른 검은 연기에 불기운이 어려 밤하늘에 기괴한 무늬를 만들어내었다. 연기와 불티가 멋들어지게 호선을 그리며 날아올랐다. 호숫가의 새들에게는 참으로 약오르는 상황이겠군. 새들은 요란한 불평을 퍼부어대면서 다시 날아올랐다. 꺅꺅꺅꺅!

호수 수면에도 붉은 불기둥의 모습이 길게 어리었다. 아프나이델의 얼빠진 목소리가 들려왔다.

"어라? 왜 저렇게 폭발력이 센 거지? 엑셀핸드!"

"아, 드워프의 술책이야. 괜찮아, 괜찮아."

"괜찮다니요? 저런 무시무시한 폭발이……."

엑셀핸드는 태평하기 그지없는 목소리로 말했다.

"소리만 거창하게 나게 한 거야. 특별히 다치는 일은 없을걸? 뭐, 설령 불이 붙었다 해도 바로 옆이 물이잖아. 괜찮아. 염려 없어."

“이런, 정말 안전한 겁니까?”

엑셀핸드는 잠시 입을 다물고 있더니 상당히 젠체하는 목소리로 말했다.

“살아 있는 자들 중 누가 죽음 앞에 안전할 수 있지? 음핫하하하!”

“이이이런…….”

마차 주변은 난장판이었다. 횃불은 이리저리 황급하게 움직이고 있었으며 뭔가가 물로 뛰어드는 소리도 아스라하게 들려왔다. 풍덩, 풍덩. 말들의 비명소리와 사람의 비명소리가 바람을 타고 희미하게 들려왔다. 보자, 내가 쌓아둔 통나무가 못 돼도 열 개는 넘을 텐데. 그 많은 통나무들과 마차에 불이 붙어 호수 옆에는 불의 장벽이 만들어졌다. 쿠르르릉! 갑자기 산 전체가 진동하는 소리가 들려왔다. 마구잡이로 쌓아놓았던 통나무들이 불타오르면서 무너지고 구르는 모양이다.

“와와와와와!”

네리아의 기괴한 고함소리와 함께 이번엔 호수가 폭발하기 시작했다. 다레니안, 감사합니다! 횃불들이 놀라서 물러나는 모습이 보였다. 호수에서는 광선 대신 물기둥들이 솟아오르기 시작했다. 솟아오른 물기둥들은 불길에 붉게 물들어 뭐라 말할 수 없이 기괴한 모양이 되었다. 그 물기둥들은 허공에서 자유롭게 꺾어지더니 그대로 후작 일행들을 향해 화살처럼 쏘아져갔다.

운차이가 상당히 싸늘한 웃음소리를 내었다. 제레인트는 안달복달하면서 질문했다.

“어떻습니까? 어떻게 되고 있는데요?”

“불에 그슬리고, 폭발에 놀라 넘어지고, 날아오는 물기둥에 맞아 나가떨어지고 있지. 방패로 막으려는 멍청한 녀석도 보이는군. 그 방패와 함께 날아가 버리는데?"

운차이는 차분히 설명하다가 일행들이 모두 자신의 말에 귀를 기울이고 있다는 것을 알아차렸다. 그는 일행들을 돌아보더니 콧방귀를 뀌며 말했다.

"타인의 재난은 역시 즐거운 것이군."

일행들은 헛기침과 함께 다시 고개를 돌렸다. 잠시 후, 횃불들은 호수에서 멀찌감치 떨어져 거의 메드라인 고개를 도로 넘어가 버릴 듯이 달려가고 있었다. 불길은 하염없이 타오르고 있었고 다레니안은 마지막으로 깔끔한 뒤처리를 보여주었다. 고오오오오!

"무슨 소리야?"

"파도다!"

호수 반대편에서 거대한 파도가 일어나기 시작했다. 호수 전체가 뭍을 향해 올라오는 것이 아닌가 싶은 굉장한 파도. 파도는 그대로 달아나고 있던 횃불들을 뒤쫓아 갔다. 오, 페어리퀸, 저렇게까지 하실 필요는 없을 텐데. 다가가는 파도에 비해 볼 때 달아나는 횃불은 너무 불쌍하게 보일 정도였다. 이윽고 거침없이 달려간 파도는 호숫가를 강타했다. 쿠왕쾅쾅! 그것은 마치 맹수가 아래턱을 휘둘러 희생물의 몸에서 고기를 떼어내는 듯한 광경이었다. 파도는 땅을 후려쳤고, 후작 일행들의 뒷부분에 있던 불행한 몇몇 병사들과 함께 땅의 일부분을 떼어가 버렸다. 온 산이 진동하는 굉장한 소리가 한참 동안 울렸다.

이제 메드라인 고개의 중턱까지 도망쳐버린 횃불들은 여기저기로 뛰어다니며 우왕좌왕하기 시작했다. 길시언은 그 모습을 보면서 결코 친절하다고는 할 수 없는 목소리로 말했다.

"흠. 다시 우리 뒤를 쫓아오려면 많은 시간이 걸리겠군요."

나무 위에 앉아 있던 네리아는 까르르 웃었다. 그녀는 웃으면서 그대로 가지를 잡고 빙글 돌더니 아래로 내려섰다. 칼은 운차이를 돌아보며 말했다.

"저쪽의 피해 상황은 어떻습니까?"

"3분의 1 정도는 불에 그슬렸고, 3분의 1 정도는 물에 맞았군요. 그리고 그 사람들 중 상당수가 물에 쓸려가 버렸고. 지금 나머지 일행들이 물에 빠진 자들을 구하고 있소. 부상자는 꽤 보이지만 사상자로 보이는 자는 없소. 물에 빠진 자들은 실종자라고 해야 될지."

"흐음. 익사자들이 생길지도 모르겠군요."

제레인트는 어깨를 으쓱이며 말했다.

"좀 모진 말 같습니다만 그건 페어리퀸께서 결정할 일인 것 같군요. 두 번이나 거부 표시를 했는데도 들어왔으니 다레니안께서 적절한 응징을 하실 겁니다."

"음. 알겠습니다. 그런데, 운차이 씨. 넥슨과 자크의 모습을 확인할 수 있습니까?"

칼의 질문에 운차이는 다시 물끄러미 아래를 내려다보았다. 그는 한참 동안 굳어버린 듯이 아래를 내려다보다가 혀를 차며 말했다.

"멍청하긴. 못 달아났군. 잡혀들 있소."

칼은 다행스럽다는 목소리로 말했다.

"아, 그럼 안전하다는 말이군요. 자! 그럼 여러분. 이만 잠자리에들 드십시다. 후작 일행에게도 좋은 밤이 되길 바라긴 어렵겠지만."

곳곳에 서서 아래의 광경을 구경하고 있던 사람들은 이제 웅성거리며 잠자리로 몰려들었다. 난 고개를 돌려 레니를 내려다보았다.

"레니? 우리도 이제 내려……가려면 먼저 잠에서 깨어야겠네?"

음. 항구의 소녀는 저런 폭음과 불꽃, 그리고 범람하는 호수의 굉음 속에서도 얼마든지 잠들 수 있나 보군.

그런데 어떻게 한다? 이렇게 피곤하게 잠들어 있는 것을 깨우려니 안쓰럽군. 그런데 갑자기 귓가에서 가느다란 목소리가 들려왔다.

"후치야."

안 자고 있었나? 잠꼬대인가? 둘 중 어느 것인지 알기 위해서라면 간단한 방법이 있지.

"왜 그래?"

"별이 참 곱지?"

"응. 별은 원래 참 고운 거야. 레니의 눈이 보고 있어서 더 예쁘긴 하겠지만, 당연한 말을 왜 하는 거지?"

"……나, 말을 잘 못 꺼내겠는데. 음. 저게 우리 아버지니?"

"……그렇다고 생각해. 확인해 보진 않았지만."

레니는 머리를 더 세게 누르며 물어왔다. 헤. 그런다고 내 어깨가 아프겠니.

"확실한 거야, 아니야?"

"내 생각이지만 그건 아무도 확인할 수 없어. 너도 알다시피 넌 아주 어릴 때 아버지와 헤어진 거야. 그리고 후작은 네 얼굴도 보지 못했고. 아, 제레인트에게 물어보는 것이 차라리 낫겠는데."

"신께 개인적인 용무를 물어보고 싶진 않아."

"그래? 어, 신께서는 우리들의 개인사에 관심이 많으실 텐데?"

"다른 방법은 없어?"

"다른 방법? 글쎄. 아, 어떤 여행자가 널 델하파의 항구로 데려갔다고 그랬지? 해답이 있다면 그 여행자가 가지고 있겠지. 그 외에 다른 사람은 없어."

"우리 어머니는 돌아가셨다고? 아, 네리아가 들려줬어."

"그래? 또 어떤 이야기들을 들려줬는데?"

레니는 잠시 대답을 하지 않고 가만히 아래만 내려다보았다. 우리가 질러놓은 불길은 거대한 통나무를 송두리째 태우며 기세 좋게 춤추고 있었다.

바람이 차다……, 왠지 신경 쓰이는 바람이다. 레니는 그 바람에 자신의 대답을 실어보냈다.

"다 들려줬어. 전부 다."

"그래?"

"이상해. 난."

"뭐가?"

레니는 여전히 머리를 내 어깨에 얹은 채 아래를 가리키며 말했다.

"저건, 저분은 그러니까 나의 아버지인 거지? 그럼 난 지금 우리 아버지를 골탕먹이는 일행에 속해 있고, 그리고 여기 전망 좋은 곳에서 우리 아버지가 골탕먹는 장면을 내려다보고 있어. 이 정도면 기분이 이상해도 괜찮은 거 아냐?"

윽. 그런 식으론 생각해 보지 못했는걸. 맞는 말인데.

"미안해."

"뭐가? 후치가 미안할 것은 아무것도 없잖아."

"그래도 미안하고 싶어지는걸."

다레니안. 죄송합니다. 난 뻔뻔스러웠어요. 우리 인간도 결국 다른 사람 속을 그렇게 잘 알 수는 없는 것인가 보지요. 그러니까 예의범절이라는 잘 조율된 형식도 있는 것이고. 내가 느꼈다고 생각한 핸드레이크도 전부 엉터리일지도 모르겠군요. 내가 어떻게 핸드레이크가 될 수 있을까.

"기분이 나쁜 거니?"

"모르겠어. 난 이렇게 생각해. 아빠는 델하파에 계신 그분이 나의 아빠야."

"찬성해 줄게."

"푸훗. 고마워. 하지만 저기서 우리들을 쫓아오는 사람이 내 아버지라는 사실도 틀린 것은 아니잖아. 사실을 모른 척해야 될까? 글쎄. 그건 쉬운 일도 아닐 뿐더러 옳은 일도 아닌 것 같은데. 그렇잖아?"

"그래. 후작이 아버지라는 사실을 잊어버리기는 어렵겠지. 하지만 옳은 일에 대한 것은, 글쎄."

"응? 아버지를 아버지가 아니라고 생각하는 것이 옳다는 말이야?"

"아버지는……."

난 잠시 말을 멈추고는 멀리 떨어져 있는 레브네인 호수를 바라보았다. 불길이 그 수면에 이글거리고 있어 주위에 펼쳐진 산들은 검게 물러나고 있었다. 그리고 가물거리는 횃불들. 물에 빠진 사람들 구조하고 부상자 치료하느라 정신들이 없겠지.

"난 길시언을 왕이라고 생각해."

"무슨 말이지?"

"길시언을 왕이라고 생각한다구. 물론 실제의 왕은 닐시언 전하고 길시언이 왕홀을 들고 있거나 비단에 둘러싸여 왕좌에 앉아 있는 것은 아니지만, 나에게 있어 길시언은 왕이야. 이해하기 어렵지?"

"어려워."

"동감이야."

"애걔?"

"하하하. 그래. 나도 이해하기 어려워. 흠. 그런데 말이야. 내가 보기엔 길시언이 왕이고 왕다워. 모르겠어. 닐시언 전하를 많이 사귀지 못했기 때문일지도 모르지만, 그렇다고 세상에 있는 모든 사람들을 다 만나보고 내가 왕으로 생각할 만한 사람을 찾을 수는 없으니까, 난 계속 길시언을 왕으로 생각하겠어. 부탁이니까 이유를 물어봐 줘."

"이유가 뭔데?"

"그가 백성들 앞에서 자신을 잊을 수 있다는 것을 알기 때문에. 이 나라의 백성, 아니 그의 친구라고 해도 좋고……, 어쨌든 그가 사랑하는 사람들. 그는 거대한 위험이 있을 땐 언제든지 그 위험과 자기 친구들 사이에 서려는 사람이야. 그는 등을 보여주는 사람이지."

"등을 보여준다?"

"등을 보여주려면 어떻게 하지? 그래. 앞에 서야 돼. 앞에 서서 이끌고, 앞에서 오는 위험과 불안을 묵묵히 막아줘야 되지. 그게 등을 보여주는 거야. 그리고 등에는 표정도 없어. 따라서 사람들을 속일 수도 없지. 그런데 길시언은 언제든지 그렇게 할 수 있고, 거기에 덧붙여 더 중요한 문제는, 자기가 그렇게 한다는 것도 모르면서 그렇게 할 수 있다는 점이야. 그래서 난 길시언을 왕으로 생각해."

레니는 갑자기 고개를 들어 내 볼을 바라보았다. 뭐지? 고개를 돌려 똑바로 바라보자 레니는 다시 앞쪽을 바라보며 말했다.

"지금 반란에 대해 이야기하는 것 아니지?"

"엥? 어, 어, 이봐! 내가 닐시언 전하에 대해 반란을 일으키고 길시언을 왕으로 추대한다는, 뭐 그런 평가할 말도 찾기 골치 아픈 상상을 하고 있는 거야?"

"아니지?"

"아냐! 어, 그러니까 말이야. 이건 내 마음의 문제야. 내 생활의 문제가 아니고. 내 생활이야 기반이 딱 잡혀 있으니까 특별히 고민할 필요는 없단 말이야. 지금 당장 결혼해도 아내를 먹여살릴 자신은 있다구."

"후후훗! 제미니 양은 좋겠네……."

바위에서 미끄러져 떨어질 뻔했다. 우으으윽.

"악! 네리아가 그것도 이야기했어?"

"말했잖아. 다 했다니까."

"어쨌든, 이상한 방향으로 흘러가는 이야기의 고삐를 잡아 돌리자구. 흠. 어쨌든 길시언을 왕으로 생각하는 것은 내 마음의 문제야. 그건, 글쎄. 신앙과 비슷한 것일까? 마음의 안정을 위해 신앙을 가지는 거지, 생활을 위해 신앙을 가지는 것은 아니잖아?"

"흠. 겉으론 닐시언 전하의 충성된 신하. 하지만 속으론 길시언이야말로 나의 왕. 정확하니?"

"차갑도록 정확해. 아니, 정확해서 차가운가 보지."

"그런가. 그래서, 이 이야기를 해주는 이유는?"

"짐작할 수 있다면 되묻지는 마."

그렇게 말했지만, 레니는 확인하고 싶은 모양이다.

"실제의 아버지와 내 마음의 아빠 사이에서 고민할 필요는 없다는 말인 거니?"

"고민을 안 할 수는 없지만 시간 정하고 장소 정해서 본격적으로 고민할 필요도 없다는 거지. 내가 이렇게 물어보면 뭐라고 대답할래? 빨리 대답해. 아름다우신 레이디. 귀양이 어느 가문의 기쁨인지를 여쭤볼 영광을 허락하시겠습니까?"

레니는 웃었다. 밝은 웃음이다.

"전 델하파에서 웨일즈 본야드라는 상호 아래 요식업을 하시는 그레이든 씨의 여식입니다."

"고민 끝?"

"당분간은. 고마워."

"천만에. 당분간이라는 그 유동적인 시간 단위가 이번엔 꽤 길어졌으면 좋겠는데."

"꽤 길어야 될 거야. 일스의 속담에 이런 말이 있어. '한 집안에 아이는 둘 있을 수 없다.'."

"무슨 뜻이지?"

"어떤 사람에게 자식이 생기면, 그 사람은 더 이상 누구의 자식이 아니라 누구의 어버이로 통하게 된다는 말이야. '이봐요, 후치 아버지!' 이런 식으로."

"아, 그래? 그럴듯한 말이네. 그럼 레니는 시집간단 말이네?"

"어마, 아냐! 시집 안 갈 거야! 난 오랫동안 그레이든 씨의 여식으로 있겠다는 말이라구! 그래서 길어야 된다고 말한 것이고."

"바이서스의 속담엔 이런 말이 있어. '세상에 믿을 말 많지만, 늙은이 이제 죽어야겠다는 말, 장삿꾼 이문 없다는 말, 그리고 처녀가 시집 안 갈 거란 말은 절대 믿을 수 없다.'."

"난 안 간다구!"

"누가 뭐래?"

"안 간다니까!"

"강한 부정은 긍정과 일맥상통하고 이웃지간이며 10년 전에 헤어진 쌍둥이 형제라던데?"

"후치야!"

"알았어, 알았다구! 꼬집지 말아, 내 살결이 얼마나 연약한……, 으악!"

한참을 쥐어뜯긴 다음에야 난 레니에게 넌 피곤하며 따라서 지금 당장 잠들어야 한다는 내용을 간신히 납득시킬 수 있었다. 레니는 마치 잊어먹었다가 생각난 듯이 하품을 하며 기지개를 켰다.

"내려줘."

난 레니의 손을 붙잡으며 그녀가 내려가도록 도와주었다. 땅에 내려선 레니는 치마를 정리하더니 위를 올려다보며 말했다.

"안 내려와?"

"아, 난 여기서 불침번 서야지. 길시언이나 샌슨은 모두 취해 버렸는걸. 먼저 자도록 해."

레니는 모조리 자리 깔고 누운 우리 일행들을 돌아보더니 다시 위를 올려다보며 말했다.

"거기 굉장히 추울 텐데. 불침번 설 필요 있을까? 그냥 내려와서 자."

"하하. 괜찮아. 졸리면 가서 운차이나 네리아를 깨우지 뭐. 걱정 말고 가서 누우렴."

"그러지 말고 그냥 자지 그래."

"그냥, 생각 좀 해볼 것도 있고. 염려 마. 여기서 얼어죽을 생각은 없으니까. 별로 춥지도 않은 날씨인걸."

"……빨리 내려와야 돼?"

"응."

레니는 일행들이 잠들어 있는 곳으로 돌아갔다. 잠시 부스럭거리는 소리가 들리고 나서 곧 주위는 고요해졌다. 난 바위 위에 앉은 채 무릎을 당겨 가슴에 안았다. 음. 괜찮다고 말할 정도는 아니군. 꽤나 싸늘한 바람인걸? 으으으.

자, 머리 좀 휘두르고. 목도 좀 꺾고. 으랏차!

호수 건너편에 있는 횃불들을 굽어보았다. 그들은 아직까지도 이리저리 일렁거리고 있었다. 부상자들을 돌보기 위해서인지 커다란 모닥불을 지피는 모습도 보였다. 꽤나 먼 거리다. 운차이는 어떻게 저렇게 떨어진 곳을 볼 수 있을까.

할슈타일 후작은 레니의 아버지고, 레니는 그레이든 씨의 딸이고. 이 앞뒤의 말이 서로 나뉜 채 바이서스와 일스로 서로 떨어져 있을 때는 문제가 없었다. 하지만 레니가 바이서스로 오게 되고, 후작을 먼빛으로나마 보게 되면서 그녀가 이 문장을 인식하게 되자 문제가 발생해 버리는 것이다.

내가 옳은 조언을 한 것인지 모르겠군.

자, 다레니안 앞에서 잘난 척하던 후치는 어디로 갔지? 인간은 뭐라고? 하하하. 자, 생각을 해보자구. 레니는 아직 뚜렷하게 뭘

기획하는 것은 아니다. 그녀의 행동이나 말을 요약해 보면 이런 거지. '왜 싸워야 되지. 그래도 우리 아버지라는데.' 이렇게 되는데 여기서 레니는 아직 할슈타일 후작을 아버지로 받아들이지 않았지. 레니가 하고 있는 고민은 '그래도…….' 하는 수준인 것이다. 흠. 그렇게 보인다.

모닥불이 잘 붙은 모양이군. 메드라인 고개의 일부분이 바알갛게 물들고 있다.

넥슨의 아버지는? 갑자기 이 문제가 생각나는군. 넥슨의 아버지는 누구지? 넥슨은 카뮤 휴리첼의 아들이고, 동시에 로넨 휴리첼의 아들이다. 넥슨은 그것을 구분지을 줄은 알지만 거기에서 갈등을 느끼지도 않는 모양이다. 그렇다면 레니도 그럴 수 있지 않을까? 어쨌든 지금으로선 '그래도…….' 하는 수준의 고민이고 그 고민을 계속 감싸안고 부풀리지 않는다면, 곧 그런 고민 잊게 되지 않을까.

쳇쳇쳇. 내가 레니의 속마음을 어떻게 안담.

"후드드득."

무슨 소리지? 날갯짓 소리라기엔 좀 이상한 소리다. 마치 날기가 몹시 힘든 새가 날고 있는 것 같다. 아니, 밤눈이 어두운 밤새인가?

"핫하하하."

밤눈이 어두운 밤새라. 그거 웃기는 말이군. 그런데, 그런데 갑자기 추위가 느껴지질 않는다?

이게 뭐지?

눈앞이 갑자기 밝아지는 것 같다. 이상하군. 밤 아니었던가? 그런데 그게 중요하나? 음. 별로 중요하지 않은 거지. 저 얼굴은 뭐지? 아름다워, 아름다워. 내 눈앞엔 어느샌가 한 여인이 서 있었다.

"일어나는 것이 좋지 않겠어요?"

알았어. 일어나지. 그런데 당신은……? 당신은 누구지?

"바위를 내려오세요."

바위를 내려간다구. 그래. 내려가야지. 내가 왜 바위 위에 있는 것이람. 어서 내려가자.

"이리 오세요. 좀더 가까이 보고 싶어요."

저 여자는 언제 바위 위에서 내려왔지? 눈빛이 아름다운 여자다. 밤하늘을 그대로 몸에 두른 것 같은 아름다운 검은 옷. 그리고 달빛에 떠오르는 하얀 얼굴은 달맞이꽃처럼 보이는걸. 아름다운 얼굴이야.

"날 사랑스럽다고 생각하세요?"

고개가 끄덕여진다. 고개를 끄덕이면서도 그녀의 얼굴에서 눈을 뗄 수가 없다.

"그래요? 그렇게 생각하나요? 그럼, 제게 오세요."

아아, 시오네. 당신이 이다지도 아름다웠던가. 머릿속이 하얗게 변하는 기분이 든다. 그리고 목구멍은 꽉 막히고 숨결이 너무 뜨겁다. 손끝에 감각이 없어. 내가 지금 걷고 있는 것인가? 아름다워, 아름다워.

난 어느새 시오네의 앞에 서 있었다. 시오네의 반짝이는 눈이 날 똑바로 바라보고 있다. 그녀의 뺨은 달빛으로 푸르게 빛나고 있다. 싸아한 밤바람이 그녀의 머릿결을 떠오르게 만든다. 더욱 깊어진 얼굴의 음영은 그녀의 얼굴을 한없이 애처롭게, 그리고 서글프게 만든다. 그녀는 울고 있는 것일까? 그녀는 무엇에 외로워하고 있는 것일까?

"서글프도록 아름다운 밤이군요."

눈물이 그녀의 커다란 눈을 한없이 투명하게 만든다. 그녀는 추운 듯 외로운 듯 두 손을 모아쥔 채 내게로 한 걸음 다가온다. 세상을 가로지르는 한 걸음. 그녀의 한 걸음 속에 달빛이 부서지고 세계가 열린다. 달빛은 완전히 미쳐버렸다. 저토록 시퍼런 달빛이라니. 달빛에서 굉음이 들려오는 듯하다.

"모두들 외로운 거죠."

그래. 너무 길고 너무 외롭다. 그러면서도 삶을 바쁘게 만드는 백만 가지 쓸모 없는 일들 때문에 마주보고 웃을 시간도 없다. 하지만 내가 앞에 있잖아요, 시오네. 당신은 외로워하지 말아요. 내 입에서 말이 나온다.

"외로워하지 말아요. 우린 하나니까."

"그런가요? 절 받아들여 주겠어요?"

"난 이미 당신을 받아들였어요. 핸드레이크가 다레니안을 받아들였듯이, 핸드레이크가 바로 당신을 받아들였듯이. 그렇지 않으면……."

잠깐. 이 기분은 뭐지?

시오네의 눈이 갑자기 가늘어진다. 뭔가 잘못 말했나? 그녀는 이제 대단한 사고를 저지르고는 아직 벌을 받지 않은 사람을 바라보는 눈으로 날 바라본다. 창백했지만 부드러워 보이던 얼굴이 이젠 딱딱하게 굳어가고 있다. 대단히 나쁜 일을 저지른 느낌. 차라리 다 말해 버리고 용서를 받고 싶은 지독한 욕구가 느껴질 때.

어린 시절, 제미니와 놀다가 말다툼을 하게 되었다. 어떤 내용이었는지는 기억나지도 않는다. 그 시절의 대화가 그렇듯이 대개 앞뒤도 안 맞고 내용도 없는 말다툼이었으니까. 홧김에 제미니의 얼굴을 쥐어박았다. 그래봐야 깡마른 꼬마의 주먹이 얼마나 아팠겠냐만, 도저히 예상할 수 없었던 봉변을 당한 제미니는 왈칵 울음을 터뜨렸다. 난 너무 놀라고 당황해 덩달아 울어버렸다. 덕분에 나는 제미니를 달래지도 못했고, 제미니는 눈이 시퍼렇게 부은 채 엉엉 울면서 자기 집으로 돌아갔다. 난 목에서 오리 소리가 날 때까지 울고는 어떻게 돌아왔는지도 모르게 집에 돌아왔다.

저녁도 먹지 않고 잠든 그날 밤은 지독한 악몽에 시달리는 밤이었다. 도저히 있을 수도 없고 있어서도 안 되는 범죄를 저지른 범죄자가 되어 자기 집에 숨어 오들오들 떨고 있는 꼬마였으니까. 꿈속에서 제미니 아버지가 영주님의 성으로 달려가는 모습을 보았다. 달아나고 싶었지만 발이 땅바닥에 붙어버린 채 움직이지 않았다. 곧 대노한 경비 대원들이 아무르타트를 잡기 위해 준비해 둔 무시무시한 비밀 무기를 질질 끌면서 걸어오는 모습이 보였다. 경비 대원들의 어깨가 마치 위어울프의 그것처럼 보였다. 난 대로에 붙박여 선 채 몸이 부서져라 떨면서 그 무기를 보고 있었다. 그러면서도 그게 뭔지는 몰랐다. 대로 반대쪽으로 고개를 돌리자 그곳에는 무덤이 보였다. 묘비명은 제미니 스마인타그. 내가 제미니를 죽였어. 내가! 다시 고개를 돌리자 그곳에는 아직도 굴러오고 있는 비밀 무기와 눈이 튀어나올 듯이 화난 경비 대원들의 모습이 보였다. 내가 제미니를 죽였어!

"제미니!"

다음 순간, 난 뒤로 튕겨지듯 물러나며 바스타드를 뽑아들 수 있었다. 얼마나 빠르게 뽑아들었는지 순간적으로 손끝에 몰린 피 때문에 손이 아파왔다.

"시오네!"

"두 번째가 내 이름이야."

9

시오네는 우울한 목소리로 대답했다. 난 다시 뒤로 더 물러났다. 고함을 지를까? 일행을 깨우는 것이 좋겠지? 그러나 시오네는 검을 뽑아들지 않았을 뿐더러 뽑아들 생각도 없는 것 같았다. 난 잠시 당황해서 그녀의 얼굴만을 똑바로 바라보았다.

어떻게 저 얼굴이 아름답다고 생각했을까? 핏기 없는 푸른 입술은 물이 말라버린 강바닥처럼 이리저리 갈라져 있었다. 그리고 병자처럼 하얀 볼. 눈은 퀭하게 들어가 으시시한 안광을 뿜어내고 있었다.

"망할 꼬마놈."

시오네는 그렇게 말했지만 그건 마치 습관적으로 나오는 듯한 그런 어투였다. 감정을 전달하는 기능은 깨끗이 사라져 있었다. 시오네는 계속해서 그런 목소리로 말했다.

"다른 사람들을 깨우진 말아. 해를 끼치진 않을 테니까."

난 침을 꿀꺽 삼키며 시오네를 바라보았다. 말을 하고 싶은데 도대체 무슨 말을 해야 될지 모르겠는걸. 난 그녀의 초점 없는 눈을 피해 약간 고개를 숙이며 말했다.

"날 어떻게 했던 거죠?"

"알려줄 의무가 있나? 신경 쓰지 마. 이미 망쳤으니."

"그럼 이렇게 묻지요. 뭣 때문에 우릴 찾아온 거지요?"

시오네는 갑자기 몸을 돌려 우리 일행들을 바라보았다.

"괜찮다면 좀 떨어진 곳에서 말하고 싶군. 다른 사람들이 눈치 채지 못할 곳에서."

"난 그러고 싶지 않은데."

시오네는 왼손으로 두르고 있던 검은 망토의 끝자락을 잡아 어깨 뒤로 넘겼다. 그러자 왼쪽 허리에 찬 레이피어가 눈에 잘 들어왔다. 이건 뭐지? 지금 협박이라도 하겠다는 건가? 그러나 시오네는 왼손을 그냥 늘어뜨리더니 낮게 말했다.

"네게 해를 끼치진 않겠다고 말했을 텐데."

"약속이 깨지는 것은 유감스러운 일이지요. 그런데 유감스럽다는 것은 그런 일들이 잘 일어난다는 말이죠. 그런 일이 잘 일어나지 않는다면 유감스럽다는 말 대신 놀랍다거나 어처구니없다는 말을 써야 되겠죠?"

"말장난을 하고 싶다고 말한 적 없어. 꼬마!"

시오네는 갑자기 앙칼진 목소리로 말했다.

"내가 원한다면 지금 당장 너희 일행들을 모조리 죽일 수도 있어! 잠자코 내 말을 따라. 그렇지 않겠다면!"

갑자기 시오네는 오른손을 높이 들어올렸다. 제길! 너무 떨어졌어! 좀더 가까이 붙어 있었어야 했는데! 난 기합을 지르며 달려들려고 했지만 시오네가 더 빨랐다.

화르르르!

시오네의 들어올린 손바닥 위에 붉은 화염의 공이 생겨났다. 저건 뭐지? 파이어볼인가? 생각할 겨를도 없이 난 두 팔로 얼굴을 가리며 상체를 앞으로 숙였다. 아무 소식이 없네? 다시 고개를 들어보니 시오네는 손바닥 위에 불의 공을 띄워둔 채로 말했다.

“잠자코 따라오지 않겠다면 이걸 곧장 던지겠어.”

빌어먹을! 난 바스타드를 거세게 검집에 꽂아넣은 다음 팔짱을 꼈다.

“좋아요. 됐어요? 이제 그거 치워요.”

너무 빨리 대답했나? 시오네는 눈을 조금 깜빡거리더니 피식 웃으며 손을 내렸다. 그녀가 손을 내리자 화염은 온데간데없이 사라졌다. 시오네는 그대로 몸을 돌리며 말했다.

“따라와. 어리석은 짓 말고.”

좋아, 따라가지. 이 어두운 밤, 뱀파이어의 등 뒤를 따라 깊은 숲 속으로 들어간다, 이 말이지? 음란한 느낌이 드는군 그래.

다행히도 시오네는 그다지 떨어지지 않은 곳에서 멈춰 섰다. 그래서 잡다하면서도 음란 무쌍한 상상은 그다지 오래 진행되지 않았을 뿐만 아니라 우리 일행들에게서도 별로 떨어지지 않은 위치였다. 하지만 조용히 말을 나누기엔 충분한 거리였다. 정말 아무 짓도 하지 않겠다는 건가? 내 어깨는 건드리면 ‘우지직!’ 하는 소리를 내며 부서져나갈 만큼 긴장해 있었다.

시오네는 망토를 들어올리더니 길 옆의 가파른 사면에 대충 주저앉았다. 흐음. 예의상 마주앉아 주지 않을 수는 없군. 난 무례하다는 말을 듣지는 않을 정도로, 하지만 최소한 팔 두 개 거리는 떨어진 거리를 두면서 시오네와 마주앉았다. 오우, 젠장. 이 수상쩍기 그지없는 밤에, 수상쩍기 그지없는 고개에서, 수상쩍기 그지없는 뱀파이어와 마주앉아 있다니! 내일 아침엔 내 머리에 구멍이 일곱 개에서 아홉 개로 늘어날지도 모른단 말이야. 목에 이빨 자국이……, 잠깐. 목은 머리에서 제외되나?

온갖 상상을 다 해보다가 난 시오네의 첫마디를 놓쳤다.

"뭐라구요?"

시오네는 싸늘한 미소를 지으며 말했다(그런데 왜 으르렁거리는 것처럼 느껴지지?).

"용건만 간단히 말하겠다고 했다. 하지만 네가 이런 식이라면 간단하긴 글렀군."

"아, 미안해요. 착실하게 듣지요."

"좋아. 도와줘."

"좋아요. 잠이 잘 안 오나요? 자장가의 레퍼토리는 좀 약한 편이지만 그래도 듣기 괴롭지 않을 정도론 불러줄 수 있어요."

"……그게 아니야."

"그래요? 아, 말하기 곤란하면 안 해도 돼요. 알았어요. 망봐드리죠. 어서 가서 해결하고 오세요. 이런 캄캄한 밤에, 게다가 산속인데 누가 훔쳐볼까 무서워하다니. 오래 참았어요? 얼굴빛이 안 좋네."

쉬이익! 레이피어가 빠르게 다가왔지만, 그 정도는 이미 예측하고 있었다! 내가 이 바스타드를 휘두른 것이 벌써 얼마인 줄 알아? 샌슨류 중단 막기! 챙!

시오네는 당황한 얼굴로 날 바라보았다. 난 바스타드에 걸린 레이피어를 옆으로 천천히 밀어내며 말했다.

"내 입장이 되긴 어렵겠지만, 생각해 봐요. 이 멋진 보름달밤에 뱀파이어와 마주앉아 있으면서 농담이라도 하지 않는다면, 난 벌써 고래고래 비명을 지르며 달아났을지도 몰라요. 아시겠어요?"

여기서 기름 젓기로 변형하면 그럴듯할 텐데. 그러나 시오네는 내 말이 끝나기도 전에 레이피어를 빠르게 회수했다. 우리 둘 모두 앉은 자리에서는 조금도 움직이지 않은 채였다. 시오네는 갑자기 움직이느라 흐트러진 머릿결을 뒤로 쓸어넘기며 아무 일도 없었다는 듯이 침착하게 말했다.

"꽤 발전했군."

"동료들이 좋으니까."

"후. 농담은 이제 그만해. 용건을 말하겠어."

"듣지요."

"도와줘. 넥슨을 구하고 싶어."

난 바스타드를 빼어든 김에 그대로 들고 있기로 결심했다. 바스타드를 아래로 내리는 동작이 자연스럽게 보이려 애쓰면서 난 의아한 목소리로 말했다.

"넥슨을? 왜냐고 물어도 될까요?"

"말할 이유가 없어."

"하지만 이상해요. 당신은 자이펀의 간첩으로서 넥슨이 반란을 일으키도록 도와주려는 것 아니었습니까? 하지만 넥슨은 이제 별 볼일 없게 되었는데. 그걸 모르나요?"

"그래서?"

"뭐. 당신 입장을 이해해 보려는 것뿐이지요. 그런데 나로 말할 것 같으면, 난 넥슨을 구출하고 싶은 마음이 별로 없는걸요. 그 사람의 옛날 일은 이제 다 잊었어요. 그 사람은 바이서스의 왕가를 싫어할 이유가 있더군요. 이해는 하지만 동조할 수는 없고, 따라서 넥슨에게 감정을 낭비하진 않겠어요. 게다가 아직 새로운 우정이 생겨난 것은 더더욱 아니니까. 야박하게 말하는 것 같지만, 내가 위험을 무릅써야 할 이유가 없는데요?"

"원하는 것이 있으면 말해 봐."

"뭐라구요?"

시오네는 짜증스러운 목소리로 했던 말을 되풀이했다.

"원하는 것이 있으면 말해 보라고 했다. 내가 들어줄 수 있는 것인지 판단한 다음 들어줄 테니까."

"계약을 하자?"

"그래."

"그쪽 조건을 말해 봐요."

"후작 일행을 교란시켜 줘. 그 동안 내가 넥슨을 구할 수 있도록."

시오네는 내 태도와 똑같이, 그러니까 아무런 수식어도 감정도 없이 말했다. 재미있군. 이것도 그런 대로 재미있는데? 어디 보자.

"당신 정도면 간단하게 넥슨을 구할 수 있지 않아요?"

"30명이 넘는 전사들은 감당할 수 없다."

"그 사람들이 모두 깨어 있는 것은 아니잖아요. 게다가 우리들이 솜씨를 부려서 지금 저쪽에는 부상자들이 꽤 될 텐데. 무슨 이유가 있는 거죠?"

시오네는 이제 끔찍스러운 상상을 불러일으키는 눈빛을 보내어왔다. 하아. 마음을 가라앉히자. 되도록 굽히지 않는 자세로 있고 싶었지만, 난 어느새 시선을 돌려 시오네를 외면하고 있었다.

"난 저기서 힘을 쓸 수 없다."

시오네는 맥 풀린 목소리로 말했다. 이거 시오네 맞나? 난 다시 그녀를 돌아보았다. 그녀는 어느새 고개를 돌려 멀리 보이는 레브네인 호수를 바라보고 있었다.

"힘을 쓸 수 없다고요? 저기서는? ……다레니안의 영토에서는?"

"그래."

"그럼 내일 하죠?"

"내일은 늦어."

"왜 늦지요?"

갑자기 시오네는 고개를 돌렸다. 그녀의 얼굴에서 미소로 추정되는 표정이 보였다. 미소를 짓는다고? 이건 무슨 의미인 거지?

"후작 일행이 너희들을 쫓아오는 줄 아나?"

뭐야? 이게 무슨 말이지?

"너희들은 그렇게 생각하겠지. 맞아. 그것도 틀린 것은 아니야. 후작은 그 계집애를 원하고 있으니까. 후작의 준비성은 정말 대단해."

"맞아요. 대단해요. 그럼요!"

내가 야유하는 태도로 동조하자 시오네는 한쪽 눈을 찌푸리며 미소를 거두었다.

"무슨 뜻이었죠?"

시오네는 갑자기 빠르게 말하기 시작했다.

"내일이 되면 돌맨 할슈타일도 이 갈색 산맥에 도착할 거야. 난 어제와 오늘 새벽에 걸쳐 그들을 감시했지. 그들은 정확하게 드워프의 통행로를 향해 다가오고 있어. 내일이 되면, 너희들이 드워프의 통행로에 도달하게 되면 너희들은 돌맨 할슈타일과 검과 파괴의 레티의 프리스트들을 만나게 돼."

그래? 그렇다고? 그런데 그게 무슨 의미인데? 시오네는 내 얼굴에서 멍한 표정만을 발견하게 되자 짓궂은 미소를 지으며 말했다.

"멍청한 꼬마. 후작은 크라드메서의 웨이크닝 예정일에 맞추어 돌맨을 이곳으로 불러들이고 있는 거야. 아미앙스 수도원에서 돌맨이 프리스트들과 함께 비밀리에 출발한 것은 이미 오래 전이야. 그들은 이미 사흘 전 사우스 그레이드를 빠져나왔다."

"그래서……, 크라드메서와 라자의 계약을 맺게 한다? 그것이 후작의 계획입니까?"

"그래. 제법이군."

"그래요? 흐음. 고마운 정보군요. 그런데 그게 무슨 상관이죠?"

"뭐라구?"

"우린 사실 누가 라자가 되든 상관없어요. 라자만 있으면 된다는 이야기죠. 이왕이면 저 고약하기 짝이 없는 할슈타일 가문의 사람은 피하고 싶어요. 그건 후작을 즐겁게 만드는 일일 테니까. 하지만 여건이 안 좋다면 그쪽 사람이라도 할 수 없죠. 우리는 크라드메서가 발광한 채 활동기에 접어드는 일을 막으려는 거예요."

시오네는 미간을 찌푸린 채로 날 바라보았다.

"할슈타일은 상관이 없고? 그가 크라드메서라는 힘을 가지게 되어도 상관이 없다는 말이니?"

"뭐, 좋진 않겠죠. 하지만 미친 드래곤보다는 아무래도 인간 쪽이 감당하기 쉽겠죠."

"감당하기 쉽다고? 하핫!"

시오네는 갑자기 고개를 뒤로 젖혔다. 크게 웃는 듯한 모습이었지만 웃음소리는 들리지 않았다. 시오네는 한참 동안 그런 자세로 어깨를 들썩거리더니 머릿결을 쓸어올리며 다시 고개를 내렸다.

"아무것도 모르는 꼬마 같으니."

"그렇게 생각해요? 당신 초 만들 줄 알아요?"

"시끄러워. 꼬마야. 불쌍해서 알려주마. 후작이 감당하기 쉬울 거라고? 저 할슈타일 후작이?"

"……놀랄 준비는 끝났어요. 그럼, 이제 놀랄 말을 해봐요."

"후작에게 왜 라자가 필요하지?"

"예?"

"후작 자신이 라자의 자질을 가지고 있는데 왜 라자들을 모아들이려 하는 거지?"

"그거야 라자의 혈통을 다시 만들어내기 위해서죠."

"멍청하긴! 크라드메서의 이야기를 하는 거야. 크라드메서를 손에 넣기 위해 후작이 무슨 짓을 하고 있는지 생각해 보란 말이다! 10년도 더 전에 잃어버린 딸을 찾고, 드래곤을 가지고 있는 돌맨에게 계약을 파기하게 했어. 그걸 모르나?"

"알고는 있는데……."

"왜 그래야 하지? 후작 자신도 라자다. 잠깐, 그걸 몰랐나?"

뭐야? 어, 후작이? 음. 그렇긴 하지. 언젠가 후작의 저택에서 넥슨의 문서를 훔쳐내려고 했을 때다. 내가 부끄럽게도 후칠리아로 변장했을 때 후작은 내 손을 잡아보고는 내가 라자가 아니라는 것을 알아차렸다. 라자가 라자를 알아보는 거니까, 그렇다면 후작은 라자라는 말이네?

"알아요. 할슈타일 후작도 라자지요."

"알고 있군. 그런데 왜 후작 자신이 크라드메서의 라자가 되지 않는 거지?"

"예?"

놀랄 준비를 해두었지만, 너무 놀라게 되니까 준비가 소용없어지는데? 이건 정말 생각 못해 본 문제다. 후작도 드래곤 라자다. 그런데 왜 후작 스스로가 크라드메서의 라자가 되려는 것이 아니지? 왜 레니를 찾고, 왜 돌맨을 불러들이는 거지? 왜 그러는 거지?

시오네는 갑자기 몸을 돌려 다시 레브네인 호수를 바라보며 말했다.

"길게 설명할 시간은 없어. 어쨌든 내일이 되면 저 일행에는 레티의 프리스트들이 더해진다. 그렇게 되면 난 도저히 침투할 수 없게 돼. 따라서 기회는 오늘 밤뿐이다."

"……."

"이봐, 듣고 있어?"

"잠시 기다려요! 당황했단 말이에요. 좀 침착해질 시간을 가지고 싶다구요!"

"뭐야?"

"젠장. 어이가 없네. 간단한 문제인데 생각해 보질 못했어. 으으음. 당신 말이 맞아요. 왜 후작은 직접 크라드메서의 라자가 되지 않으려는 거지요?"

시오네는 불만스럽게 쉭쉭거리는 목소리로 말했다.

"이것 봐! 너와 노닥거릴 시간이 없어. 날 도와주지 않겠다면 너희 일행에게 잠든 채로 죽을 수 있는 행운을 선사하겠어. 빨리 대답해."

이익! 이 괴물이 지금 날 협박하고 있단 말이지? 내가 너 따위 뱀파이어의 협박에 눈 하나 깜빡할 것 같아?

"어떻게 도와주면 되죠?"

사람은 모름지기 둥글게 살아야 하는 법. 으으윽.

쳇. 신세 한번 고약하군. 이 밤중에 뱀파이어의 협박 때문에 산책을 나서야 되다니.

달들은 이제 서쪽으로 많이 기울어 있었지만 밤하늘은 여전히 파르스름하다. 우리가 불을 질렀던 마차와 통나무들의 불길도 이젠 사그라들고 있었다. 하지만 아직 남아 있는 불길은 내게 좋은 목표가 되어주었다.

여기가 우리 고향의 사바인 계곡이라면 이까짓 산길, 눈 감고도 내려갈 수 있어. 하지만 여긴 우리 고향에서 터무니없이 멀고, 우리 제미니에게서도 터무니없이 먼…….

쾅당! 너 때문이야, 제미니. 아이고, 무릎이야.

"조용히해, 멍청한 꼬마놈."

그게 후작 일행들에게 들킬까 봐 비명도 못 지른 채 조용히 속으로만 투덜거리는 사람에게 하는 말이야?

"한번만 더 그렇게 부르면 당신을 멍청한 뱀파이어라고 부르겠어요."

시오네는 콧방귀를 뀌고는 다시 걸어가 버렸다. 난 무릎을 문지르면서 주위를 둘러보았다. 어라? 꽤 많이 내려왔네? 내려오는 길이라서 퍽 빠른 모양이군.

산등성이는 이제 호숫가의 평지를 만나 갑작스럽게 경사를 잃고 있었다. 호수의 반짝이는 물빛을 잠시 바라보았다. 다레니안. 오늘 참 당신의 영토에서 여러 번 소란을 부리게 되어 죄송하군요. 먼 산의 봉우리들이 감싸고 있는 수면은 달빛을 받아 희게 번뜩이고 있었다.

"어서 와!"

시오네는 낮게 윽박질렀다. 저 여자 골탕 좀 먹여줄까 보다. 젠장.

불타고 있던 마차와 통나무들의 잔해가 연기를 피워올리는 것이 눈에 들어왔다. 시오네는 걸음을 멈추더니 말했다.

"좋아. 여기서 헤어지자."

"왜요? 더 들어가지 않고?"

시오네는 맹렬하게 쉬잇거렸다. 꽤나 화가 난 모양인데.

"투구걸이로도 못 쓸 머리 같으니. 이 이상은 다레니안의 영토다. 들어가기 위해 허락을 구하고, 하늘로 광선을 쏘아 올라가게 해서 저 녀석들이 눈치 채게 만들자는 거냐?"

아, 그래? 그런데 그건 당신 사정이야. 내 사정은 아니지. 난 어깨를 으쓱인 다음 말했다.

"신호는?"

"그런 건 없어. 속으로 300까지 센 다음 시작해."

"아, 문제가 있는데. 난……."

"100이 넘어가면 못 센다는 말이냐?"

어라? 시오네가 어떻게 농담을 알아듣는 거지? 난 눈이 동그래져서 시오네를 바라보았다. 그녀는 차갑게 웃으며 말했다.

"시시껄렁한 농담 따위 집어치우고 어서 시작해."

"좋아요, 뭐. 잘해봐요."

"너나 잘해."

시오네는 말을 마치더니 갑자기 하늘로 솟구쳐 올랐다. 잠시 후 난 저편 후작 일행의 횃불 빛이 비치는 곳으로 날아가는 박쥐 한 마리를 보며 속으로 숫자를 세고 있었다.

"하나, 둘, 넷, 일곱, 스물아홉. 젠장. 백이십구, 삼백."

다 셌지? 그럼 좀 쉬어볼까. 난 바닥에 주저앉아서 은빛 양탄자처럼 보이는 호수를 바라보았다.

우리 일행에게 뭐라고 귀띔이라도 하고 올 수 있었으면 좋았을 텐데. 하지만 시오네는 그런 것을 전혀 허락하지 않았다. 넥슨을 구해? 으음. 마음이 무겁지는 않다. 하지만 유쾌한 기분도 아니다. 저 멍청한 넥슨은 왜 할슈타일에게 덤벼든 것일까. 그가 원한을 가진 것은 바이서스 왕가가 아니었던가? 그리고 그 따위 원한 때문에 얼마 남지도 않은 자신을 저렇게 마구 다루다니. 행복을 찾을 수 없게 되었으니 복수에 몸을 태운다는 것인가? 부나비의 화려한 최후.

쳇. 그러고 보면 바이서스 왕가라는 것에 대한 원한도 참 그렇군. 까마득한 자신의 조상을 배신한 것에 대한 원한이라는 말이지. 그래. 핸드레이크는 핸드레이크 휴리첼이라고 했지.

어라?

아차! 시오네에게 그걸 물어볼걸! 핸드레이크가 누구냐고 물어봤어야 되는데. 아깝다. 어디 보자. 그럼 시오네는 자신의 스승의 멀고먼 후손을 구하려는 건가? 음. 맥락은 맞아떨어지지만 개연성은 부족한걸. 사제 관계의 의리란 말이지?

타이번은 드래곤에게 마법을 쓰는 것은 사조에게 덤비는 꼴이 되기 때문에 싫다고 말했지. 그렇다면 시오네도 스승의 후손이라서 넥슨을 구하려는 걸까? 으. 이 가설이 말이 되는 것처럼 들리려면 비약을 꽤나 심하게 해야 될 것 같은걸.

300쯤 되었을까? 난 자리에서 일어났다. 자, 이제 다레니안께서 나와의 우정을 기억하시는지 알아볼 차례로군. 헤어진 지 몇 시간밖에 되지 않았으니 아직까진 기억하시겠지?

난 천천히 호숫가로 걸어들어가기 시작했다.

달빛 참 좋군. 모래가 아니라 은가루를 밟는 것 같은데. 난 고개를 돌려 뒤를 바라보았다. 내가 지나온 발자국은 검게 그늘이 져서 길게 이어지고 있었다. 호수는 조용했다.

다레니안께서는 허락 없이 들어오면 붉은 광선은 저절로 나온다고 했다. 그런데 아무런 변화가 없다는 말은, 다레니안께서 날 보고 계시는 거겠지? 좋아. 한마디 하지. 난 걸음을 멈추고 호수를 향해 선 채 말했다.

"페어리퀸 다레니안. 헤어진 지 얼마 되지도 않았는데 또 찾아왔습니다. 절 기억해 주시고 이렇게 환영해 주시니 감사합니다. 이렇게 혼자서 터덜터덜 걸어와서 참 의아하게 생각되시죠? 하지만 부탁이니 아무런 움직임도 보여주시지 않았으면 좋겠습니다."

호수는 꼼짝도 하지 않았다. 간혹 물고기가 튀어오르는지 퐁당! 하는 작은 소리와 함께 수면에 작은 파문이 그려지는 것 외에는 고요하기 짝이 없었다.

"감사합니다. 사실 전 저기 할슈타일 후작에게 볼일이 있습니다. 후작에게 참으로 긴요한 이야기를 들려줘야 되거든요. 그런데 그 과정에서 일어날지도 모르는 불미스러운 일이 걱정되는군요. 염치 없는 부탁입니다만, 절 좀 지켜주시겠습니까?"

다레니안의 우정을 믿었기에 난 거리낌 없이 시오네를 따라나설 수 있었다. 다레니안은 나와 제레인트를 페어리의 친구라고 말씀하셨지.

"만일 절 지켜주시겠다면 그 허락의 뜻을 어떻게 표현해 주시겠습니까? 하지만 저기 후작 일행에게는 들키지 않을 방법으로요."

난 잠시 기다렸다. 문득 이상한 소리가 들려 아래를 내려보자 작은 파도가 모래벌판을 스치고 지나가는 것이 보였다. 그런데 파도가 다시 호수로 물러가고 나자 젖은 모래벌판에 글자가 씌어져 있는 것이 보였다.

'도와줄게. 걱정하지 말고 나아가렴, 요정의 친구여.'

난 활짝 웃으며 호수를 향해 고개를 숙였다.

"감사합니다. 다레니안."

좋아! 이젠 됐군. 그럼 후작에게 참으로 긴요한 이야기를 들려주면 되는 건가? 그러나 난 후작 일행의 모닥불이 비치는 곳까지 걸어가는 대신 제자리에 서서 두 다리를 벌려 단단히 고정시켰다.

조용한 밤이야.

"하아알슈타아아일 후자아악!"

후자아악…… 후자아악…… 메아리도 멋진걸? 아이고 목이야, 켈록켈록. 난 기침을 좀 한 다음 눈에 힘을 주면서 모닥불빛이 비치는 곳을 쏘아보았다. 과연 모닥불 옆에 작은 불빛들이 나타나기 시작했다. 횃불에 불을 붙인 거겠지?

"들려주우울 마아알이 있다아아!"

있다아아…… 있다아아…… 메아리 정말 멋있어. 그런데 갑자기 새들의 비명소리가 들리며 메아리의 끝부분이 지워져버렸다. 에이, 아쉽네.

꺅꺅꺅꺅! 새들은 이제 정말 불만을 참을 수 없다는 듯이 고래고래 지저귀고 있었다. 음? 말이 좀 이상하군. 고래고래 지저귄다고?

"크라드메서의 비밀을 알려주마!"

숨이 가빠서 말을 길게 못 끌겠군. 그래서 대신 짧게 끊어서 강하게 말하기로 했다. 메아리와 새들의 비명소리가 어우러져 호수 주변은 굉장한 소란이었다. 그리고 등 뒤에서도 아스라하게 소란스러운 목소리가 들려오기 시작했다. 멀어서 잘 들리지는 않았지만 우리 일행들이 내 고함소리에 기겁해서들 일어나는 모양이다. 아아, 이런. 피곤할 텐데 잠을 깨웠군.

"크라드메서는 사실 드래곤이다!"

난 참 놀라운 사실을 잘 말한다니까. 내 입이 자랑스러워. 그런데 다레니안께서는 지금 내 말을 들으며 무슨 생각을 하고 계실까? 얼이 빠져 계시지는 않을까?

"또한 헬턴트 마을의 파라핀 양초는 개당 5퍼셀이다! 파라핀 양초 하나로 우리 영주님의 땅을 몽땅 사버리고도 4퍼셀이 남는다구!"

횃불들은 이제 꽤 많은 수로 불어나 있었고 좀 웅성거린 다음 그들은 고갯길을 내려오기 시작했다. 그리고 등 뒤에서 들려오는 소란도 더욱 커졌다. 새들은 이제 다 날아올라 하늘에서 떠들고 있었다.

"이 정도로 놀라지 않겠다면! 놀라 넘어질지도 모르는 비밀을 알려주마! 성밖 물레방앗간 처녀의 실명이 오늘 여기서 공개된다! 그 처녀의 이름은……."

"그거 말하면 넌 다 살았다고 샌슨이 전해 달라는군!"

윽. 운차이의 그 굉장한 고함소리가 들려왔다. 운차이는 고함을 지르긴 질렀지만 웃음을 터뜨리고 싶은 모양인지 아주 기이한 고함소리를 내었다. 그건 그렇고 저건 내가 매일 하던 역할이었는데 오늘은 역할이 바뀌었군 그래.

횃불들은 주춤거리면서 달려왔다. 거리가 꽤나 멀긴 하지만 그래도 아까 산 위에서 보던 것보다 훨씬 가까운 곳에서 보니 횃불들 하나하나가 무시무시하게 보였다. 검은 산에 살짝 찍어둔 점처럼 보이던 것들이 불꽃 모양으로 이글거리는 모습으로 보이니까. 하지만 저 녀석들은 이 호수 근처에 함부로 들어오지 못하겠지. 버텨보자.

"네놈은 누구냐!"

과연 횃불 쪽에서 고함소리가 들려온 것은 호수를 아직도 한참 남겨놓은 거리였다. 대략 대여섯 개 정도 되는 횃불들은 고갯길을 중간쯤 내려오기는 했지만 호수에서는 수십 큐빗이나 남겨놓은 위치에 멈추어선 채 고함을 질러왔다. 난 피식 웃고는 고개 중간쯤을 향해 마주 고함질러 주었다.

"알면서 모르는 척하지 마! 지금까지 누구 뒤를 쫓는지도 모르면서 쫓아온 것은 아니잖아!"

횃불들 쪽에서 잠깐 대답할 말이 막혀버린 모양이다. 그때 횃불들 가운데서 후작의 목소리가 들려왔다.

"후치 네드발!"

후작의 고함소리는 단숨에 짜내는 듯한 날카로운 목소리였다. 꽤나 살벌하게 들리는 목소리인걸. 그런데, 고요한 호수의 넓은 수면 위로 고함소리가 오가는 것만 제외한다면 말이야.

"썩 좋은 밤입니다. 후작 나리!"

확실히 그래. 난 허리에 손을 짚고 선 채 유쾌한 기분으로 횃불들을 바라보았다. 그것들은 참 바보 같은 꼴로 고개에서 웅성거리고 있었고 난 다레니안의 보호 아래 완전히 안전하다. 이 정도면 내 콧대가 하늘을 찌를 듯하다고 해도 아무도 뭐라고 하지 않겠지?

"멍청이! 어둠 속으로 몸을 숨겨! 화살꽂이가 되고 싶냐!"

운차이의 고함소리는 하늘을 찌를 듯한 내 콧대를 무참하게 뭉개버렸다. 아이고, 맙소사! 그 생각을 못했다! 난 황급히 뒤로 물러나서 불빛이 비치는 거리에서 물러났다. 젠장, 그러고 보니 아직도 불기운이 남아 있는 장작더미 옆에서 내 모습을 다 드러내놓고 있었잖아.

횃불들 가운데서 하나가 고갯길을 내려오기 시작했다. 저건 뭐 하는 거지? 그때 후작의 목소리가 들려와서 지금 내려오고 있는 것이 할슈타일 후작임을 알 수 있게 되었다.

"다레니안의 보호를 받고 있었던 것이군! 그래서 저 호수 속에 틀어박힌 멍청한 요정이 우리들의 통과를 허락하지 않았던 것이고. 오만가지 종족들이 모인 떨거지들, 거기 그대로 있어라. 혼자 내려가겠다!"

이것 봐라? 입이 꽤나 거칠군. 지금 다레니안에 대해 뭐라고 말한 거지?

"이것 봐! 내가 달빛 아래 만나고 싶은 것은 절세의 미녀지, 내일 아침 당장 저승꽃이 필지도 모르는 중늙은이는 필요 없다구! 내려오실 필요 없어!"

내 대답을 듣고 칼은 아마 신음소리를 흘리고 있을 것이다. 후작은 어떤 표정일지 상상이 되지 않았지만 그 횃불은 여전히 내려오고 있었다. 그런데 정말 혼자서 내려오고 있네? 어디, 대화라도 나눠보겠다는 건가? 좋지. 해줄 말은 무궁무진하거든. 난 알싸한 긴장감을 느끼며 당당하게 섰다. 그때 뒤쪽에선 말발굽 소리가 들려오기 시작했다. 우리 일행들이 달려 내려오는 것인가?

그러자 후작은 잠시 멈추어 섰고 고갯길 중턱에서 기다리고 있던 후작의 부하들도 웅성거리기 시작했다. 그러나 후작은 곧 앙칼진 목소리로 외쳤다.

"난 싸우려는 것이 아니다! 그리고 혼자 내려가는 것이다! 호수의 요정이든 떠돌이 거렁뱅이 왕자든 짖어대지 말고 잠자코 기다려!"

뭐야? 얼씨구? 이젠 정말 나오는 대로 지껄이는데? 후작이 외친 것과 동시에 등 뒤에선 샌슨의 짓눌린 고함소리도 들려왔다.

"이놈! 입을 조심해! 이랴아!"

그런데 정작 떠돌이 거렁뱅이 왕자라고 불린 사람은 아무 말도 하지 않는군. 하도 기가 막혀서 그러는 것인가? 타가닥, 타가닥! 경사진 길을 내려오는 말들은 불규칙적인 발자국 소리를 내었다. 하지만 난 뒤를 돌아보지 않고 여전히 다가오고 있는 후작만을 바라보았다. 도대체 무슨 생각이지? 저 소악당이 이제야말로 가면을 벗어던지고 흉악한 본심을 드러내겠다는 건가? 이상하군. 지금껏 그렇게도 안전하게 행동해 오던 작자가 말이야. 도대체 왜 저러는 거지? 이제는 가면을 벗을 시기가 되었다는 것인가?

이힝힝힝! 아이고, 깜짝이야! 목 바로 뒤에서 말울음 소리가 들려서 기겁하는 줄 알았다. 곧 정수리 쪽에서 달갑지 않은 충격이 느껴졌다.

"이 자식아! 도대체 무슨 생각으로!"

샌슨이었다. 난 참으로 억울하다는 표정으로 샌슨을 돌아보았다. 젠장. 협박을 당했다는 것을 어떻게 설명해 줄 수 있을까?

"바드들이 먹고 사는 이유가 뭔지 알아?"

"뭐야?"

"세상엔 단순한 말로 설명이 안 되는 일이 너무 많거든. 그래서 노래가 필요한 거야."

"후치……."

"좋아, 좋아! 젠장. 설명은 나중에 반드시 하겠어. 그리고 지금은 한 가지만 생각해 줘."

난 지을 수 있는 한 최대한 진지한 표정을 지으면서 신뢰감 넘치는 목소리로 말했다.

"샌슨이 아는 후치는 앞뒤 없는 일을 하는 멍청한 소년인가?"

"물론 그래."

"샌슨, 제발!"

샌슨의 옆으로 길시언과 운차이의 모습도 보였다. 그들은 제각기 날렵한 동작으로 타고 온 말에서 뛰어내렸다. 말에서 뛰어내린 운차이의 손에는 어느새 검이 들려 있었다. 신기하네. 내리면서 검을 뽑아든 것인가? 샌슨 역시 롱소드를 뽑아들면서 살벌한 목소리로 말했다.

"지금은 눈앞의 상황이 급하니 잠시 기다리지. 후치 네드발! 하지만 넌 나중에 설명을 하겠다고 말했지만, 난 나중에 치도곤을 안겨줄 작정이라는 것은 기억해 둬."

"좋아, 좋아. 내가 원하는 것이 바로 그거야. 지금은 조용히 있자구."

길시언이 프림 블레이드를 뽑아들자 가슴이 저릴 정도로 맑은 소리가 '스르릉!' 하고 울렸다. 그는 프림 블레이드를 늘어뜨린 채 내게 다가왔다. 그는 미간을 잔뜩 찌푸린 채 내 얼굴을 흘긋 바라보더니 싸늘하게 말했다.

"후치 네드발."

"예, 길시언."

내 대답이 불안에 젖어 있지 않았다면, 커다란 잘못을 저지른 자의 목소리처럼 들리지 않았다면 정말 좋겠어. 거리낄 것이 없는데도 불구하고 저런 표정을 마주하니까 불안하잖아. 길시언은 딱딱한 얼굴로 말했다.

"이 고약한 사태에 대해 설명은 나중에 듣지. 하지만 한 가지는 지금 당장 감사해야겠군."

"감사라구요? 뭐지요?"

길시언은 고개를 휙 돌려 고갯길 아래쪽을 바라보았다. 숲의 나무들에 가려 나타났다 사라졌다 하면서 내려오던 횃불은 이제 고갯길을 다 내려와 호숫가의 길로 접어든 채로 서 있었다. 후작은 지금 우리들의 인원이 늘어난 것을 보고 망설이는 것인가? 길시언은 그 횃불을 쏘아보면서 말했다.

"저놈이 마각을 드러내게 해준 것. 이제 저놈은 더 이상 바이서스의 왕가를 섬기는 자로 남지 않겠다고 공언한 셈이지. 이제 난 저놈을 반드시 벌하겠다."

"길시언을 돕겠습니다."

"음."

난 고개를 끄덕이며 후작을 바라보았다. 스르르 옆으로 다가온 운차이는 아무 말 없이 태평한 자세로 섰다. 난 샌슨을 돌아보며 말했다.

"다른 사람들은 그대로 있는 거야?"

샌슨은 낮게 한숨을 쉬고는 말했다.

"조심스럽게 내려오고 있어. 하지만 칼이 알아서 더 내려올 것인지 결정할 거야. 말이 얼마 없어서 여기까지 내려오면 달아나기가 빡빡하거든."

"아, 그래?"

"그래. 이 자식아. 쓸모없는 충돌은 피해야 할 거 아냐! 저쪽 인원은 많이 손상되었다지만 아직은 위험할 정도야. 피를 보지 않으려고 지금껏 달아나고 있었는데, 그래, 네가 이 밤중에 나서서 싸움을 걸어? 네가 도대체 정신이 있는 녀석이야, 없는 녀석이야? 너 혹시 몽유병 아니야?"

"이유가 있다니까!"

"젠장. 그 이유는 꽤 거창해야 될 거야. 틀림없이."

샌슨은 그렇게 말을 뱉어내더니 길시언에게 말했다.

"내려올 생각이 없어 보이는데요. 후치도 안전하니 이대로 물러나도 괜찮지 않겠습니까? 저들은 다레니안을 무서워해서 쫓아오지 못할 겁니다."

길시언은 지그시 앞을 바라보면서 고개를 살짝 가로저었다.

"저렇듯 내려왔으니……. 예상치 못한 일인 데다가 당황스럽기도 하지만, 어쨌든 기회는 기회요. 이야기는 몇 마디 들어봐야겠소."

프림 블레이드가 꽤나 잠잠하군. 이 긴장되는 분위기에선 프림 블레이드도 입을 다무는 것인가? 후작은 다시 고함을 질렀다.

"이봐, 다시 말한다. 싸우려는 것이 아니며, 혼자서 내려가겠다! 공격하지 말도록!"

"공격하지 않겠으니 내려왓!"

길시언은 패악스럽게 마주 고함질렀다. 그러나 호수 끄트머리까지 다가와 있던 후작은 더 이상 다가올 생각을 하지 않은 채 고함을 질렀다.

"기사의 명예로 맹세하겠나!"

"네게 기사의 명예는 과분해! 나의 검의 명예에 걸고 맹세하지!"

길시언의 대답은 우리들로 하여금 웃음을 참기 힘들게 만들었다. 프림 블레이드의 명예라고? 저런 태연한 얼굴로 그런 말을 참 잘도 하시는군. 그러나 후작은 자신의 검에 걸고 맹세한다는 말에 마음이 움직인 모양이다.

"좋아. 지금 내려가겠다. 너희들은 그 자리에 그대로 대기해라!"

뒤의 말은 자신의 부하들에게 외치는 말인 모양이다. 어쨌든 그 말을 던지고 나서 잠시 후 후작은 다시 다가오기 시작했다. 샌슨은 갑자기 운차이를 돌아보았다.

"이봐. 너 눈 좋지. 혹시 몰래 따라내려오는 녀석 없어?"

"없어. 후작뿐이다."

"그래? 음. 후작뿐이라구. 배짱이 좋은걸."

우리 쪽으로 곧장 걸어오고 있던 후작은 호수가 눈앞으로 펼쳐지자 갑자기 멈춰 섰다. 다레니안에게 허락을 구하려는 건가? 그러나 다음 순간 들려온 말은 우리들을 경악하게 만들었다.

"호수의 다레니안! 또다시 붉은 광선 따위를 쏘아올릴 생각을 하고 있다면 집어치우시오! 이건 인간끼리의 대화요. 그러니 체통을 생각해서 잠자코 있으시오! 요정 주제에 인간사에 끼어들어 저런 떨거지들을 보호하느라 나와 내 사람들의 통행을 부당하게 가로막았으니 체통이랄 것이 남아 있는지 모르겠지만!"

맙소사. 저 인간이 완전히 돌았구나! 우리 네 명의 눈길이 자연스럽게 호수로 돌아갔다.

호수가 꿈틀거리기 시작했다. 다레니안이 화를 내는 것인가? 순간 등 뒤로 후다닥 물러나는 발소리. 뭐지? 운차이의 짓눌린 신음이 들려왔다.

"미련한 곰들 같으니. 호숫가에서 물러섯!"

"뭐어?"

울림소리. 뭐라 설명할 수 없는 기괴한 울림소리. 그것도 도저히 울릴 수 없는 것, 그러니까 성이라든지 산 같은 거대한 것들이 저 뿌리부터 울리는 듯한 소리. 흔들린다! 발이 흔들려! 그리고 레브네인 호수를 둘러싼 산 전체가 울리고 있었다.

콰콰콰콰아앙!

위아래 턱이 부딪혀 깨지는 기분이 든다. 콧구멍이 막혀버리는 느낌. 샌슨의 알 수 없는 고함소리에 귀가 터져나가는 것 같다. 길시언은 호수를 바라본 채로 뒤로 주춤주춤 물러났다. 기어코 넘어지는 길시언. 그는 다시 일어날 엄두도 내지 못한 채 호수를 바라보았다.

"오……, 세상에!"

시뻘건 광선이 호수 전체에서 올라가기 시작했다!

호수 수면 전체에서 빛이 뿜어져 나왔다. 지금껏 보던 붉은 빛다발이 아니었다. 호수 전체가 마치 거울이 되어 햇빛을 반사하듯이 직경 수천 큐빗의 붉은 광선이 하늘로 쏘아져 올라갔다. 마치 화산이 터지는 듯한 섬광. 호수 주변은 순식간에 대낮처럼 밝아져버렸고 옆을 돌아보니 샌슨의 얼굴은 핏빛이었다. 아니, 찌푸린 속눈썹 사이로 보이는 주위의 모든 것들이 핏빛으로 백열하고 있다.

대지는 오늘 그녀 자신의 일부분을 파괴해 버리려는 옹골찬 결심을 해버린 모양이다. 산들에서 불길한 소리가 들려왔다. 쩌엉! 쩌엉! 맙소사, 산이 갈라지려는 것인가! 그릇처럼 생긴 호수 주변의 지형은 울림소리를 수 배로 증폭시키고 있었다. 쩌엉! 쩌엉! 그리고 호수에서는 말도 못할 정도로 거대한 빛이 쏘아져 올라가고 있는 것이다.

위아래로 너무 흔들려 멀미가 나려고 한다. 샌슨은 무릎을 꿇은 채 검을 위로 들어올리고 뭔지 모를 용서의 말을 마구 외치고 있었다. 대개 "으악! 잘못했어요! 다시는 안 그럴게요!" 정도의 수준이라 듣고 있으면 머리가 이상해지는 기분이기 때문에(샌슨이!) 새겨들을 말도 아니고, 주위의 혼잡스러운 상황은 새겨들을 상황도 아니다. 길시언은 바닥에 다리를 벌리고 주저앉은 꼴불견의 모습을 보여주고 있었다. 백열하는 땅 위로 그의 등 뒤로 끝없는 그림자가 늘어진다. 그때 운차이가 날카롭게 말했다.

"가운데! 가운데!"

"가운데?"

"잘 봐! 빛 가운데! 다레니안이다!"

뭐라구? 빛 가운데라니? 이처럼 거대한 빛 어디에 가운데가 있다는 거야! 빛은 그대로 하늘을 꿰뚫어버렸고 밤하늘은 미친 듯한 붉은색으로 물들어 갔다. 장담하지만 이 울림소리는 최소한 바이서스 전체에 퍼졌을 것이다. 그리고 이 빛은, 맙소사! 바이서스 전체가 아니라 자이펀이나 헤게모니아에서도 볼 수 있을 것이다. 지금쯤 쿨쿨 자고 있을 제미니는 보지 못하겠지만, 헬턴트의 경비 대원들은 난리가 났겠지. 저 아찔할 정도의 광선은 밤하늘을 찔러올리는 불의 검처럼 보이겠지. 쿠왕쾅쾅쾅!

다레니안이다!

볼 수 있었다. 핏빛 광선의 가운데, 수면 위에서 30큐빗쯤 떠오른 곳에서 걸어오고 있는 다레니안이 보였다. 아니, 우리에게 오고 있는 것이 아니다. 그녀는 후작에게 걸어가고 있었다.

그녀는 붉은 빛 속에서 더 붉은 빛으로 타오르고 있었다. 그녀 주위에 엉기어 거대하게 황금빛으로 타오르는 불길 때문에 간신히 그녀라는 것을 알아볼 수 있을 뿐 그녀의 모습 자체는 너무 작아 보이지 않았다. 그러나 그녀는 한결같은 속도로 붉은 빛 속을 가로질러 후작에게 다가갔다.

후작은 그대로 서 있었다. 그가 들고 있던 횃불은 이미 땅에 떨어져 타오르고 있었다. 집어던져 버린 것인가? 그의 손이 칼자루로 옮겨간 것을 보니 그런 것 같은데. 기괴한 붉은 빛으로 호수 주변은 대낮처럼 밝아져 있어 그의 모습을 똑똑히 볼 수 있었다. 그의 옷과 몸 전부가 붉은 빛으로 물들어 있었다. 가장 짙은 석양 속에 서 있어도 이보다 더 붉지는 않으리라.

할슈타일을 꼿꼿이 선 채 다레니안을 마주보았다. 다레니안은 할슈타일에게서 조금 떨어진 위치에 정지했다. 불 속에서 타오르는 또 다른 불.

"할슈타일. 내게 끼어들지 말라고 했는가."

이건……, 맙소사, 이건 다레니안이 하고 있는 말이 아니다. 호수 전체가, 아니 레브네인 호수와 그 둘레를 둘러싼 산 전체가 말을 하고 있었다. 주위의 모든 것들이, 저 어마어마하게 많은 호수 물과 붉은 광선, 그리고 나무와 바위, 흙, 그리고 웅혼한 산맥이 후작에게 말하고 있는 것이다.

그러나 후작은 인간이다.

혼자서 세계를 상대할 줄 아는 인간. 그에겐 종족의 이름도 필요 없다. 드워프가 종족으로서 바위산에 구멍을 뚫는가? 하플링이 종족으로서 아름다운 정원과 밝은 미소를 만드는가? 인간에게는 그런 것도 필요 없다. 인간은, 인간은 개인으로서 세계를 상대할 줄 안다. 그리고 후작은 후작으로서 세계를 상대할 줄 안다. 왜냐하면 대자연을 자기 수준으로 끌어내릴 수 있으니까. 다레니안은 안 돼. 후작은 굳이 당당해질 필요도 느끼지 못하는 모양인지 평범하게 대답했다.

"그렇소."

세계에 대한 도전. 저 간단한 긍정은 세계를 짓밟아 뭉갠 인간의 말이다. 루트에리노 대왕이여, 기뻐하시라! 당신으로부터 300년, 별들이 파괴되고 300년이 지나, 이제 저토록 비정하리만큼 간단한 한 마디가 지금 세계를 박살내고 있으니.

다레니안은 말했다.

"300년 동안 이토록 방자한 자는 처음 보는군."

그러나 그것은 다레니안의 말이었다. 호수의 말도 아니고, 산의 말도 아니었다. 후작에 의해 다레니안은 다레니안으로 끌어내려진 것이다. 지금 그녀가 당당하지 않은 것은 아니지만, 조금 전의 그녀에 비해 볼 땐 눈물이 나올 정도로 가련하게 보였다. 하늘로 쏘아져 올라가는 불꽃도 이젠 더 이상 눈을 아프게 만들고 내 모든 존재를 태워버릴 것처럼 느껴지지는 않았다. 그것은 그저 밝은 빛일 뿐이다.

"여기는 내 영토다. 내 영토에서 내가 주인 노릇하지 못한단 말인가."

논리, 그래. 서툰 논리밖에 남지 않았다. 그것도 인간의 논리. 개인과 개인의 논리. 페어리퀸의 입에서 나오고 보니 그럴 수 없이 불쌍하게 들리는 논리. 다레니안이 저렇게 말하고 있는 것이다. 마치 투정을 부리는 것처럼 느껴질 정도다. 후작은 싸늘하게 대답했다.

"마음대로 주장하시오. 무시할 테니."

이제 논리마저도 깨어져버렸다. 다레니안은 이제 불길을 휘몰아쳐 후작을 박살내어 버릴까? 아니면 폭포 같은 물기둥이 그를 휩쓸어가 버릴까?

다레니안은 아무런 행동도 하지 않았다. 단지 떨림을 확실히 느낄 수 있는 그녀의 목소리만이 들려왔다.

"네 속에도 핸이 있구나."

길시언과 샌슨도 이제 일어나고 있었다. 그들은 일어나서는 아무 말도 하지 않은 채 다레니안과 후작만을 바라보았다. 뭐라고도 말하기 싫은 장면이었기에 아무런 말도 꺼내지 않고 있는 그들이 너무나 고마웠다.

산의 울림도, 대지의 울림도 잠잠해졌다. 광폭하게 쏘아져 올라가는 광선은 여전했지만 그것은 이제 아무에게도 영향을 주지 않고 있었다. 굳이 말하자면 밝아서 보기 좋다는 것 정도랄까. 맙소사, 저 무지무지할 정도로 막강한 힘의 상징이었던 빛이 이제는 고작 조명이 되어버렸나? 칼, 좀 말씀해 보세요. 도대체 이게 말이나 됩니까?

"네 속에도, 숨가쁠 정도로 맥박치는 핸이 있구나."

꽤나 멀었지만 할슈타일 후작의 표정은 알아볼 수 있었다. 후작은 약간 의아한 얼굴로 말했다.

"핸? 핸드레이크 말이오?"

"그래, 인간아. 너의 입으로 담기엔 너무나 고귀한 이름. 그러나 네 속에도 핸이 있구나."

후작의 눈에서 순간 몸이 아플 정도로 사나운 미소가 비쳤다. 그는 교활하기 짝이 없는 목소리로 말했다.

"내 속에 핸드레이크가, 아니 핸이 있다고? 내게서 핸의 모습을 느낀단 말이지?"

다레니안은 고개를 끄덕였을까? 대답하는 목소리는 들리지 않았다. 다시 할슈타일 후작의 목소리가 들려왔을 뿐이다.

"그렇다면, 내 속에 있는 핸의 이름으로 명령하니, 내 앞에서 비키시오! 그리고 날 방해하지 마시오!"

저 찢어죽일 녀석이잇! 지금 저 녀석이 도대체 무슨 말을 한 거야? 악독한, 말할 수 없이 악독한!

다레니안은 말없이 후작을 내려다볼 뿐이었다. 그녀의 몸 주위로 타오르는 진홍색의 불길도 여전했지만 그녀에게서 분노는 느껴지지 않는다. 이봐요, 다레니안! 지금은 화를 내도 돼! 저, 유언할 새도 없이 죽어버려야 적당할 녀석이 지금 당신과 핸드레이크의 관계를 자기 수단으로 사용하려 든단 말이야!

"알았어."

다레니안은 뒤로 물러나기 시작했다. 오오, 안 돼!

"그러면 안 돼!"

나도 모르는 새 고함을 질러버리고 말았다. 바로 옆에서 듣고 있던 샌슨이 기겁하면서 귀를 막았지만 난 그에게 사과할 겨를도 없이 그대로 앞으로 한발짝 발을 내밀면서 말했다.

"그러면 안 돼요! 저건 핸드레이크가 아니야! 저 작자의 속에 있는 핸드레이크를 인정하는 것은 핸드레이크를 모독하는 거예요!"

후작은 마치 뱀처럼 민첩하게 고개를 돌리더니 날 노려보기 시작했다. 다레니안의 목소리가 가늘게 들려왔다.

"후치. 난 느낄 수 있어. 어쩔 수가 없는걸."

"어쩔 수가 없다니요! 뭐가, 뭐가 말씀이세요!"

"네가 가르쳐준 대로야. 그게 너희들이잖니."

엑셀핸드가 어느새 내려온 것인가? 누가 도끼머리 같은 걸로 내 머리를 후려친 것 같은 기분이 드는데.

그게 우리다. 다레니안 속에 있는 핸드레이크도, 내 속에 있는 핸드레이크도, 그리고 할슈타일 속에 있는 핸드레이크도 모두 진짜. 영원의 숲에 들어간 사람은 그 친구들도 잊어먹게 되지.

'아직까지 그걸 모르세요? 나라는 것은, 나라는 것은 이 몸 안에만 있는 것이 아니라구요. 다른 사람들에게, 다른 모든 것들에 다 내가 있어요. 그것이라구요! 그 모든 것을 모았을 때 내가 있는 거라구요. 우리는 그렇게 살아요. 그것이 인간이에요!'

드래곤 로드에게 했던 말이 단어 하나도 빼놓지 않고 그대로 떠올랐다. 그 모든 것이 진짜 핸드레이크다. 그것은 부인할 수가 없다.

"다레니안……!"

목이 잠겨드는 듯하다. 누가 내 어깨를 짚었다. 누구지?

"후치."

고개를 돌려보자 길시언의 침착한 얼굴이 보였다.

"네 이야기, 그리고 페어리퀸과 후작의 이야기 모두 이해하긴 어렵지만, 난 이렇게 말해 주고 싶구나."

"길시언."

"페어리퀸의 뜻대로 하시게 내버려두렴."

"페어리퀸의 뜻대로……."

"그래. 내 듣기로, 정확한진 모르겠지만, 페어리퀸께서는 후작의 저 고집 있고 자신만만한 모습에서 300년 전, 자유롭게 태어난 모든 피조물들을 위해 자신을 아낌없이 불태웠던 한 대마법사의 모습을 떠올리시는 듯하구나. 그의 당당함과, 그의 자신만만함, 그리고 그의 굳은 의지를 보시는 것 같은데……, 맞아? 아, 고마워. 프림."

프림 블레이드가 먼저 대답한 모양이군. 난 잠겨드는 목으로 힘들게 침을 삼키며 길시언의 붉은 얼굴을 쳐다보았다.

"나로선 연상하기 어렵지만, 페어리퀸께서 그렇게 느끼신다면 내버려두는 것이 좋겠다. 후치."

"그게 옳은 걸까요?"

"페어리에겐 뭐가 옳은 거지?"

다시 뒤통수를 두드려맞는 느낌이 든다. 확실해. 어디선가 몰래 내려온 엑셀핸드가 폴짝폴짝 뛰면서 내 뒤통수를 치고 있는 것이 틀림없어.

페어리에겐 뭐가 옳은 거지? 차원을 건너뛰고 세계를 건너뛰는 페어리에겐 뭐가 옳은 것이지?

"알 수 없지요."

"그래. 우리 생각이나 우리 관념 같은 것을 무리하게 그녀에게 강요할 수는 없어."

"고마워요, 길시언. 당신은 역시……."

나의 왕이에요. 뒷말은 삼켜버리고 난 다시 고개를 돌렸다. 길시언은 되묻지는 않았다.

다레니안은 이제 호수 중심부까지 물러나고 있었고 후작은 꼿꼿이 선 채 우리 쪽을 노려보고 있었다. 그리고 후작의 부하들은 조금씩 조금씩 아래로 내려오고 있었다. 메드라인 고개에 뱀이 기어내려오는 것처럼 횃불들의 행렬이 이어졌다.

붉은 광선도 이제 희미해지고 있었다. 그러나 그것은 사라지지는 않았다. 다레니안은 무슨 뜻을 말하고 싶은 것일까? 고맙게도 다레니안은 곧장 호수가 울리는 그 목소리로 말했다.

"내려오는 자들은 돌아가!"

꿈틀꿈틀 내려오던 횃불들은 질겁하면서 도로 올라가기 시작했다. 다레니안의 목소리가 계속 이어졌다.

"내 영토 안에서 폭력을 쓰는 자는 영원히 인간 세상에서 그 흔적을 찾을 수 없을 거야. 이것은 양쪽 모두에게 하는 경고다. 검에서 손을 떼라!"

떼라! 떼라! 떼라! 산울림이 계속해서 되풀이 되풀이 울렸다. 길시언은 못마땅한 얼굴이었지만 예의를 담은 동작으로 정중하게 프림 블레이드를 다시 꽂아넣었다. 그의 동작을 따라 우리들도 각자의 무기를 다시 꽂아넣었다. 모두들 정중한 동작이라서 절그렁거리는 소리는 거의 들리지 않았다.

후작은 고개를 홱 돌려 호수를 한번 바라보더니 그대로 걸어오기 시작했다. 다레니안의 중재에 의해, 완전히 비폭력적인 회담을 하게 된 건가? 운차이는 그런 회담에는 관심이 없다는 얼굴이 되더니 옆으로 걸어가서는 적당한 바위를 골라 앉아버렸다. 길시언은 다가오고 있는 후작만을 똑바로 노려보았고 그래서 나와 샌슨은 왠지 조금 왜소해지는 느낌을 받으며 뒤로 한 걸음씩 물러났다. 아무래도 길시언과 후작이 이야기를 나눠야 될 듯하니까.

10

호수에서 뿜어져 나오는 빛은 이제 완전히 사그라들었다. 잠시 앞이 캄캄할 정도였다. 눈을 감았다가 다시 떠보자 조금 전처럼 달빛을 받아 푸르게 빛나는 호수와 검푸른 숲과 산의 그림자들이 보였다. 달빛을 밟으며 걸어오던 후작은 대략 스무 걸음 정도 떨어진 위치까지 왔다.

바람소리가 길게 울렸다. 그리고 날아올랐던 새들이 다시 내려오는 것인지 숲 속이 조금 소란스러웠다. 그러나 잠시 후, 후작의 발걸음 소리와 미미한 파도 소리 외엔 아무것도 들리지 않게 되었다.

후작은 갑자기 어두워져서인지 고개를 앞으로 조금 내밀어 길시언의 얼굴을 살폈다. 보름달빛이라 서로의 얼굴을 구분하는 것은 그렇게 어려울 것 같지 않다. 과연 후작은 고개를 끄덕이며 말했다.

"폐태자인가."

마구 나오는군. 길시언은 잠시 지체했다가 차갑게 대답했다.

"그렇다, 할슈타일."

후작은 고개를 끄덕이더니 길시언의 뒤에 있던 우리들을 주욱 훑어보았다. 그는 기분 나쁜 미소를 띠며 말했다.

"궁성 밖으로 나간 주제에 무리는 이끌어보고 싶었던 모양이군. 졸개들을 졸래졸래 따라오게 하면서 꽤나 잘 도망치던데."

저놈잇! 샌슨의 입에서 뭐가 강하게 부딪히는 소리가 들려왔다. 길시언은 호흡을 좀 고르더니 차갑기 그지없는 목소리로 말했다.

"날 네 기준으로 판단하지 마라. 내 친구들은 어미오리를 졸래졸래 따라가는 새끼오리 같은 네녀석의 사병과는 다른 사람들이니까."

하핫! 좋아요, 길시언. 몰래 사병을 기르고 있었던 사람에겐 썩 적절한 대답이올시다. 후작은 두 팔을 조금 펼치더니 잔인하게 웃으며 말했다.

"궁금하군. 도대체 왜 궁성의 일에 간섭하는 거지?"

"뭐라구?"

"왜 왕가와 귀족의 일에 간섭한단 말이냐? 자신의 능력이 닿지 않는 일에 손을 뻗는 것은 옳지 않아. 너의 그 냄새 나는 방랑자의 생활에나 관심을 쏟으란 말이다, 길시언. 이정표와 오늘 밤 먹을거리에 대한 문제보다 더 어려운 것에 신경을 쓰는 이유가 무엇인가? 도피자는 도피자답게 구는 것이 좋은 거야. 왜 세상의 일에 간섭하려는 거냐? 예의도 모른단 말이야?"

"난……, 궁성과 왕가의 일에서 도피한 것이 아니다. 내 마음의 고향은 그곳이다."

후작은 한 손을 허리에 짚더니 웃으며 말했다.

"네 방에 못질을 하고 달려나간 것을 자랑할 생각인가 보군. 그건 자기 장난감을 자기가 생각하는 한 가장 안전한 곳에 숨겨놓고는 아침에 집을 뛰쳐나가는 코흘리개의 야망찬 발걸음보다 더 웃기는 것이었지."

"주인의 식기 내용물에 군침을 삼키는 하인의 말 치곤 너무 길군."

할슈타일의 독설에 대해 길시언도 독설을 구사할 생각인 모양이다. 반란자에 대한 이 은유에 할슈타일은 입술을 일그러뜨리며 말했다.

"주인이라구? 네가 말하는 주인이라는 것이 뭔지 잘 이해가 되질 않는군. 그건 대마법사의 마법 장난에 의해 만들어진 바이서스 왕가를 말하는 것이냐? 아니면 떠돌이와 산적, 그리고 북부의 야만인을 끌어모아 만든 이 구멍쥐의 소굴 같은 나라를 말하는 것이냐?"

"바이서스가 구멍쥐의 소굴이라면, 그 구멍쥐의 소굴에 빌붙어 300년 동안 제 살을 키워온 고슴도치는 어떻게 되는 거지?"

양쪽 모두 표면적으론 침착해 보였다. 하지만 둘 모두 서로의 본론은 꺼내지도 않고 저런 야멸친 독설만을 꾸준히 말하고 있는 것으로 봐서 속으론 꽤나 흥분하고 있는 모양이다. 후작은 이를 드러내며 말했다.

"길게 이야기하고 싶지 않다. 내 딸을 돌려줘."

길시언은 턱을 쑥 내밀면서 말했다.

"그 전에 네가 받을 죄를 먼저 인식시켜 주어야겠다."

"내가 받을 죄?"

"바이서스 왕가의 은혜를 감히 잊은 배덕자! 왕의 경비 대원과 그의 가족에게 씻을 수 없는 죄를 저지른 것! 그리고 왕의 드래곤을 사사로이 방면한 것! 그리고 분명 금지되어 있을 대규모의 사병 육성!"

길시언은 하나하나의 죄목을 짚으면서 점점 목소리를 높였다.

하지만 후작은 무반응으로써 길시언의 말을 달밤의 개짖는 소리로 만들어버렸다. 그는 팔짱을 끼며 말했다.

"더 있나? 혹시 떠올리지 못한 모양인데, 조금 전부터 왕실 모독죄도 저지르고 있었다."

"네놈의 죄가 어디 그뿐이겠느냐! 하지만 지금껏 말한 것만 해도 널 세 번은 교수형에 처할 수 있을 것이니 바이서스 왕가의 응징은 그쯤으로 해두겠다!"

"그걸론 모자라!"

이건 누구의 목소리지? 넥슨이잖아!

시오네! 해냈구나! 후작과 우리 일행은 재빨리 고개를 돌렸다. 밤하늘의 별들 사이로 높게 떠 있는 팬텀 스티드들의 모습이 보였다. 두 마리의 팬텀 스티드 위엔 각자 넥슨과 시오네, 그리고 자크의 모습이 보였다.

"하하핫! 해냈군!"

내 웃음소리에 샌슨은 눈이 휘둥그레졌다. 그는 날 바라보았지만 운차이가 먼저 빠르게 말했다.

"네가 소란을 떨고 시오네가 구하는 양동 작전이었냐?"

"예! 그래요."

운차이는 피식 웃더니 말했다.

"조그만 꼬마 녀석이……. 적국 간첩과 함부로 그렇게 손을 잡으면 못 쓴다."

"협박받아서 한 거라구요! 협력하지 않으면 잠든 우리 동료들을 다 죽이겠다고 말했어요!"

샌슨은 이제 입을 쩍 벌리고 있었다. 운차이는 씩 웃더니 다시 위를 올려다보며 말했다.

"그럼 할 수 없었겠군. 알았어."

후작은 이를 악물면서 고개를 돌렸다. 메드라인 고개에선 횃불들이 우왕좌왕하고 있었다. 아마도 이제야 넥슨의 탈주를 알아차린 모양이군. 하늘에 떠 있는 팬텀 스티드들은 호수의 경계에서 꽤나 떨어진 위치에 자리하고 있었다. 시오네는 정말 이 호수 근처에는 다가오지 못하는 것인가, 아니면 조심하는 것인가? 넥슨은 조금 숨찬 목소리였지만 날카롭게 외쳤다.

"바이서스 왕가는 빠져! 저 늙은 구렁이에겐 내가 받을 빚이 있다!"

길시언은 의아한 얼굴로 위를 올려다보았다.

"넥슨 휴리첼! 네가 받을 빚이 무엇이란 말이냐? 독수리와 들개는 동업자가 아니었던가? 같은 반역자들끼리 서로를 증오하는 까닭을 모르겠군."

넥슨은 잠시 대답하지 않았다. 그때 후작이 말했다.

"돌아와, 넥슨."

"닥쳐! 이 더러운 놈!"

후작은 머리를 가로저었다. 마치 말썽만 부리는 학생을 앞에 둔 선생 같은 얼굴이었다.

"이 어리석은 녀석아. 네가 어떻게 해서 태어날 수 있었는지 모른단 말이야? 멋대로 철부지 짓을 하다가 산산조각 난 주제에 끝까지 나에게 반항하려는 거냐?"

뭐야? 어, 어라? 이건 또 무슨 이야기지? 넥슨의 미친 듯한 고함소리가 호수 전체에 울려퍼졌다.

"개만도 못한! 더러운 입을 함부로 놀리지 마!"

샌슨이 얼빠진 목소리로 말했다.

"들개와 독수리가 싸우는 것은 대개 썩은 고기 때문이지. 그런데 지금 여기선 썩은 고기보다 더 복잡한 무슨 문제가 있는 것 같다?"

"고마워. 다음에도 종종 내가 할 말을 대신 해줘."

샌슨은 입술을 삐죽거리더니 후작을 관찰하기 시작했다. 도대체 이게 무슨 대화인 거지? 우리는 모두 잠시 잠자코 있는 것이 좋겠다는 결론에 도달했다. 우리들이 입을 다문 사이에 후작은 다시 차라리 친근하게 들리는 은근한 목소리로 말했다.

"넥슨. 넌 기억하고 있을 거야. 세상의 빛도 보지 못하고 죽었을 것을 누가 살려줬나? 조각나 버린 네 머릿속에서 그것도 사라져버렸다고는 말하지 못하겠지. 그렇지 않다면 이런 말을 꺼낼 리가 없으니까. 대답해 보아라. 누가 널 살려줬는지."

"개자식! 누가 우리 아버지를 죽게 했어!"

뭐야? 카뮤 휴리첼의 죽음 말인가? 후작은 고개를 가로저었다.

"그렇지 않아."

"네놈이 우리 아버지를 죽게 했어!"

"그렇지 않아, 넥슨. 그건 내가 말하지 않았어도 곧 알려질 사실이었다. 카뮤는 네 아버지이긴 하지만, 자신이 감당할 수 없는 사랑을 선택한 멍청한 자였을 뿐이야. 넘볼 수 없는 것을 넘보았지 않느냐. 형의 아내를 건드려 인륜을 파괴하고 형제간의 우애를 파괴한 자였어. 그는 그 죄를 받아 죽었을 뿐이야."

내가 말하지 않았어도? 잠깐, 조금 전 후작이 그렇게 말했나? 길시언이 신음을 흘렸다.

"그렇다면 후작이 그 밀통을……."

로넨 휴리첼에게 고자질했구나!

맙소사, 그렇게 된 것이었군! 할슈타일 후작이 아멘가드 휴리첼과 카뮤 휴리첼의 밀통을 알아차리고는 로넨 휴리첼에게 귀띔한 것이었군. 그래서 로넨 휴리첼은 카뮤를 죽여버리게 된 것이고. 넥슨은 목이 터져라 고함을 질렀다.

"웃기는 소리! 넌 우리 아버지를 시기한 거야!"

"넥슨!"

"할슈타일 가문의 그 누구도 라자가 될 수 없었던 크라드메서, 우리 아버지 카뮤 휴리첼이 그 크라드메서의 라자가 되었다는 사실 때문에 우리 아버지를 시기한 거야! 그리고 크라드메서를 도로 빼앗기 위해 우리 아버지가 죽게 만든 것이고! 인륜 좋아하시네. 네놈의 더러운 속셈을 치장하는 데 고귀한 말을 써먹지 마!"

이런……, 말도 안 나오는……. 샌슨, 뭐라고 이 상황을 속시원하게 표현할 말 같은 거 없을까? 그러나 샌슨도 입을 쩍 벌린 채 대화를 듣고 있을 뿐이었다. 오히려 운차이가 눈을 있는 대로 찌푸린 채 말했다.

"Kjaeri, Talkomana ziishinu vohai……."

"무슨 뜻이에요?"

운차이는 내 질문을 듣지 못한 모양이다. 그는 그저 이 지독한 이야기에만 날카로운 눈길을 보내고 있을 뿐이었다. 정말 아귀다툼을 벌이고 있는 들개와 독수리의 소란 같군! 그때 할슈타일 후작이 다시 외쳤다.

"나오는 대로 지껄이지 마라! 이 녀석, 아무래도 기억하지 못하는 모양이군!"

"뭐야?"

"로넨 휴리첼이 자기 동생을 죽이고 자신의 부인까지 죽이려 했을 때 그녀를 구한 것은 나였다. 그래서 네가 태어날 수 있었던 것이고. 내가 없었다면 네가 어떻게 태어날 수 있었겠나! 그런데 내가 카뮤 휴리첼을 시기했다고? 아멘가드를 구함으로써 너 또한 구해 낸 내가 말이냐?"

"핫하하하!"

넥슨은 껄껄 웃기 시작했다. 미친 듯이 화를 낸다거나 어이없어하는 것이라면 또 모르겠지만, 껄껄 웃다니? 넥슨은 웃음을 멈추고는 말했다.

"그래? 정말 그래?"

"그렇다!"

"네가 우리 어머니를 구했단 말이지?"

"그러니까 네가 살아 있는 것 아니냐!"

"교활한 여우가 자기 꾀에 빠졌군. 멍청이, 난 그것을 잘 기억하고 있었어! 그때의 상황이라면 우리 어머님께서 이미 들려주셨단 말이다!"

할슈타일 후작은 대답하지 않았다. 그는 그저 넥슨을 쏘아볼 뿐이었다. 넥슨은 잔혹하게 들리는 목소리로 말했다.

"왜 아무 말도 하지 않는 거지? 내가 직접 말해 볼까? 우리 어머니를 구할 수 있었다는 것은, 그때 옆에 있었다는 말이지! 즉, 네놈은 우리 아버지가 그 형의 칼에 맞아죽는 것을 방관한 다음 우리 어머니를 구해 낸 것이다. 내 말이 틀렸나!"

할슈타일 후작은 아무 대답도 하지 않았다. 그는 그저 찌푸린 얼굴로 허공을 쏘아볼 뿐이었다. 넥슨은 길게 찢어지는 듯한 목소리로 말했다.

"그 이유도 말해 볼까?"

"그럴 필요 없어."

"핫하하! 난 그것이 궁금했어! 네가 왜 우리 어머님을 구해 내었는지 말이야. 그 이야기를 알게 된 이후로 오랫동안 그 사실에 대해 생각해 보았어."

"……그만."

"결국은 네놈이 모으고 있는 드래곤 라자 꼬마들이 내겐 좋은 힌트가 되어주었지. 그리고 하슬러에게서 이야기를 듣고선 완전한 확신을 얻었지!"

"그만 두라니까!"

"드래곤 라자의 혈통 창조!"

혈통 창조? 드래곤 라자의? 어, 그거야 할슈타일 후작의 유명한 악행이잖아. 이젠 새삼스러울 것도 없는 것을 왜 말하는 거지? 후작은 짜증스러운 목소리로 말했다.

"무슨 말을 하고 싶은 거냐?"

어느새 기운 달은 넥슨의 등 뒤에서 반짝이고 있었다. 넥슨은 이제 달을 보고 우짖는 한 마리 늑대처럼 보였다. 그는 길게 울듯이, 그러나 웃으며 외쳤다.

"핫하하하! 디트리히를 손에 넣기 위해 그 어머니를 죽였듯, 날 얻기 위해 우리 아버지를 죽게 만든 것이겠지? 카뮤 휴리첼이라는 당대 최고의 드래곤 라자의 핏줄을 얻어내기 위해서 말이다! 그렇잖은가!"

엑셀핸드. 부탁이니 이제 뒤에서 내 머리를 때리는 짓은 그만둡시다? 그러나 엑셀핸드의 모습은 보이지 않았다. 젠장. 그렇다면 왜 이리 머리가 아픈 거람. 관자놀이는 누가 짓눌러대고 있는 것 같았고 이마 한가운데에서는 소나무라도 하나 자라나는 것 같았다. 머릿속으로 뿌리들이 파고들어……, 이상한 상상을 하게 되는군.

샌슨은 자꾸만 칼을 뽑고 싶은 것을 억지로 참기 위해 애쓰느라 손을 부들부들 떨고 있었다. 칼을 뽑아들어 후작을 후려쳐버리고 싶다는 말이겠지? 그거야 내 마음도 그러니까 잘 알고 있다구, 샌슨. 다레니안의 경고가 아니었다면 난 당장 후작을 무릎꿇려 놓고 기쁜 마음으로 그의 등에 그의 죄를 모조리 새겨주겠어. 지독한 인간 같으니! 사람을 뭐로 취급하는 거야!

샌슨은 더 참지 못하고 외쳤다.

"후자악! 저 말이 사실인가앗!"

후작은 대답하지 않았다. 그는 여전히 고개를 뒤로 젖힌 채 밤하늘에 떠 있는 넥슨만을 올려다보고 있었다. 대답을 하지 않는다는 것은 뭘까. 길시언은 목이 메이는 목소리로 힘들게 말했다.

"내 말을 정정해야 되겠군. 네녀석에겐 교수형은 너무 자비롭다."

하늘을 올려다보고 있던 후작의 머리가 휙 움직였다. 후작은 이제 희번득거리는 눈으로 길시언을 쏘아보았다. 인간이 아니라 한 마리 야수가 노려보는 것 같은 시선. 그는 입매를 들어올렸지만 웃는 것은 아니었다.

"거지와 부랑자들의 왕자께서 황송스럽게도 내 죗값을 평가해 주시는 건가?"

놀랍게도 길시언은 화를 내지 않았다.

"그래. 나는 유피넬의 저울대 노릇하기엔 턱없이 모자란 자질밖에 갖추지 못한 자다."

길시언의 목소리는 낮고 평온했지만 그것은 마치 터지기 직전의 제방 같은 단단함이었을 뿐이다. 그 목소리 아래에서 꿈틀거리고 있는 거대한 힘은 몸이 아프도록 실감나게 느껴졌다. 길시언은 말했다.

"하지만 난 바이서스다. 그리고, 이제 독수리와 영광의 아샤스에게 존문한다."

후작은 어처구니없는 얼굴이 되었지만 그대로 뒤로 물러났다. 그는 쇳소리가 많이 섞인 목소리로 말했다.

"헛소릿! 네가 네 여동생처럼 재가 프리스트라도 된다는 말이더냐? 네가 어떻게 아샤스께 직접 존문한다는 말이냐! 피 대신 구정물이 흐르는, 바이서스의 이름을 가진 그 몸에 어떻게 신을 담겠다는 말이냐! 헛소리를 지껄이지 맛!"

"피 대신 구정물이라구?"

길시언은 검을 쥐었다. 운차이가 빠르게 다가서며 말했다.

"당신은 맹세했어. 그리고 다레니안의 경고를 잊지 마."

"크으윽!"

길시언은 고함을 질렀지만 검을 뽑지는 않았다. 할슈타일은 낮은 웃음소리를 내었다.

"후후후. 맹세를 지켜라, 아샤스의 기사. 아샤스의 영광을 지켜라."

길시언은 목의 핏대를 모조리 곤두세운 채 아무 말도 하지 않고 할슈타일을 바라보았다. 제길, 저놈은 자신이 무방비 상태로 내려왔다는 것을 이용하는군. 그때 허공에 떠 있던 넥슨이 속시원한 한 마디를 외쳤다.

"할슈타일. 난 맹세한 기억이 없다."

후작은 다시 당황한 얼굴이 되어 뒤로 물러났다. 그는 뒷걸음질치며 위를 올려다보았다. 넥슨은 차갑게 웃으며 말했다.

"시오네라고 했던가? 내 동료라고 했지? 내 몸을 구해 주었다면 이제 내 의지도 구해 다오. 저 쓰레기를 파멸시키도록 도와다오!"

그러나 시오네는 아무런 대답도 없었다. 넥슨은 참지 못하고 외쳤다.

"뭘 하는 거야!"

그제야 시오네는 낮게 대답했다. 간신히 들릴 정도의 목소리였다.

"넥슨. 난 저 호수로 다가갈 수 없어. 저곳은 페어리퀸의 영토야."

"빌어먹을! 허락을 구하면 되잖아!"

"당신은 이해할 수 없을 거야. 어쨌든 난 다레니안의 영토에 다가갈 수 없어. 그리고……, 미안하지만 내 계획 때문에라도 당신을 도와줄 수 없어."

"네, 네 계획?"

시오네는 더 설명하지 않았다. 그녀는 뭐라고 짧은 몇 마디를 말했고 그러자 팬텀 스티드들은 아무런 울음소리나 발굽 소리도 내지 않은 채 그대로 뒤로 돌아섰다. 넥슨은 발악하기 시작했다.

"제기랄! 날 도와줄 수 없다면 내려줘! 네 도움 따위는 필요없으니 내려달라는 말이다!"

그러나 시오네는 들은 척도 하지 않았다. 그녀는 단호하게 팬텀 스티드들을 돌렸고 유령의 말들은 산으로 가려진 하늘을 향해 날아가기 시작했다. 넥슨의 고함소리가 계속 울려오는 가운데 그들은 완전히 산 너머로 사라져버렸다.

멀거니 그 모습을 바라보고 있던 우리들이 정신을 차린 것은, 운차이가 짧고 강하게 말했을 때였다.

"칫! 가버렸군."

아, 물론 넥슨은 갔지? 그러나 고개를 내려보자 운차이가 말한 것이 넥슨에 대한 이야기가 아니라는 것을 알 수 있었다. 할슈타일 후작은 어느새 호숫가를 떠나서 고개를 되짚어 올라가고 있었다. 운차이는 갑자기 살벌한 눈으로 길시언을 바라보더니 낮게 웅얼거렸다.

"쫓을까."

길시언은 대답하지 않았다. 그는 그저 한없이 찌푸린 눈으로 고개를 바라보고 있을 뿐이었다. 샌슨이 안타까운 표정으로 길시언과 후작을 번갈아 보는 사이에 후작은 이미 고갯길을 꽤나 올라갔다. 너무 늦었군. 지금 쫓아가 봐야 후작의 부하들과 만나기밖에 더하겠어. 길시언은 그 당연한 사실을 지적했다.

"아니. 돌아가자."

말을 마치자마자 길시언은 그대로 몸을 돌렸다. 그는 그대로 선더라이더 쪽으로 걸어가려다가 갑자기 호수를 바라보았다.

그는 호수 쪽을 향해 똑바로 서더니 말했다.

"오늘 저녁, 여러 번에 걸쳐 저희들에게 베풀어주신 조력에 감사합니다. 페어리퀸. 후작을 저지해 주시고, 후치를 도와주신 것에 감사합니다. 페어리퀸의 이름에 영원한 영광 있기를."

길시언은 그렇게 말하더니 무거운 동작으로 선더라이더 위에 올라탔다. 그 다음 내가 호수를 향해 말했다.

"감사합니다. 핸드레이크의 다레니안."

더 할말은 없군. 나도 뒤로 물러났다. 샌슨은 머쓱한 표정이 되더니 우물쭈물하다가 말했다.

"에, 고맙습니다!"

샌슨은 그렇게만 말하고서 뒤로 물러났다. 운차이는 아무런 말도 하지 않았다. 나는 샌슨의 등 뒤에 올라탄 채로 우리 일행에게 돌아가기 시작했다.

샌슨의 등 뒤에 앉아 고갯길을 올라가면서 난 뒤를 돌아보았다. 호수에서 뿜어 올라오던 붉은 광선은 흔적도 없이 사라져버렸고 레브네인 호수는 그저 고요한 밤의 산중 호수였을 뿐이다. 검게 반짝이는 잔잔한 수면을 보고 있자니 조금 전의 그 엄청난 소란은 현실의 일 같지가 않았다. 그러나 고갯길을 올려다보자 바쁘게 움직이고 있는 후작 일행들의 모습을 볼 수 있었다. 지피고 있던 모닥불을 꺼버리고 모두들 횃불을 드는 모양이다. 곧장 우리들을 뒤쫓아 올 생각인가? 그러나 잠시 후 횃불들은 메드라인 고개를 도로 올라가기 시작했다.

"후작이 돌아가는데?"

내 말을 들은 샌슨은 잠시 슈팅스타를 멈추고는 역시 뒤를 돌아보았다. 그때 길시언이 말했다.

"페어리퀸 때문에 호숫가의 길을 이용할 수 없으니 호수를 우회하려는 모양이다. 시간이 많이 걸리겠지만 어쩔 수 없겠지."

"아, 그런가요."

끝까지 쫓아오겠다는 말이지. 하지만 우회로를 이용해야 할 테니 빠르게 쫓아오지는 못하겠지. 좀 느긋할 수는 있겠군.

느긋할 수 있다고? 누가 그런 말을 했지?

먼저 시작한 것은 샌슨이었다. 샌슨은 논리적이고도 이성적인 대화라는 고상하고도 품위 있는 수단을 깨끗이 무시해 버리고는 내 팔다리를 꺾어대기 시작했다. 그리고 샌슨에게 팔다리를 꺾이면서 칼의 점잖게 탓하는 말을 듣는 것은 정신 건강에 대단히 해로운 경험이었다. 제길, 사춘기를 아슬아슬하게 넘긴 연약한 청소년의 가슴에 일생을 갈 앙금을 남기면 어쩌려고옷! (아이, 닭살스러워라.)

"협박당했……, 흐어아각!"

"그렇다고 하더라도 자네 독단적으로 그런 행동을 한 것에 대해 뭐라고 특별히 변명할 말이 있으리라고는 생각되지 않는구먼. 네드발 군. 물론 자네의 그때 그 상황을 유추해 보자면 자네의 그 불유쾌하면서도 당황스러운 상황에서는 차분한 생각과 충분한 고려가 동반되기에는 어려운 점이 많을 것이라는 점은 미루어 짐작할 수 있다네. 그렇지만 그렇다 하더라도 자네의 결정과 그 결정에 따라 발생하게 된 그 이후의 해괴망측하고도 놀라운 사건들의 연속 가운데에는 일어나지는 않았지만 충분히 일어날 수 있는 많은 위험 요소가 존재한다는 점을 고구해 보자면 자네의 결정은 여러 가지 각도에서 비판받을 여지가 남아 있다는 것이 내 생각일세."

제발 그렇게 긴 문장으로 말하지 말라구요! 정신이 이상해지는 것 같잖아. 게다가 칼이 길게 말하면 길게 말할수록 샌슨의 공격도 길어지잖아요!

"흐험, 참, 그거. 요 녀석아! 요령도 없었냐? 어떻게 다른 사람들을 깨워놓고 볼 일이 아니냐?"

얼씨구, 엑셀핸드까지. 내 편은 아무도 없어!

"그만하지요, 칼, 엑셀핸드. 후치도 협박 때문에 한 짓이 아니겠습니까. 그리고 나쁜 일도 일어나지 않았으니 괜찮지 않을까요."

아프나이델! 아프나이델! 내가 작업장으로 돌아가게 된다면 당신에게 최고 품질의 초 열 상자 정도 선물할 용의가 있어요! 그러나 칼은 매정하게 고개를 가로저었다.

"우리 일행들이 아까 저녁에 참으로 어려운 일을 해서 간신히 후작과의 거리를 떨어뜨려 놓았다는 점을 생각해 봐야 되지 않겠습니까. 그런데 네드발 군은 그 수고로움을 완전히 무로 돌릴지도 모르는 일을 저질렀단 말입니다."

"협박이 있었지 않습니까. 이제 용서하시죠."

"음……, 알겠습니다. 퍼시발 군? 이제 그만 네드발 군을 풀어주도록 하게."

그러자 샌슨은 콧소리가 많이 섞인 숨가쁜 목소리로 말했다.

"들었지? 이거 놔라, 임마! 콧구멍 속으로 손가락을 쑤셔넣지 말란 말이다!"

내가 어디 가만히 당하고 있을 사람인가? 흠. 난 잡아당기고 있던 샌슨의 코를 놓아주면서 외쳤다.

"그럼 샌슨도 내 귀 놓으라구! 하나밖에 남지 않았는데 그게 모양이 이상해지겠잖아!"

"개성 있게 만들어줄 수 있었는데."

"다시 집어넣을 거야!"

잠시 후에야 간신히, 두 헬턴트 사나이는 필사의 사투(?)를 멈추고 원래의 우애 어린 관계로 돌아갈 것을 굳게 맹세했다. 그 광경을 묵묵히 바라보고 있던 세 번째 헬턴트 사나이는 한숨을 쉬면서 마법검의 왕자에게 말했다.

"그래도 네드발 군 덕분에 많은 사실을 알게 된 것은 부인할 수 없겠군요."

길시언은 무겁게 고개를 끄덕였고 칼은 날 바라보면서 말했다.

"흐음. 그러니까 돌맨 할슈타일과 레티의 프리스트들이 이곳으로 오고 있단 말이지. 그리고 내일쯤 조우하게 될 거라고?"

"예. 시오네는 그렇게 말했어요."

"그래. 후작이 저렇게 나오는 이상 우리는 절대로 후작에게 크라드메서를 내어줄 수는 없게 되었군. 이제 목표가 두 가지로 늘어난 셈인가. 크라드메서가 발광하지 않도록 라자를 연결시켜 준다. 그러나 후작과 관계된 인물은 저지한다."

칼은 그렇게 정리해 보더니 레니를 돌아보았다. 레니는 무릎을 모으고 그 위에 우울해 보이는 얼굴을 얹어두고 있었다. 칼은 어렵사리 말을 꺼냈다.

"레니 양."

"예."

"지금까지의 이야기에서……, 뭐 특별히 더 설명을 듣고 싶은 것이 있습니까?"

"아뇨. 그런 건 없어요."

레니는 마치 아무 말도 하고 싶지 않은 듯한 얼굴이었다. 친부의 말과 행동에서 심한 충격을 받은 것일까? 칼은 고개를 끄덕이며 말했다.

"예. 그럼 이제까지와 마찬가지로 우리들의 일을 도와줄 거라고 믿어도 되겠습니까?"

레니는 잠시 대답을 보류하는 모양이었다. 그녀는 갑자기 고개를 조금 들어올리더니 주위에 둘러앉은 우리들을 주욱 둘러보았다. 그녀의 눈길이 서로 모르는 척하면서 팔꿈치로 상대의 옆구리를 찌르고 있던 나와 샌슨에게 마지막으로 머물고 나서, 그녀는 입술을 오므리며 작게 한숨을 쉬었다.

"후우."

저건 무슨 의미이지? 앗! 딴 생각하다가 샌슨에게 두 번 연속 옆구리를 찍혔다! 에잇, 난 재빨리 세 번 연속으로 샌슨의 옆구리를 찔렀다. 그러자 샌슨은 묵직한 신음소리를 내더니 고개도 돌리지 않은 채 내 옆구리를 네 번 연속으로 찔렀다! 이이이잇!

"할슈타일 후작은 저와 아무런 상관이 없어요. 저에게 부탁을 하고 이곳까지 절 데리고 온 것은 여러분이에요. 그리고 제가 하겠다고 한 일은 끝까지 하겠어요."

레니는 최대한 빠르게 말했다. 듣고 있던 네리아는 씨익 웃더니 레니의 어깨를 안았다.

"자랑스러워, 레니."

"네리아 언니."

아……, 우리는 왜 저처럼 우애로울 수가 없을까. 왜 나와 샌슨은 서로를 포용할 수 없단 말인가. 안타까운 일이야. 그럼. 시정해야 돼. 우리는 서로를 포용해야 돼. 그러나 먼저 샌슨의 옆구리를 가차없이 다섯 번 찌르고 난 다음에. 결국 샌슨은 더 이상 참지 못하고 내 목을 조르기 시작했고 난 그의 다리를 잡아당기기 시작했다. 데굴데굴 구르는 우리들을 내려다보며 칼이 한숨을 쉬는 모습이 보였다.

"그럼, 모두들 피곤할 테니 잠시 눈을 붙입시다. 후작 일행들이 호수를 우회해서 다가오려면 시간이 얼마나 걸릴까요?"

"하루쯤 늦어질 겁니다. 원래는 이틀쯤 늦어지지만 저 사병들은 훈련이 썩 잘되어 아마도 네 발로 걸을 테니 두 배로 빠른……, 죄송합니다. 임마!"

"아, 예. 그럼 쫓기는 마음을 가질 필요는 없겠군요. 모두들 쉬도록 하십시다. 하지만 내일은 아침 일찍 출발하도록 합시다. 돌맨 할슈타일과 레티의 프리스트들이 우리들과 좋은 만남을 가지기는 어려울 테니, 어떻게든 그들을 피하도록 하십시다."

제레인트는 의구심 가득한 표정으로 말했다.

"저, 그런데요. 이 갈색 산맥이 넓긴 하지만 끝까지 그들을 피할 수 있겠습니까? 뭔가 대책이 있어야 되지 않을까요?"

"아, 침버 씨. 우리가 성공한다면 그들은 달아나야 되겠죠."

"예? 아……, 그렇군요!"

그래, 우리가 성공한다면 레니가 크라드메서의 라자가 되는 거지. 그럼 할슈타일 후작이고 돌맨이고 간에 모조리 달아나기 바쁠 테지. 하하하. 샌슨의 아래에 깔린 채로 이런 생각을 떠올리며 미소를 짓자 샌슨은 더욱 집요하고도 냉혹한 공격을 퍼부어왔다. 맙소사! 계집애들도 아닌데 꼬집냐! 도저히 참을 수 없다. 인류의 기나긴 역사, 그 어두운 배후의 그림자 속에서 은밀하게 전해져 내려온 가장 무서운 공격을 받아보아라!

"으핫하하하! 그만, 그만 간질여, 헥, 우키키키! 으칼칼칼!"

칼과 길시언이 나란히 앉아 있었다.

꿈속인가? 그렇진 않았다. 왠지 배가 고프다는 느낌이 들었으니까. 이유로서는 조악하지만 어쨌든 나는 자면서 뒤척거리다가 눈을 뜬 것이고 그때 조금 떨어진 위치에 앉아 있는 칼과, 그리고 그 옆에서 그를 비스듬히 바라보고 있는 길시언을 보게 된 것이다. 다시 잠들려고 할 때 길시언이 말했다.

"대마법사는 무엇을 원한 것일까요."

그는 프림 블레이드를 옆에 세워두고는 두 손으로 작게 피워둔 모닥불을 쬐고 있었다. 칼은 장작 하나를 집어 불 속으로 던지면서 대답했다.

"잘 아시지 않습니까. 모든 종족들이 자신의 부조리를 벗어나게 되는 것을 원했지요."

"그런데 말입니다. 오늘 저녁 페어리퀸이나 할슈타일과 이야기를 나누면서, 나는 문득 이상한 기분을 느꼈습니다."

잠이 들려다가 다시 깨어버리는데. 길시언의 이야기가 궁금해지는걸. 난 눈을 살짝 감으면서 숨소리를 고르게 하며 두 사람의 말을 들었다. 칼은 차분하게 말했다.

"무슨 기분을 느끼셨습니까."

"종족의 부조리라는 것이 과연 뭔지를 말입니다. 난 오늘 저녁 할슈타일과 페어리퀸을 보았습니다. 그들의 대립하는 모습도 보았습니다. 칼도 보았지요?"

"예."

"다레니안이 물러나는 모습을 보았을 겁니다. 아, 거리가 멀어서 그때의 대화는 듣지 못했겠군요."

"아뇨. 아인델프 님이 다 전해 주었습니다. 아인델프 님은 드워프의 굉장한 청력을 가지고 계시지요."

"그렇습니까. 그럼 칼도 다레니안이 물러난 그 말 같지도 않은 이유를 들으셨겠군요?"

"예."

길시언은 앉은 자리가 불편하다는 듯이 몸을 좀 뒤척이다가 말했다.

"어떻게 생각하십니까? 나야 핸드레이크를 초상화로밖에 보지 못했고, 그리고 여기서 조금 저기서 조금 하는 식으로 전해 들은 작은 일화들에서 간신히 그 대마법사의 거대한 윤곽의 일부분을 추측할 정도입니다. 하지만 그래도 다레니안이 할슈타일에게서 핸드레이크의 모습을 느낀다는 것은 도저히 이해할 수가 없습니다."

"저 또한…… 마찬가지지요. 길시언과 마찬가지로 인간 아닙니까. 페어리퀸께서 왜 그렇게 느끼시는지 짐작하기는 지난한 노릇입니다."

"예. 나도 그것에 대해 말하고 싶었던 것은 아닙니다. 내가 말하고 싶었던 것은 말입니다, 그것이 페어리의 부조리냐 하는 것입니다."

"페어리의 부조리라구요?"

"부조리라면 너무 어감이 강하고, 단점 정도로 할까요. 어쨌든 그것이 우리와 페어리 사이의 이질점일까요? 그녀는 세계를 건너뛰고 차원을 건너뛰면서도 우리가 바이서스와 일스를 보면서 느끼는 정도의 이질감밖에는 느끼지 못할 겁니다. 맞습니까?"

"그러리라고 생각합니다만."

"예. 그렇다면 그녀는 너무 거시적인 세계 속에 살고 있어서 우리 인간들, 이 개개인 같은 미시적인 존재들을 서로 구분하는데 어려움을 느끼는 것이 아닐까요? 할슈타일과 핸드레이크라니, 너무 우습지 않습니까?"

"글쎄요."

"동의하는 것으로 들리지는 않는군요?"

길시언의 말에 칼은 조용히 미소를 지었다.

"핸드레이크가 과연 미시적인 존재인지를 생각해 보고 있었습니다. 길시언."

"인간 아닙니까?"

"그렇긴 합니다. 세계를 재편성해 버리겠다는 그 굉장한 야심, 신이 되려고 든 터무니없을 정도의 상상력, 그리고 드래곤 로드를 쫓아버릴 수 있는 그 추진력. 멋진 인간이라고 생각합니다. 그리고 그 점에선, 비록 방향은 다르긴 합니다만 할슈타일 후작도 마찬가지 아닐까요."

"뭐라구요?"

모포 아래로 저 멀리 떨어져 있는 내 발에서 발가락들이 꽉 오므라드는 것이 느껴졌다. 맙소사. 카아알! 도대체 무슨 말씀을 하시는 거예요? 칼은 모닥불을 바라보며 말했다.

"차라도 한잔 했으면 좋겠습니다만, 내일 아침 일찍 출발해야 되니 짐보따리를 풀면 곤란하겠지요."

"칼, 저……."

"전 페어리퀸의 입장이 되어보려 한 것뿐입니다. 조금 전 제가 핸드레이크를 거론하면서 말했던 그의 특징들을 기억하시겠지요? 이제 할슈타일로 바꿔볼까요?"

"예?"

"드래곤 로드가 정한 드래곤 라자의 시한을 자기 맘대로 늘려 버리겠다는 그 굉장한 야심, 라자의 혈통을 모아 새로운 종족……, 예, 난 새로운 종족이라고 말하겠습니다. 혈통에 의해 이어지는 것이라면 그렇게 불러도 무방하겠지요. ……새로운 종족, 드래곤 라자를 만들어내겠다는 그 터무니없을 정도의 상상력, 그리고 다른 사람들의 행복을 한점 거리낌 없이 파괴해 버릴 수 있는 그 추진력."

"칼……!"

"페어리퀸께서 할슈타일의 모습에서 핸드레이크를 느꼈다 해도, 난 이상하다고는 생각하지 않겠습니다. 극과 극은 통한다는 진부한 말이 좋은 설명이 될까요. 핸드레이크와 할슈타일은 서로 도저히 가까워질 수 없는 양극단에 서 있다 해야겠지만, 그래서 오히려 닮은꼴이라고 느껴집니다."

"이해는 됩니다만, 그렇게 말할 수 있을까요?"

"페어리퀸 보시기엔 그럴 거란 말입니다. 우리가 편하자고 만들어낸 윤리와는 아무런 상관이 없는 그분께서 보시기에……."

길시언은 이제 아무 말도 하지 않았다. 너무 파격적인 말이로군요, 칼. 젠장. 나쁜 꿈을 꾸게 될 것 같은데.

세계로부터 내가 서서히 빠져나올 때, 칼의 목소리가 희미하게 들려왔다.

"세레니얼 양은 핸드레이크를 추적하고 있지요. 그가 죽지 않았다고 생각하기 때문입니다. 하지만 난 이제 그녀에게 찬성할 수가 없게 되었습니다. 대마법사는 죽었습니다."

"예? 아니, 무슨 말씀인지?"

길시언의 당황한 목소리에 비해 칼이 대답하는 목소리는 심드렁하게까지 느껴졌다.

"칸 아디움의 안티고어 시장은 루트에리노 대왕과 핸드레이크의 이야기는 우리나라의 가장 소중한 뿌리이자 긍지라고 말씀하셨습니다. 사실 대왕은 한 인간이 아니라 이 나라 자체였고 저 대마법사는 우리의 정신 그 자체였지요. 나 또한 지금껏 그렇게 알아왔고 그렇게 느껴왔습니다. 하지만 이젠 아닙니다."

"칼?"

"대마법사는 죽었습니다. 한 인간인 핸드레이크가 있을 뿐입니다. 여덟 별을 추구했지만, 그 또한 스스로의 부조리를 안고 걸었던 인간일 뿐이지요. 대왕과 마찬가지로. 이제 더 이상 내게 우리의 정신 자체이며 우리의 전설이던 대마법사는 의미가 없습니다. 내가 들었던 그에 대한 모든 이야기, 전설은 너무 오랫동안 계속된 그의 만가일 뿐입니다. 우리들은 대마법사의 만가만을 되풀이해서 불러왔을 뿐이고, 단 한순간도 그를 제대로 이해하지 못했습니다. 그렇지만 나는 이제야 그를 이해하고 그를 사랑할 수 있을 듯합니다. 이제 난 눈을 감고 300년 전에 살았던 한 인간, 핸드레이크를 봅니다."

제14부

정답이 없는 선택

……그러나 드래곤 라자가 보여주는 애매 모호한 태도로 인하여 많은 이들이 드래곤과 드래곤 라자의 관계를 주종 관계로 착각하고 있다. 이 드래곤 라자의 애매 모호한 태도는 훗날 그들의 재앙이자 바이서스의 재앙인 저 갈색 산맥의 크라드메서의 라자 살해 사건으로 이어지게 된다. 온몸을 불태워 바이서스를 구하고자 했던 바이서스의 진정한 은인 저 할슈타일 후작, 300년의 세월 동안 이어져 내려온 라자 가문의 수장마저도 간과한 단 하나의 사실이 있었으니……

「품위 있고 고상한 켄턴 시장 말레스 추발렉의 도움으로 출간된, 믿을 수 있는 바이서스의 시민으로서 켄턴 사집관으로 봉사한 현명한 돌로메네 압실링거가 바이서스의 국민들에게 고하는 신비롭고도 가치 있는 이야기」 돌로메네 지음, 770년. 제3권 527쪽.

1

가슴이 타들어가는 것 같다.

입으로 숨을 쉬면 안 된다. 코로 숨쉬어야 된다. 하지만 산에서 불어오는 바람은 얼음장 같았고 코는 이미 얼어붙은 것 같다. 지금 콧김을 세게 뿜으면 아마 얼음 조각들이 더 많이 튀어나올 거야. 계속해서 차가운 공기가 들어간 목에서는 피맛이 느껴지는 기분이다. 젠장. 지독한 산바람이야.

우리는 절벽 옆을 따라 난 좁은 길을 걷고 있었다.

한쪽으로는 위로 까마득한 절벽, 반대쪽은 아래로 깎아지른 벼랑. 그리고 멀리 산봉우리들과 바위, 숲, 그리고 구름들. 어쨌든 높은 산지에서 볼 만한 것들은 다종 다양하게 펼쳐져 있다.

'옆에서 불어오는 바람이 있으니 벼랑 쪽으로 다가가는 것은 어렵지 않겠는가, 따라서 떨어질 염려를 할 필요는 없다…….'는 생각은 웃기는 것으로 판명되었다. 정신을 차리지 않으면 거세게 부는 바람에 빨려들어가는 기분을 느끼며 그대로 벼랑 쪽으로 치닫게 된다. 그래서 한 손을 바위 벽에 붙인 채 손바닥이 쓸리든 말든 신경 쓰지 않고 걸어야 했다. 쓸리는 것은, 어쨌든 떨어지는 것보다는 훨씬 나으니까.

계속 들어올리고 있는 팔은 추위와 피로 때문에 곱아드는 느낌이 온다. 한 걸음 한 걸음 앞으로 내딛고 지쳐서 저절로 아래로 늘어지는 손을 힘들게 들어올려 바위를 짚는 것은 이제 의지나 힘보다는 습관성에 가깝다. 지금까지 걸어왔고, 멈추지는 않았으니 그저 걸어가는 것.

"태양은 말이지."

앞에서 꿋꿋이 걸어가던 엑셀핸드가 난데없이 말한다.

"이보다도 훨씬 더 높은 등반을 매일 한다구."

꽤나 쉬어버린 목소리다. 난 피식 웃으며 다시 레니를 추슬러 올렸다. 레니는 내가 추슬러올리는 대로 맥풀린 몸을 맡기더니 내 귀에 대고 힘없이 말했다.

"미안해, 후치."

"괜찮아. 말을 끌고 오는 것보다야 레니를 업고 걷는 것이 미관상으로도 훨씬 보기 좋고 기분도 좋은 일이야. 아, 이런. 너무 속보였나?"

"후치……."

"그런데 밧줄이 아프거나 하진 않아?"

"아니, 안 아파. 전혀."

레니는 밧줄과 망토를 이용해서 내 등에 업혀 있었다. 산 속의 길을 걸으며 두 손을 쓰지 않을 수는 없기 때문에 짜낸 방법이다. 어머니들이 아기를 업을 때 사용하는 포대기처럼 난 망토와 밧줄을 적당히 이용해서 레니를 내 어깨와 허리에 묶어버렸다. 그래서 배낭은 가슴 앞으로 메고 바스타드는 지팡이처럼 짚고 있었다. 레니는 아프지 않다고 말하지만 그녀의 몸을 묶고 있는 밧줄은 허리나 다리를 파고드는 느낌이겠지. 사실 나 역시 OPG를 끼고서도 어깨가 내려앉는 느낌이거든? 하지만 난 더 이상 말하지 않고 다시 앞으로 걸어갔다.

뒤쪽에선 말을 끌고 갈색 산맥을 올라오는 사람들이 말도 제대로 꺼내지 못할 정도로 지친 채 따라오고 있었다. 말들도 역시 말을 꺼내지 못할 정도로 지쳐 있었다. 아, 말은 원래 말을 하지 않던가? 말들은 온몸이 하얀 거품으로 뒤덮인 채 가쁜 숨을 몰아쉬며 올라오고 있었다. 선더라이더를 제외한 모든 말들이 입에 거품을 물고 있다는 점에서 길시언은 자랑스러워해도 좋을 거야. 말들이 저렇게 지치지만 않았어도 레니를 말에 태우고 올 수 있었을 텐데, 덕분에 내가 레니의 말 노릇을 하고 있잖아.

사실 길이 그렇게 나쁜 것은 아니다. 옆에서 불어오는 바람은 무시무시하고 내려다보는 절벽은 현기증이 날 정도이긴 하지만, 어쨌든 길 자체는 평탄하고 완만한 것이다. 게다가 엑셀핸드는 우리 일행을 생각해서 가장 쉬운 길로 가고 있다고 말했다. 하지만 급한 경사나 계곡 같은 것을 만나지 않는 대신 추위에 떨면서 완만한 경사를 지겹도록 올라간다는 것이 문제다.

이렇게 걸어온 것이 벌써 여섯 시간째다.

돌맨 할슈타일과 레티의 프리스트들을 만나지 않기 위해 우리들은 꼭두새벽에 출발했다. 새벽녘에 걷는 것은 그렇게 어렵지 않았다. 짐은 모두 말 여섯 마리에 나눠 실었기 때문에 가뿐하게 몸만 가지고 걷는 것이었다. 그런데 아침 해가 떠오를 무렵, 엑셀핸드는 갑자기 길에서 벗어나더니 산 쪽으로 방향을 잡았다. 길도 아닌 계곡과 능선 사이를 뭔가에 걸리고 넘어지고 하면서 힘들게 걸었다. 이윽고 해가 완전히 떠오르고 나자, 우리들이 중부 대로를 왼쪽으로 까마득하게 내려다보는 위치에 올라선 것을 알 수 있게 되었다. 샌슨은 허허 웃으며 말했다.

"저게 중부 대로야? 우와, 높이도 올라왔네?"

"흐음. 이곳이 드워프들의 통행로로 접어드는 지름길이라네. 중부 대로로 해서 가려면 시간이 너무 걸리거든."

"아, 그렇습니까? 그럼 오늘중에 드워프들의 광산에 갈 수 있는 것입니까?"

"못 되어도 정오까지는 도착할 수 있을 거야. 여기서 대충 아침 요기를 하고 출발하세나."

"알겠습니다."

그렇게 중부 대로가 내려다보이는 위치에서, 땔감을 구할 수 없어서 불도 피우지 못한 채 차가운 아침 식사를 하고 있을 때였다. 운차이가 갑자기 눈을 가늘게 뜨더니 말했다.

"중부 대로 쪽에 사람들이 보이는군."

아래를 내려다보자 과연 조그맣게 꼬물거리는 붉은 반점들이 보였다. 온통 회색이나 갈색, 초록색 등의 땅에서 붉은색 옷은 잘 보였다. 그런데 운차이는 그 옷과 그 얼굴까지 대충 알아보는 모양이었다.

"꼬마가 보이는군. 15, 6세쯤 되어보이는데. 가벼운 갑옷. 무장은 단순해. 그리고 나머지는 모두 붉은 로브를 걸치고 있는 사람들. 희한하군. 모두들 머리를 바싹 깎았는데. 아주 짧아."

칼은 눈살을 찌푸리며 말했다.

"검과 파괴의 레티의 프리스트들입니다. 돌맨의 일행이군요. 으음. 인원이 얼마나 됩니까?"

"……30명. 돌맨까지 31명이오."

"그래요. 지금 어느 방향을 향하고 있습니까?"

"우리와 같습니다."

그러자 엑셀핸드는 기분 좋게 수염을 쓸어내리며 말했다.

"됐군! 저 녀석들은 이 지름길을 모르거든. 그래서 훨씬 더 서쪽으로 간 다음 자날 한타 봉으로 들어오는 드워프들의 통행로로 접어들게 될 거야. 대략…… 여덟 시간이나 아홉 시간쯤 앞서게 되겠군."

"좋군요. 우리가 앞서고 있다는 말이네요? 힘이 나는데요?"

내가 그렇게 말하자 엑셀핸드는 갑자기 이상한 미소를 지었다. 내가 얼떨떨한 표정을 짓자 엑셀핸드는 이렇게 말했다.

"두 시간 후에도 그렇게 말할 수 있을지 두고 보겠네."

그리고 두 시간은커녕 한 시간도 못 가서 모두들 말에서 짐을 풀어내어 어깨에 메어야 했다. 말들이 가파른 산길을 걸으며 대단히 힘들어했기 때문이다. 그러고 나서 다시 다섯 시간 후, 난 갈색 산맥의 수목 한계선 근처에서 등에 완전히 지쳐버린 레니를 업은 채 절벽 옆의 길을 걸어가고 있는 것이다.

엑셀핸드는 지치지 않았다는 듯이 기세 좋게 팔을 휘두르며 말했다.

"후치, 정말 강단이 대단하군? 인간치곤 정말 괜찮아. 한 사람까지 업고서 말이야."

"불쌍해 보인다면 나 대신 레니를 업어주시죠?"

"그래줄까?"

"굳이 레니의 다리를 땅에 질질 끄는 것으로써 자신의 드워프다움을 느껴보시고 싶으시다면야……."

나와 엑셀핸드의 농담을 듣고 있던 레니가 다시 힘없는 목소리로 말했다.

"미안해, 후치. 너무…… 무겁지?"

"아냐. 천만에. 레니는 너무 가벼워. 살 좀 불려야 시집가겠는데."

"시집 안…… 간다니까!"

"그 말이 아냐. 지금으로선 안 가는 것이 아니라 못 갈 확률이 높다는 말이지. 살 좀더 붙이고, 좀 포동포동해져야 사랑받겠다? 왠지 장작개비를 등에 멘 듯한……."

"……후치이잇!"

"오우, 오! 안 돼. 당기지 마! 이런, 귀 잡아당기지 마! 절벽이 옆이야! 균형 잃으면 떨어진다구!"

"꺄아악! 후치! 흔들지 마! 꺄아악! 꺅!"

"레니, 제발! 눈, 눈 가리지 마!"

우리가 이런 괴상망측한 구경거리를 제공한 덕분에 일행들은 모두 크게 웃었고, 그 웃음소리는 산봉우리들 사이로 멀리멀리 울려퍼졌다. 잠시 후 우리들은 다시 고요 속에서 자날 한타 봉을 올라갔다.

어떻게 올라왔는지 기억을 돌이켜봐도 하나도 기억나는 것이 없다. 떠오르는 것이라곤 오로지 지겹도록 다리를 움직이던 느낌뿐이다. 아, 굉장한 추위도 기억난다. 간혹 우리들을 둘러싸서 꿈속을 걷는 기분에 빠져들게 만들던 짙은 구름들도 기억나고, 굽이굽이를 돌 때마다 나타나는 기막힌 산봉우리의 모습도 기억나고, 고산 지대라서 볼 수 있는 말라붙은 고목의 모습도, 그 아래 힘들게 자라나는 이끼들……, 기억나는 게 꽤 많네? 레니를 업고 있던 등은 따스했지만 얼굴은 앞에서 불어오는 바람을 맞아 얼어붙어서 상당히 희한한 기분이 들었던 것도 기억나는군.

그렇게 또 다른 구비를 하나 돌았을 때, 갑자기 눈앞이 크게 펼쳐지며 우리 앞에는 분지가 나타났다.

"우와?"

내 목에 머리를 파묻은 채 거의 까무러쳐 있던 레니가 놀라서 머리를 드는 것이 느껴졌다. 레니 역시 짧게 숨막히는 소리를 내었다.

"우와?"

자! 지금부터 여기 서서 올라오는 일행들을 감시하자. 그들도 모두 '우와?' 라고 말할까? 음. 쓸데없는 생각을 했다.

"우와?"

샌슨……, 역시 나의 헤아림을 벗어나지 못하는군. 껄껄껄. 우리들은 앞으로 더 나아갈 생각을 하지 못한 채 분지의 끄트머리에 일렬로 서서 눈앞에 펼쳐진 분지의 모습을 바라보았다.

그것은 참으로 희한한 장소였다. 계속되는 절벽과 산봉우리들 사이에 이런 지형이 있다는 것은 정말 신기했다. 언뜻 보기에 분지는 꽤나 넓었는데 거의 우리 고향 헬턴트 마을 정도는 될 것 같았다. 지금껏 올라오면서 바위의 회색에 익숙해진 눈은 눈앞에 펼쳐진 풀들의 현란한 초록색에 질려버리고 말았다.

분지 주위의 산봉우리들이 바람을 막아줘서인지 이곳에는 안개 비슷한 그 구름들도 없었고 나무들도 모두 꼿꼿이 자라나고 있었다. 분지라기보다는 일종의 계곡이라고 불러야 될까? 옆에서 튀어나온 봉우리들 때문에 분지 전체의 모습을 조망할 수는 없었다. 어쨌든 분지에서 옆의 산봉우리들을 만나는 위치에는 거대한 숲이 형성되어 있었다.

"내려가지 않을 거야?"

엑셀핸드의 말이 떨어지고 나서야 우리들은 간신히 분지로 내려섰다.

"아, 후치. 이젠 내려줘."

레니를 내려주고 나자 정말 날아오를 정도로 몸이 가벼워졌다. 하지만 동시에 따스하게 보호되던 등허리가 선들선들해지는 기분도 들었다. 흐음. 상쾌하군. 말들은 풀을 밟게 되자 다시 기운을 내는 듯했다. 그 점에서는 사람들도 마찬가지였다. 지금껏 한없이 올라오기만 하다가 갑자기! 느닷없이! 바야흐로! 평지를 걷고 있는 것이다. 다리가 그대로 없어지는 기분이 들 정도로 몸이 가벼웠다.

우리가 들어온 분지의 입구에서 아래쪽으로는 길이 나 있었다. 길 옆으로는 키가 작고 억센 풀들이 빽빽하게 나 있었다. 간혹 바위들 사이에서 멧토끼 같은 것이 훌쩍 뛰는 모습도 보였다. 멧토끼라. 크라드메서의 배를 채우려면 토끼가 몇 마리가 필요할까? 그런 생각에 잠겨 길을 따라걷고 있을 때다. 갑자기 앞에서 걸어가던 제레인트가 멈춰 섰다.

뭐지? 갑자기 왜 길을 막고 멈춰 서는 거야?

제레인트를 돌아보자 그는 우리 정면의 숲 사이로 드러난 거대한 절벽을 바라보며 굳은 얼굴을 하고 있었다. 그의 입이 쩍 벌어져 있는 것을 보고는 난 크게 놀라버렸다. 아니, 왜 이러시는 거야? 고개를 돌려보았다. 우리가 걸어가는 길은 그대로 그 절벽으로 이어지고 있었는데 그 거대한 절벽의 아래쪽에는 굉장히 커다란 굴이 뚫려 있었다. 히야. 그 동굴 진짜 크네. 그 크기로 말할 것 같으면 드래곤이라도 마음대로 오갈 수 있을 정도…… 마음대로 오갈 수 있을…… 정도……?

그때 제레인트가 겨우 입을 열었다.

"레어닷!"

으악! 크라드메서의 레어다! 일행들은 일대 소란을 일으키기 시작했다.

"몸을 숨겨! 몸을 숨겨!"

일행들의 소란 속에서 길시언의 고함소리가 짜랑짜랑하게 울렸다. 그는 검을 뽑아들고는 길에서 벗어나 나무에 몸을 붙였다. 말들의 요란한 비명 소리. 앰뷸런트 제일은 발길질을 하다가 샌슨을 걷어찰 뻔했다. 샌슨은 뒤로 엉덩방아를 찧으며 주저앉아 버렸지만 "아이고!" 곧장 몸을 굴려 일어나더니 검을 뽑아들었다. 칼은 길 옆으로 후다닥 달리다가 넘어질 뻔했다. "으악!" 그런데 쓰러질 뻔한 칼을 네리아가 간신히 부축하는 모습 뒤로, 난 아주 이상한 것을 보고 말았다.

아프나이델이 얼굴을 꿈틀거리고 있는 것이다.

그리고 그 옆에선 운차이가 싸늘하면서도 담담한 표정으로 서 있었다. 일단 두 사람 모두 상황에 어울리는 표정은 아니었다. 어떻게 된 일이지? 그때 얼굴 근육을 꿈틀거리고 있던 아프나이델이 드디어 참지 못하고 웃음을 터뜨리고 말았다. "푸핫하하하하!" 뭐야? 아프나이델이 돌았나? 너무 무서운 일을 당해서 순간적으로 히스테리를 일으킨다거나……. 다음 순간 일어난 일은 우리들로 하여금 입을 다물게 만들었다.

그 거대한 동굴에서 동굴의 크기에 비해 볼 땐 우스꽝스럽게 작아보이는 세 명의 드워프들이 달려나온 것이다.

우리들이 모두 의심스러운 눈초리로 그 드워프들을 바라보았다. 동굴에서 달려나온 드워프들은 우리들 쪽으로 열심히도 달려오고 있었다. 굉장한 속도. 드워프들이라고 믿기 어려울 정도로 빠른 속도로 거침없이 달려왔다. 그때 네리아가 비명을 질렀다.

"엑셀핸드?"

엑셀핸드는 한 마디도 하지 않고 동굴에서 달려오는 드워프들 쪽으로 마주 달려가기 시작했다. 뭐지? 제레인트가 사태를 알아차린 사람 특유의 날카로운 목소리로 외쳤다.

"크라드메서에게 쫓기는 거야!"

이런, 젠장! 길시언은 이를 갈면서 외쳤다.

"이런, 엑셀핸드를 도와! 드워프들을 구해!"

"젠장! 준비도 못하고 바로 싸움이냐!"

샌슨과 길시언은 곧 검을 하늘에 휘두르며 달려갔다. 그러자 뒤에 있던 아프나이델은 이제 허리를 꺾으며 웃었다. 난 아무래도 사태가 이상하다고 보고는 운차이를 살폈다.

"운차이? 가야죠?"

"왜."

"어, 어, 드워프들을 구해야……."

"뭐로부터."

어, 어라? 왠지 할말이 없어지는 기분이 든다? 크라드메서로부터라고 대답하면 창피를 톡톡히 당할 것 같은 기분이……. 그때 아프나이델이 겨우 웃음을 멈추고 말했다.

"저, 저건 드워프들의 광산이야. 킥킥킥!"

뭐라구? 그때 저편에서 엑셀핸드의 고함소리가 들려왔다. "여어! 오래간만이야, 친구들!"

으으윽.

"그렇다면 지금은 폭풍 전의 고요, 뭐 그런 겁니까?"

아프나이델은 창백한 얼굴로 고개를 끄덕였다. 칼은 얼굴 앞에 두 손을 모으더니 합장한 손으로 이마를 톡톡 치기 시작했다.

난 고개를 돌려 엑셀핸드를 바라보았다.

엑셀핸드는 절벽에 뚫려 있는 거대한 광산에서 허겁지겁 달려 나온 드워프들과 이야기를 나누고 있었다. 그들은 광산에서 일하다가 그대로 나왔는지 이마에 희한하게 생긴 상자를 붙인 채였다. 그 상자는 이마에 대고 가죽끈 같은 것으로 머리에 묶게 되어 있었고 그 안에선 빛이 새어나오고 있었다. 캄캄한 갱도 속에서 사용하는 조명인가 보지? 그들의 몸에도 뭔가 알 수 없는 장비가 주렁주렁 매달려 있었다.

하지만 그 희한한 광부용 장비들보다 더 내 신경을 자극하는 것은 그들의 얼굴이었다.

그것 참. 누가 누군지 구분할 수가 없는데. 양치기가 아닌 바에야 양떼들이 모두 똑같아 보이듯이, 나에겐 드워프들이 모두 똑같아 보인단 말이야. 똑같이 작은 키에 똑같이 다부진 몸매, 똑같이 늘어뜨린 수염(광산에서 나온 드워프들의 경우엔 수염이 흙먼지로 더러워져 있다는 것이 좀 달랐지만). 입고 있는 옷마저 똑같았다면 도저히 구분하지 못했을 것 같군.

그러나 자세히 바라보자 역시 서로에게서 미미한 차이는 느낄 수 있었다. 처음에는 똑같은 목소리로 들렸던 그 목소리들도 이제는 그런 대로 각자의 성격을 담고 있다는 것도 느낄 수 있었다. 하지만 여전히 드워프어로 이야기를 나누고 있으니 도대체 알 수가 있나. 알아들을 수도 없는 대화를 나누는 드워프들을 바라보는 것이 지루해진 나는 고개를 돌렸다. 그러자 피로한 얼굴을 한 채 바위에 앉아 있다가 내 얼굴을 마주보고는 어설픈 미소를 짓는 레니가 보였다.

"힘들지?"

레니는 간신히 쓰러지지만 않았을 뿐 쓰러진 사람의 모든 징후를 보여주고 있었다. 레니는 머릿결을 쓸어올리며 숨가쁘게 말했다.

"힘들어."

"다리 주물러줄까?"

"하아, 하아. 그럼 좋지."

레니는 바위에 앉은 채 다리를 쭉 뻗었다. 으윽. 사양할 줄 알았는데. 난 레니의 옆으로 다가가 OPG를 벗고는 그녀의 깡마른 다리를 주무르기 시작했다. 레니는 자지러지는 소리를 몇 번 내더니 "아흐흑, 아흐흐흐! 하악, 아후우!" 곧 맥빠진 동작으로 머리를 푹 숙였다. 레니의 비명소리에 놀란 제레인트가 눈을 동그랗게 뜨는 모습이 보였다.

"이제 다 왔으니까, 더 힘들 일은 없을 거야."

레니는 손수건을 꺼내어 이마를 닦으면서 말했다.

"다 왔긴 하지만, 후우, 후우. 지금 그게 문제가 아니잖아."

하긴, 진짜 그게 문제는 아니다.

갈색 산맥의 북쪽 경계에 있는 자날 한타 봉의 서쪽 사면, 드워프들의 대광산 입구 가까운 곳에 지쳐버린 채 앉아서, 우리는 지금 크라드메서를 추적할 길이 막혀버렸다는 말을 듣고 있는 것이다. 엑셀핸드와 드워프들을 바라보고 있던 아프나이델은 다시 작은 목소리로 설명했다.

"웨이크닝 사운드가 멈춰버려서 더 이상 위치를 추정해 볼 수가 없게 되었답니다. 아무래도 크라드메서는 이제 웨이크닝의 마지막 단계에 돌입한 모양입니다. 더 이상 아무런 소리도 내지 않고 있답니다. 드워프들은 지금까지 들려온 웨이크닝 사운드로서 크라드메서의 레어를…… 꽤나 좁은 반경 내에 설정할 수는 있었던 모양입니다……. 지도를 작성했다는군요. 허엇? 맙소사. 반경 1펜큐빗 정도랍니다."

칼은 갑자기 히죽 웃으며 실없는 말을 했다.

"나도 한 때는 드워프어를 공부해 볼까 했지요. 결국 욕심만으로 끝나고 말았지만. 그런데 아프나이델께서는 어떻게 드워프어를 아는 겁니까?"

칼은 적당히 짓궂은 표정을 지으며 그렇게 말했다. 그러자 아프나이델은 얼굴을 붉히며 낮은 목소리로 말했다.

"아, 지금 마법을 사용하고 있는 겁니다. 텅스 마법으로……."

"흠. 아인델프 님께서는 드워프어를 사용해서 말씀을 나누시잖습니까."

일부러 자기들 말로 하고 있는 것이니 엿듣는 것은 조금 무례한 것이 아니냐는 칼의 점잖은 질책은 아프나이델의 얼굴을 시뻘겋게 변하게 만들었다.

"예. 엿듣는 것이긴 합니다만."

"알겠습니다. 어차피 엑셀핸드 님이 전해 주실 말이니까."

칼은 고개를 끄덕이며 다시 조금 전의 자세로 돌아가 버렸다.

절벽 옆의 이 광산은 분지에서는 제법 높은 위치에 속해 있었다. 그래서 고개를 조금 돌리면 분지 바깥에 펼쳐진 갈색 산맥지대 전체의 조망을 바라볼 수도 있었다. 웅혼한 산맥과 봉우리들, 시야 닿는 곳 모두가 산봉우리였다. 마치 어마어마하게 큰 쟁기로 마구 파헤쳐 버린 땅처럼 주위 어느 곳을 둘러보아도 평지가 전혀 보이지 않았다.

이것이 갈색 산맥인가?

공기가 희박한 것인지, 아니면 너무 맑아서 그런 것인지 엄청나게 멀리 떨어진 산봉우리들도 손에 잡힐 듯 가까이 다가오고 있었다. 하지만 동시에 산봉우리들은 터무니없이 멀어진다. 지상의 아기자기한 사물에 익숙한 눈으로 바라보기엔 초점을 맞추기가 어려운 곳이다. 한 점에 초점을 맞춘다 해도 그것은 사실 점이 아니라 집채만 한 산인 것이다. 산, 산, 산. 지평선은 사라져 버렸다. 산봉우리들을 감싸고 도는 구름들은 마치 산들이 너울을 쓴 것처럼 보이게 만들었다. 이 경악해 버릴 광경에서 고개를 돌려 보다 안심되고 내 수준에 맞는 사물인 사람들을 본다.

운차이는 가엾게도 기가 팍 죽어버렸다.

그는 갈색 산맥의 조망을 바라보지 않기 위해서 고개를 푹 숙이고 아래쪽의 분지만을 바라보며 앉아 있었다. 그 옆에선 샌슨이 지금 무슨 대화가 오가는지도 신경 쓰지 않은 채 운차이를 향해 이죽거리고 있었다.

"이봐, 운차이. 괜찮은 경치잖아. 한번 고개를 들어보라구."

"시끄러."

"여기까지 어렵게 올라왔는데, 좀 봐두는 게 좋잖아?"

"이 자식아! 날 귀찮게 하지 마!"

운차이는 이를 북북 갈더니 무릎 사이에 머리를 파묻었다. 허, 참. 네리아는 안쓰러운 얼굴을 하며 말했다.

"운차이. 정말 왜 그러는 거야? 왜 산들을 바라보지 않겠다는 거지?"

"내 사정이니까 신경 끊어!"

네리아의 눈꼬리가 하늘로 올라갔다. 그녀는 욱 하면서 앞으로 한 발 내딛었지만 곧 고개를 가로젓고는 조금 전보다 더 상냥하게 말했다.

"알았어. 운차이가 불편하다면 굳이 볼 필요야 없겠지. 미안해."

운차이는 고개를 조금 들어 이상하다는 눈으로 네리아를 바라보았고 그 광경을 보면서 난 소리없이 이죽거렸다. 아이고, 저걸 이해 못해? 사막에서 태어나서 지평선을 바라보며 산 사람이 갑자기 이런 고지대에 올라오면 그렇게 될 수도 있는 문제 아니겠어. 수평선을 보며 자라난 항구의 소녀인 레니는 운차이를 잘 이해하는 모양이었다.

"후아, 후아. 나도 사실 저 광경, 무서울 정도야. 이쪽을 보는 게 편해. 후아아……. 운차이 아저씨 마음을 알겠는걸."

"무섭다고?"

"응. 저렇게 많은 산봉우리들이 내 발 밑으로. 히유우우. 멋있긴 하지만, 헤엑. 너무너무 끔찍하기도 해. 하늘에 떠 있는 것 같아."

"끔찍하다고? 흐음. 그렇게까지 심한 건가?"

그때 무릎 사이에 머리를 파묻고 있는 운차이에게서 굉장히 울리는 신음소리가 들려왔고 난 더 이상 의심을 하지 않게 되었다. "여긴 내가 있을 곳이 아니야……." 운차이를 바라보고 있던 칼이 이 사태를 간단한 말로 정리해 주었다. "가벼운 고소 공포증이로군." 그러자 네리아는 까르르 웃었다.

"헤에, 헤. 난 낙뢰 공포증이고 넌 고소 공포증이니? 까르르르!"

흐음. 이상한 곳에서 동질감을 느끼는군?

잠시 후 엑셀핸드는 광산에서 달려나온 드워프들을 돌려보내고는 우리들을 불러들였다. 그래서 간신히 운차이는 정신이 빠져나가 버릴 듯한 거친 산악과 산봉우리, 그리고 끝없이 펼쳐지는 구름들의 풍경에서 해방될 수 있었다.

엑셀핸드는 별말은 하지 않은 채 우리들을 인도했다. 우리들이 도착하자마자 황급히 달려나왔던 그 드워프들은 절벽에 거대하게 뚫려 있는 광산으로 뛰쳐나올 때만큼이나 빠른 속도로 다시 들어갔지만, 엑셀핸드는 광산 입구 옆으로 나 있는 작은 오솔길을 따라 분지 안쪽으로 걸어갔다. 제레인트가 의아한 듯이 질문했다.

"어, 광산 안으로 들어가는 것이 아닙니까?"

엑셀핸드는 무슨 깊은 고민에 빠져 있는지 처음에는 제레인트의 질문을 제대로 듣질 못했다. 그래서 제레인트는 한번 더 질문해야 했다.

"응? 아, 그래. 광산은 작업터지. 물론 저 아래에는 우리들의 아름다운 저택과 방, 그리고 자네들에게야 장엄의 홀보다 못하게 보이겠지만 우리들 보기엔 훨씬 아름다운 홀도 있긴 하지. 그렇지만 우리들의 친절함을 보여주기 위해 자네들을 저 아래로 데리고 내려가는 것은 자네들에게 너무 힘든 일이 될 걸세. 저 안은 어둡고 가파르거든. 다행히도 우리들은 지하에 익숙하지 않은 손님들을 위해 지상에 오두막을 몇 개 마련해 두었지."

그때 길시언이 당황한 목소리로 말했다.

"오두막이라구요? 저게 말씀입니까?"

길시언이 가리키던 방향을 보자 나는 곧 얼이 빠져버렸다. 네리아는 손뼉을 치며 말했다.

"와아아앗! 굉장해!"

"뭐어야, 이건. 빛의 탑 아냐? 엑셀핸드! 그래서 그때 놀라지 않았던 거군요?"

"뭐? 아, 그 엉터리 환각 말인가?"

엑셀핸드가 말한 그 오두막이라는 것을 보자 가장 먼저 떠오르는 것은 바이서스 임펠에 있던 그 황당무계한 건물, 빛의 탑이었다.

건물들은 분지 옆의 산비탈을 따라 제멋대로 쌓여 있었다. 건물들 사이로 길 같은 것이 있기는 했지만 어떤 길은 다른 건물의 옥상으로, 어떤 길은 다른 건물의 아래에 있는 기둥들 사이로 나 있는 식이었다. 게다가 어떤 길은 허공에 놓인 다리로 이어져 있었다. 수많은 계단들과 다리가 있어서 간신히 돌아다닐 수 있는 구조였다. 그런 식으로 층층이 쌓아올린 건물들은 모두 크기가 다른 사각형이었는데 어떤 건물의 경우에는 아래에 있는 건물들보다 더 튀어나와 있기도 했다. 그래서 산비탈에서 불쑥 튀어나온 것처럼 보였다.

그런데 일견 무질서한 듯한 그 건물들이 모두 아름다워 보이는 것이다. 칼은 감탄한 목소리로 말했다.

"우리는 항상 조화에서 아름다움을 느낀다고 생각하지만, 그런 생각은 이제 포기해야 되겠군."

엑셀핸드는 싱긋 웃음으로써 칼의 칭찬에 대답했다. 제레인트는 감탄하는 표정으로 주위를 둘러보다가 말했다.

"정말 신기한 마을이군요. 물기가 없어요."

"예?"

"물, 그러니까 급배수 시설이 안 보인다고요. 식수는 떠서 나를 수도 있겠지만 배수는 어떻게 하는 건지? 어디 물 흐를 만한 곳이 안 보이는군요?"

그러자 엑셀핸드가 웃음을 터뜨렸다. 일행이 어리둥절해하자 아프나이델은 미소를 지으며 설명했다.

"난 전에 여기 와보았습니다. 생각해 보시죠. 여기는 드워프들이 만든 도시입니다. 당연히 배수로는 지하로 나 있습니다. 그리고 들어가 보시면 알겠지만 급수 시설도 모두 지하에 되어 있어 물을 떠 나를 필요는 없습니다."

"예? 아니, 어떻게?"

"산 위에 저수지를 만들고 거기서 지하를 통해 이 도시로 물이 내려오게 하는 거랍니다."

"아, 놀랍군요."

일행이 탄성을 터뜨리자 엑셀핸드는 귀찮다는 듯이 손을 들어 올리며 말했다.

"자, 자! 설명보단 직접 보는 것이 낫겠지. 말들은 저기 보이는 저 건물에 매어두면 되네. 마구간일세."

샌슨은 눈을 동그랗게 떴다.

"마구간이요?"

"왜 그러나? 아, 그래. 하하하. 우리야 말은 없지만 노새는 이용하니까."

그래서 우리들은 일단 노새를 매어두는 그 마구간으로 걸어갔다. 마구간은 낮은 위치에 있는데다가 다른 건물들에 비해 월등히 커서 그 위로 다른 건물이 몇 개 얹혀 있었다. 안에는 광물을 실어나르는 데 쓰는 것으로 짐작되는 노새들이 많이 매어져 있었는데, 마구간 하면 연상되는 지저분함은 눈 씻고 봐도 찾아볼 수가 없었다. 히야. 드워프들은 마구간도 정말 멋들어지게 만들어 놓았는데? 그것은 놀랍게도 단단한 석조 건물이었고 안에는 포석까지 깔려 있었다(하긴, 돌로 되어 있어야 위에 있는 건물들의 하중을 견디겠지). 그리고 마사 하나하나가 모두 벽돌로 구분되어 있었고 안에는 짚이 가득 쌓여 있었다. 그러면서도 채광은 만족스러운 수준이었고 답답한 느낌은 전혀 없었다. 더더욱 놀라운 것은, 그럼에도 불구하고 외풍이 별로 들어오지 않는다는 것이다! 길시언은 감탄했다.

"이래서야 임펠리아의 마구간이 부럽지 않겠는데!"

흠. 드워프들은 모두 뛰어난 건축가라더니 사실인가 보군. 우리들은 크게 감탄하면서 지친 말들을 매어두고 밖으로 나왔다. 굉장한 마을인데. 그런데 이 멋진 마을엔 왜 드워프들이 하나도 없지? 손님용이라더니, 드워프들은 모두 지하에 사나? 마침 네리아가 내가 말하고 싶은 것을 대신 말했다.

"그런데 드워프들은 왜 하나도 보이지 않는 거지? 다들 일하러 갔나?"

"어, 잠깐. 저기 하나 보이는데."

샌슨의 말에 고개를 들어보자 좀 높은 곳에서 한 드워프가 집 앞에 있는 널찍한 마당에 앉아 파이프를 피우고 있는 모습이 보였다. 그 마당이라는 것이 사실 다른 건물의 옥상이긴 했지만. 어쨌든 마당인지 옥상인지 구분하기 어려운 곳에서 파이프를 피우고 있던 그 드워프도 우리를 발견했다. 파이프를 손에 든 그 드워프는 손을 들어올리며 텁텁한 목소리로 외쳤다.

"여어, 망령 난 엑셀핸드 아닌가? 돌아왔구먼?"

윽! 이, 이게 뭐야? 난 칼에게 대단히 의심스러운 눈길을 보내기 시작했고 그러자 칼은 당황해 버렸다.

"아니, 왜 그렇게 노려보는 건가, 네드발 군?"

"노커는 가장 고귀한 드워프라면서요?"

"물론 그러하네."

"그럼 저 드워프는 굴을 너무 많이 파서 불쌍하게도 머리가……."

"아, 아닐세. 네드발 군. 어째 자네는 그 모양인가. 왜 고귀한 것을 대하는 예절에서 인간과 드워프가 똑같으리라고 생각한단 말인가."

"아, 아! 하하하. 하아?"

씨이. 그게 또 그런가? 우리 일행들이 칼의 설명에 귀를 기울이는 동안 엑셀핸드는 위쪽을 향해 주먹을 휘두르면서 말했다.

"이 좋은 낮에 손에 연장 대신 파이프나 들고 있어? 이 미친 드워프 같으니!"

샌슨은 알았다는 듯이 기품 있게 고개를 끄덕이며 말함으로써 우리들을 얼어붙게 만들었다. "저분도 상당히 고귀하신 드워프인가 보군요." 그러자 엑셀핸드는 콧소리를 심하게 내고는 말했다.

"뭐, 고귀해? 웃기는 소리! 아니, 설명할 필요는 없겠군. 가서 직접 만나보면 알게 되겠지. 이 정신 나간 드워프의 상징 같은 놈아! 거기서 꼼짝 말고 기다리거라!"

엑셀핸드는 우리들을 인솔해서 올라가기 시작했고 위쪽의 그 드워프는 두 다리를 딱 벌리고 선 채 우리들을 내려다보았다. 네리아와 운차이는 가파른 계단을 사뿐사뿐 잘도 올라갔지만 나머지 사람들은 올라가기가 꽤 힘든 계단들이었다. 이런, 젠장. 드워프들의 다리 길이에 맞춰져 있어 계단이 너무 낮잖아. 낮은 계단으로 높게 올라가려니 자연 계단 폭이 좁고 경사가 가파르다.

이리저리 꺾이는 계단을 오르고 구름다리를 하나 건너자 그 드워프가 서 있던 마당 또는 옥상에 올라서게 되었다. 그 드워프는 히죽히죽 웃으며 우리 일행들을 관찰하더니 엑셀핸드에게 말했다.

"이봐. 이 인간들이 크라드메서를 때려잡으러 온 용사들인가?"

크라드메서를 어쩐다고? 우리들이 이 감당하기 버거운 누명(?)에 당황해하자 엑셀핸드는 이를 가는 것 비슷하게 웃으며 말했다.

"요놈. 요 미친 녀석! 아직도 그런 소리를 하고 있어? 크라드메서를 잡겠다고?"

그 드워프는 두툼한 손가락으로 귀를 좀 후비더니 태평하게 말했다.

"어디 보자. 모두 아홉 명인가? 하하하! 인원도 딱 맞는구먼 그래. 저기 저 소녀를 제외하면 이게 바로 크라드메서의 파멸을 위해 결성된 엑셀핸드의 여덟 별이로구먼?"

윽. 당신이 제외한 그 소녀가 가장 중요한 사람이라는 것을 아시는지? 엑셀핸드는 이제 자신의 수염을 잡아당기면서 진노한 목소리로 외쳐대었다.

"이놈아! 내 말을 듣고 있긴 한 거냐?"

"아니지. 저 소녀도 포함한 다음 저 마법사를 제외하면 되겠군? 저 마법사는 핸드레이크의 역할을 하면 될 테니까. 완벽하군."

"어어억! 무시당했다! 네놈에게!"

아프나이델은 너무 거대해져 버린 자신에 대해 당황해하고 엑셀핸드는 깡그리 무시되어 버린 자신에 대해 화내는 동안 칼이 먼저 친근한 목소리로 말했다.

"저는 칼 헬턴트라고 합니다. 성함을 여쭤봐도 되겠습니까?"

"바일하프 크루겐. 바일하프나 바일, 아무 쪽이나 좋을 대로 부르면 되네. 이 광부들의 낙원에서 히터의 일을 맡고 있다네."

"아, 그러시군요. 히터 님이시군요."

히터라구? 노커는 두드리는 사람이라지만, 그렇다면 히터는 뭐 하는 사람이지? 두드리기 전에 가열하는 사람인가? 윽. 그건 대장장이식 생각……, 잠깐. 그렇다면 그게 바로 드워프식 생각이잖아. 히터 바일하프 크루겐은 우리들과 주욱 인사를 나누고는 말했다.

"자네 일행들을 맞이하기 위해 기다리고 있었지. 반갑구먼. 그동안 얼마나 고생이 많았겠는가. 이제 여기서 푹 쉬면서 그 동안의 고통을 잊게."

"예? 고통이라니요?"

"아, 상대가 앞에 있으니 말하기 어렵겠지. 하지만 엑셀핸드와 함께 다니는 것이 얼마나 고통스러웠을지는 내 충분히 짐작하네."

엑셀핸드는 이제 실성한 듯이 웃으면서 머리카락을 마구 당기고 있었다.

"허, 허허허! 허어으악! 도저히 참을 수 없는 일이란 것이 발생한 것이렷다!"

이게 무슨 기합이지? 어쨌든 엑셀핸드는 그렇게 외치더니 곧 빠르게 움직였다. 드워프와 불의 카리스 누멘이여! 당신 앞에 한 점 부끄러움 없이 말할 수 있나이다. 엑셀핸드가 정말로 '민첩하게' 몸을 날린 것입니다! 엑셀핸드는 눈 깜빡할 사이에 바일하프의 등 뒤로 돌아가더니 그의 뒤를 붙잡았다. 물론 바일하프도 드워프답게 땅딸하고 굵은 허리를 가지고 있어 엑셀핸드의 짧은 팔로 껴안기엔 좀 어려웠기 때문에 엑셀핸드는 그를 껴안는 대신 한 손으론 뒷덜미를 쥐고 다른 손으론 벨트 뒤를 붙잡아 통째로 위로 들어버렸다. 휘익!

"굉장해!"

레니는 크게 벌린 입을 재빨리 두 손으로 가렸다. 위로 들어올려진 바일하프는 숨가쁜 목소리로 외쳤다.

"헤에엑! 이, 이 망령 난 드워프가!"

"이놈! 내가 첫 번째로 두드린다는 거 모르냐! 네 녀석의 몸으로……, 크억!"

아이고, 맙소사! 바일하프는 들어올려진 채 그대로 팔꿈치를 뒤로 날려 엑셀핸드의 콧잔등을 찍어버렸다. 엑셀핸드는 무너져버렸고 그대로 바일하프의 뚱뚱한 몸 아래에 깔리고 말았다. 바일하프는 엑셀핸드를 깔아뭉갠 채 누워서는 계속해서 그를 뭉기적거리며 숨가쁜 목소리로 말했다.

"아, 이런. 미안하군. 자네가 첫 번째로 두드려야 되는데. 실수로 내가 먼저 두드려버렸는걸? 하지만 히터인 내가 열받기도 전에 자네가 먼저 열받아 버렸으니 공평한 거겠지? 하하하!"

키 큰 인간들이 얼빠진 얼굴로 내려다보는 가운데 땅딸막한 드워프 두 명이 포개어져 있는 모습은 뭐라고 말할 수 없이 웃기는 기분을 들게 했다. 엑셀핸드는 충격과 압력 때문에 잔뜩 짓눌린 신음소리만 겨우 내었다. "이, 이놈……!" 일행들은 모두 얼빠진 얼굴로 바일하프와 엑셀핸드를 쳐다보고 있었지만 나만은 다시 칼에게 의혹에 가득찬 눈길을 보내었다.

"노커……, 정말 고귀한 드워프라는 거 맞아요?"

"흠, 커흠! 음. 물론이지! 당연하다네!"

"왠지 신빙성이 없게 들리는데요."

어쨌든 우리들은 바일하프 크루겐이 앉아 있던 마당을 지나 건물로 들어가게 되었다. 바일하프는 건물 안으로 들어가면서 말했다.

"자네들이 온다는 소식을 전해듣고 이 건물을 치워두었네."

"아니, 혼자서 말씀이세요? 이 큰 건물을?"

"응? 하하. 물론 아니지. 젊은이들과 부인네들은 일을 마치고 다들 자기 일터나 자기 집으로 돌아갔네. 그리고 내가 자네들을 맞이하고 돌봐주기 위해 남았고."

"그런데 저희들이 온다는 것을 어떻게 아셨습니까?"

그러고 보니 아까 동굴에서 뛰쳐나온 드워프들도, 그리고 이 바일하프 씨도 우리가 도착할 것을 정확히 알고 있었다는 눈치인걸? 바일하프는 고개를 기분 좋게 끄덕거리며 말했다.

"아, 노커 엑셀핸드가 자네들을 데리고 올 것을 알고 있었으니까."

"그렇다고 해도 어떻게 이렇게 정확한 시간을?"

바일하프는 파이프를 맛있게 피우며 말했다.

"어제 레브네인 호수쪽에서 올라가는 빛을 보았지. 어떤 사람인지 모르지만 페어리퀸을 굉장히 화나게 만들어버린 모양이더군. 엑셀핸드가 돌아올 때가 거의 되었고, 또 레브네인 호수에서 그런 일이 일어나니, 왠지 예감이 이상해서 내가 다른 드워프들에게 준비해 두라고 일렀다네. 사실 유사시엔 호수까지 내려가 볼 생각이었다네. 그런데 자네들이 올라오는 것이 멀리서 보이더군."

"아아. 그러셨습니까."

"그렇다면 그건 자네들의 일 맞는가? 페어리퀸을 화나게 만든 것."

"저희들이 그녀를 화나게 한 것은 아닙니다만, 관련이 되어 있는 것은 맞습니다."

칼의 대답에 바일하프는 재미있다는 표정을 지으며 말했다.

"아, 그래? 이야기는 천천히 듣도록 하지. 방은 많고 모두 잘 치워두었으니 마음에 드는 대로 골라 가지게."

음. 정말 방이 많긴 하네. 꽤나 커다란 건물인걸. 안에 있는 가구들은 그다지 많지 않았지만 드워프용이 아니라 인간용이라서 불편할 일은 없었다. 통로의 크기나 방의 크기 모두 인간을 기준으로 해서 만들어진 모양인데. 일행들이 모두 방을 잡고 나자 바일하프는 욕탕과 식당의 위치를 가르쳐준 다음 말했다.

"씻고 와서 음식을 드세나. 그리고 그때까진 일 이야기는 하지 말고. 아, 망령 난 드워프. 네 녀석은 식당이 먼저일 테지?"

"이놈아, 당연하지! 하루 종일 산을 탔단 말이다."

뭐가 당연한 건지 잘 모르겠는데. 하루 종일 산을 탔으니 좀 씻어야 되는 거 아닌가? 어쨌든 우리들은 방들 앞으로 길게 나 있는 복도를 따라 복도 끝에 있는 욕탕으로 들어가게 되었다.

이제는 정말 놀랍지도 않은데.

욕탕도 석조로 되어 있다! 그래, 안 놀라겠어! 내 개념으로 욕조라는 것은 거대한 나무 물통이어야 하는 것이다. 그런데 드워프들은 몇 사람이라도 들어갈 수 있는 거대한 석조 목욕통을 만들어두었다. 저기에 어떻게 더운 물을 채울까? 어, 어라? 그러고 보니 물 끓이는 아궁이도 없잖아? 그럼 어떻게 물을 쓰라는 거지? 그런데 힘겹게 옷을 벗고 앙상한 몸을 드러낸 아프나이델은 일단 부르르 떨더니 욕탕 끝으로 터덜터덜 걸어가기 시작했다. 그러더니 벽에 달려 있는 이상하게 생긴 쇠붙이를 만지작거렸다. 뭐야? 아프나이델이 손을 어떻게 움직이자 쇠붙이 끝에 달려 있는 대롱에서 뜨거운 물이 줄줄 흘러나오기 시작했다!

"헤에에? 마법이에요?"

"응? 하하. 마법이 아니라 기술이다. 이걸 돌리면 뜨거운 물이 나오게 되어 있어."

와? 그거 신기하네? 길시언과 칼을 제외한 나머지 사람들은 아프나이델의 주위에 우르르 몰려서서 그 신기한 대롱을 감상했다. 그것은 쇠로 만들어진 대롱이었는데 벽에 붙어 있었고 그 위에는 작은 바퀴가 달려 있었다. 그런데 그 바퀴를 돌리자 물이 나오고, 반대로 돌리면 물이 그치는 것이다! 우화, 그거 정말 신기하네.

그러나 칼이나 아프나이델은 이게 신기하지도 않은지 구경하지도 않고 그대로 목욕통 안에 들어가더니 곧 죽은 사람 흉내를 내기 시작했다. 목욕통 안에서 눈을 감은 채 그대로 곯아떨어져 버린 것이다. 제레인트도 비슷한 모습을 보여주었고, 그래서 샌슨이 정중하게 물장난을 요구했음에도 불구하고 "받아랏, 후치! 핫하하하!" 난 그것을 사양해야 되었다. 그 세 사람이 익사하지 않도록 신경을 곤두세우고 있어야 했으니까.

완전히 늘어져버린 운차이 역시 욕조에 들어가자 그제야 화색이 돌아왔다. 하지만 그는 간혹 바퀴 달린 물대롱 쪽으로 날카로운 시선을 보내었다.

"왜 그렇게 노려봐요?"

운차이는 수면으로 눈만 내민 채 살벌한 시선으로 바퀴 달린 물대롱을 바라보고 있었다. 그는 천천히 머리를 들어올렸고 그러자 머리카락이 그의 얼굴에 착 달라붙은 가운데 그의 눈만이 형형하게 빛났다. 그는 낮고 음산하게 말했다.

"저거, 단단히 고정되어 있겠지?"

갑자기 길시언이 욕조 바닥에 미끄러져버렸다. 왜 저러는 거지? 길시언은 어푸거리면서 간신히 물 위로 머리를 내밀더니 가쁜 숨을 몰아쉬며 얼굴을 쓸어내렸다. 그는 차마 운차이를 똑바로 쳐다보지는 않은 채 그를 외면하면서 히죽거렸다.

"하, 하하. 운차이. 뜨거운 물이 만들어지는 곳은 다른 곳이다. 좀 떨어진 보일러에서 물을 끓이고 있을 거야. 그리고 그곳과 저 수도꼭지 사이는 파이프로 연결되어 있고. 저 수도꼭지는 그 파이프의 끝에서 물이 나오게 했다 말게 했다 하는 조절 장치일 뿐이야."

"……알고 있었어."

입은 열 때 유용할 경우가 많지만, 때론 닫고 있을 때 얻는 것이 많을 수도 있어. 히히히. 나도 OPG를 다시 끼고 저걸 떼어내볼까 생각하고 있었거든.

어쨌든 그 거대한 몸을 마구 움직이며 물장난을 심하게 치던 샌슨에게 점잖게 설교를 내리고 있던 칼이 설교를 하면서 그대로 잠들어버렸다가 익사할 뻔한 사고만이 있었을 뿐, 아무도 익사시키지 않으면서 무사히 목욕을 마쳤다. 아, 사고는 하나 더 있었다. 우리가 밖으로 나오자 네리아와 레니가 들어간 쪽에서 앙칼진 고함 소리가 들려왔다.

"나와라! 흘러라! 쏟아져라! 줄줄 새라! 이이……, 또 뭐 없니, 레니?"

"터져라?"

"맞아맞아. 드워프들이니까 좀 과격한 걸 좋아할지도 몰라. 터져라, 물! 안 터지는데?"

모두들 곤혹스러운 표정을 짓는 가운데 할 수 없이 내가 문 밖에서 고함을 질러주었다.

"그 위에 있는 바퀴를 돌려봐요!"

"꺄아아악!"

쿠당, 쾅쾅. 뭐가 쓰러지는 소리가 들리고도 또 한참 동안 귀가 멍멍할 정도로 요란한 소리가 들려온 끝에 네리아의 신음소리가 들려왔다.

"아이고, 허리야……. 응? 뭐야. 안 들어온 거야?"

"후아, 후아. 밖에서 말한 거예요. 괜찮아요?"

"후치잇! 간 떨어질 뻔했잖아! 이걸 돌려? 안 돌아가잖아!"

"반대쪽으로 돌려보면 어떻겠어요, 네리아 언니?"

"어멋! 어, 어엇! 쏟아진다! 이거 어떻게 멈추는, 앗, 뜨거! 어푸! 어푸! 코에 물 들어갔다! 레니! 도와줘!"

으으윽. 일행들은 모두 욕탕 쪽에서 조금씩 떨어지기 시작했다. 그리고 칼은 심히 곤혹스러운 얼굴을 하며 내게 말했다.

"네드발 군. 난 항상 자네에 대한 나의 신뢰를 표현할 길을 모색해 왔지. 이제 이 뒷수습을 부탁하는 것으로써 내가 자네를 신뢰하고 있다는 것을 표현하겠네!"

그리고 칼은 총총히 걸어가 버렸으며 나머지 일행들도 배신스럽게도 모두 뒤를 따라 총총히 걸어가 버렸다. 으윽. 욕탕 밖에서서 친절하게 수도꼭지 사용법을 외쳐주고 있어야 된단 말이지.

겨우 레니와 네리아 모두 뽀송뽀송한 얼굴로 욕탕에서 나오고, 그래서 우리 세 명이 식당으로 들어가자 이미 얼큰하게 취한 엑셀핸드가 우리들을 맞이했다.

식당은 커다란 베란다가 달린 넓은 공간이었다. 베란다 쪽에서는 갈색 산맥의 봉우리들이 끝없이 늘어선 모습이 아스라하게 보였다(그래서인지 운차이는 베란다를 등지고 앉아 있었다.). 방 가운데로 커다란 직사각형의 테이블 하나가 놓여 있었고 그 위에는 음식들이 가득 차려져 있었지만 드워프의 모습은 보이지 않았다. 그것 참 희한하네. 사람들이라면 몰려와서 구경을 한다거나 이야기를 걸거나, 하다못해 환영이라도 할 텐데 여기 드워프들은 모두 일만 하나 보군.

일행들은 이미 식사중이었고 바일하프는 테이블에서 조금 떨어진 위치에 앉아 파이프를 피우면서 엑셀핸드와 정겨운 악담을 주고받고 있었다. 그러나 칼은 아무것도 먹지 않은 채 테이블 위에 펼쳐진 지도를 보면서 관자놀이를 문지르고 있었다.

"이건 잘 모르겠군. 드워프 방식의 지도라서 나에겐 익숙하지 않은걸. 퍼시발 군? 자네가 대충 설명해 줄 수 있겠는가?"

샌슨은 맥주를 주욱 들이켜고 나서는 지도를 가리키며 말했다.

"예. 군사 지도와 특별히 다른 점은 없습니다. 이쪽이 북쪽입니다. 그걸 모르셔서 어려우신 겁니다. 여기가 우리가 있는 자날한타 봉 서사면이므로 보시는 바와 같이 추정 지역은 이 점을 중심으로 한 직경 1펜큐빗의 원을 그리게 되는 거죠. 간단하지 않습니까? 단지 북쪽을 찾는 것이 어려운 겁니다. 음하하하!"

칼은 간신히 미소를 지었다.

"퍼시발 군. 한 번만 더 묻는 걸 용서해 주게. 우리가 여길 샅

샅이 뒤져 크라드메서를 발견하려면 시일이 얼마나 걸릴 것 같나?"

"아, 그걸 물으신 겁니까? 에, 그러니까 능선이 요렇고……, 보급도 시원찮고 지대도 고약하군요. 이 절벽들의 경우엔 조사하는 것이 만만찮겠는데요. 근사치를 정확하게 말씀드릴 순 없겠습니다만 이 정도라면 1, 2개월 정도 걸린다고 해도 그렇게 놀랄 일은 아니라고 생각됩니다."

칼은 머리를 좌우로 가로젓더니 힘없이 말했다.

"자네에게 힌트를 줄 수 있어 기쁘네, 퍼시발 군. 상대는 이그누스 드래곤이야. 따라서 그의 레어는 드워프나 하플링들의 굴처럼 작은 굴이 아닐세. 아주 큰 굴이 필요할 거야. 그리고 레어에서 나와 돌아다닐 때도 상당히 넓은 공간이 필요할 걸세. 내 말 이해했는가? 좁은 절벽 사이라든지 숲이 너무 밀생해서 거동이 어려운 곳은 제외해도 된다는 말일세. 아무르타트의 레어가 있는 끝없는 계곡을 연상해 보겠나?"

"아, 그렇군요! 그렇다면……, 간단하군요. 한 시간이면 됩니다."

콰당! 오래간만에 만난 드워프제 맥주에 취해 있던 엑셀핸드가 뒤로 넘어져버렸고 아프나이델이 비명을 질렀다. 그러나 엑셀핸드는 씩씩하게 일어나더니 테이블로 돌진했다. 순간! 허공에 검은 그림자가 획 그려졌다고 느꼈을 때 이미 엑셀핸드는 테이블 위에 완전무결한 개구리 자세로 올라타 앉아 있었다.

"어디야? 자네 말은 이 지역에서 크라드메서가 있을 만한 곳은 한 군데뿐이라는 말이겠지? 그런데 어떻게 그렇게 짐작하는 거지? 너 누구냐?"

"많이 취하셨군요. 에, 설명하지요. 전, 아, 전 샌슨 퍼시발입니다. 에, 저는 언젠가 블랙 드래곤 아무르타트의 레어 근처에 접근해 본 적이 있습니다. 그래서 대충 짐작할 수 있는 겁니다. 조금 전 칼이 말했듯이 드래곤의 레어이기 때문에 어느 방향에서든 이착륙에 수월하도록 주위에 갑자기 솟아오른 산봉우리 같은 것은 없어야 됩니다. 하지만 다른 생물이나 인간들의 접근이 쉬운 곳은 아닙니다. 그리고 그 커다란 몸이 걸어다니려면 나무가 너무 많으면 곤란하겠지요. 그런데 크라드메서는 아마 오랫동안 수면기에 있었을 테니 자라지 않던 나무들도 자라났을지 모릅니다. 자, 그럼 간단합니다. 하늘로 트여 있는 지형. 하지만 접근이 어려운 곳. 커다란 굴이 있을 수 있는 지형이며 동시에 수령이 짧은 나무들, 즉 양수림(陽樹林)이 조성된 곳이지요. 여깁니다!"

난 샌슨이 짚은 곳을 바라보며 '내 생각과 같군!'이라고 외치려 했지만 네리아가 질문해 와서 그러지 못했다.

"후치야. 양수림이 뭐니?"

"아프나이델에게 물어보면 좋겠다고 생각하지 않아요?"

아프나이델은 싱긋 웃으며 말했다.

"햇빛을 많이 받아야 잘 크는 나무들로 이루어진 숲을 말합니다. 숲은 먼저 양수림으로 시작됩니다. 그리고 그 나무들의 아래에 음수(陰樹), 그러니까 그늘에서 잘 자라는 나무들이 조성되지요. 그래서 음수들이 충분히 자라나면 먼저 있던 양수들은 모두 사라지게 됩니다. 숲을 이루고 있는 나무들의 분포를 보고 숲의 나이를 짐작하는 방법 중의 하나입니다. 이 경우엔 드래곤의 수면기를 짐작하는 방법이 되겠지요."

"헤에?"

네리아가 만족했기 때문에 난 샌슨이 짚은 곳을 볼 수 있었다. 하지만 나는 '내 생각과 같군!' 이라고 외칠 수는 없었기 때문에 실망해야 되었다. 난 지도를 볼 줄 모른단 말이야. 하지만 길시언은 한 손으로 턱을 쓸어만지면서 지도를 내려다보았다.

"확실히 이 지형은 그렇게 생기긴 했군. 거대한 생물이 자유롭게 움직일 수 있겠고. 그리고 날아오른다고 볼 땐, 주위 어느 방향으로 날아가던 상승에 방해될 지형은 없군."

음. 내가 말하려던 것보다 훨씬 멋있게 말하는군. 엑셀핸드는 테이블에서 뛰어내리더니 곧장 배틀 액스를 들어올렸다.

"가세!"

바일하프는 반색을 하면서 말했다.

"바로 잡으러 가는 건가? 그럼 오늘 저녁엔 드래곤 파이를 맛볼 수 있겠군."

"이, 이이, 이이익! ……잠깐. 내가 대답하면 무시하지 않을 거지?"

"아, 아니지. 나도 함께 가볼까? 드래곤과의 싸움이라는 것은……."

"이놈이 또 무시했어!"

바일하프는 낄낄거리더니 우리 일행을 보며 말했다.

"여기는 접근하기 쉬운 곳이 아닐세. 푹들 쉬고 내일 아침에 단단히 채비를 갖추고 출발하세. 말은 아마 놓고 가야 할 테고, 식량이나 다른 준비물 필요한 것이 있다면 말해 보게. 무기는 어떤가? 드래곤 슬레이어로 불릴 만한 것은 없지만 그래도 대륙 어디에 내놓아도 부끄럽지 않을 드워프제 무기들이 꽤 있다네."

"또, 또 무시했어억!"

'노커의 절규'라는 제목을 붙이면 그럴듯한 장면을 배경으로, 칼은 웃으며 대답했다.

"우리는 크라드메서를 해치러 가는 것이 아닙니다. 오히려 크라드메서가 우리를 해칠까 걱정하고 있지요."

"뭐라구?"

"우리는 크라드메서에게 라자를 연결지어 주기 위해 찾아가는 것입니다."

"라자? 드래곤 라자 말이야? 누가 라자인데?"

"여기 있는 레니 양입니……, 레니 양?"

앉은 채로 꾸벅꾸벅 졸고 있던 레니는 깜짝 놀라더니 곧 의자에서 일어나 황급히 바일하프에게 인사했다. 바일하프는 고개를 갸웃거리더니 말했다.

"레니? 페어리퀸 말인가?"

"예?"

"레니라면, 그건 페어리퀸 다레니안의 가운데에 있는 이름이잖아. 본명은 혹시 다레니안 아닌가?"

"아, 아뇨. 애칭이 아니라 원래 이름이 레니예요."

"그래? 허헛. 그거 좋은 이름이군. 그럼 다레니안의 애칭인 레니가 아니라, 레니의 애칭인 렌이라고 부르면 되나?"

"예? 렌이요? 좋으실 대로. 아, 아니, 그냥 레니라고 불러주세요. 전 그런 이름은 익숙하질 않아서요. 부르셔도 못 알아들을지도 몰라요."

"알겠네. 그래. 아가씨가 크라드메서의 라자가 되는 건가?"

"예? 예. 그래요. 그런 것 같습……, 그렇습니다. 제가 크라드메서의 라자가 되어요."

바일하프는 고개를 갸웃거리며 레니를 바라보았고 레니는 얼굴이 빨개진 채 머뭇거리더니 다시 의자를 당겨 앉았다. 네리아는 레니의 목을 감싸안으며 웃었다.

"렌? 그거 괜찮네. 까르르르. 그럼 난 넬인가? 넬이라고 불러 봐. 운!"

운?

방 안에 있던 사람들의 눈이 모두 동시에 운차이에게 집중되었다. 운차이는 창백한 얼굴로 몰려든 시선을 바라보더니 헛기침을 하면서 고개를 돌려 외면하면서 구시렁거렸다. "운이 뭐야……." 샌슨은 피식거리며 말했다.

"바일하프 씨의 말씀대로 하는 것이 좋겠습니다. 오늘은 푹 쉬고 내일 그 덩치 커다란 녀석을 찾아보도록 하지요."

"그런데 말일세. 크라드메서는 웨이크닝의 마지막 단계에 접어들었다는 것 같은데, 아프나이델, 그럼 도대체 얼마 후에 깨어나는 겁니까?"

"안타깝지만 정확하겐 알 수 없습니다. 엑셀핸드? 웨이크닝 사운드가 멈춘 것은 언제랍니까?"

테이블에서 내려오고 있던 엑셀핸드가 대답했다.

"어? 어. 그건 어젯저녁이었다고 하더군."

"어젯저녁이라구요. 그럼……, 크라드메서의 나이를 알면 좋지만 그건 모르고. 안전하게 하루로 보면 될 것 같습니다."

"하루요? 그럼 오늘 저녁이라는 말씀입니까?"

"예. 하지만 그건 안전하게 생각한 것이고, 아마 크라드메서는 나이가 대단히 많은 드래곤일 테니까 그렇게까지 빠르게 일어난다고 불안해할 필요는 없겠지요. 게다가 그건 단지 깨어난다는 것만을 의미하는 겁니다."

"예? 그게 무슨 말입니까?"

아프나이델은 손을 모으더니 천천히 말했다.

"깨어났다고 해서 바로 날아오를지 말지는 크라드메서의 마음대로잖겠습니까? 어쩌면 깨어나서 그대로 누워 있을 수도 있는 문제입니다. 우리들이 아침에 잠에서 깨어나서 바로 일어날 수도 있고 침대에 드러누워 있을 수도 있는 것처럼……이라고 말한다면 너무 비약이 심한가요. 어쨌든 활동기에 접어들었다 해서 레어에서 꼭 나오지는 않고 그대로 있을 수도 있고……, 아니면 바로 나와서 가까이에 있는 드워프들의 광산을 덮칠 수도 있겠고, 그대로 바이서스의 하늘을 유린하기 시작할 수도 있겠죠. 그건 그의 의사에 달린 문제로군요. 하지만 긴 수면기를 방금 끝내었으니 아무래도 영양 보충이 시급할 것 같기도 합니다."

아프나이델의 말투는 평범했지만 방 안의 온도는 제법 내려가는 것 같았다. 길시언은 조금 쉰 듯한 목소리로 말했다.

"아무래도 안전한 것이 좋지 않겠습니까? 지금 바로 찾아보는 것이……."

일행의 눈썹이 모두 힘없이 내려갔다. 드워프의 광산으로 찾아오는 동안 모두들 너무 지쳐버린 것이다. 모두들 말은 하지 않은 채 칼만을 바라보기 시작했고, 결국 칼은 내키지 않는 투로 말했다.

"드래곤과 라자의 계약이 어떤 형태로 이루어지는지는 잘 모르겠지만, 아마 시간이 많이 걸리지는 않을 겁니다. 크라드메서가 만일 어딘가로 날아가 버리기라도 한다면 다시 그를 붙잡는 것은 어렵겠지요. 하지만 오랫동안 수면기에 있었던 크라드메서가 곧장 날아오르기는 어려울 거라고 생각됩니다. 물론 제멋대로의 생각이긴 합니다만."

칼은 일행의 얼굴을 주욱 둘러보고 나서 진중한 어투로 말했다.

"모두들 쉬도록 합시다. 어떻게 들릴지는 모르지만 이건…… 글쎄요. 대단히 중요한 만남입니다. 이제껏 우리는 허겁지겁 달려오는 데만 급급했습니다. 우선 시간이 우리들을 채찍질했고, 그 다음 여러 가지 방해들이 우리들을 바쁘게 만들었습니다. 차분히 생각해 볼 여유 같은 것은 없이 그저 맹목적으로 달려왔습니다. 하지만 맹목적으로 달려온 덕분에 결국 우리들은 이곳에 도착했고, 크라드메서는 이제 지척에 있습니다."

일행 모두의 얼굴에 짙은 감정의 그림자가 지나쳤다. 그래, 길었어. 그렇지만 결국 여기까지 온 거야. 우리들 중 한 사람도 헤어지지 않고……, 아, 이루릴이 없군. 하지만 그 외에 다른 모든 사람들 중 하나도 떨어져나가지 않고 서로를 도와가며 여기까지 왔군. 우리는 이제 마지막 고비, 목적 달성의 최후의 순간에 와 있군. 가슴이 뜨거워지는 것 같은데.

칼은 자리에서 일어났다. 그는 두 팔을 조금 벌리더니 말했다.

"여러분들 모두에게 감사하고 싶습니다."

일행들에게서 잔잔한 미소가 떠올랐다. 칼도 미소를 지으며 말했다.

"우정은 특별히 고맙다는 말 같은 것을 하지 않는 거라고들 하지만, 전 여러분들이 너무 감사합니다. 여기까지 와주었다는 것에 대한 감사는 아닙니다. 그 험난한 고통과 역경을 이겨내었다는 것에 감사하고 싶지도 않습니다. 그것은 여러분들의 자질과 능력을 보여준 것이며, 각 개인의 자질과 능력은 모두가 특별한 것이며 원래 존중받아야 되는 것입니다. 그것보다는……."

칼의 뜨거운 시선을 느끼자 괜히 눈가가 달아오르는 것 같았다.

"난 여러분들이 모두 끝까지 서로를 믿고 주저함이나 두려움을 보여주지 않았다는 것에 감사하고 싶습니다. 어떤 역경보다도 동료의 좌절이나 실패가 더 우리를 아프게 했을 겁니다. 하지만 강인한 여러분들은 한 번도 좌절하거나 무릎 꿇는 모습을 보여준 적이 없어요."

꾸벅꾸벅 졸고 있던 레니마저도 어느새 눈을 크게 뜬 채 칼을 바라보았다. 칼은 갑자기 고개를 돌려 창밖을 바라보며 말했다. 그의 목소리가 조금 젖어 있는 것 같았다.

"퍼시발 군의 지혜로 그의 소재를 찾아내는 문제도 해결되었습니다. 시간은 지켜졌고, 우리는 여기 있으니, 이젠 우리들 자신에게로 관심을 돌려봐야 될 때라고 생각됩니다. 이제 오늘, 남은 시간 동안 우리들 모두 마음을 정리하고 그 중요한 만남에 대처할 마음의 자세를 가다듬는 여유가 필요하다고 생각됩니다. 하하하……, 어쩌면 내일의 만남은, 우리 모두의 남은 평생 동안 기억될 만남일지도 모르잖습니까? 각자의 방식으로 우리들을 되새겨 볼 시간이 필요하다고 느껴집니다."

길시언은 눈을 빛내면서 고개를 끄덕였다.

"예. 우리는 내일 크라드메서를 만나는 겁니다. 우리 시대 최강의 드래곤을 만나는 것이지요."

"우리 시대의 신화를 만나는, 그런 기분이 드는데요?"

제레인트의 말에 아프나이델이 드물게도 자신 있는 목소리로 대답했다.

"물론 몇 백 년 후엔 우리들은 신화의 등장 인물이 되어 있을지도 모릅니다."

제레인트는 환하게 웃었다. 그는 갑자기 허리를 펴더니 근엄하게 말했다.

"이제부터 말을 조심해야 되겠군. 후대의 사람들이 날 이 일행의 어릿광대로 평가하는 것은 반갑지 않은걸."

하하하……. 웃음이 번졌다. 신화? 글쎄. 난 오늘 신화의 정의 하나를 내릴 수 있겠는걸?

아버지의 일상은 아들의 신화가 되는 거야.

2

일행들이 제각기 방으로 돌아가고 나자 식당 안에는 늦게 나타난 나와 네리아, 레니 외에 샌슨과 엑셀핸드, 그리고 바일하프와 칼이 남게 되었다. 샌슨과 엑셀핸드는 서로 상대의 입 안에 든 것만 빼놓고는(확신할 수는 없지만) 모조리 빼앗아 먹으려 들고 있어서 시간을 지체하고 있었고 칼은 지도를 바라보며 머리가 아프다는 표정을 짓고 있었다. 그리고 바일하프는 그 모든 사람들로부터 조금 떨어진 위치에서 의자에 비스듬히 앉아 파이프를 피우고 있었다.

히터라. 그럼 조금 둘러보면 혹시 드워프들의 쿨러도 발견할 수 있지 않을까? '내가 너의 머리를 식혀주마!' 내가 왜 이럴까?

"바일하프 씨?"

바일하프는 파이프를 손에 들더니 내 쪽은 쳐다보지도 않은 채 대답했다.

"왜 불렀는지는 모르지만 저 굉장한 구경거리에서 자네에게 고개를 돌려야 될 정도의 이유가 있어야 될 거야."

"인간과 드워프의 음식 쟁탈전이 굉장해 보이는 것은 차라리 슬픈 일이에요. 바일하프 씨. 질문이 있는데요?"

"자네가 질문을 가지고 있다면 난 아마도 대답을 가지고 있겠지. 뭔가?"

"저, 히터가 무슨 의미인지 묻는 것은 불쾌한 일인가요?"

"응? 아냐. 그렇진 않네. 히터? 말 그대로지. 난 덥히는 드워프야."

"주로 어떤 것들을 덥히는데요?"

히터 바일하프 크루겐은 싱긋 웃더니 말했다.

"생활."

"생활?"

"그러니까, 저 망령 난 엑셀핸드 녀석은 노커지? 저놈은 우리 드워프들 모두의 정신적인 문제를 책임지지. 자네들 인간식으로 말하자면 정치적인 문제라고 해도 좋겠고. 우리가 어떻게 행동해야 되는가. 이 행동은 어떻게 올바르고 저 행동은 어떻게 잘못되었는가 등을 결정하는 녀석이야. 저 망령 난 녀석이 노커라는 드워프들의 비극에 대해 잠시 묵념을."

바일하프는 묵념하는 대신 날아온 맥주잔을 유연하게 피하더니 계속 말했다.

"그리고 난 여기 갈색 산맥의 대광산의 생활을 책임지지. 겨울 식량은 충분히 준비되어 있는가, 손님 맞을 방은 치워져 있는가, 어느 드워프에게 뭐가 부족하고 그건 어떻게 마련해 주는가. 뭐 그런 문제를 책임진다네. 드워프들의 행운에 대해 잠시 함께 기뻐하세나."

"네놈이 갈색 산맥의 히터라는 것은 갈색 산맥이 생겨난 이래 최대의 비극이다! 푸하하하!"

엑셀핸드는 자신의 말이 재치있었다고 생각하고는 득의양양해 했다(물론 그 행동의 결과로 샌슨에게 마지막 시드 케이크를 빼앗기는 뼈아픈 결과를 맞이하고 말았다.). 대답을 잘 해주는 드워프를 만난 김에 평소에 궁금하게 생각하고 있던 것이나 좀 물어봐야겠군.

"노커……, 히터……. 음. 저로서는 상상하기 어려운 것이 많네요. 그런데 혹시 라자는 없어요?"

"뭐?"

칼이 지도에서 고개를 들며 턱을 고인 채 우리 쪽을 바라보는 것이 느껴졌다. 바일하프는 굵은 눈썹을 찌푸리며 날 쳐다보았다.

"라자, 드래곤 라자요. 난 그게 좀 궁금했거든요."

난 테이블 위에 놓인 컵과 그릇을 옆으로 치웠다. 그러고는 그 빈 자리에 팔을 괴고 몸을 앞으로 숙여 바일하프를 바라보았다. 바일하프의 얼굴은 담배 연기에 가려 어렴풋하게 보였다.

"드워프분들에게 드래곤 라자가 있었다면 크라드메서가 깨어난다고 해서 엑셀핸드가 수도까지 라자를 찾으러 오지는 않았을 테니까, 아마 드래곤 라자는 없을 거라고 생각되기는 하는데. 라자가 있다면 여기 드워프들과 크라드메서가 바로 이야기를 나눌 수 있겠죠?"

바일하프는 불분명한 목소리로 대답했다.

"그렇겠지."

"그렇다면 라자가 없다는 말이군요?"

바일하프는 곰곰이 생각하더니 말했다.

"그렇지. 자네들에게는 초장이라는 것이 있지?"

힉! 딸꾹질이 나올 뻔했다. 내가 대답하기도 전에 바일하프는 말했다.

"그렇다면 엘프에게도 초장이가 있을까?"

"예? 어, 글쎄요? 엘프는…… 엘프는 밤눈이 좋으니까, 초는 필요없겠죠?"

"그래. 음. 밤눈이 좋다라. 사실 이렇게 말해야 되겠지. 엘프들은 촛불이 필요해지는, 그러니까 주위와 부조화를 이루는 일이 없다고. 정령을 한 놈 불러버리면 되겠지? 그 친구들은 아마 그렇게 조화를 이루어내겠지."

아, 그래. 몇 번 보았어. 이루릴이 윌로위스프를 불러내어 마법책을 읽는 것. 바일하프는 빙긋 웃으며 말했다.

"자네들에게 초장이가 있다고 해서 엘프에게도 있는 것이 아닌 것처럼, 자네들에게 라자가 있다고 해서 다른 모든 종족들에게 라자가 있을 거라고 생각해선 안 된다네."

"그게 그런가요? 하지만 초는 없어도 되는 이유가 있는데, 라자는 무슨 이유죠?"

"자네들이 이야기하는 것을 제일 좋아하지 않나? 하하하!"

이야기하는 것을 좋아해?

난 고개를 돌렸고, 재미있다는 식의 미소를 짓는 칼의 얼굴을 보게 되었다. 갑자기 칼의 이야기가 생각났다. 엘프가 숲을 걸으면 그는 나무가 된다. 인간이 숲을 걸으면 오솔길이 생긴다. 엘프가 별을 바라보면 그는 별빛이 된다. 인간이 별을 바라보면 별자리가 만들어진다.

한 마디 추가해 볼까. 엘프는 빛의 정령을 불러내고, 인간은 초를 만든다.

아아. 그거군.

갑자기 베란다 쪽에서 시끌벅적한 소리가 들려와서 레니가 깜짝 놀라고 말았다. 무슨 소리지?

"이랴아, 하아!"

길시언의 목소리잖아? 난 샌슨이 잠시 베란다 쪽에 정신을 판 사이에 재빨리 그의 앞에 놓여 있던 병을 낚아채 들고는 베란다 쪽으로 걸어갔다. 아래가 멋지게 조망되는 장소였다. 난 베란다의 난간에 엉덩이를 올려놓고는 아래를 내려다보았다.

길시언이 선더라이더를 달리고 있었다.

그는 마을 앞에 펼쳐진 넓은 분지를 달려가고 있었다. 왜 저러지? 그러나 순식간에 분지 저편으로 달려가던 길시언이 커다란 원을 그리며 방향을 바꾸는 것을 보고는 그저 몸을 푸는 정도의 일이라는 것을 알게 되었다. 긴장감을 가라앉히는 방법으로 식탐을 보여주는 사람들도 있는데, 참 모범적인 전사의 긴장 해소법을 보여주고 있군 그래. 샌슨. 이리 와서 좀 보고 배우라구. 그러나 샌슨은 엑셀핸드와 날카로운 눈길을 교환하느라 정신이 없어보였다. 관두지.

선더라이더는 은빛 갈기를 휘날리며 검은 화살이 되어 땅 위를 날아갔다. 그 뒤로 은가루가 떨어져내린다 해도 전혀 이상할게 없어보이는데. 길시언은 한 손에 든 프림 블레이드를 옆으로 늘어뜨리고 고삐를 느슨하게 쥔 채 달려갔다. 프림 블레이드는 오후의 햇살을 받아 분지 전체를 비출 듯 굉장한 빛을 뿜었다. 어느 각도에선 길시언이 말이 아니라 빛을 타고 있는 것처럼, 그리고 칼이 아니라 빛을 들고 있는 것처럼 보이기도 했다. 어느새 내 곁으로 다가온 바일하프가 난간에 팔을 올려놓고는 나와 함께 아래를 내려다보았다.

"굉장한 검이군. 마법검인가?"

"에고 소드예요."

"그래? 내가 말에 대해 아는 척하면 우습겠지만, 저 말도 상당해 보이는데."

"선더라이더. '북부 대로의 황제'라는 별명이 있다던데요."

"핫하. 황제라구? 그렇단 말이지? 마법검에 명마라. 저 길시언은 드래곤 슬레이어가 될 만한 자질이 있어 보이는데. 누군가 드래곤 슬레이어가 되겠다고 말했을 때 상대를 웃기지 않을 수 있는 사람을 꼽아보라면 저 친구는 들어가겠어. 혹시 저 친구 그런 야망으로 여기 온 것 아닌가?"

바일하프는 정말 크라드메서를 때려잡고 싶어하는 건가? 난 샌슨에게서 획득한 술병 내용물의 냄새를 조금 맡다가 대답했다.

"그의 속셈이야 모르지만 지금껏 겪어봤던 것으로 보아 그런 야망은 없는 것 같은데요. 그리고 그건 우리들의 의뢰주의 뜻을 거스르는 일이기도 하고."

바일하프는 고개를 갸웃거렸다.

"자네들의 의뢰주?"

"아, 우리는 에델브로이의 총본산인 그랜드스톰의 의뢰를 받아 레니를 크라드메서의 라자가 되도록 하는 거예요."

"뭐야? 엑셀핸드의 의뢰가 아니라?"

"하하. 아녜요. ……우와! 이거 뭔데 이렇게 독하죠?"

이거 앞이 핑 돌 정도인데? 샌슨이나 엑셀핸드가 벌컥벌컥 마시기에 아무 생각 없이 마셨다가 큰일 날 뻔했다. 난 머리를 심하게 가로젓고는 술병에서 관심을 돌려 다시 아래를 내려다보았다.

질주, 흙먼지가 흩날리고, 도약, 대지로부터 자유롭다. 선회, 물처럼 유연하지만, 가속, 밤하늘을 찢어내는 은빛 번개. 저게 정말 여섯 시간 동안 산길을 걸어온 말이냐고 누가 나에게 물어온다면 난 대답할 말이 없어 곤혹스러워지겠는걸. 겨울 산의 맑고 시린 공기에 노출된 나무들은 회색의 돌처럼 보였다. 그리고 수십 큐빗 높이로 자라난 침엽수들은 상상의 지평을 넘어서는 웅장함으로 자리하고 있었다. 그 가운데로 길시언은 말을 달리고 있는 것이다.

"이랴아! 하아, 하!"

침엽수들 사이로 부는 가장 강인한 바람이로군. 카하! 아무리 독해도 한 모금 마셔줘야 되겠는데. 길시언, 등을 보여주는 나의 왕을 위해.

크라드메서라는 것이 위험스러울 정도로 구체화되기 시작하는군.

오늘은 11월 28일. 정확히 한 달하고도 하루 전인 10월 27일, 우리는 그랜드 스톰의 장엄한 후원에 모여앉아 크라드메서의 이야기를 하고 있었다. 그때의 크라드메서는 그냥 크라드메서였다. 이그누스 드래곤, 라자를 잃고 발광했으며, 미드 그레이드를 쑥대밭으로 만들었고, 현재 라자가 없는 상태에서 수면기에 들어가 있지만, 곧 깨어날 드래곤. 단어들은 아주 충분했다. 하지만 감정은 없었다.

그리고 한 달이 지난 지금, 우리는 크라드메서를 지척에 두고 그를 만나기 위해 먼저 자신을 가다듬고 있는 것이다. 이제 단어들은 아무리 찾아봐도 보이지 않고 감정들만 뭉게뭉게 일어난다. 뭐라 표현할 말이 없다. 크라드메서, 크라드메서만이 남아 있었다. 이제 그는 기나긴 수면기를 끝내었고, 우리는 한 달을 보내었다. 그와 우리들 사이에는 거리도 사라지고 시간도 사라졌다. 이제 그와 우리들만이 남았다.

머리가 뜨거워지는데.

"야호!"

무턱대고 아래를 향해 고함을 질러보았다. 길시언은 선더라이더를 멈춰 세우더니 위쪽을 돌아보았다. 그의 손이 올라오더니 쾌활한 동작을 취했다. 프림 블레이드가 번쩍였고, 그는 다시 선더라이더를 달리게 했다. 그의 뒤로 가으내 쌓여 있던 낙엽들이 평화를 잃고 날아올랐다. 그 낙엽들의 폭풍 속으로 길시언은 사라져갔다.

"재미있어 보이는데. 어이, 샌슨? 우리도 저런 거 해볼까?"

"읍, 읍! 켈록. 뭐라구?"

"대무 말이야, 대무! 몸 좀 풀어두자구."

샌슨은 눈을 동그랗게 떴다.

"뭐하러? 소화하러?"

"칵! 그게 아니고 내일은 어쩌면 멋진 싸움판이 될지도 모르잖아?"

"난 『드래곤 퇴치법』 '제4장 이그누스 드래곤에 관하여', 뭐 이런 책은 읽은 기억이 없는데."

"그래서? 다 포기하고 입만 즐거우면 그만이다?"

샌슨은 피식 웃더니 다시 엑셀핸드의 눈치를 살피며 슬금슬금 파이 접시를 자기 앞쪽으로 끌어당기면서 말했다.

"내일이 지나고 나면 다시는 입을 즐겁게 할 수 없게 될지도 모르잖아?"

갑자기 레니가 포크를 씹고는 신음을 흘리며 입을 가렸다. 아이고, 저 웬수! 샌슨은 당황한 표정으로 레니를 바라보았고 네리아는 눈길로 샌슨을 마구 꾸짖어대었다. 샌슨은 네리아의 눈길에 두드려맞으며 말했다.

"어, 어, 레니. 그냥 해본 소리라구. 나랑 후치는 원래 서로 짖어대는 거지 말을 나누는 것이 아니라는 것은 잘 알고 있지 않았어?"

짖어대다니. 으윽. 난 그런 기억 없어. 레니는 입에서 포크를 천천히 꺼내어 테이블에 내려놓더니 역시 침착한 동작으로 입가를 닦고서는 샌슨을 바라보았다.

"저도 알아요. 샌슨 오빠. 위험한 거죠? 드래곤을 만나러 가는 건데 안전하다면 그게 더 이상하겠죠."

지도를 바라보던 칼이 고개를 슬그머니 돌렸다. 샌슨은 칼을 돌아보며 애타는 눈길을 보내었지만 칼은 멀뚱멀뚱 바라보고 있기만 했다. 결국 샌슨은 다시 레니를 바라보았다. 그는 헛기침을 몇 번 하고는 고개를 끄덕이며 말했다.

"그래. 안전하다고 말할 수야 없지."

레니는 샌슨에게 미소를 지어보였다. 그러나 다음 순간 그녀는 갑자기 고개를 가슴에 파묻었다. 그녀는 한참 동안 그렇게 고개를 떨구고 앉아 있었고 네리아는 이제 샌슨을 겨냥해서 나이프를 집어던질 자세였다. 네리아는 입을 벌렸지만 소리는 나지 않게 외쳐대었다. '이 미련퉁이야! 다 큰 어른이 꼬마 겁주냐? 오히려 꼬마가 겁먹지 않도록 해줘야 되는 게 당연하잖아!' 샌슨은 뒤통수를 긁적거리며 아무 말도 못하고 있었다. 그때 고개를 숙인 레니에게서 낮은 목소리가 들려왔다.

"……저 겁나요. 많이."

샌슨은 입술을 조금 내밀더니 말했다.

"나도 그래."

"예?"

"나도 그렇다구. 드래곤을 찾아가는 것은 이번이, 에. 세 번째인가? 처음엔 아무르타트고, 그 다음은 드래곤 로드. 그리고 크라드메서야. 와하! 나도 꽤나 경험이 많군 그래. 어쨌든 이번이 세 번째이지만 나도 좀 겁이 난다구. 그러니까 너도 겁나는 거 당연해."

레니는 샌슨의 얼굴을 똑바로 바라보며 말했다.

"도망치고 싶어지는 것은 어쩌면 좋죠?"

"도망치면 되잖아?"

네리아, 지금이에요! 던져요! 그 나이프를 샌슨에게 던지라구! 젠장, 저걸 지금 위로라고 하는 거야? 레니는 눈이 동그래져서 샌슨을 바라보았지만 샌슨은 목전에 도래한 위기도 깨닫지 못한 채 빙긋 웃었다.

"도망쳐요?"

"응. 그런데 도망에는 두 가지가 있어. 앞으로 도망치는 것과, 뒤로 도망치는 것. 그러니까 레니는 앞으로 도망치면 돼."

레니는 고개를 갸웃거렸다.

"뒤로 도망치는 것은 알겠는데 앞으로 도망치는 것은 뭐예요?"

샌슨은 지금 레니에게 일일이 대답해 주면서 과연 행복할까? 샌슨이 레니와 말을 나누는 사이에 빠른 속도로 테이블 위의 음식들이 사라지는 것을 보면서 난 이런 의문을 떠올렸다. 엑셀핸드, 그만해요! 샌슨은 슬픈 눈으로 테이블을 바라보더니 들고 있던 포크를 위로 들어올리며 말했다.

"음. 레니는 잘 이해하지 못하겠지만 말이야, 이건 군대 같은 데서 간혹 들을 수 있는 농담이야. 신병들이 처음으로 전투에 배치될 때 말이지. 녀석들은 전쟁에 질려버려 돌격 명령이 떨어지는 순간 무기고 뭐고 집어던지고 달아나는 경우가 왕왕 있거든? 그때는 명령이고 뭐고 아무런 소용이 없어. 그래서 고참병들은 신병들에게 이런 말을 들려주지. 도망치려면 앞으로 도망치라고."

"왜지요?"

샌슨은 포크를 지휘봉 삼아 가상의 부대를 지휘하는 시늉을 해 보였다.

"그래야 도망을 쳐도 아군 안에 있게 되니까. 보라구. 아군은 앞으로 달려가는데 혼자 뒤로 도망치면 어떻게 되지? 낙오되잖아. 그럼 시선을 끌게 되고 화살 맞기도 쉬워. 하지만 앞으로 도망치면 계속해서 아군 안에 있게 돼. 그래야 자기 맞을 화살을 다른 아군이 맞아줄 수도 있고 말이지. 알겠지?"

레니는 샌슨의 설명을 들으면서 배시시 웃더니 미덥지 않다는 듯이 말했다.

"헤에? 그 말이 통해요?"

"믿긴 어렵겠지만 그거 낙오병이나 탈주병 줄이는 데는 썩 효과가 있는 말이야. 우리는 몰려다니는 성질이 있는 종족이거든? 와하하!"

"응……, 무슨 말인지 알겠어요. 도망치고 싶다 해도 나 혼자서는 도망도 못 치니까, 차라리 친구들 옆에 남아 있는 것이 낫다는 말이죠?"

"냉정하게 말하면 그렇고."

"헤에. 퍽도 안심되네요. ……샌슨 오빠는 날 지켜줄 거죠?"

샌슨은 손에 든 포크를 가슴 앞에 세워보이며 진지한 얼굴로 말했다.

"후치보다 더 열심히 지켜줄 거야."

"잠깐! 거기서 내가 왜 등장하는 거지? 비교할 걸 비교하라구! 레니. 사람들이 하는 말이라는 것 중에는 말이야, 듣는 순간 '찡!' 하면서 '아, 쓸데없는 말을 들었구나.', 하는 느낌이 드는 말이 있거든? 조금 전에 샌슨이 말할 때 '찡!' 하는 느낌이 오지 않았어?"

레니는 방그레 웃더니 맑은 얼굴로 날 바라보며 말했다.

"찡!"

윽. 쓸데없는 말을 한 사람이 되어버렸다. 바일하프는 입을 과격하게 벌리고 웃어대기 시작했고 칼도 너털웃음을 터뜨렸다. 재미도 있으시겠어들.

"보라! 서풍이 나를 부른다! 하늘 아래 외길. 테페리는 갈림길이지만 테페리는 갈림길이 아니다. 재 속에서 태어나 영원으로 회귀하는 불사조의 비행처럼 나는 다시 앞으로 걸어간다. 우리 시대의 전설이자 우리 시대의 악몽 크라드메서를 향해!"

옆에서 걷고 있던 아프나이델은 제레인트의 말을 들으며 미소를 지었다. 난 어깨를 늘어뜨리며 말했다.

"……그래서요?"

"어떠냐고?"

"정말 자서전에 그걸 쓰실 생각이세요?"

제레인트는 히죽 웃더니 말했다.

"몰라. 자서전은 앞으로 삼사십 년 후에나 쓸 생각이니까 그 동안 마음이 바뀔지도 모르지. 그런데 어떠냐고?"

"'테페리는 갈림길이지만 테페리는 갈림길이 아니다…….'라는 게 무슨 말이에요?"

"응? 아, 그거? 테페리는 갈림길의 신이지만 갈림길은 영원히 갈림길로 남을 수 없다는 뜻이야. 시간이라는 것이 있기 때문에."

"어려워요."

"뭐가 어렵냐? 네가 한 지점에서 다른 지점까지 걸어가는 동안 갈림길을 수십, 수백 개를 만날 수도 있겠지. 하지만 네가 목적지에 도착하고 나서 네가 출발해 온 곳에서 목적지까지의 여정을 지도에 좌악! 그린다고 생각해 봐. 그건 하나의 선이 되겠지? 좀 구불구불할지는 모르지만 말이야."

"어……, 그렇겠네요?"

"그렇지. 갈림길은 양쪽 다 가볼 수 없다는 뜻이야. 결국 갈림길이 아니게 되지. 그게 테페리의 딜레마야. 그랑엘베르도 그 점에선 마찬가지. 영원히 순결한 것은 결국 아무것도 남길 수 없어. 순결한 여자는 아이를 못 낳고 순결한 대지는 곡물을 못 낳지. 시간 앞에 모든 것의 가치는 소멸하는 법. 아아, 이건 네게 좀 어렵겠구나. 하하하! 그런데 어땠어?"

"좋다고 생각돼요."

"그런데 표정이 영 아니다?"

제레인트는 의심스러운 얼굴로 날 바라보았고 난 한숨을 푹푹 쉬었다. 제레인트는 이제 아프나이델을 바라보았고 아프나이델은 고개를 끄덕였다.

"멋지다고 생각합니다."

제레인트는 벌쭉 웃었다. 그때 내가 질문했다.

"겁나지는 않아요?"

제레인트는 발 아래의 돌멩이를 툭 걷어찼다. 돌멩이는 기다란 풀들 사이로 사라졌다가 잠시 후 저편 어딘가에서 풀들에 가려진 바위에 맞았는지 '탱!' 하는 소리를 울렸다. 제레인트는 두 팔을 들어올려 뒤통수를 받친 자세로 날 바라보았다.

"겁나냐고? 왜?"

"……당신은 테페리의 프리스트니까 자기가 걷는 길에 아무런 공포가 없을 수도 있겠죠. 하지만 난 테페리의 은총을 받은 몸이 아니라서 좀 겁이 나는데요."

"네가 오고 싶어서 온 길이잖아? 왜 겁이 난다는 거지?"

난 가슴 앞에 있는 바스타드의 소드 벨트를 조금 만지작거리다가 말했다.

"아무리 그래도 긴장감은 어쩔 수 없어요. 크라드메서를 만나잖아요. 물론 무서워할 필요가 없다는 것은 알고 있어요. 첫! 크라드메서가 아무리 잘나 봤자 날 죽이기밖에 더하겠냐는 것도 알고 있고요. 하지만 무섭고 긴장되는걸요."

제레인트는 이제 손을 내리더니 이마를 벅벅 긁었다.

"이봐, 이보라구. 무서워하는 것까진 좋아. 자연스럽게 우러나는 감정을 가지고 뭐라고 할 수도 없어. 그런데 말이야, 넌 그 공포나 긴장감 때문에 아무 일도 못할 지경이야?"

"예? 아뇨. 그렇진 않아요."

"그래. 내 보기에도 넌 현재 태연해 뵈는데. 이봐요, 아프나이델. 당신은 지금 어떻지요?"

갑자기 질문을 받자 아프나이델은 당황한 웃음을 지었다. 그는 로브 자락 아래로 팔을 모으더니 고개를 조금 숙이며 말했다.

"긴장됩니다. 아무 일도 못할 지경은 아니지만."

"그래요? 그럼 상관없잖아요. 긴장이 되든 말든, 평소 하던 대로 행동할 수 있다면 그거 아무 문제가 없는 셈이네요? 아프나이델 당신도 그렇고 후치도 그렇고. 그건 감정을 조절할 수 있다는 말이잖습니까?"

제레인트는 왠지 나와 다른 나라 사람처럼 느껴지게 말하는데. 아, 참. 제레인트는 나와 다른 나라 사람이었지. 일스의 국민이니까. 하지만 그건 땅에 대충 그어놓은 선의 이쪽에 사느냐 저쪽에 사느냐의 문제고. 제레인트는 왜 저렇게 아무 걱정도 불안도 없는 거지? 골치 아프군. 난 고개를 들어 길시언이 어디쯤 있는지 찾아보았다.

길시언은 이제 산등성이에서 내려오고 있었다. 힘도 좋아, 말도 기수도. 둘은 지금 일체가 되어 분지 주변을 둘러싼 산을 짓쳐 올라갔다가 돌격하듯이 내리닫고 있었다.

투다닥, 투다닥! 검은 선더라이더가 은빛 갈기를 휘날리며 점점 거대해지는 모습을 바라보며 우리는 제자리에 멈춰 섰다. 제레인트는 눈물이라도 줄줄 흘릴 듯한 목소리로 말했다.

"루트에리노 가문에서 300년이 사라진 것 같아!"

아프나이델은 싱긋 웃었다. 정말 보기 괜찮은 광경이긴 한데 아쉽지만 여기까지 온 목적이 있는지라 아프나이델은 손을 들어 올렸다. 길시언은 우리 모습을 보자 곧 고삐를 잡아당겼다.

힝힝힝! 선더라이더는 거창하게 투레질을 하더니 멈춰 섰다. 길시언은 말에서 뛰어내리더니 선더라이더의 목을 쓸어주었다. 그 역시 땀에 젖어 머리카락은 이마에 달라붙어 있었고 턱 아래로는 땀방울이 뚝뚝 떨어지고 있었다. 길시언은 한 손으론 선더라이더의 고삐를 쥐고 다른 손으론 얼굴을 닦으면서 우리 쪽으로 걸어왔다.

"휴우. 더운데요. 무슨 일입니까?"

아프나이델은 자기는 춥다는 듯이 어깨를 움츠려보이고는 말했다.

"아, 바일하프 님의 전갈입니다. 그렇게 말을 달리는 것은 긴장감 푸는 데도 좋고 몸 푸는 데도 좋겠지만 분지라서 말굽 소리가 너무 울리니까 적당히 해주었으면 좋겠다는군요. 땅 아래에서 일하는 드워프들이 깜짝깜짝 놀란답니다. 드워프들이야 귀가 밝고, 게다가 선더라이더의 말발굽 소리는 다른 말에 비해 유별나게 크지 않습니까."

길시언은 자기 이마를 탁 치더니 말했다.

"아. 그래요? 그렇군요. 그 생각을 못했어요. 그렇잖아도 그만 달릴까 생각하고 있었습니다. 항문에 와닿는 충격을 점점 감당하기 힘들어……, 죄송합니다. 야아앗! 에, 말 달리는 것도 지루해지던 참이었거든요. 대무라도 했으면 좋겠다고 생각하고 있었습니다."

순간 아프나이델과 제레인트의 눈이 모두 나에게 돌아왔다. 뭐야? 이 눈길로써 말하고 싶은 바가 뭐냐고? 길시언은 빙긋 웃더니 말했다.

"한 판 뛸까, 후치?"

길시언과 대무라고? 날 죽여라, 죽여!

"정중히! 사양하겠어요."

"왜 그래. 나쁠 거 없잖아. 운동도 되고."

"운동이라면 여기까지 올라오면서 충분히 했다고 봐요. 고마운 말씀이지만 사양하겠어요."

"흐음. 네가 사양하면 남는 것은 샌슨과 운차이뿐인가. 샌슨은 지금 뭐하고 있지?"

"잡아먹다가 잡아먹혀 버리고 말았죠."

"취했단 말이군. 운차이는?"

"모르겠는데요."

"그럼, 운차이나 찾아볼까?"

우리 네 명은 건물로 돌아왔다. 길시언은 선더라이더를 다시 마구간에 넣어두고는 건물 안으로 들어와 운차이의 방문을 두드렸다. 그러나 운차이는 방 안에 없었다. 이 사람이 어디로 간 거지?

"혹시 욕탕으로 수도꼭지를 떼러 갔나?"

내 의문에 길시언이 진심으로 우려의 표정을 지은 것은…… 참 안타까운 일이다. 음. 그러나 운차이는 다행히도 욕탕에 없었다. 방들을 돌아다니며 운차이의 모습을 찾았지만 보이지 않았다. 길시언은 점점 근심스러운 표정을 지었다.

설마 이 간첩이 여행의 마지막 단계에서 우리들을 버리고 도망가 버렸나? 그러나 운차이의 방 안엔 그의 짐이 그대로 남아 있어 그런 의문은 가능성이 희박해 보였다. 마구간에 앰뷸런트 제일도 그대로 묶여 있었다. 그렇다면 어디로 달아난 것은 아닌데. 하지만 돌이켜 생각해 보니 이 산을 내려가는 데 앰뷸런트 제일은 별로 필요가 없다. 산을 다 내려가면 필요해지겠지만 그 동안에는 버거운 짐일 뿐이다. 그런 식으로 생각해 보면 그의 짐도 하산하는 데 필요한 것은 아니다. 짐이 없다면 훨씬 빨리 내려갈 수 있겠지?

어쩌면……. 생각하기 싫은 가설이긴 하지만, 어쩌면 운차이는 크라드메서와 만나기 싫어서 달아났을 수도 있다. 꼭 그런 것이 아니라도 여기서 운차이가 달아나면 우리들은 그의 뒤를 쫓지 못한다. 산을 도로 내려가는 것은 말도 안 되는 일이고 게다가 크라드메서를 찾아가는 일이 급하기 때문에 그에게 주의를 돌릴 수도 없다.

나와 길시언, 제레인트, 아프나이델이 모두 말은 하지 않았지만 그런 생각을 떠올리고 어두운 표정을 지은 채 운차이의 방문을 노려보고 서 있었을 때였다.

"운차이야! 응? 여기서 뭣들 해요?"

통로 저편에서 나타난 것은 네리아였다. 제레인트가 대답했다.

"운차이 씨가 보이지 않는군요."

"없어요? 어디 갔나?"

"여기저기 찾아봤지만 보이지 않는데요."

네리아는 그런가보다 하는 표정으로 고개를 끄덕이다가 문득 이상한 느낌을 받은 모양이었다. 그녀는 우리들의 얼굴을 주욱 둘러보더니 갑자기 얼굴을 딱딱하게 굳혔다.

"어디에도 안 보인다고요?"

"예."

"설마? 짐은 그대로 있어요?"

"그대로 있습니다."

"무기는요?"

응? 무기라구? 우리는 다시 운차이의 방에 들어갔다. 그의 롱소드는 없었다.

"무기야……, 허리에 차고 있을 테니까 그와 함께 있겠죠."

아프나이델이 자신 없는 목소리로 말했다. 네리아는 주먹으로 입을 틀어막더니 갑자기 몸을 돌려 달려가 버렸다. 우리들은 그 뒷모습을 바라보다가 서로를 힐끔 쳐다보고는 말없이 흩어졌다. 모두들 네리아처럼 한 번 더 샅샅이 운차이를 찾아보기 위해 흩어지는 것이었다. 하지만 아무도 '운차이!' 하는 식으로 고함을 지르지는 않았다. 불렀을 때 대답이 없으면 기분이 어떨까.

조용하지만 열렬한 수색이 계속되었다. 한 시간 후에 나는 그 괴상망측한 건물들 사이에서 아프나이델의 모습을 보게 되었고 아프나이델은 말없이 고개를 가로저었다.

"다른 사람들도 못 봤다는데요."

내 대답에 아프나이델은 침울한 얼굴이 되었다. 우리들은 그대로 다시 헤어져 수색을 계속했다. 그로부터 30분 후, 태양이 분지 서쪽의 봉우리를 쓰다듬기 시작할 때 난 우리들이 있던 건물의 넓은 마당에서 칼에게 붙잡혔다.

붉은색으로 물든 마당의 한가운데서 칼은 검붉은 모습으로 꼿꼿이 선 채 고개를 갸웃거리며 말했다.

"이상하군, 네드발 군. 모두 푹 쉴 줄 알았는데 자네와 몇몇 사람들이 매우 바쁘게 움직이고 있어. 그런데 아무도 말은 하지 않는걸. 도대체 무슨 일인가?"

"운차이가 안 보여요."

"뭐라구?"

난 짜증난 목소리로 대답했다.

"운차이가 안 보인다구요, 젠장. 아무리 돌아다녀도 운차이가 보이지 않아요."

다리도 아프고 머리도 아파서 마당 끝으로 걸어갔다. 마당이라지만 다른 건물의 옥상이라 그 끝은 아래로 떨어지고 있었고 난 그 끝에 주저앉아 다리를 아래로 내렸다. 한 시간 반이 넘도록 웃기게 쌓여 있는 건물들 사이를 뛰어다니고 가파른 계단을 오르락내리락했더니 맥이 쭉 빠진다. 제기랄! 정말 엉망진창으로 쌓아둔 건물들이다. 칼이 등 뒤로 걸어오더니 말했다.

"혹시 그의 짐이나 말이 없어졌단 말인가?"

"짐하고 말은 그대로 있어요. 무기는 없고. 그런데 이 산을 내려가는 데 그 짐이나 말이 무슨 소용이 있을까요?"

"응? 응……, 하긴 그렇군. 말은 어차피 탈 수가 없고 짐은 몸을 무겁게 할 테니까."

등 뒤에서 들려오는 칼의 목소리는 낮았다. 난 발 아래 희한하게 쌓여 있는 건물들을 내려다보았다. 드워프들의 저 걸작 건축들이 석양을 받아 붉은색으로 물들어 간다. 불이라도 난 것처럼 보이는데.

"운차이는, 어차피 길시언에게 복속된 몸일 뿐이죠?"

"그런 셈이지."

"그러니까, 우리들처럼 그랜드스톰에서 의뢰를 받은 것도 아니고, 제레인트처럼 즐거울 것 같아서 동참한 것도 아니고, 그냥 마지못해 끌려온 거죠? 그렇죠?"

"그렇다고도 볼 수 있겠는걸."

"맞아요. 그렇지요. 그런데 난 지금까지 그런 식으로는 한 번도 생각해 보지 못했다구요."

"운차이 씨는 과묵한 편이니까."

"맞아요. 입이 무거워요. 하루에 몇 마디 꺼내놓지도 않는 말들엔 독기가 묻어 있고요. 제길, 그래도 달아날 거라고는 생각하지 못했다구요."

칼은 갑자기 등 뒤에서 앞으로 걸어나오더니 내 옆에 섰다. 그는 하늘을 보며 말했다.

"왜 그렇게 생각했나, 네드발 군. 자네는 그를 잘 아는가?"

"예? 글쎄요. 내가 그를 잘 아느냐고요?"

"그래."

"……잘 몰라요."

"그런데 어떻게 그렇게 생각하는 거지? 언젠가, 이라무스 시였던 것 같군. 세레니얼 양이 운차이 씨에게 질문한 적이 있다네. 달아날 거냐고. 그때 운차이 씨는 뭐라고 대답했지?"

이라무스 시에서? 어, 그래. 운차이에게 채울 족쇄나 수갑을 구하려고 했을 때. 운차이는 뭐라고 대답했지?

"기회만 오면 달아날 거라고……."

"그래. 그는 스스로의 의사를 분명히 밝혔네. 기회만 오면 달아날 거라고 말했지."

"하지만 그때하고 지금은 상황이 다르잖아요!"

"뭐가 다르지?"

칼은 그대로 붉어지는 하늘만 바라보며 말했다. 난 칼의 옆얼굴을 올려다보다가 다시 고개를 떨어뜨렸다.

"그때는…… 우리와 그가 만난 지 얼마 되지도 않았고……, 그가 전향하지도 않았던 때잖아요. 하지만 그는 이제 바이서스로 전향했잖아요. 달아날 필요가 없는데요."

"자네 마음 속에 있는 말을 하게나."

마음 속에 있는 말? 마음 속에 있는 말이라고.

"이제는…… 그와 우리는 친구잖아요."

"운차이 씨가 그렇게 말한 적이 있는가? 우리가 동료라고 말한 적이 있다는 말인가?"

칼은 놀랍게도 잔혹한 사실만을 말했다. 난 고개를 더욱 숙였다.

"그렇게 말한 적은 없어요."

"그럼 자네 멋대로 그렇게 생각한 것 아닌가."

"예. 멋대로 그렇게 생각했어요. 하지만 내가 오해한 것은 아니라고 생각해요. 제길, 그럼 나와 칼은 동료예요? 썅!"

칼은 대답하지 않았다. 그는 그저 멀거니 하늘만 바라보고 있었다.

"그런 거 꼭 말해야 알아요? 말하지 않아도 아는 거 아니에요? 공증인 세워서 계약서 만들고 도장이라도 찍어놔야 서로 친구고 서로 동료예요? 그렇지 않잖아요!"

"부부도 결혼 선서는 한다네."

"맙소사, 카아알!"

"농담이라고 생각되는가?"

갑자기 칼은 고개를 아래로 내려 날 바라보았다. 그는 무표정한 얼굴로 말했다.

"그와 우리 사이에 우정이 있는지 없는지도 아직은 확실하지 않네. 하지만 그 우정이라는 것이 있다고 볼 때, 그게 서로를 구속할 권리까지 있다는 의미인가? 운차이 씨가 우리와 함께 있어 행복하지 못하고 떠나고 싶다면, 우리는 존재하는지조차도 의심스러운 우정의 이름으로 그를 붙잡아야 하는가?"

뭐라구?

"우리가 그의 주인이라도 된단 말인가? 왜 그렇게 화난 거지,

네드발 군? 운차이 씨가 달아났다면, 그게 어쨌다는 말인가? 그는 간첩이었고 전향해서 고국에도 돌아가지 못해. 그리고 우리는 그의 과거를 잘 아는 사람이야. 그가 고국을 버린 것처럼 우리들도 버리고, 어딘가 아무도 모르는 곳에 가서 새롭게 살고 싶다고 생각할 수 없다는 말인가? 왜 그가 우리와 저 위험스러울지도 모르는 크라드메서 방문을 함께해야 된다고 말하는 거지? 우정의 이름으로?"

말이 턱 막힌다. 난 칼의 무표정한 얼굴을 올려다보며 질려버리고 말았다. 그러나 다음 순간 나는 무의식중에 말하고 있었다.

"그의 속에 있는 나의 이름으로."

칼은 여전히 무표정하게 내려다보았다. 난 말했다.

"그래요. 운차이 속에 있는 나의 이름으로 우리와 함께하길 요구하겠어요. 우리는 제멋대로 살아가는 멧토끼 같은 생물이 아니잖아요. 운차이가 그렇게 하고 싶다고 해도 허락하지 않겠어요! 그리고 같은 맥락에서, 운차이는 내 속에 있는 그의 이름으로 나에게 요구할 수 있을 거예요. 무슨 일이든지! 우정이 왜 구속이 아니라는 거예요. 사랑이 왜 구속이 아니라고! 마치 자유롭게 팽개칠 수 있는 것처럼 말씀하시네요?"

난 입술을 적셨다. 칼의 딱딱한 얼굴은 이제 핏빛으로 물들고 있었다.

"핸드레이크를 보세요! 다레니안에 대한 사랑이 그의 족쇄였고 그의 수갑이었어요. 그가 그 사랑을 후회했을까요? 난 그렇게 생각하지 않아요. 난 운차이를 친구로 생각했고, 따라서 마음대로 달아났다는 점에 대해서 화를 내겠어요! 당연하게! 한 점 의혹도 없이!"

가슴이 크게 오르락내리락하고 있었다. 젠장, 엿 같은 기분이군. 다리는 피로하고 머리는 터져나갈 것 같은 기분이다. 끝내주는데. 그때 갑자기 칼은 고개를 돌렸다. 그는 앞을 바라보며 말했다.

"네드발 군."

나는 대답하지 않았다.

"현자는 어떤 사람이지?"

뭐야? 이게 무슨 말이지? 그러나 칼은 그 말을 마지막으로 몸을 돌렸다. 그는 그대로 걸어가 버렸고 난 다시 앞을 바라보았다. 현자가 어떤 사람이냐고? 그때 등 뒤에서 다시 목소리가 들려왔다.

"느껴왔던 거지만, 칼은 좀 음흉스러운 데가 있는걸."

케엑! 앞으로 떨어질 뻔했다. 간신히 중심을 잡아 몸을 돌렸다.

"운차이?"

운차이가 등 뒤에 서 있었다! 그는 손에 롱소드를 쥔 채 땀에 젖은 모습으로 서 있었는데 차가운 얼굴엔 왠지 미소 비슷한 것이 떠올라 있었다. 엄청난 반가움에도 불구하고 내 목에서 아주 평온한 목소리가 튀어나왔다.

"어디 갔었어요?"

"분지 끝에."

"예? 아니, 거긴 왜……?"

"고지대의 풍경에 익숙해지려고. 지금껏 바라보고 있었다. 돌아오는 길에 너와 칼이 보이더군."

아이고, 맙소사! 잠깐, 그럼?

"그럼, 그럼 언제부터 등 뒤에 서 있었던 거예요?"

"너와 칼이 이야기를 시작할 때부터."

뭐야? 그럼 처음부터 다 들었단 말이야? 잠깐, 현자가 어떤 사람이냐고? 현자는…… 앞을 보지만 뒤를 생각한다! 이런, 젠장! 칼은 처음부터 우리 등 뒤에 운차이가 서 있다는 것을 잘 알고 있었군! 운차이는 피식 웃으며 말했다.

"너에게 말하는 척했지만, 아무래도 칼은 나에게 말한 것 같군. 음흉한 사내야."

이런……. 다음 순간 나는 저돌적인 자세로 건물을 향해 돌진하기 시작했다.

"카아아아알! 바지 속에 있는 꼬리 좀 확인해 봐야겠어요!"

"네, 네, 네드발 군?"

엑셀핸드와 운차이는 마당 끝에 나란히 앉아서 파이프를 피워 물고 있었다. 네리아는 그 뒷모습을 바라보며 히죽 웃었다. 석양을 마주보고 있었기 때문에 그들은 두 개의 길고 땅딸막한 그림자로 보였다. 그리고 그들의 뒤로 역시 긴 그림자와 훨씬 더 긴 그림자가 늘어졌다.

엑셀핸드는 바닥에 앉아서는 굵직한 왼팔로 짤막한 상체를 받친 채 오른손으로 파이프를 들고 있었다. 그리고 그 옆에선 체격이 날렵한 운차이가 미끈한 왼팔로 엑셀핸드에 비해 볼 때만 약간 말라 보이는 상체를 받친 채 역시 오른손으로 파이프를 들고 있었다. 석양을 바라보는 그 그림자들은 참 행복해 보였고 동시에 웃겼다.

창틀에 팔을 기대고 그 모습을 보던 네리아가 허리를 일으켰다.

"저 둘, 희한하게 어울린다. 그지?"

"똑같이 파이프 애용자니까."

"아니아니. 그런 점도 있지만 저 모습을 보라구. 왠지 형제처럼 보이잖아."

"앞에서 보면 할아버지와 손자로 보일 거예요. 그렇지만 동시에 할아버지와 손자의 키가 바뀌었다고도 느껴질 거라구요."

"에에에! 그런데 길시언이랑 샌슨은 어딜 갔지?"

"바일하프와 함께 무기를 구경하러 갔어요. 제레인트도 따라갔고."

"무기?"

"드워프제 무기. 아무래도 두 사람은 손에 들 수 있는 한 무기를 들고 갈 생각인가 봐요."

네리아는 내가 앉아 있는 테이블로 다가오더니 의자에 앉았다. 테이블 위에 놓인 촛대가 옆으로 길게 그림자를 드리우고 있었다.

"흐으응. 제아무리 무기를 들고 가봐야 크라드메서가 '후욱!' 해버리면 다 타버릴 텐데."

석양 때문에 주황색 페이지로 된 책을 넘기고 있던 아프나이델은 빙긋 웃으며 말했다.

"네리아 양을 안심시켜 드릴 수 있을진 모르겠습니다만, 전 각오를 단단히 하고 있답니다."

"각오라구요?"

아프나이델은 테이블 위의 두 손을 깍지 끼더니 말했다.

"예. 전 내일 아침에 제가 할 수 있는 한 최고의 스펠들을 기주할 생각입니다. 물론 크라드메서는 드래곤이고 저 같은 풋내기 마법사와는 비교도 할 수 없는 강대한 마력을 가졌을 테니 공격 마법은 별로 외우지 않을 생각입니다. 전 내일 일행들을 보호할 스펠들을 기주할 생각입니다."

"크라드메서가 '후욱!' 해도 막을 수 있어요?"

"한두 번은…… 어떻게 가능할 거라고 믿습니다. 네리아 양까지 믿어주실진 모르겠습니다만."

"아프나이델이 막을 수 있다고 말하면 난 믿을래요."

"감사합니다."

아프나이델이 보던 책을 보던(그래, 본 것이다. 읽을 수는 없었다.) 내가 말했다.

"마법은 원래 드래곤의 것이라죠?"

"응? 아, 그래. 후치. 그러니 내가 마법으로 드래곤을 공격한다는 것은 까마득한 사조에게 덤비는 꼬락서니지. 막기나 잘 막을 수 있다면 좋겠구나."

타이번이랑 똑같은 말을 하네. 네리아는 대거를 꺼내어들더니 촛대에 꽂혀 있던 초에 불을 붙였다. 아직은 주황색 빛이 많이 남아 있었지만 산지의 밤은 빨리 찾아오겠지. 아프나이델은 말했다.

"아직 밝은데 왜 초를 켜십니까?"

"책 보기 어렵지 않아요? 밝은 데서 봐야죠."

"하, 이런. 감사합니다."

네리아는 테이블 위에 팔을 고이더니 나처럼 아프나이델의 책을 보기 시작했다. 아프나이델은 멋쩍은 표정을 지었지만 네리아는 미간을 찌푸리며 말했다.

"우……와. 이게 도대체 글이에요, 그림이에요? 이게 뭔데요?"

"스펠들입니다. 제가 사용하는 스펠들을 적어둔 것이죠. 그리고 제가 써둔 주석들도 있고. 그런데 말입니다, 원래 마법사의 스펠북은 보면 안 되는 것인데요?"

"어, 그래요? 미안해요."

"하하하. 아뇨. 괜찮습니다. 그건 다른 마법사들에게 해당하는 말입니다. 주문을 훔쳐가지 못하게 하려고 그러는 거죠. 그러니 마법사가 아니라면 봐도 아무 소용이 없으니까 상관없습니다. 혹시 마법사가 될 생각 있으십니까?"

"아, 아. 그런 생각은 없어요. 머리도 나쁘고……. 그런데 사용할 줄 아는 스펠이라면서 그렇게 꼭 적어둬야 되는 거예요?"

"네?"

"응응. 그러니까 말이죠. 어떤 도둑이 소매치기를 한다고 해요. 그 도둑은 소매치기 하는 법을 적어두고 틈날 때마다 읽으면서 소매치기를 하지는 않아요. 자기가 할 줄 아는 것을 왜 그렇게 적어둬야 되는 거지요?"

"하하. 그게 그렇습니다. 보통의 기술과 마법은 성질이 다릅니다. 그러니까 마법이죠."

난 빛이 없이 타오르는 초를 보며 심드렁하게 말했다.

"아프나이델은 몸에 스펠을 새길 수 없어요? 아, 물론 미관상 좋지 않겠지만 중요한 거 몇 개만 보이지 않는 곳에 새겨두면 편리할 거라고……."

"뭐야?"

아프나이델은 당혹한 목소리로 말했다. 어? 왜 이러는 거지? 아프나이델은 동그래진 눈으로 날 바라보며 말했다.

"어, 몸에 새기다니?"

"몸에 스펠을 문신으로 새기는 것 말이에요."

"무녀들의 문신 주문술 말이냐?"

"예?"

"그건 헤게모니아의 무녀의 마을의 무녀들이 사용하는……, 그러니까 대단히 진귀한 방법인데 네가 그걸 어떻게 아는 거지?"

"예? 아, 저, 그렇게 하고 다니는 마법사를 본 적이 있어요."

"그래? 마법사가 아니라 무녀겠지."

"마법사인데요?"

아프나이델은 이제 눈살을 찌푸리기 시작했다.

"후치. 그 수법은 무녀의 마을에서만 전해지는 거고 무녀 이외의 다른 사람들에겐 시술해 주지 않아. 그런데 마법사라니. 무녀겠지? 여자 아니었어?"

"남자인데요?"

아프나이델은 다시 눈을 커다랗게 떴다. 그는 팔짱을 끼더니 고개를 가로저었다.

"그럴 리가……. 남자 무녀인가? 자, 잠깐. 남자 무녀라니. 그게 말이 되나?"

"무녀가 아니라니까요. 마법사고, 남자예요. 간단히 말하면 남자 마법사라고 할 수 있고 더 쉽게 말하면 마법 쓰는 남자죠."

"그럼 무녀들의 문신 주문술이 마법사에게 시술되었단 말이야? 그건 말도 안 돼!"

"말은 안 될지 몰라도 기억은 남아 있는데요."

"그것 참. 신기하군. 아, 그래! 후치. 속은 걸 거야. 그냥 몸에 아무 문신이나 새겨두고 그렇게 말한 것일 뿐일 거야."

"주문을 외울 때 문신이 번쩍번쩍 빛을 내던데요? 아, 그리고 어차피 그 마법사는 장님이라서 마법책을 볼 수도 없어요. 그래서 몸에 새겨둔 문신으로 마법을 쓴다던데요?"

아프나이델은 이제 관자놀이를 꿈틀거리기 시작했다.

"자, 자, 장님 마법사라구? 농담이 심하구나. 차라리 장님 전사라면 믿어도 장님 마법사라니?"

"역시 쉽게 말하자면 눈이 보이지 않으면서 마법을 쓰는 남자라고……."

"이봐요, 후치! 장님은 오브젝트를 설정하지 못해. 마나는 넌 인텔릭이고 마법은 의지를 따르는 법이야. 그리고 의지가 오브젝트를 결정하는 것이고. 파이널 차크라에서 알파 급수는 오브젝트 설정을 기본으로 한단 말이야. 이것은 어디까지나 임메터리얼 문제야. 오브젝트가 설정되지 않은 상태에서는 알파 급수 전체가 무의미해지는 것이고 인카운터 아웃이 된단 말이야."

"아, 미안해요. 지금이에요?"

"응?"

"지금 박수 치면 돼요?"

네리아는 두 손을 올리더니 거창하게 박수를 치기 시작했다. 짝짝짝. 나와 아프나이델이 동시에 그녀를 바라보자 네리아는 동그란 눈으로 우리를 바라보더니 검지손가락을 빨면서 말했다.

"지금이 아닌가 보네?"

아프나이델은 피식피식 웃더니 곧 얼굴을 딱딱하게 굳혔다. 그는 팔짱을 끼더니 생각에 잠긴 표정을 지었다. 그러곤 나직한 목소리로 우리들을 괴롭히기 시작했다.

"목표 감지에서 차지하는 시각의 중요성을 차치하면 개념 배반이라고까지는 할 수 없겠지만 모호성에 근거한 대상 설정임은 틀림이 없다고 보는 것이 지배적 관점인 현대의 마학에서 공감각적인 대상 설정이 이단적 접근 방식으로 취급되는 것은 어쩔 수가 없겠지만 공감각적인 대상 설정으로도 개념 배반을 피할 수 있는 가능성이 있다면 그것은 현대 마학의 패러독스에서 하나의 탈출구가 될지도 모른다는 언명이 주창된 지 어언 34년이 지났건만 아직도 대상 설정 방식은 접근 난이도에 관한 문제에 기인한 것이 틀림없는 나태함에 의해서 시각적 목표 감지를 포기하지 못하고 있음이 작금의 현실이므로 이때의 감각 부조화가 야기하는 심각한 문제는……."

"네리아. 내 의뢰 받아들이겠어요?"

"무슨 의뢰야?"

"어디 가서 마침표 좀 훔쳐와요."

"성실한 나이트호크는 그런 거 안 훔쳐."

그때 돌발적인 웃음소리가 들려오지 않았다면 우리는 아프나이델이 무한대로 뱉어내는 말의 홍수에 휩싸여 익사해 버렸을 것이다. 엑셀핸드가 분지 전체가 울릴 정도의 웃음을 터뜨린 것이다. 나와 네리아는 아프나이델에게서 도망치는 것처럼 보이지 않도록 주의하면서 마당으로 나왔다(물론 아프나이델은 우리에게 신경도 쓰지 않은 채 계속 중얼거리고 있었다.).

마당으로 걸어가니 엑셀핸드와 운차이 커플의 시커먼 그림자가 더욱 진하게 보였다. 엑셀핸드는 어깨를 들썩이며 웃고 있었고 운차이도 피식거렸다. 무슨 일이지? 그들의 뒤로 다가가서 아래를 내려다보았다.

"오오오……, 제레인트!"

제레인트는 우리 쪽을 올려다보더니 곧 네리아에게 외쳤다.

"하하하! 트라이던트의 제레인트라고 불러줘요!"

네리아는 헤죽헤죽 웃으며 거의 혼절할 듯한 표정을 지어보였다. 제레인트는 드워프제인지 의심스러울 정도로 커다란 밀리터리 포크를 가져와서 네리아처럼 자세를 잡고는 트라이던트라고 우기고 있었다. 세상에, 흉측하기도 해라. 성직자가 저런 끔찍한 무기를 들고서 자랑스럽게 웃고 있으니 눈 뜨고 못 봐주겠다. 네리아는 참담한 목소리로 외쳤다.

"그걸 가지고 크라드메서를 어떻게 해줄 작정인데요?"

"겨드랑이까지는 안 올라갈 테고, 발바닥을 간지럽힐까요?"

난 고개를 가로젓고는 그 옆에 있던 샌슨과 길시언을 바라보았다. 길시언은 원래 가지고 있던 무장 이외에 커다란 크로스 보와 쿼럴 통, 그리고 스피어 몇 개를 들고 오고 있었다. 그리고 샌슨도 커다란 핼버드 하나를 어깨에 메고 스피어 몇 개를 묶어서 등에 지고 있었다. 두 사람은 아무래도 내일 크라드메서와의 회견 자리에서 회담이 만족스럽지 못할 경우 크라드메서에게 빗발 같은 창질을 해댄다는 계획을 세운 모양이다.

응?

어……, 그렇군. 레니가 라자로 받아들여지지 않는 경우라면, 정말 바일하프 씨의 말대로 크라드메서의 드래곤 슬레이어가 되는 것도 고려해 봐야 되는 문제로군? 라자가 없는 상태에서 미친 드래곤이 활동기에 접어든다라. 그렇다면 활동기에 들어가기 전에 없애버려야 되는 것이군. 길시언과 샌슨은 그럴 각오를 했나 보군. 레니가 받아들여지지 않고, 그 어떤 수단으로서도 크라드메서를 진정시킬 수 없는 것이 확실해지면, 그를 죽인다.

그게 가능하냐가 문제지만.

3

칼은 길시언과 샌슨의 생각을 눈치챈 듯했지만 그에 대해 별말은 하지 않았다. 다만 '저렇게 짐이 많으면 힘이 많이 들겠소.'라고 한마디 했을 뿐이다. 엑셀핸드의 경우엔 좀더 단도직입적으로 말했다.

"이보라구, 젊은 친구들. 자넨 젊은 드워프들보다 더 무모하군. 정말 한판 붙어보고 싶다, 이 말인가? 크라드메서와?"

샌슨은 벌쭉 웃으며 대답했다.

"그냥……, 예기치 못한 사태가 일어날지도 모르니 가져가 보는 겁니다."

그리고 길시언은 엄격한 얼굴로 말했다.

"준비가 모자라서 패하는 경우는 있어도 준비가 과해서 패하는 경우는 없습니다. 우리에겐 레니 양이라는 평화적이고도 젖내나는 무기가……, 레니 양, 미안해요. 이 빌어먹을 자식아! 후우, 후우! 아, 흠. 어쨌든 레니 양이라는 평화적이고도 좋은 결과를 불러올 수 있는 무기가 있긴 합니다만, 보다 좋지 않은 결과, 그러니까 크라드메서가 악성 변비일 경우를 대비하여 상당량의 관장약을……, 그만하겠습니다."

길시언은 조용히 검집을 풀더니 그대로 위로 들어올려 무릎에 대고 부러뜨릴 자세를 취했다. "우아아아악!" 나와 샌슨이 동시에 달려들어서 간신히 그를 말려놓았다. 운차이는 피식거리더니 롱소드를 꺼내들면서 엑셀핸드를 바라보았다.

"야, 드워프."

"뭐냐? 담배?"

"아니. 칼 좀 갈아다오."

"이놈아! 난 네 녀석의 증조부가 태어나기도 전부터 칼을 갈았다. 예의범절을 좀 가르쳐줄까!"

"그때부터 칼을 갈았다면 드래곤의 비늘도 벨 수 있을 정도로 갈 수 있겠군. 부탁해."

엑셀핸드는 씨근거렸지만 운차이에게서 검을 받아들고는 숫돌을 꺼내었다. 그때 운차이가 말했다.

"날만 예리하게 살면 돼. 두번 다시 못 쓰게 되어도 좋으니까."

"뭐라구?"

"말했잖아. 단 한 번만 정통으로 벨 수 있으면 된다. 검이 너무 약해지더라도 날만 예리할 수 있다면, 완전히 못 쓰게 만들 정도로 갈아놔도 좋아. 내일이 지나면, 어쨌든 다시는 검을 쥐지 않을 테니까."

방 안이 고요해졌다. 제레인트는 반짝이는 눈으로, 그리고 레니는 눈을 깜빡거리며 운차이를 바라보았지만 운차이는 시선을 약간 아래로 깔아 누구와도 눈길을 마주치지 않았다. 엑셀핸드가 말했다.

"내일이 지나면 다시는 검을 쥐지 않는다고?"

"죽으면 못 쥐고, 살면 안 쥔다."

어두운 방 안에 제각기 다른 표정들이 떠올랐다. 길시언은 팔짱을 낀 채 희미한 미소를 지었고 샌슨은 고개를 끄덕였다. 아프나이델은 조용히 눈을 감았고 네리아는 볼을 쓰다듬으면서 운차이를 바라보았다.

"……알았다, 요놈아. 하지만 드워프 앞에서 아는 척은 하지 말아라."

엑셀핸드는 씨익 웃었다.

"제대로 갈 줄 모르는 녀석이 날을 망치는 것이지. 드워프에게 뭐라고 하는 거냐? 떽! 드워프가 갈아놓은 검은 수십 수백 번을 후려쳐도 끄떡이 없어야 되는 법이다. 내 자존심을 건드리는 거냐? 최고로 갈아놓을 테니 염려하지 마라."

"믿겠어."

엑셀핸드는 기운찬 동작으로 숫돌에 물을 끼얹었다. 그러나 곧 엑셀핸드는 눈썹을 꿈틀거리며 투덜거려야 했는데, 샌슨과 나도 검을 뽑아들고 차례를 기다리기 시작했던 것이다.

칼 갈 일이 없는 칼은 지도를 펼쳐놓고 바일하프와 의논을 하고 있었다.

"그럼 소요 시간을 대략 다섯 시간 정도로 잡으면 되겠습니까? 알겠습니다. 지형은 노출되어 있겠지만 접근할 수 있을 때까진 접근해 봐야겠군요. 멀찌감치서 당해 버리면 곤란할 테니까요."

"가까이 접근하면 뭐가 유리해지나요?"

네리아의 질문에 칼은 레니를 흘긋 보다가 말했다.

"지골레이드의 경우를 기억하십니까?"

"악! 그 벼……락을 뿜는 드래곤!"

"예에. 그는 레니 양을 보았을 때 이렇게 말했습니다. 드래곤에게 숙명으로 지워진 언약이라고. 그 말은, 어쨌든 드래곤은 드래곤 라자를 만났을 경우 공격에 앞서 라자의 계약 의사를 타진해 보아야 하는 의무 비슷한 것이 있다는 말로 생각되는데요."

"음. 그런가요?"

"예. 따라서 크라드메서에게 레니 양의 모습을 똑바로 볼 수 있도록 해주는 것이 중요하다고 생각됩니다. 그렇다면 일단 안전하게 계약의 단계로 접어들 수 있겠지요. 그 전, 그러니까 크라드메서가 레니 양의 모습을 확인하기 직전까지가 가장 위험할 것으로 생각되는군요."

그리고 계약의 단계가 끝났을 때가 위험하겠지. 크라드메서가 레니를 받아들이지 않겠다고 주장하게 된다면 말이야. 그러나 칼은 그 말은 하지 않았다. 네리아는 또랑또랑한 눈으로 칼을 바라보며 말했다.

"드래곤은 눈이 좋아요?"

"뭐……, 하늘을 나는 생물은 대개 눈이 좋다고 알고 있습니다만 드래곤의 시력이 어느 정도인지는 정확하게 모르겠습니다. 퍼시발 군? 자네가 말한 이 지점에 동굴이 있다면 여기쯤으로 생각되는데, 맞는가?"

"예? 아, 예. 그렇습니다. 펠레일이 있었으면 좋았을 텐데. 음. 그 외의 땅은 동굴이 있기 어렵겠군요."

"그래. 알았어. 그럼 우리는 여기 남서 방면에서부터 접근해가는 것이 좋겠군. 계곡을 따라 접근하는 거야. 협소한 지형이지만 그만큼 은밀하게 다가갈 수 있다는 장점이 있을 것 같아."

날이 어두워져도 바일하프 외에 다른 드워프들은 만나지 못했다. 드워프들은 모두 지하에 집이 있어 일이 끝나도 여기에는 올 일이 없다고 한다. 바일하프 역시 지하에 집이 있지만 우리들을 돌보기 위해 여기서 묵기로 했다. 드워프들은 호기심이 없나? 우리 영지에 캇셀프라임이 왔을 땐 영지의 주민들이 다 몰려나와서 구경하고 환영을 했는데. 우리들도 그들을 위협하는 크라드메서를 안정시키기 위해 찾아온 중요 손님인 셈인데 왜 아무도 찾아오지 않는 거지?

넓은 마을에서는 우리가 있는 건물에서만 빛이 흘러나왔다. 창밖을 바라보면 기분이 묘해졌다. 산비탈을 따라 제멋대로 쌓여 있는 건물에 달빛이 쏟아져 푸르스름하게 빛나는 모습. 인공적인 빛은 우리들이 있는 건물에서 흘러나오는 촛불 빛 외엔 전혀 없다. 눈을 들어 보면 산으로 둘러싸인 좁은 하늘에 역시 작아 보이는 달이 떠 있다. 고요하고 광막한 분지의 달밤이었다.

분지엔 달빛이 담겨 넘쳐나고 있었다.

난 침대에 앉아 있었다.

침대에서 일어난 이유가 뭘까? 갑자기 눈을 뜨고 정신을 차려보니 난 침대에 앉아 멍하니 앞을 바라보고 있었다. 왜 이러는 거지? 옆에서 샌슨의 목소리가 들려왔다.

"음……. 뭐냐, 후치냐?"

샌슨은 뒤척거리더니 잔뜩 잠긴 목소리로 말했다.

"긴장되는 줄은 알겠지만 자둬라."

"아."

이상한 대답을 하고 나서도 난 침대에 눕지 않았다. 잠시 후 샌슨의 숨소리가 느릿해졌다. 다시 방 안은 고요해졌다. 고요하고, 푸르스름한 달빛만 가득한 방. 왜 그런지 모르지만 난 침대에 누울 수가 없었다. 젠장. 드워프들이 침대에 깨진 그릇 조각이라도 넣어뒀나? 그럴 리야 없지. 그런데 왜 눕고 싶지가 않은 거지?

내일은 죽을지도 모른다는 것 때문인가?

아냐. 그렇진 않아. 지금껏 실감하진 못했지만 머릿속으로는 잘 알고 있었던 사실이다. 살려고 갈색 산맥을 찾아온 것은 아니니까. 뭐 특별히 바뀐 것은 없다.

난 도로 침대에 누웠다.

그러나 10초도 지나기 전에 난 다시 일어나 앉았다. 샌슨은 이번엔 눈을 뜨지 않았고 그래서 난 홀로 어두운 방 안과 달빛이 흘러 들어오는 창문을 쳐다보았다. 드워프들의 유리창은 아름다웠다. 정신을 사납게 하는 바람소리도 없었다. 춥지도 않았다. 젠장. 너무 고요하고 아무 일도 없다는 것 때문인가? 웃기는 소리잖아. 제길. 크라드메서 때문인가? 넥슨도, 할슈타일 후작도, 핸드레이크도……, 잡다한 것들 다 사라져버리고 이제 크라드메서만 남았기 때문인가? 난 투덜거렸다.

"빌어먹을 크라드메서 새끼, 사람을 빡돌게 만드는군. 잠도 못 자게시리."

어라? 내 말투가?

이건……, 헬턴트 시절로 돌아간 것이군.

내 말투가 헬턴트 초장이 시절로 돌아가 버렸어. 그 동안 우리 마을 사람들과는 비교도 할 수 없는 고귀한 사람들, 우아한 사람들을 만나고 돌아다니면서 까맣게 잊어먹었던 말투가 다시 되돌아왔잖아. 쳇. 반갑군. 그런데 왜 지금 내 말투가 돌아온 거지? 자다가 일어나서 그런가?

젠장.

난 침대에서 일어났다. 창가로 다가가 밖을 바라보았다. 예상대로 눈이 시리도록 푸른 달빛이 쏟아져내리고 있었다. 그러나 쏟아져내리던 달빛은 침엽수들의 잎들 속에 잠겨 사라졌다. 허공만이 밝았다.

바스타드를 들어 뽑아보았다. 엑셀핸드가 갈아둔 칼날이 달빛이라도 갈라놓을 것처럼 빛을 뿜었다.

해너 아주머니. 몸 지킬 생각이나 하라구요? 하하하. 어쩌면 말입니다. 난 이 칼로 바이서스를 지키고 있는지도 모르겠어요. 덕분에 정말 잘 쓰고 있습니다.

난 검집은 던져두고 바스타드를 든 채 방을 나왔다.

마당으로 나섰다. 달빛에 하얗게 빛나는 마당이 마치 눈밭처럼 보였다. 발을 대기가 부끄러울 정도군. 난 마당이 부서질까 봐 조심스럽게 밟고 나왔다. 음. 마당은 마당이다. 익숙한 감각이 발로 전해져왔고 난 몽환적인 분위기에서 약간이나마 현실로 돌아왔다. 그러자 싸늘한 추위가 느껴졌다.

입고 있는 옷이라곤 셔츠 한 벌에 바지뿐이다. 바람이 별로 없어서 다행이군. 다만 고지대의 공기가 목 뒤를 얼어붙게 만들 정도였다. 난 목 뒤를 좀 주무르고 바스타드를 위로 세워보았다. 좁은 하늘에 떠 있는 한 조각 달을 겨냥했다.

조이스 씨는 지금 달을 보고 있을까?

그 무뚝뚝한 대장장이는 하루 종일 일하고 지쳐서 달 보고 있을 새는 없겠지. 하지만 그 딱딱한 얼굴 뒤에서 당신의 아들인 샌슨의 걱정을 하고 계시겠지. 걱정 말아요, 조이스 씨. 샌슨은 지금 잘 자고 있어요. 저 멋진 사나이는 내일 크라드메서를 만나러 가는데도 쿨쿨 잘 자고 있다구요. 하하하.

바스타드를 옆으로 휘두른다.

쉬익. 분지의 검은 그림자가 순간적으로 갈라지는 느낌. 난 바스타드를 옆으로 휘두른 자세 그대로 멈추었다. 터너, 이 다음에 어떻게 했지요? 뒷발의 무릎을 구부리며 자세를 낮춘다. 낮아진 바스타드를 허리의 탄력을 이용해 당긴다. 몸은 제멋대로 회전하도록 내버려두고, 이윽고 끌어당긴 바스타드를 다시 뿌린다. 은빛 섬광이 암흑을 물들인다.

아버지.

지금 회색 산맥에서 달을 보세요? 크라드메서? 흥, 걱정 마세요. 아버지도 드래곤에게 잡히고 자식도 드래곤에게 잡히면 후세 사람들이 네드발 가문은 드래곤의 저주를 받았다고 할 거예요. 하하하. 우리 가문은 원래 저주나 축복 같은 것들하고는 사이가 안 좋잖아요. 그런 건 거물들에게나 어울리는 것이고, 초장이 네드발 가문은 헬턴트 영주님께 초나 바치며 살면 그만이에요. 그런데 어쩌다가 부자가 모두 드래곤을 찾아가게 되었죠? 우습잖아요. 걱정 마세요. 당신의 주정뱅이 아들놈은 몸이 부서지는 한이 있어도 헬턴트로 돌아갈 거예요.

옆으로 세 걸음. 도약. 막고 튕겨 솟구쳐오르게 하고. 돌려베기.

끊어치고, 끊어치고, 끊어치고, 끊어치고.

몸을 격하게 움직일 때마다 셔츠가 펄럭거리는 소리가 요란하다. 기합은 없다. 발도 가볍게 미끄러진다. 다만 귓가를 스치는 바람소리와 셔츠가 펄럭거리는 소리, 그리고 바스타드가 뿜어내는 파열음뿐이다. 이윽고 다시 바스타드를 내려 허리 앞에 놓고 중단 겨누기.

제미니. 내 꿈 꾸고 있을 거지?

어차피 내일 죽을지도 모르는데 말이야. 미안하지만 셔츠 아래의 너, 혹은 치마 아래의 널 상상해 봐도 좋을까? 아마 눈앞에서 이런 말을 했다간 따귀를 얻어맞겠지. 야, 야! 어차피 너 옷 아래에 뭐 굉장한 거라도 가지고 있어? 나니까 그런 거라도 궁금하게 여겨주는 거 아니야? 윽. 상상의 제미니에게 발등을 밟히는 기분이 든다. 어쩔 수 없는걸. 좋아. 일단은 셔츠 첫 번째 단추까지만 상상을 전개하면……, 으윽.

이 계집애는 상상 속에서도 정말 아프게 꼬집네.

"후치?"

"으아악! 잘못했어!"

"응?"

레니는 눈이 동그래져서 날 바라보았다. 와, 정말 놀랐다! 똑같은 붉은 머리, 하필이면 이런 상상을 할 때 나타날 게 뭐야.

"아, 딴 생각 하고 있었어."

정문으로 나타난 레니는 머리에 숄을 둘러쓰고 어깨엔 외투까지 커다란 것을 입고 있었다. 그러고도 추운지 입 앞에 손을 모으곤 입김을 호호 불고 있었다.

"추워?"

"넌 땀 나니? 음. 그렇게 칼 휘두르니까 땀 날 수도 있겠네."

"왜 나온 거야?"

"그냥……. 잠이 안 와."

레니는 내 쪽으로 걸어왔다. 음. 하얀 마당을 밟으며 걸어오는 붉은 머리 소녀. 으으……, 제미니가 생각난다.

"구경해도 돼?"

"응?"

"구경해도 되냐구. 연습하고 있었잖아. 나 신경 쓰지 말고 계속해."

"연습은 무슨. 내가 뭐 전사라구. 그냥 잠도 안 오고 해서 땀 빼면 잠이 올까 봐."

"응응. 계속해 봐."

레니는 내가 대답할 사이도 없이 그대로 마당 저편, 그러니까 아래로 떨어지는 위치까지 걸어가 섰다. 달빛 속에 그녀는 어둡고 밝다. 작아 보이고 커 보인다. 참 이상하네.

거참. 보고 있으면 하기가 어렵다는 것을 어떻게 설명하지? 에라.

앞으로 뛰고, 좌우로 베고, 다시 뛰어 좌우로 베고, 돌려 위 막고 내려치고, 옆으로 뛰며 다시 사선으로 베고. 구경꾼도 있으니 묘기나 한번. 오래간만이다, 일자무식 무한대!

"후와아아!"

마당 끝에서 반대쪽 끝까지 계속 올려베며 달렸다. 붕붕붕붕붕! 한 스무 번 올려베었나? 아이고, 내 허리! 윽. 머리가 어지럽다. 다시 구경꾼을 의식해서! 휘청거리는 것이 마치 기술인 것처럼 위장하고, 바스타드를 대각선 위로 올리며 한쪽 무릎을 꿇는다. 아이고, 어지러워. 그러나 눈으로는 그윽한 눈빛을 뿜어내기 위해 애쓴다(사실 마당이 세 개로 보이니 자연스럽게 그윽한 눈빛이 나올 거야, 음).

짝짝짝. 레니의 작은 손에서 작은 박수소리.

"멋져!"

"어땠어?"

"응? 어……, 뭐랄까. 후치 주변이 온통 번쩍번쩍했어. 마치 후치에게서 빛이 뿜어져 나오는 것처럼 보이던데."

아. 계속 둥글게 올려베었으니 반사광이 꽤나 요란했겠군. 레니는 손을 내밀었다.

"잡아봐도 돼?"

하, 하하! 난 피식피식 웃으며 바스타드를 건네주었다. 레니는 멋모르고 한 손을 내밀었고 난 그 손에 바스타드를 들려주었다. 레니의 팔이 우스꽝스러운 동작을 취하며 아래로 휘익 처졌다.

"어머!"

레니는 발등을 찍을 뻔하고는 당황한 표정을 짓더니 곧 새침하게 말했다.

"후치 땀이 묻어서, 미끄러워."

아, 그래? 하하하. 레니는 바스타드를 들더니 상단 겨누기의 자세를 취했다. 말이 좋아서 상단 겨누기씩이나 되지 엉덩이는 뒤로 툭 튀어나와 있고 다리는 모으고 서 있어 눈 뜨고 못 봐줄 장면이다.

"나 어때?"

"그럴듯해."

그랑엘베르여. 유피넬은 아마도 내 따끈따끈한 거짓말을 주워 잘 식힌 다음 그의 저울에 올릴 테니까 당신이 어떻게 좀 잘 말해 줘요. 내가 여기서 '눈 뜨고 못 봐주겠어.'라고 사실대로 말할 수는 없잖아요.

레니는 생긋 웃더니 '얍!' 하면서 바스타드를 앞으로 내밀어 찌르기를 시도했다. 다리는 여전히 모은 채이고 허리는 뒤로 쭉 뺀 자세로 상체만 앞으로 숙이며 검을 흔들거리는 것도 찌르기라고 할 수 있다면 말이다. 난 미소를 지으며 말했다.

"뭘 찌른 거야?"

"응? 응……, 몰라. 그냥 찔렀어."

"그래? 그럼 말해 주겠는데, 상대의 경우 가벼운 찰과상을 입힐 수 있었다면 퍽 다행이고 너의 경우엔 빈틈을 노출시킨 대가로 끔찍한 일을 당하게 되었어. 도둑 키스에서부터 가슴에 구멍이 나는 일까지 아무 거나 당할 수 있게 되었는걸."

난 역시 진실과 사이가 좋단 말이야. 레니는 혀를 날름거리더니 바스타드를 돌려줬다.

"흐음. 칼싸움 잘하는 거 자랑 아니야."

난 바스타드를 돌려받아 빙글빙글 돌리면서 말했다.

"맞아. 자랑거리에는 초를 잘 만든다거나 음식을 잘 만든다거나 하는 것이 포함되지. 아아! 난 자랑거리가 너무 많아서 고민이야. 심지어 난 애인도 너무 예쁘……, 들었냐?"

"들었어. 히히히."

"할 수 없군. 사실대로 고백하지. 내 칼은 사실 프림 블레이드처럼 마법검이었어."

"헤에. 못 믿겠는데?"

레니는 헤죽거리더니 다시 마당 끝으로 물러났다. 응? 뭐지? 레니는 날 바라보더니 어깨를 으쓱였다.

"더 안할 거니?"

"아아. 됐어."

난 레니 옆으로 걸어가서는 바스타드를 마당에 꽂아두고는 아래를 내려다보며 앉았다. 레니는 잠시 주저하더니 머리에 덮어썼던 숄을 내리며 말했다.

"이거라도 어깨에 둘러. 춥잖아."

"하하. 아냐. 괜찮아. 땀 흘린 뒤라서 춥지 않아."

그러나 레니는 끝끝내 내 어깨에 숄을 둘러주고는 목 앞에서 묶어버렸다. 으으윽. 아버지. 당신 아들내미가 지금 계집아이 숄을 어깨에 두르고 드워프들의 마당에 앉아서 달을 보고 있답니다. 뭐, 나쁘진 않네요.

레니는 내 옆에 주저앉더니 말했다.

"어, 저. 후치야?"

"응?"

"물어볼 게 있는데 말이야. 다른 사람들은 모두들 기분이 무거운 거 같아서 묻지 못했거든."

"나에게 물어봐."

"나……, 말이지. 내일 크라드메서를 만나고, 어, 그러니까 드래곤 라자의 계약을 하고 나면 어떻게 되는 거니?"

난 레니를 돌아보았다. 레니는 파란 볼을 한 채 분지 아래를 내려다보고 있었다. 난 고개를 들어 달을 보면서 말했다.

"어떻게 되다니? 몇 번이나 이야기를 했던 거 아냐? 넌 아무 일도 하지 않아."

"아무 일도 하지 않아?"

"응. 드래곤 라자는 아무 일도 하지 않아. 그건 상징일 뿐이야. 그런데 그 상징이 중요하기 때문에 우리들이 이렇게 고생하고 있는 거지."

"그럼 나 정말 아무 일도 안 해도 되는 거지? 그냥 찾아가서 만나기만 하면 되는 거지? 그렇지?"

"응. 그래."

"그렇지 않아."

대답한 것은 레니가 아니었다.

난 후다닥 일어나면서 동시에 땅에 꽂아둔 바스타드를 뽑아들었다. 그러나 목소리가 들려온 쪽을 돌아보고선 인상을 찌푸렸다. 레니는 놀라서 일어났고 난 그녀를 가리고 섰다. 레니의 손톱이 내 셔츠를 파고드는 것이 느껴진다.

시오네였다.

팬텀 스티드를 탄 채 분지 위 허공에 떠 있었다. 우리들이 산비탈 위의 건물에 서 있어서 얼굴 높이는 비슷했지만 어떻게 뛰어서 노려볼 만한 거리는 아니었다. 제길.

"시오네."

재빨리 시오네의 양옆을 살폈지만 넥슨이나 자크의 모습은 보이지 않았다. 혼자 온 것인가? 난 바스타드를 시오네에게 겨냥했다. 하지만 시오네는 자신을 향한 검 끝에는 아무런 관심도 두지 않은 채 말했다.

"어제는 고마웠다, 후치."

"빨리도 왔군요."

"날아오니까."

어째 대화가 상당히 평온한 분위기 속에서 진행되는군. 난 코를 쓱 닦고는 말했다.

"당신, 우릴 공격할 건가요?"

"아니. 지금으로선 그럴 생각이 없어."

"고맙군요."

"고마워하고 싶으면 얼마든지 고마워해. 잠시 후 그럴 생각이 떠오를지도 모르지만."

"고맙지 않군요."

등 뒤를 부여잡는 레니의 손길이 더욱 강해졌다. 윽, 레니. 옷 좀 그만 잡아당겨. 목이 졸려오잖아. 시오네는 물끄러미 날 바라보더니 말했다.

"크라드메서는 어디에 있지?"

"내가 먼저 묻지요. 아까 끼어들 때 그렇지 않다고 말했는데 그게 무슨 뜻이죠?"

"그걸 알려주면 크라드메서의 위치를 말할 텐가."

시오네는 팬텀 스티드의 고삐를 던져놓고는 말했다. 흐음. 그거 재미있는 조건이네. 하지만 문제는 내가 크라드메서의 위치를 모른다는 데 있지.

"난 크라드메서의 위치를 몰라요."

시오네는 잠시 날 바라보더니 고개를 끄덕였다.

"알았어, 그럼 다른 자들에게 물어봐야겠군."

다른 사람들에게 물어본다고? 이런, 안 돼!

난 곧장 뒤로 돌아 레니를 끌어안았다. "꺄아아악!" 난 레니와 함께 나동그라졌고 우리들이 서 있던 위치에서 뭔가가 팍! 튀는 소리가 들려왔다. 땅에 쓰러진 채 고개를 돌려보니 검은 밧줄이 마당에 떨어져 있었다. 밧줄은 마치 살아 있는 뱀처럼 꿈틀거리고 있었다. 저건 아프나이델이 쓰던 그 마법이군!

"빠르군."

시오네의 평이었다. 헹! 우릴 인질로 삼아 다른 사람들에게 물어보겠다고? 웃기시는군. 난 레니를 재빨리 일으키며 말했다.

"건물 안으로 도망…… 아니, 내 등 뒤에 있어!"

다시 고개를 돌려 시오네를 바라보자 그녀는 그대로 팬텀 스티드 위에 탄 채로 날 내려다보고 있었다. 난 바스타드를 단단히 움켜쥐었다. 저 여자가 우리 일행을 좌절시키는 가장 간단한 방법은 레니를 해치는 것이겠지. 그래서 난 레니를 가로막고 섰다. 난 시오네를 노려보며 외쳤다.

"당신, 크라드메서에게 무슨 볼일이 있는 거지? 도대체 당신의 목적은 뭐야?"

"너와 함께할 목적이 아니다."

"그래? 그렇다고? 하지만 당신은 핸드레이크의 전인이잖아! 도대체 이 나라에 대해 무슨 짓을 저지르려고 그러는지 알아야겠어!"

시오네의 얼굴은 언제나처럼 검고 풍성한 머리로 거의 가려져 있었다. 그래서 그녀의 표정을 알아보는 것은 쉽지 않았다. 그녀의 입매만이 겨우 보일 정도였으니까. 시오네는 말했다.

"핸드레이크의 전인이라. 넌 누구의 전인인가?"

"뭐라구?"

시오네는 물끄러미 날 내려다보더니 갑자기 목소리를 바꿔 빠르게 말했다.

"넌, 아니 너희 일행들은 크라드메서에게 다가가지 못한다. 나에게 드래곤 라자를 넘겨라. 내가 그녀를 데리고 가서 라자의 계약을 실행하겠다. 후치, 넌 어제 너의 목적은 크라드메서를 안정시키는 것이라고 말했다. 내가 대신 해주겠다는 거야."

뭐라구? 이게 무슨 말이지? 그러나 내 대답은 바로 튀어나갔다.

"일어나!"

우리 일행들에게 외친 소리였다. 곧 건물 쪽에서 소란스러운 소리가 들리며 불빛이 비쳐나오는 것도 느껴졌지만 고개를 돌릴 수는 없었다. 아랫입술이 아파오는 것으로써 내가 입술을 깨물고 있다는 것을 알게 되었다. 시오네는 공중에 뜬 자세 그대로 꼼짝도 하지 않은 채 말했다.

"고약한 꼬마놈……. 그 소녀는 죽이지 않는다. 걱정 마라."

"뭐라구?"

"그러니 안심하고 죽어라, 꼬마야."

시오네가 손을 휙 쳐들었다. 이런, 빌어먹을!

"내가 어제 당신 도와줬잖아!"

"그래서?"

시오네는 그렇게 말하더니 곧 캐스트를 시작했다. 이런, 우라질! 내가 어쩔 줄 몰라하는 사이에 시오네는 빠르게 캐스트를 마치고 손을 내렸다. 그녀는 내게 똑바로 손을 겨냥했고 난 그 손가락만 바라보면서 몸이 굳어버렸다. 이런, 피해야 되는데, 피해야 되는데! 레니가 등 뒤에 있어! 어떻게 하지? 시오네는 외쳤다.

"파워 워드 킬!"

빌어먹을, 죽었다! 아, 아니, 죽을 것이다. 언젠가는.

아무 일도 일어나지 않네? 난 눈을 껌뻑거리며 시오네를 바라보았다. 갑자기 머리 끝이 쭈뼛 서는 것이 느껴졌다. 설마, 벌써 죽었나? 난 이미 죽었다는 것도 모른 채 이렇게 영혼으로 서서 시오네를 바라보고 있는 것인가? 그러나 시오네가 당황한 목소리로 말하는 것을 들으며 내가 아직 살아 있다는 것을 알게 되었다.

"누구냐!"

"나, 난 후치 네드발인데……."

대답하면서도 이건 아무래도 합당한 대답이 아니라는 것이 느껴졌다. 설마 내 이름이 궁금한 것은 아닐 텐데? 그때 나는 내 주위를 둘러싸고 있는 푸르스름한 막을 볼 수 있었다. 어두컴컴해서 잘 보지 못했던 것이 이제야 보이는 것이다. 이게 뭐지? 그때 등 뒤에서 제레인트의 헐떡이는 목소리가 들려왔다.

"이 기절할 정도로 멋진 타이밍을 보여준 나의 이름은 제레인트!"

"옷이나 입고 나와야죠!"

네리아의 비명소리. 곧 이은 제레인트의 유쾌한 대답.

"옷 입고 나왔으면 후치 못 구했습니다! 하하하!"

우하, 허, 하! 살았다. 제레인트가 날 구했구나! 그러나 시오네는 잠시 주저하지도 않고 곧장 캐스트에 들어섰다. 그녀는 그대로 내게 손을 뻗으며 외쳤다.

"클라우드킬!"

"후치, 숨을 멈춰!"

아프나이델의 찢어지는 고함소리. 시오네의 내뻗은 손에서 달빛 아래 회색에 가깝게 보이는 연두색 구름이 퍼져나오기 시작했다. 이런, 젠장! 뒤로 물러나야 하는 거 아닌가? 그러나 레니는 내 등 뒤에 매달려 있었고 난 움직일 수 없었다. 숨을 멈춰야 해! 연두색 구름은 순식간에 내 눈앞까지 다가왔다. 아, 안 돼! 왜 하필이면 지금 재채기가 나오려고 하는 거야! 에, 에, 에……

"에취!"

맙소사! 내가 재채기를 하자 무서운 바람이 일어났다. 쏴아아아! 내게로 밀려들어오던 연두색 구름들이 그대로 시오네 쪽으로 되돌아가 버렸다. 내가 이렇게 강인한 콧바람을 가졌었나? 정녕 OPG의 숨겨진 비밀은 코의 힘을 강력하게 만들어준다는 것이었는가! 내가 이런 타당성 전무한 상상을 하는 동안 연두색 구름은 시오네를 덮쳤고 시오네는 황급히 위로 떠올랐다. 독구름은 팬텀 스티드의 발 아래로 아슬아슬하게 지나쳤다. 뒤에서 샌슨의 기막혀하는 소리가 들려왔다.

"아프나이델! 대단합니다!"

"아, 아니……. 제가 아닌데요?"

"예?"

무슨 말이야? 그러나 난 기회를 놓치지 않고 재빨리 뒤로 돌아 레니를 들어올렸다. 레니는 질겁했지만 난 그대로 레니를 허리에 낀 채 죽어라고 달려서 건물로 돌아갔다. 건물에서는 길시언과 샌슨이 손에 손에 검을 든 채 달려나오고 있었다. 난 레니를 내려놓으며 그대로 몸을 돌렸다. 레니는 황급히 건물 안으로 달려 들어갔다.

시오네는 다시 안정을 되찾았다. 그녀는 팬텀 스티드를 천천히 몰아서 우리들의 머리 위로 다가왔다. 길시언이 고함을 질렀다.

"너! 도대체 무엇을 노리는 거냐!"

"드래곤 라자."

"내어줄 수 없다!"

"네 의사는 상관없어. 난 데려갈 테니까."

길시언은 눈에서 불똥을 튀겼지만 시오네는 아랑곳하지 않고 다시 캐스트를 시작했다. 이런, 젠장! 또 마법이야? 그때 칼이 뛰쳐나왔다. 칼은 땅에 한쪽 무릎을 꿇더니 그대로 상체를 뒤로 젖혔다. 그의 손엔 롱 보가 걸려 있었고 시위는 한껏 아래로 당겨져 있었다. 칼은 외쳤다.

"멈춰!"

그러나 다음 순간 팬텀 스티드를 탄 시오네가 네 개로 불어났다. 히이익! 밤 하늘에 네 명의 시오네가 네 마리의 팬텀 스티드를 탄 채로 우릴 내려다보고 있었다. 아프나이델이 고함을 질렀다.

"미러 이미지!"

칼은 당황해서 일어나더니 롱 보는 그대로 위로 겨냥한 채 등 뒤의 아프나이델에게 물었다.

"어느 게 진짜요?"

"모릅니다. 저건 알 수가……."

그때 네 명의 시오네가 동시에 말했다. 맙소사, 진짜 네 명이 말하는 것 같잖아!

"드래곤 라자를 내놓아라."

"허튼소리!"

어느새 달려나온 엑셀핸드가 고함을 질렀다. 그러나 칼은 그대로 롱 보를 하늘로 들어올린 채 고함을 질렀다.

"왜! 왜 레니 양을 원하는 거요?"

네 명의 시오네가 동시에 대답했다.

"알 바가 아니다. 내놓지 않으면 함께 죽이면 그만이다."

그러더니 네 명의 시오네는 동시에 캐스트를 시작했다. 잠시 후 네 명의 시오네는 동시에 오른손을 들어올렸고 그 손들 위에는 시뻘겋게 타오르는 불 공이 떠올라 있었다. 제길, 또 저거야! 칼은 황급히 외쳤다.

"모두들 안으로……!"

"안으로 도망가 봐야 소용없다. 이 마을 전체를 파괴할 수도 있으니까."

그렇잖아도 도망갈 엄두를 내지 못하던 우리들은 시오네의 말에 완전히 굳어버렸다. 시오네들은 손에 불 공을 띄워둔 채 말했다.

"다시 말한다. 드래곤 라자를 내놓아라. 다음번은 없다. 거절할 경우 그대로 던지겠다."

이, 이런! 칼은 입술을 깨물었다. 그의 눈이 순간적으로 번뜩였다. 들어올린 롱 보의 시위가 부르르 떨렸다. 설마, 도박을? 칼은 넷 중 아무거나 노려서 쏘아버릴 생각인가? 그러나 칼은 그러지 못했다. 그의 활이 천천히 내려오는 순간.

"가장 오른쪽!"

고함소리가 들려온 순간 칼은 그대로 활을 들어올려 시위를 놓았다. 탱!

"아아악!"

가장 오른쪽에 있던 시오네의 팔에 화살이 맞은 순간 다른 세 명의 환상도 그대로 손을 들어올리며 비명을 질렀다. 네 명의 시오네의 손 위에 만들어졌던 네 개의 화염구는 모두 팍! 하는 소리와 함께 사라져버렸다. 누구지? 누가 우리를 도운 거지? 네 명의 시오네가 동시에 고개를 돌리며 앙칼지게 외쳤다.

"이……, 잡스런 신의 지팡이!"

제레인트가 놀란 눈을 했다. 자, 잠깐. 그건 제레인트의 목소리가 아니었는데? 그때 저편 어둠 속에서 조금 전에 들려왔던 그 목소리가 다시 들려왔다.

"흉측한 짓을 그만둬요. 뱀파이어."

이윽고 마당 저편에서 계단을 타고 올라오는 것은 키가 6피트에 가까운 거대한 그림자였다. 커다란 로브가 길게 늘어져 있었고 그 어깨는 샌슨과 길시언의 어깨를 합쳐놓은 것 비슷하게 보였다. 제레인트는 기막힌 표정을 지었지만 난 반가움에 고함을 질렀다.

"에델린!"

이윽고 에델린은 마당에 올라섰다……고 생각되었지만 그러고도 한참 동안 올라왔다. 키가 너무 커. 감각이 잠시 혼동을 일으킨 사이에 에델린은 우리 쪽으로 걸어왔다. 거대한 그 몸은 전에 헤어졌을 때보다도 더 커진 느낌이 들었다. "가만 있어!" 시오네는 팬텀 스티드의 고삐를 거칠게 잡아당겼다. 이차원에서 소환된 저 유령마가 에델린에게 겁을 집어먹는 것인가? 팬텀 스티드는 뒤로 물러설 듯한 동작을 보여주었다. 다리 부분이 희미했지만 도망친다는 느낌은 곧바로 다가왔다.

"에델린!"

샌슨의 고함소리에 이어 칼도 외쳤다. "에델린 양!"

"오래간만이군요, 여러분."

에델린은 고개를 조금 숙여보이며 인사했다. 우리 셋 외에 다른 사람들은 모두 떨리는 아래턱을 가누느라 애쓰는 모습을 보여주고 있었다. 난 반가움에 그녀에게 다가서려고 했으나 에델린은 팔을 들어올려 날 제지했다.

"잠시 기다려주세요. 저쪽과 얘기를 마무리짓도록 해야겠습니다. 후치."

"예! 예. 예?"

발음은 똑같지만 의미는 전혀 다른 세 가지 종류의 말을 해버렸다. 좀더 길게 말할 수 있는 침착성과 심적 여유를 가졌다면 아마 이렇게 말했겠지. '물론 당신의 요구에 따라 기다린다는 것은 저의 기쁨입니다! 하시던 이야기는 마무리짓는 것이 당연합니다. 잠깐만, 시오네와 할말이 있으시다구요?' 그러나 에델린은 그 무지막지한 스태프를 짚으며 마당 저편으로 걸어갔다. 샌슨은 고개를 끄덕이더니 앞으로 나섰다.

"샌슨?"

"엄호한다."

"좋아."

나와 샌슨이 왼쪽으로, 그리고 길시언과 운차이가 오른쪽으로. 그리고 그 가운데로 다른 사람들의 머리쯤 되는 곳에 가슴이 오는 에델브로이의 프리스티스가 기둥만한 지팡이를 짚으며 걸어가는 것이다. 하하하! 웬만한 녀석들이라면 벌써 달아났어야 하는 상황에서 시오네는 달아나지 않음으로써 자신이 웬만하지 않다는 것을 증명해 보였다.

시오네는 손을 들어 에델린을 겨냥하면서 말했다.

"치료하는 손?"

"그렇습니다."

"칼라일에서 봤었지. 오랜만이군."

"그렇군요."

"나타난 목적은?"

"당신과 여기 이분들 모두에게 용건이 있어요."

"나에 대한 용건은?"

이런, 왠지 머리가 이상해지는 것 같아. 트롤과 뱀파이어는 마치 서로에게 따분한 책을 읽어주는 것처럼 이야기를 나누고 있었다. 둘 다 인간이 아니긴 하지. 어쨌든 에델브로이의 딸이라는 의미의 아름다운 이름을 가진 트롤 프리스티스가 말했다.

"당신에 대해서는 전언입니다."

"전언? 누구의?"

"핸드레이크께서 당신에게 전할 말이 있다고 하셨습니다."

헉! 뭐야?

지금 에델린이 뭐라고 말했지? 뒤에서 숨죽인 비명소리들이 들려왔다. 제레인트의 목소리가 가장 높았다. "아프나이델! 당신도 들었소?" 시오네 역시 크게 놀란 얼굴이 되었다. 그러나 다음 순간 시오네는 입술 양끝을 들어올렸다. 그것은 미소를 짓는 것은 아니었다. 비로소 나는 시오네의 송곳니를 볼 수 있었다. 멋진데? 기능적인 스타일이야.

"핸드레이크는 죽었어."

뭐야? 뭐라구? 시오네의 말은 우리를 다시 놀라게 만들었다. 이 상황에서 뭔가 말을 꺼낼 수 있는 사람은 아무도 없겠지. 과연 다음에 입을 연 것은 에델린이었다(에델린은 사람이 아니라 트롤이다. 하하하!).

"아뇨. 죽지 않았습니다."

"거짓말! 핸드레이크는 죽었어!"

"그는 당신에게 전하라고 말했습니다."

"닥쳐! 핸드레이크는 죽었어! 내가 죽였다! 내가 죽였어! 내가 그를 죽였어!"

맙소사! 가면 갈수록 사람 어지럽게 만드는군. 도대체 이게 무슨 이야기들이지? 에델린은 고개를 가로저었다.

"그는 죽지 않았습니다. 당신 때문에 극심한 상처를 입긴 했습니다만 살아났고 아직 살아 있지요. 어쨌든 그의 말을 듣지 않으실 겁니까."

"……짖어봐!"

"알겠습니다. 그는 당신을 용서한다고 말했습니다."

시오네의 얼굴이 달빛보다 더 하얗게 변했다. 검은 머리카락 사이로 보이는 그녀의 얼굴이 마치 밀랍 같았다. 그녀는 핏기 없는 입술을 벌려 말했다.

"뭐라구?"

"그는 당신을 이해하고, 당신을 용서한다고 말했습니다. 그리고 이제는 당신을 이해하기 때문에, 당신이 지금 하고 있는 일들이 당신에게 어울리는 일이 아니라는 것을 잘 안다고도 말했습니다."

"무슨 뜻이냐!"

"그대로 전해 드리죠. 그는 이렇게 말했습니다."

에델린의 목소리에는 아무런 변화가 없었다. 높낮이도, 음색도. 트롤 특유의 거친 음색도 거의 느껴지질 않았다. 마치 지금 말하고 있는 것은 다른 사람의 말일 뿐, 혹시라도 에델린 자신의 말로 착각하게 되면 곤란하므로 감정을 완전히 배제하고 말하겠다는, 그런 식의 어투였다.

"'내 딸아.'."

기절할 뻔했다. 아슬아슬했어. 거의 기절할 뻔했다니까. 샌슨을 보니 꼿꼿이 선 채로 눈을 뜨고 기절해 있었다. 확실해!

"'철이 들면서 아버지를 괴롭히는 것이 딸들의 숙명이라지만, 이건 심하지 않으냐? 좀 봐다오. 네가 다른 집의 딸들처럼 남자친구 문제 같은, 어찌보면 퍽 즐거운 문제로 아버지를 괴롭히게 되는 것까지는 바라지 않겠다. 혹은 죽어도 시집가지 않고 아빠랑 살겠다는 말로 아비의 복장을 즐겁게 뒤집어주길 바라지도 않는다. 그건 너무 과욕이겠지. 너와 나 사이는 그렇게까지 즐겁고 유쾌하기만 한 부녀 관계는 아니었지. 그러나 네게만 잘못이 있다는 식으로는 말하지 않겠다. 내게 아버지의 자질이 부족한 것이 더 큰 문제일 것이니라.'."

길시언은 기어코 딸꾹질을 시작했다. 히꾹! 히꾹! 아이고, 맙소사! 에델린은 웃지도, 음색을 좀 낮추지도 않은 채 저 말을 그대로 했다! 뒤에선 엑셀핸드의 기막혀하는 웃음소리가 들려왔다.

"허, 허허, 허? 허."

그러나 시오네는 웃지 않았다. 그녀의 밀랍 같은 얼굴엔 억지로 표정을 가져다붙여도 곧 떨어져버릴 것 같은 딱딱함만이 자리하고 있었다. 에델린은 한가롭게 계속 말했다.

"'그래서 난 너에게 간섭을 하지 않으려고 했느니라. 넌 똑똑한 아이고 자기 앞가림을 충분히 한다고 믿었거든. 하지만 요새 듣자니 네가 요즘 참 이상한 일을 벌이고 있는 것 같구나. 네가 어떻게 생각할진 모르겠지만 난 널 잘 안다고 믿고 있어요. 그리고 네가 깨닫지 못하는 네 속마음도 어느 정도 짐작할 수 있단다. 넌 믿을 수 없다고 말하겠지만 그게 바로 아버지란다. 그 일을 하지 않았다면 좋겠다는 것이 아비의 의견이다.'."

허어, 허어!

"'날 믿는다면 나에게 찾아와 다오. 그리고 내 말이 틀리다고 생각되면 내게 찾아와서 날 이해시켜 다오. 오랫동안 보지 못해서 네가 많이 그립구나. 네 동생에게 말을 전하니, 동생과 함께 날 찾아오도록 해라. 그럼, 언제나 널 사랑하는 아빠가.'."

운차이마저도 다 죽어가는 소리를 냈다. "으으으음……." 에델린은 말을 마치고 시오네를 똑바로 쳐다보며 정겨운 목소리로 말했다.

"다 전했어요, 언니."

그게 결정타였다. 뒤에서 끔찍한 신음소리와 함께 뭐가 주저앉는 소리가 들리더니 곧 네리아의 황급한 목소리가 들려왔다. "아프나이델! 괜찮아요? 에그! 눈을 그렇게 뒤집으면 이상해 보이잖아요." 그리고 제레인트의 목소리도 들려왔다. "앗! 카아알? 진작 말씀하셨어야지요. 간질 증상이 있으셨군요? 잠시 치료를 위해 팔을 좀 묶어야……." "침버 씨!"

바람이 불고, 달빛은 교교하고, 주위는 고즈넉하여, 초겨울밤을 미화할 모든 종류의 수식어가 허락될 듯한 멋진 밤인데, 사람들은 당황해 버렸다. 이 넓고 공활한 장소, 많은 사람들과 여러 종족 중에서 시오네와 에델린만이 침착해 보였다.

시오네는 아무런 감정도 없는 목소리로 말했다.

"어떻게 너와 나 사이에 그런 우스꽝스러운 관계가 성립되지?"

에델린은 따사롭게 으르렁거렸다.

"아버지가 같으니까요."

"뱀파이어와 트롤 자매라구?"

"예."

뱀파이어와 트롤 자매? 아아, 그래? 그럼 그 아버지는 대마귀 같은 사람이어야 될 거야. 발러 정도면 충분할 것 같은데! 세 명이 나란히 서 있으면 누구라도 정겨운 한가족이라고 말해줄……, 수 있을까? 으으윽.

시오네는 여전히 감정 없는 목소리로 말했다.

"하긴. 핸드레이크가 아니라면 이런 천치 같은 말을 전하게 했을 리가 없겠지. 그렇다면 네 말대로 아직 살아 있는 것이었군."

"예. 언니."

시오네는 한 손을 들어 얼굴을 가렸다. 양쪽에 풍성한 머릿결이 있어 한 손바닥으로 완전히 가려진다. 시오네는 손바닥 뒤에서 말했다.

"그는 원래 희귀한 것, 이색적인 것을 좋아했지. 그래, 너 따위 괴물도 딸이랍시고 거두어들였다는 것, 다른 사람도 아닌 그니까 믿어야 되겠군. 그자는 뱀파이어를 딸이라고 생각하는 천치니까. ……어디에 있지?"

"저와 함께 가시면 됩니다."

에델린은 반가운 표정으로 말했지만 시오네는 거칠게 대답했다.

"너 따위와는 1분도 함께 있고 싶은 생각이 없다. 어디에 있지?"

에델린은 구슬픈 표정으로 송곳니를 번뜩였다.

"어떻게 하실 생각이시죠?"

"알려줄 이유가 있는가?"

"아버지니까요."

"죽여버리겠어."

시오네는 무뚝뚝하기 그지없는 어투로 말했고 에델린은 아연한 얼굴로 시오네를 올려다보았다. 그러나 이 자매의 웃기는 점은, 아니 대부분의 자매가 그렇던가? 동생이 언니를 억누를 가능성이 무지무지 높다는 점이다. 동생은 프리스티스니까 뱀파이어 언니쯤 간단히 터닝할 수 있을 테고 힘으로 싸워봐도 트롤이니까 간단히 박살내 버릴 수 있겠지. 아아! 말을 하면서 점점 정신이 이상해지는 것 같다아앗!

"제 아버님이시지만 언니의 아버님이시기도 합니다."

"시제를 똑바로 사용해. 아버지였지. 한때 그렇게 믿었지."

에델린의 큼지막한 들창코가 슬픈 듯이 벌렁거렸다.

"아버지는 아직도 언니를 딸로서 사랑하고 계십니다. 비록 언니가 아버지에게 그런 짓을 하긴 했지만 아버지는 개의치 않으십니다. 조금 전 제가 전해 드린 말을 들어보았으니 알 수 있지 않으세요? 거기 어디에 자신을 해코지했던 딸에 대한 원망 같은 것이 있던가요?"

내 정신의 강인함이여! 이 황당 무쌍한 대화 속에서도 아직 제 정신을 유지하고 있다니. 시오네는 자기 동생의 우람한 송곳니에 비하면 훨씬 작은, 하지만 더 날카로워 보이는 송곳니를 드러내며 쉭쉭거렸다.

"해코지라고? 웃기는 소리! 그가 어떻게 지금껏 그 썩어빠진 입을 놀릴 수 있는데! 어떻게 아직껏 할딱거리며 살아 숨쉴 수 있는데!"

뭐야! 귀밑머리가 모두 곤두서는 느낌이 든다. 지금 시오네가 무슨 말을 하는 거지?

"내가 그에게 영생을 주었다. 불멸을 주었다! 어떻게 그것이 해코지라는 말이냐!"

영생을 주었다고? 시오네가, 핸드레이크에게 영생을 주었어? 뱀파이어인 시오네가……. 샌슨은 내가 하고 싶었던, 그렇지만 차마 입이 벌어지지 않아서 못 꺼내었던 말을 간략하게 정리해 주었다.

"물었군."

4

시오네는 고개를 휙 돌렸다. 그 눈은 이제 검푸르게 타오르고 있었다.

"닥쳐!"

그러나 샌슨은 끄떡도 하지 않았다.

"네가 핸드레이크를 물어버린 것이군?"

"두 번째다. 닥쳐!"

"세 번째로 말할 기회를 주지. 그래서 핸드레이크가 아직 살아 있는 것이군. 핸드레이크는 아비스의 미궁에서 널 건져냈다고 들었다. 죽이지도 않고 데리고 다니면서 마법을 가르쳐줬지. 그런데 그 대가로 넌 그를 물어뜯어 버린 것이군?"

시오네는 세 번씩 말하는 취미가 없는가 보다. "파이어볼!"

푸화하학! 허공을 날아온 파이어볼이 우리들 앞에 작렬했다. 눈을 감을 사이도 없었다. 거대한 화염구는 우리 앞 4큐빗 허공에서 폭발해 버렸다. 불똥이 사방으로 튀고 미친 바람이 불었다. 눈을 찌르는 머리카락을 걷어내며 옆을 보자 두 손을 앞으로 뻗고 있는 에델린이 보였다. 그녀의 두 손에는 은은한 빛이 어려 있었다. 시오네는 에델린을 쏘아보며 앙칼지게 외쳤다.

"언제까지 막을 수 있는지 볼까?"

에델린은 구슬프게 고개를 가로저었다.

"언니. 이러지 마세요."

시오네는 잡아먹을 듯한 눈으로 에델린을 쏘아보았다. 에델린은 탐탁찮은 동작으로 품안에 손을 집어넣었다. 잠시 후 도로 나온 그녀의 손에는 그 거대한 손에 비해 볼 때 극히 작아 보이는 동그란 쇠테 하나가 들려 있었다. 그 가운데는 일견 복잡해 보이는 도안이 들어 있었다. 코스모스였다.

시오네의 얼굴이 창백해졌다. 에델브로이의 디바인 마크인가? 에델린은 그것을 꺼내들더니 팔을 그대로 늘어뜨린 채 말했다.

"언니……. 천천히 생각해 볼 기회를 드리고 싶습니다."

에델린은 시오네를 똑바로 바라보았다.

"언니. 당황스럽기도 하고 혼란스럽기도 하겠지요. 너무 뜻밖의 일일 겁니다. 불쾌할지 모르지만, 뱀파이어의 행동 원리가 조용하지만 처절한 집념과 타오르지만 어두운 정열이라는 것을 나는 잘 알고 있어요. 난 언니에게 아무런 감정도 가지지 않겠어요. 차분히 생각해 보세요."

시오네의 머리카락이 하늘로 솟아올랐나? 그렇지는 않았다. 하지만 시오네의 눈에서는 무시무시한 살의가 뿜어져 나오고 있었다.

"너!"

에델린은 손을 들어올렸다. 디바인 마크를 든 손이 아니었다. 그녀는 시오네를 말리듯이 가볍게 빈손을 들어올렸다. 시오네에게는 그것으로 충분했다. 그녀는 입을 다물었다.

"그만하세요. 지금은…… 더 말하면 감정만 앞세우게 될 것이 뻔하다고 생각되는군요. 잠시 헤어지도록 합시다, 언니. 돌아가셔서 아버지를 생각해 보시길 바랍니다. 그리고, 강제로 돌려보내게 하지는 말아주세요."

시오네는 에델린의 얼굴을 노려보다가 눈을 내려 다른 손에 들린 디바인 마크를 바라보았다. 그녀는 쉬쉭거리는 소리를 내더니 팬텀 스티드를 천천히 뒷걸음질치게 했다. 허공에서 그대로 뒤로 물러나며, 시오네는 우리들에게 차가운 눈빛을 보냈다.

그녀는 갑자기 고함을 질렀다.

"멍청이들!"

무슨 뜻이지? 그녀는 허공 속을 향해 뒷걸음질로 사라져가며 외쳤다.

"꺼지기 위해 타오르는 불꽃! 너희 필멸자들은 항상 그랬어! 좌절하기 위해 달려가는 녀석들!"

시오네는 팔을 거칠게 휘두르며 외쳤다.

"죽을 수 있으면서! 죽을 수 있으면서 그 삶을 값지게 쓰지 못해! 너희 놈들은 파멸의 순간이 다가오는 것을 두려워해서 목적도, 의미도 없이 달려간다. 파멸하기 전에 뭐든지 이룩하면 된다고 믿고! 닥치는 대로 아무 일이나 저지르고 돌아다니는 아둔한 멍청이들!"

길시언이 마주 고함을 질렀다.

"웃기지 마! 네가 불멸자라고 믿느냐! 필멸자의 생명에 기생해 사는 주제에!"

이제 제법 멀어져버린 시오네에게서 작지만 강한 고함소리가 들려왔다.

"너희놈들은 세계에 기생하지 않느냐!"

"우리는 세계를 가꾸고 죽음으로써 우리를 돌려준다! 넌 뭐냐? 넌 필멸자들에게 뭘 준단 말이야! 더러운 흡혈귀, 입을 함부로…….”

그때 운차이가 길시언의 어깨를 잡아당겼다. 길시언은 운차이의 손을 뿌리쳤다. 운차이는 손을 치워주면서 싸늘한 어조로 말했다.

“그만 떠들어. 옆에 동생이 있으니.”

길시언은 당황하면서 에델린을 바라보았다. 그러나 에델린은 뒤로 사라져가는 시오네만을 바라보고 있었다. 그녀의 옆얼굴은 이해하기 어려웠지만 그 눈빛은 슬퍼 보였다.

시오네는 이제 완전히 암흑 속으로 사라졌다. 시오네가 나타났을 때부터 숨을 죽이고 있던 밤하늘의 별들이 다시 반짝이기 시작했다. 에델린은 갑자기 두 손을 올려 가슴 앞에 모으더니 고개를 숙였다. 기도하는 것인가? 우리들은 잠자코 기다렸다. 잠시 후 에델린은 거대한 몸을 돌리더니 우리에게 미소를 지었다(그래서 레니는 새파래져버렸다).

“인사가 늦어 죄송하군요, 여러분. 전에 뵌 분도 계시고 그렇지 않은 분들도 계시는군요. 전 에델브로이의 지팡이 노릇을 하고 있는 에델린이라고 합니다.”

네리아는 상당히 주저주저하면서, 레니는 손을 부들부들 떨면서 에델린과 인사를 나누었지만 제레인트는 거의 껴안으려 들지나 않을까 의심될 정도로 열렬히 악수를 청했다. 그는 에델린의 큼지막한 손을 두 손으로 쥐고 흔들면서 감격 어린 목소리로 말했다.

“반갑습니다! 제레인트 침버라고 합니다. 필요할 때를 위한 작은 행운을!”

에델린은 지나친 환영에 당황해하며 대답했다.

"예, 예. 바람 속에 흩날리는 코스모스를."

제레인트는 열정이 담겨 붉어진 얼굴로 말했다.

"어떻게 생각하실진 모르겠습니다만, 전 오늘 신의 사랑의 광대무변함을 체감하게 되었습니다. 에델브로이의 은총이시군요!"

"감사합니다."

그래도 뭐니뭐니해도 장관이었던 것은 엑셀핸드와 에델린의 악수 장면이었다. 엑셀핸드는 온화한 표정으로 발뒤꿈치를 중후하게 들어올렸고 에델린 역시 화사한 표정으로 허리를 압도적으로 숙였다. 엑셀핸드는 웃으면서도 조금 떨떠름한 목소리로 말했다.

"허 참, 많이도 자랐군! 네가 나와 키가 비슷했던 것 기억나느냐?"

"예. 엑셀핸드. 제가 그때 많이 무례했지요?"

"하하! 다락귀신하고 이야기를 나눌 때 옆에서 기웃거리던 네 모습을 보고 기겁했던 것이 어제 같은데. 이젠 혹시라도 지하에서 만난다면 도끼부터 들어올리고 보겠군. 얼굴 좀 단단히 익혀 놔야겠다."

상대의 감정을 별로 배려하지 않는 듯한 말투였지만 에델린은 말없이 미소를 지었다.

어쨌든 인사가 끝나고 나서 일행들은 건물로 들어와 식당으로 모였다. 바일하프는 그제야 머리를 벅벅 긁으며 나타나더니 에델린의 모습을 보고선 먼저 기겁했다. 전후 설명을 듣고 난 바일하프는 감탄하면서 말했다.

"이런, 이게 그 에델린인가? 엑셀핸드! 너와 키가 비슷하다면서!"

"언젯적 이야기를 하는 게냐, 요 미친 드워프야! 트롤은 자라지 않는 줄 아느냐!"

두 드워프들의 설전은 일행들의 눈총 속에 사그라들었고 모두들 의자를 잡아 앉았다. 에델린의 경우엔 맞는 의자가 없어서 그냥 물통 하나를 뒤집어놓고 앉았다. 테이블 위에는 촛불이 일렁거렸고 일행은 아직 남아 있는 흥분과 무한한 의문 속에 말없이 에델린을 바라보고 있었다. 촛불 빛 때문에 생기는 얼굴의 음영은 그들의 표정을 더욱 두드러지게 만들면서 동시에 깊어지게끔 하고 있었다.

에델린은 짧게 한숨을 쉬고 말했다.

"칼 씨. 그리고 샌슨과 후치. 모두들 건강한 것을 보니 기쁩니다. 그리고 운차이 씨도."

운차이는 가볍게 고개를 끄덕이며 말했다.

"내 동료들은 어떻게 되었습니까."

"네? 아, 예. 코다슈 씨 외에는 모두들 고국으로 돌아갔습니다. 코다슈 씨는 칼라일 영지에 남기로 했습니다."

"코다슈가? ……알겠습니다. 감사합니다."

에델린은 고개를 돌려 우리들을 바라보더니 말했다.

"이야기를 어디서부터 꺼내야 할지 막막하군요. 어쨌든 일단 설명해 보겠습니다. 여러분은 크라드메서를 찾아가는 길이시죠?"

"예. 어떻게 아셨는지요."

"전 여러분들을 찾아 바이서스 임펠로 돌아오는 길이었습니다. 갈색 산맥 아래 이라무스 시에 이르렀을 때 에델브로이의 신전에서 하이 프리스트와 연락을 취했습니다. 하이 프리스트께 전후 사정을 모두 전해 들은 다음, 전 이라무스에서 이곳으로 곧장 걸어온 것입니다. 중간에 레티의 프리스트들과 조우할 뻔했기 때문에 야음을 틈타 걸어오느라 지금에서야 도착하게 되었습니다."

칼은 고개를 끄덕이며 말했다.

"아, 그러셨군요. 그런데 저희들을 찾아오셨다고요?"

"예……. 칼. 제가 아버지를 찾고 있었다는 것을 들으셨지요?"

"예. 칼라일 영지에서 들었지요. 에델린 양을 키워주시고 마법으로 말을 할 수 있게 해주신 그 마법사를 말씀하시는 것이군요. 드디어 찾으신 겁니까?"

칼은 네리아나 레니, 제레인트, 길시언 등이 이해하지 못할까봐 서술적으로 말했다. 에델린은 행복한 표정(일 거라고 생각되는)으로 말했다.

"예. 만났습니다."

"대단히 축하드릴 일이긴 합니다만, 그에 앞서 물어보고 싶은 것이 있군요. 그 마법사가…… 핸드레이크입니까?"

에델린은 조금 당황한 얼굴로 칼을 바라보더니 고개를 끄덕였다.

"그렇습니다. 저도 만나뵙고 나서야 겨우 알게 된 사실입니다."

핸드레이크, 역시! 일행들은 바짝 긴장해서 에델린을 바라보았다. 에델린은 반짝거리는 눈으로 말했다.

"저는 아버지를 기억하지 못하지만 아버지께서 제 이름을 듣고 알아차리셨지요. 처음엔 믿어지지 않았고, 믿게 되고 나서는 참 많이 울었답니다. 아버지께서 제가 자랑스럽다고 말씀하셨을 때는……."

에델린의, 커다란 얼굴에 있기 때문에 작아 보이는 그 눈에 눈물이 그렁그렁해졌다. 일행들은 숙연해졌다. 에델린은 잠시 고개를 떨구고 있었고 칼은 따스한 눈으로 말했다.

"다행스러운 일이군요. 허헛, 참. 세레니얼 양이 여기 있었다면 좋았을 텐데."

이루릴? 아, 그렇군. 이루릴은 핸드레이크를 찾고 있었는데 하필이면 지금 이 자리에 없군, 그래. 에델린은 잠시 후 고개를 들며 말했다.

"아버지와 나눈 이야기는 끝이 없습니다만, 일단 여러분들의 소중한 시간을 빼앗지 않도록 중요한 이야기부터 하겠습니다. 먼저 여러분들께서 지금껏 알고 계시는 역사가 잘못되었다는 이야기부터 전해 드려야겠군요. 놀라지 마시길. 저 루트에리노 대왕의 여덟 별이란 사실……."

"여덟 종족의 운명을 결정할 수 있는 힘의 보석이었지요."

에델린은 입을 쩍 벌린 채 칼을 바라보았다.

"아, 아니 어떻게 알고 계신 겁니까?"

"저희들은 대미궁에서 드래곤 로드를 만났고 레브네인 호수에서 페어리퀸 다레니안도 만났습니다. 그래서 핸드레이크에 대한 이야기를 많이 들었습니다."

칼은 그러고 나서 지금껏 우리가 들었던 이야기들을, 데미 공주님의 이야기에서부터 하슬러의 이야기, 다레니안의 이야기들을 천천히 요약해서 들려주었다. 그 이야기에는 칼의 시각이 조금씩 배어 있었지만 칼은 되도록 객관적으로 이야기하려고 애썼다. 중간중간에 제레인트와 나의 부단한 방해를 받아가며 칼은 우리가 알고 있는 모든 이야기를 들려주었다. 에델린은 고개를 끄덕였다.

"아! 그래서 여러분들은 핸드레이크가 생존해 있다는 이야기에 놀라지 않으신 것이군요."

칼은 눈을 조금 내리깔면서 말했다.

"세레니얼 양은…… 그렇게 믿고 있었지요. 세레니얼 양은 핸드레이크를 추적하고 있었습니다. 하지만 전 지금껏 반신반의하고 있었지요. 300년 전의 인물이라니. 핸드레이크와 루트에리노 대왕의 이야기는 먼 먼 과거의 일이라는 생각은 태어나서 지금껏 굳어왔던 생각이었지요. 깨뜨리기가 쉽지 않더군요. 하지만 이제는 믿게 되었습니다."

"확실히 생존해 계십니다. 300년 전의 인물인 저희 아버지께서 지금껏 생존해 계시는 이유는……, 조금 전 저희 언니와의 이야기를 들어 대충은 짐작하실 겁니다."

"예. 그럼, 참, 이거 어떻게 질문해야 할지……."

칼은 허둥거리며 손을 들어올려 휘젓기까지 하다가 겨우 말했다.

"핸드레이크는 현재 뱀파이어인 것입니까?"

누군가 참새 깃털을 하나 가져와 떨어뜨리면 그 충격음 때문에 우리 모두가 쓰러져버릴지도 모른다. 칼의 질문에 대한 에델린의 대답을 기다리면서 우리들은 고드름만큼이나 긴장했다. 에델린은 말했다.

"그렇습니다. 그래서 아직껏 살아계시죠."

가슴 한구석에서 뭔가가 무너져내리는 느낌이 들었다. 핸드레이크가 뱀파이어라고? 그때 뭔가가 무너져내리는 소리가 들려와서 난 내 심장이 무너진 줄 알았다. 고개를 돌려보니 길시언이 피로한 얼굴로 의자 등받이에 몸을 던진 것이었다. 그는 파리한 얼굴로 말했다.

"맙소사……. 이런 비극이!"

아프나이델은 망연한 얼굴로 천장을 바라보았다. 맙소사. 핸드레이크가! 대마법사 핸드레이크, 바이서스의 숨은 아버지인 핸드레이크가 뱀파이어가 되었다고! 네리아는 파랗게 질려 손톱을 물어뜯고 있었다. 이런, 말도 안 되는. 저 대마법사 핸드레이크가, 바이서스의 아버지가!

페어리퀸, 아아, 다레니안이여! 다레니안이 이 사실을 알게 되면 얼마나 슬퍼할 것인가! 300년의 오해가 비로소 풀렸는데 핸드레이크가 뱀파이어가 되었다니! 이루릴이 이 사실을 알게 된다면 또 얼마나 놀랄까? 그러나 더 큰 비극이 눈앞에 있었다. 자신을 키워준 아버지가 뱀파이어라는 것을 알게 된 에델린은 어떻게 된단 말이야! 그 아버지를 사랑한다고 말해야 할 것인가? 프리스티스인 그녀가? 샌슨은 무거운 한숨을 토했다.

"저 빌어먹을 뱀파이어, 그 여자가! 제기랄!"

"그의 노고, 그의 열정이 이렇게 보답받게 되다니! 그 현명하고 모든 종족을 사랑했던 선량한 인물에게 이 무슨 말도 안 되는 비극이란 말인가!"

길시언은 피를 토하듯 외쳤다. 제레인트는 입술을 깨물면서 커다란 소매로 눈가를 문지르고 있었다. 에델린은 아무런 표정없이 길시언을 바라보았다. 그때 칼이 말했다.

"비극?"

그것은 그저 길시언의 말을 따라하는 듯한, 어떻게 듣자면 익살스럽게도 들을 수 있는 한마디였다. 하지만 칼의 그 한마디는 왠지 우리들 모두에게 냉수 한 양동이를 퍼붓는 것 같은 느낌이

들게 만들었다. 칼은 길시언의 말을 전혀 이해하지 못한 것처럼 말했다!

"비극이오?"

칼은 다시 말했고 방 안의 공기는 갈색 산맥의 실프들이 모조리 몰려와 장난을 치는 듯한 분위기로 바뀌었다. 피부가 스멀거리는 느낌, 뭔가 크게 당했다는 느낌, 머리 뒤끝이 곤두서는 느낌. 길시언은 입을 쩍 벌리고 칼을 바라보았다. 그때 난 고개를 돌려 에델린을 바라보았다.

에델린은 약간 슬픈 듯한 미소를 짓고 있었다. 미소를 지으며 우리를 바라보는……, 트롤 프리스티스!

난 턱을 한방 맞은 표정으로 칼을 바라보았다. 칼은 알고 있었어! 칼은 나른한 듯한 표정으로 팔을 들어올려 머리를 받쳤다.

"뭐가 비극이죠? 참새가 참새라서 비극이오? 뱀이 뱀이라서 비극이오?"

"예?"

길시언에게 거울을 가져다주고 싶다. 그는 절대로 거울 속에 비친 얼굴이 자신임을 인정하지 않으려 들겠지. 도저히 못 견디겠다.

"푸핫하하핫!"

칼을 향해 있던 일행들의 괴상한 시선이 이젠 그 강도를 두 배쯤 높인 채로 나에게 돌아왔다. 하지만 난 웃음을 참을 수 없었다. 그리고 칼은 빙그레 웃으며 우리를 바라보았다.

"후치?"

"파하하핫! 하핫! 인간, 인간! 우하하하!"

죽어도 그 이상의 말을 꺼내는 것은 불가능했다. 난 눈물을 콱

좍 뽑으며 웃었다. 맙소사, 길시언! 나의 왕이여, 그런 표정이라니! 운차이, 당신은? 난 일행에게서 조금 떨어진 위치에서 어둠 속에 서서 일행을 바라보고 있는 그의 얼굴을 보았다. 역시 항상 불만족스러운 소년의 이야기를 들으며 자라난 자이펀의 전사는 서늘한 미소를 짓고 있었다. 하하핫! 참새가 참새라서 비극인가? 뱀이 뱀이라서 비극인가?

핸드레이크가 뱀파이어라서 비극인가?

네리아가 내게 다가와 부드러운 동작으로 내 등을 두드리기 시작했다.

"괜찮아, 후치. 괜찮다구. 아무 일도 아니야……."

맙소사, 그녀는 내가 잠깐 정신이 이상해진 줄 알고 있다! 미치겠네, 으킬킬킬! 칼이 에델린에게 말하는 나직한 목소리는 내 웃음소리 가운데서도 잘 들려왔다.

"후치 군을 좀 도와줘야겠군. 에델린 양, 핸드레이크께서는 뱀파이어이며, 그리고 절대로 사람을 해쳐서 피를 빨거나 하지는 않겠죠? 이렇게밖에 말할 수 없는 내가 좀 슬프지만, 당신이 사람을 잡아먹거나 하지는 않는 것처럼?"

에델린은 차분히 고개를 끄덕였다.

"그러세요."

난 눈물이 그렁그렁해진 눈으로 주위를 돌아봤다. 킬킬킬킬! 장탄식을 뽑아내던 샌슨과 길시언은 바일하프에게 재빨리 시선을 보내었다. '혹시 이 건물 안에 내가 들어가 숨을 만한 쥐구멍이 없겠소?'

"이상하군요. 여러분들은 인간들인데. 여러분들은 운명에 가장 강하게 반발하는 종족인데 말입니다. 어떻게 여러분들의 입에서 자신의 운명에 굴복하는 것이 당연하다는 식의 말이 나오는지 이해하기가 어렵군요."

에델린은 꾸짖는 기색도 없이 고요히 말했지만 길시언과 샌슨의 얼굴은 벌게져버렸다. 길시언은 간신히 목소리 비슷한 것을 만들어냈다.

"칼은……, 어떻게 알고 있었던 겁니까?"

"글쎄요. 왠지 핸드레이크는 자신이 인간이든 뱀파이어든, 무엇이었든 상관없이 핸드레이크로 남았을 거라고 생각되더군요. 설사 그는 자신이 드워프가 되었어도 별로 상관하지 않았을 거라고 생각됩니다. 마법을 못 쓰는 대신 그의 손과 도구로 자신의 이상을 펼쳐나갔을 인물이니까요. 그 집념만으로 여러 시대를 풍미한 인물 아니었습니까."

레니가 찬탄스러운 표정으로 바라보고 있었어도 별로 기뻐할 겨를이 없었다. 난 이제 너무 웃어서 말도 제대로 나오지 않았기 때문에.

"키, 키키, 키리리킥킥!"

"뭐……, 여러분들이 그렇게 생각하시는 것이 당연한 일입니다. 뱀파이어가 되어서도 흡혈의 충동을 이기고 자신의 원래 모습을 지켜나갔을 거라고 생각하기는 어려운 일이니까요. 사실상 불가능에 가까운 일이 아니겠습니까. 하지만……."

칼은 울림이 별로 없는 건조한 목소리로 말했다.

"그는 원래 불가능이라는 말이 뭔지 잘 모르는 사람이니까요."

"당신은 대마법사를 믿었던 것이군요!"

길시언은 떨리는 목소리로 외쳤다. 그러나 칼은 고개를 가로저었다.

"핸드레이크를 믿었습니다."

길시언과 샌슨은 날 바라보며 고개를 끄덕였다. 길시언은 말했다.

"놀랍군, 후치. 자넨 우리들이 어리석게도 간과한 사실을 바로 알아차린 모양이군."

샌슨은 피식거리며 말했다.

"저 녀석은 칼의 눈빛만 봐도 칼의 생각을 다 알아차릴 녀석이니까요."

난 여전히 웃느라 대답하지 못했다. 눈앞이 몽롱해질 지경이었다. 그래? 그렇게들 생각하셔? 천만에. 난 길시언과 샌슨의 실수 때문에 웃고 있는 것이 아니다. 으헷헤헤! 이거였어. 난 이제 루트에리노 대왕을 '알았고' 핸드레이크를 '느꼈다'. 이것이었나? 대왕이시여! 이것이었군? 핸드레이크! 이게 바로 인간의 신전, 인간의 신화라는 말인가? 불가해한 모든 것들에 대한 인간화. 세이크럴라이즈는 인간의 무기가 되었고! 핸드레이크가 뱀파이어가 된 것은 다시 없는 커다란 비극이고! 펠레일은 50명의 꼬마들에게 자기를 바치고! 핸드레이크는 여덟 종족에게 자신을 바치고! 푸핫하하하!

당신들 모두 갈데없는 머저리들이었어! 안타까울 정도로 사랑스러운 머저리 영웅들이여! 아, 아. 아마도 영웅들은 대개 머저리여야 할 거야. 그래야 만인들의 사랑을 받을 수 있을 테니까. 우하하하! 그런데 말이야, 머저리 영웅 나리들. 당신들은 기막힐 정도로 닮은 꼴이었단 말이야!

당신들의 우정에 영원한 경의를! 당신들 정말 멋져!

에델린은 빠르게 설명했다.

"시오네 언니는 분명 아버지를 사랑했을 거라고 믿습니다. 아버지는 언니를 아비스의 미궁에서 나오도록 해주었으며 그녀에게 마법을 가르치고 그분의 마지막 전인으로 삼으셨지요. 모든 종족에 대한 당신의 차별 없는 사랑을 언니에게도 주었다고 생각합니다. 그리고 시오네 언니도 분명 그것에 대해 감사하고 고마워했을 거라고도 믿습니다."

에델린은 잠시 말을 멈췄다가 조금 쉰 목소리로 말했다.

"하지만 뱀파이어의 사랑이라는 것이 정녕 어떤 것인지 저는 파악하기 힘들군요. 그리고 그 점에선 아버지도 마찬가지였을 겁니다. 시오네 언니는 아버지에 대한 사랑과 소유욕……. 글쎄요, 뭐라고 말해야 할까요. 뱀파이어의 사랑, 피에 대한 갈망, 생명에 대한 애정은 성도착자의 그것과 비슷하다던가요."

"어머!"

레니는 기겁해서 화다닥 물러나며 자기 얼굴을 가렸다. 나도 편한 기분은 아니었다. 으으음. 내 얼굴이 너무 빨개지지 않았다면 좋겠는데 말이야.

"그리고 저의 아버님께서 노쇠하여 마침내 최후를 맞이하게 되었을 때, 시오네 언니가 그를 뱀파이어로 만들어버렸습니다. 이 과정이 어떻게 된 것인지는 아버지께서도 잘 말씀해 주시지는 않았습니다."

에델린은 말을 회피하는 것처럼 보였다. 아마 나나 레니 때문이겠지. 하지만 에델린. 사실 이 방 안에서 당신의 이야기 뒷면의 이야기를 눈치 못 챌 사람이 있다 해도 난 포함되지 않아요.

유혹했겠지. 아마 핸드레이크는……, 그걸 생각하기만 해도 머릿속이 이상해지는 것 같아. 시오네는 인간을 인식하게 되면서부터 바라봐 온 핸드레이크를 아버지로서, 그리고 동시에 남자로서……. 그리고 그는 지독한 성욕의 노예가 되어 하늘과 땅이 통째로 바뀌는 것 같은 환상 속에서 시오네에게 물려버렸겠지. 그것이 뱀파이어의 방식이니까. 그리고 나도 언젠가 당할 뻔했던 것이고. 그것은…… 진짜 부녀가 아니었지만 서로를 사랑했던 부녀의……, 관두자! 젠장. 핸드레이크의 전언에 나타난 그 과장된 부성이 무슨 의미인지 알겠군.

아마 나 외에도 그걸 이해하는 사람들이 꽤나 많은 모양이다. 실내의 분위기는 상당히 끈적하면서도 우울하게 바뀌었고, 그래서인지 에델린은 서둘러 이야기를 계속했다.

"그래서 아버님께서는 뱀파이어의 생을 얻게 되셨습니다. 하지만 대마법사셨던 아버님께서는 뱀파이어의 부작용을 상당 부분 이겨내셨습니다. 정확하게 어떻게 이겨내신 것인지는 모르겠지만 아버님께서는 햇빛 아래에 노출되어도 상관이 없으실 뿐만 아니라 흡혈의 욕구도 상당히 억제하실 수 있으시답니다. 라이칸스롭은 대개 달과 밀접한 관련을 가지고 있지요. 뱀파이어들도 대부분 보름달이 뜰 때 흡혈의 욕구를 강하게 느낍니다. 하지만 아버님께서는 한 달에 한 번은 찾아오는 그 욕구도 상당히 억눌렀다고 하시더군요. 도저히 참지 못할 경우엔…… 동물을 이용한다고 하시더군요."

조금 전부터 레니는 파랗게 질려 있었다. 에델린은 레니의 얼굴을 보더니 생긋 웃었고 그러자 레니도 힘없이 웃었다. 에델린은 말했다.

"이런 이야기들은 차후에 훨씬 더 길게 할 시간이 있을 겁니다. 중요한 이야기를 하도록 하지요."

칼은 헛기침을 하고서 말했다.

"예. 저희들에게 용무가 있다고 하셨지요?"

"예. 아버님, 그러니까 핸드레이크께서는 여러분들의 여행에 대해 어느 정도 알고 계십니다. 물론 옆에서 보는 것처럼 정확하게는 알 수 없지만 그분에게는 나름의 방법이 있으시니까요."

난 아프나이델을 바라보았고 아프나이델은 고개를 끄덕였다.

"투시 마법쯤은 그분께는 우스운 일이실 테니까요. 하아…… 그분이 아직 살아 계시다니."

에델린은 고개를 끄덕였다.

"그래서 아버님께서는 절 보내어 여러분들을 돕게 하셨습니다. 그리고 또 다른 용무가 있는데, 아버님께서는 절 통해서 제 언니와, 제 동생에게 각각 말을 전하도록 하셨습니다."

순간 우리들은 어리둥절해 버렸다. 칼은 휘둥그레진 눈으로 에델린을 바라보며 말했다.

"언니는 시오네…… 양을 말씀하시는 것일 텐데, 동생은 누굴 말씀하시는 겁니까?"

에델린은 천천히 고개를 돌렸다. 왠지 그 시선이 어디에서 멈추게 될지 짐작이 가는 듯했다. 난 에델린의 시선을 보기도 전에 먼저 그 사람을 바라보았다.

다레니안의 애칭을 가진 소녀. 에델린은 레니를 바라보고 있었다.

일대 소란이 일어나지는 않았다. 방 안은 단지 괴괴한 고요만이 가득했다. 그 가운데서 프리스티스가 드래곤 라자를 바라보고 있었다. 항구의 소녀는 파랗게 질린 얼굴로 트롤을 바라보았다.

"레니 양."

갑자기 레니의 입이 열렸다. 그것은 폭발과도 같았다.

"무슨 말씀을 하시는 거예요! 도대체 저에게 아빠를 몇 명이나 만들어주시려는 거예요! 전 그레이든 씨의 딸이에요. 제발 저에게 더 이상의 아빠를 주지 말아요! 다른 아빠는 필요 없어요!"

사람들은 당혹한 눈으로 레니를 바라보았다. 그녀는 뺨을 붉게 물들이면서도 앙칼지게 말했다.

"전 행복했어요!"

그녀는 자기 말에 놀란 얼굴이 되었다. 곧 레니는 더듬거리며 말했다.

"멋진 옷, 맛있는 음식, 으리으리한 집……. 그건 행복이, 행복이 아닐 거예요. 제가 행복했기 때문에 전, 전 잘 알아요. 전 행복했어요. 아빠만 있으면, 아빠만 있으면 계속 행복해요. 다른 아, 아빠는 필요 없어요!"

에델린은 고개를 끄덕이며 말했다.

"예. 무슨 말인지 알겠어요. 내가 생각하기에도 레니 양은 일스의 그 주점 주인 그레이든 씨의 딸입니다."

샌슨은 입을 쩍 벌렸다. 그는 숨막히는 목소리로 말했다.

"그레이든 씨가 핸드레이크입니까?"

레니 외에는 아무도 샌슨의 말에 신경 쓰지 않았다는 것은, 어떻게 생각해 보면 꽤 아이로니컬한 일이었다. 레니는 놀란 눈으로 에델린을 바라보며 말했다.

"그런가요?"

으으윽. 태어나서 지금껏 함께 살아온 아버지 아닌가. 에델린은 당황한 미소를 지으면서 말했다.

"아니오. 그렇지 않습니다. 내가 당신을 동생이라고 부르는 것은, 어떻게 보면 우스운 일인지도 모르겠어요. 하지만 레니도 알고 있을 텐데요. 그레이든 씨는 당신을 누군가에게서 맡아 키웠습니다."

"전……, 어떤 여행자가 절 아빠에게 맡기고……."

그때 칼이 끼어들었다.

"그 여행자가 핸드레이크입니까? 그러니까 레니 양을 일스까지 데리고 간 여행자가 바로……."

"그렇습니다."

맙소사……. 핸드레이크, 정말! 너무하는군! 300년 전의 시간 속에서 일으킨 일들만 해도 대륙의 모든 사람들이 감히 상상도 못할 정도인데 지금, 그러니까 현재에까지! 이 시대마저도 당신의 시대인가? 우리는 아직 당신의 아이들인가! 젠장, 집어치워!

에델린은 내 얼굴을 보지 못한 모양이다. 아니, 방 안의 누구도 내 얼굴을 보지 못했다. 오직 한 사람, 때론 불량품이 아닌가 싶은 헬턴트 사나이가 날 흘긋 바라보았다. 그와 내 눈이 마주치는 순간, 난 목에서 튀어나오는 말을 삼켰고 칼은 미소를 지었다.

에델린은 레니에게 말했다.

"핸드레이크가 당신에게 전하라고 한 말이 있습니다."

레니는 입술을 꼭 깨물고 있었다. 그녀의 얼굴은 그녀가 받은 갑작스러운 충격을 잘 드러내고 있었고 나에게 그녀는 거의 정신을 가누지 못할 것처럼 보였다. 그러나 그녀가 입을 연 순간 난 그녀가 역시 항구의 소녀라는 것을 알 수 있었다.

"핸드레이크 씨에겐……, 아빠를 만나게 해주셨으니 감사해요. 제가 어떤 아버지를 만나게 될지는 알 수 없었죠. 하지만 바로 웨일즈 본야드의 그레이든 씨를 제 아빠로 있게 해주셔서, 전 그것에 감사해요."

레니는 한점 흐트러짐 없이 말했다. 네리아는 발그레한 볼로 레니를 바라보고 있었다. 레니는 미소를 지으며 말했다.

"듣겠어요. 무슨 말이죠?"

에델린 역시 미소를 지었다.

"길시언! 그만 인상 좀 풀어요!"

길시언은 지그시 아랫입술을 깨물면서 정신적인 고통을 삭이고 있었다. 그는 갑자기 참을 수 없다는 듯이 말했다.

"하지만 이건 정말 너무한다. 간신히 선더라이더가 제모습을 되찾았는데, 그런데 크라드메서를 만나러 가는 길에 그와 함께 할 수가 없다니!"

아, 물론 길시언이 은빛 갈기를 휘날리는 선더라이더에 올라타 프림 블레이드를 비껴들고 크라드메서를 만나러 가고 싶어한다는 것은 충분히 짐작할 수 있다. 나라도 저렇게 멋진 말이 있다면 그랬겠다. 아아악! 제미니, 미안해! 네가 멋진 말이 아니라는 말이 아니야! 너도 정말 멋진 말이었다구. 하지만 너라도 이런 고지대에서는 어쩔 수 없었을 테지. 그리고 선더라이더도 마찬가지.

아직 캄캄한 새벽이다. 고지대의 분지인 이곳에 햇살이 닿으려면 꽤나 많은 시간이 지나야 할 것이다. 발걸음을 옮길 때마다 싸늘한 새벽 공기가 볼을 할퀴었고 발바닥에 닿아오는 서리의 뽀드득거리는 느낌이 오싹함을 더한다. 꽤 추운걸. 일행들이 들고 있는 횃불들은 주위에 약한 빛을 던지고 있었지만 분지 전체는 거대한 암흑으로 우리 주위를 두르고 있었다.

샌슨은 빙긋빙긋 웃으며 횃불을 들어올리며 다시 한번 자신의 짐을 점검했다. 이틀치 식량은 각자가 챙겨들었다. 하지만 칼잡이들은 무시무시한 무장을 들고 있었다. 운차이는 자신의 롱소드 외에 아무것도 들지 않았지만 길시언과 샌슨은 각자의 원래 무장에다가 모두 여남은 개가 넘는 스피어를 메었고, 그 밖에도 석궁과 활 등으로 무장하고 있었다. 운차이는 싸늘하게 말했다.

"반나절도 가기 전에 지쳐 쓰러져버릴 거다. 곰단지들."

"나중에 무기 빌려달라고 하지 마!"

샌슨의 유치한 고함소리에 운차이는 피식 웃었다.

"무기는 생명이다. 넌 생명도 빌려주냐?"

샌슨은 할말이 없어졌다는 표정으로 신음소리를 냈다. 끄으응.

제레인트는 자신의 지팡이와 함께 부득부득 그 살벌한 밀리터리 포크를 들고 나왔지만 지금 그 두 개를 모두 가슴에 품은 채 팔짱을 끼고 발을 동동 구르고 있었다. 꽤나 추운 날씨거든. 네리아는 그런 제레인트를 보면서 히죽 웃더니 레니의 목을 끌어안았고 레니는 손을 모은 채 네리아에게 안겼다.

레니의 얼굴은? 캄캄해서 잘 보이지 않았지만 별다른 표정을 느낄 수 없었다. 그녀는 평소처럼 차분하게 네리아에게 안겨 있었다. 지금 무슨 생각을 하고 있을까?

"레니? 괜찮은 아침이지?"

"응? 아, 그래. 좋은 새벽이야."

난 씩 웃고는 고개를 돌렸다.

칼은 얼굴 앞에 두 손을 모은 채 약간 떨어진 계단에 앉아 있었다. 아무리 살펴보아도 지금부터 최강의 이그누스 드래곤을 만나러 가는 사람처럼 보이지는 않았다. 그의 느긋한 표정은 그를 그저 밭일을 나가기 위해 일꾼들이 모여들기를 기다리며 추위 속에 앉아 있는 사람처럼 보이게 만들었다. 난 코를 훌쩍이고는 고개를 돌렸다. 조금 떨어진 곳에는 에델린의 거대한 몸이 보였다. 에델린은 기도를 하고 있는 것인지 그냥 명상을 하고 있는 것인지, 어쨌든 고개를 숙이고 서 있었다. 그 옆에는 엑셀핸드의 작은 몸이 보였다. 하지만 그의 눈은 여기 있는 그 누구보다도 형형한 빛을 뿜어내고 있었다. 그는 엄지손가락으로 도끼날을 만지작거리고 있었다. 그때 약간 위쪽에서 말소리가 들려왔다.

"죄송합니다. 많이 기다리셨지요?"

약간 피로하지만 맑은 목소리. 난 고개를 들어 계단 위를 올려다보았다. 으으응?

"아니……?"

계단 위쪽에는 손에 횃불을 든 그림자가 서 있었다. 헐렁한 로브와 망토가 새벽 바람에 어지러이 흩날리고 있었지만 그림자는 꼿꼿하게 서 있었다. 횃불을 머리 옆으로 들어올리고 있는데다가 후드를 내려쓰고 있어서 그 얼굴을 알아볼 수가 없었다. 하지만 짙은 어둠 속에서 횃불을 들고 공중에 떠서 우리들을 내려다보고 있는 그 장엄하고 강력해 보이는 모습을 본 순간 어떤 이름이 떠올랐다.

"핸드레이크?"

마법사는 갑자기 어깨를 으쓱였다.

"이야, 대단한 영광인걸?"

"아프나이델? 기주가 참 오래 걸리네요."

"아, 미안. 긴장이 돼서 말이야. 그리고 신경을 좀 많이 썼거든."

그제야 아프나이델은 내려오기 시작했고 그의 모습이 좀더 자세히 보이자 아래에 있던 일행들은 놀랐다. 아프나이델은 로브의 소맷자락을 걷어올려 이두박근 근처에서 가느다란 끈으로 묶어버려 팔을 거의 다 드러낸 모습이었다. 손목엔 무슨 팔찌를 차고 있었고 그리고 허리 역시 밧줄 같은 것으로 질끈 묶고 있었다. 그 밧줄에는 여러 가지 주머니와 함께 대거가 매달려 있었다. 그리고 망토는 어깨에서 고정시켜 모두 등뒤로 넘겨버린 자세였다. 대단히 전투적인 모습이었다(마법사 치고는).

"춥지 않습니까?"

샌슨은 약간 얼빠진 목소리로 물었다. 아프나이델은 조용히 고개를 가로젓고는 계단을 내려왔다. 허허? 그것 참. 얼굴마저도 바뀐 것처럼 보이는데? 기주를 방금 끝내서 그런지 그의 얼굴엔 약간의 피로가 떠올라 있었지만 그는 온화하면서 동시에 당당한 얼굴이었다. 계단을 다 내려왔을 때 아프나이델이 입을 열었다.

"추위가 문제는 아니죠."

그래? 아, 그래. 추위가 문제가 아니군. 샌슨은 피식 웃으며 대답했다.

"하긴, 곧 추위가 그리워지겠군요."

히하하. 그러고 보니 아까부터 추위를 느낄 새가 없는걸. 가슴속이 마구 쾅쾅거려서. 그러고 보면 제레인트는 정말 대단해. 저렇게 추위를 느낀다는 것은 아무런 긴장감도 없다는 뜻인가? 그때 칼이 몸을 일으켰다. 동시에 에델린도 앞으로 걸어나왔다.

칼은 우리들 모두를 주욱 둘러보았고 우리들은 입을 다물고 예의 바르게 칼의 말을 기다렸다. 입은 다물고 있었지만 가슴은 싸늘하게, 동시에 불타오르는 듯했다. 쿵쿵거리는 내 심장소리가 귀에 들려올 것 같았다.

기나긴 여정, 그것은 그저 여정이었다. 목적은 아직 먼 곳에 있었고 따라서 크라드메서는 없는 것과 비슷했다. 그저 이곳까지 오는 것만이 중요했다. 하지만 이제는 돌이킬 수 없게 되었군. 출발하는 거야! 우리는 오늘 그를 만날 것이다. 사상 최강의 이그누스 드래곤! 화염의 창! 크라드메서를 만나러! 우리들의 눈이 모두 번쩍거렸다.

칼의 입이 천천히 열리며 그의 입에서 입김이 하얗게 새어나왔다.

"어, 춥네요. 빨리 갑시다?"

"……출발!"

길시언이 한마디도 하지 않고 발걸음을 떼자니 멋쩍다는 듯이 고함을 질러버렸고 우리는 그대로 몸을 돌려 어정어정 걸어가기 시작했다. 과장되게 말하자면 맥풀려 버린 것처럼 보일 정도였다. 어째 우리 세 명이 헬턴트 마을을 떠나올 때보다도 더 평범한 발걸음이군. 크라드메서 드래곤 라자 호송단의 여행 마지막 날은 그렇게 상당히 조촐하게(좋은 말로 해서 그렇고 보다 직접적으로 말하면 무신경하면서도 무의미하게) 시작되었다. 쳇. 그럴듯한 출정 의식까지는 바라지 않더라도 좀 멋진 대사나 격려사 한마디라도 하고 떠나면 안 되나? 하하하하!

"왼쪽! 왼쪽을 쳐! 후치!"

"누구 왼쪽? 저 녀석? 아니면 나?"

"이런, 젠장! 농담할 기운 있으면 휘둘러!"

운차이는 달려들면서 온몸으로 롱소드를 휘둘러내렸다. 그러나 그 때문에 순간적으로 등을 노출시켰다. 그 등으로 거대한 그리폰이 날아들었다.

"운차이이!"

네리아가 트라이던트를 두 손으로 잡으며 뛰어올랐다. 세상에! 그녀는 그대로 앞쪽의 그리폰의 어깨를 밟고 뛰어올랐다. 그러고는 운차이의 등을 노리는 그리폰의 머리를 공중에서 찔러버렸다.

"케에에엑!"

정수리를 찍혀버린 그리폰은 부리에서 피를 토했다. 그러나 네리아 역시 말도 안 되는 동작을 취한 대가로 공중에서 대책 없이 떨어지고 있었다.

"꺄아아악!"

쿠당! 데구르르! 네리아는 어깨로 떨어지더니 그대로 몇 번 구르며 날아가 버렸다. 그녀는 우리들이 서 있던 언덕에서 아래쪽으로 굴러가 보이지 않게 되었다. 이런, 젠장! 왜 하필이면 이 언덕 위에 그리폰 둥지들이 몰려 있는 거야!

그리폰들은 우리 일행 중에 엑셀핸드의 모습을 보자 그대로 발작하면서 날아올라 하늘이 새카맣게 보이도록 만들었다. 임마들아! 지금은 너희놈들 보물엔 관심 없어! 저 자식들도 네 발이 달린 주제에 성격은 까마귀를 닮아서 반짝거리는 보물을 무지무지 좋아한다. 그러다 보니 드워프들과 사이가 나쁠 수밖에. 그래서 그리폰들은 무조건적으로 공격을 개시했고 우린 지금 이 고생을 하고 있는 것이다.

"네리아앗!"

"후치, 조심해!"

제레인트의 고함소리. 순간 눈앞이 까맣게 변한다. 밤이냐? 역시 겨울이 다가오니 낮이 짧아지는……. 아니, 젠장! 덩치가 황소만한 그리폰이 태양을 가리며 나에게 달려들고 있었다. 흉맹스러워보이는 발톱들이 불을 뿜었다.

"발톱 소제 좀 해라! 누우며 일자무식!"

난 옆으로 몸을 날리며 올려쳤다. 그리폰의 발은 내 어깨 위를 지나쳤고 놈이 내 위를 지나치는 순간 난 녀석의 뒷다리를 베었다. 케에엑! 피가 팍 뿜어져 나오지는 않았다. 시시해 보일 정도로 매끈하게 잘린 상처와 찔끔거리듯 나오는 핏방울뿐. 그러나 그리폰은 중심을 잃으며 땅에 나동그라졌다. 콰과광!

먼지가 자욱하게 일어났고 흙이 마구 튀었다. 놈은 곧 날개를 퍼덕이며 몸을 뒤집은 것이다. 고양이 같은 날렵한 동작. 덩치가 황소만 하다는 것만 빼고는 아름다울 정도군. 놈은 그대로 뛰어오르더니 쓰러진 내게 달려들었다. 놈의 앞발 두 개와 부리가 세 개의 칼날처럼 날아왔다. 젠장! 그래봐야 넌 새대가리야!

"맛 좀 보자!"

죽을 힘을 다해 허리를 퉁겼다. "키에엑!" 난 그리폰의 가느다란 목을 물어뜯었다. 가느다란? 뭐, 비슷한 크기의 다른 생물에 비해 볼 때 독수리 목이라 가늘긴 하다. 그리고 그 순간 그리폰의 앞발이 내 가슴을 후려쳤다. 가슴이 터지는 이 기분! 사랑에 빠져버렸나 봐. 지독한 노린내와 함께 먼지 맛이 났다. 그리고 코로 깃털이 파고들어 재채기가 나려고 한다. 하지만 난 녀석의 목을 물고 놓아주지 않았다. 그리폰은 머리를 미친 듯이 휘저으며 계속해서 내 가슴과 복부를 할퀴어댔다. 이 망할 놈아! 나도 두 손은 자유로워! 이 썩을 녀석, 네발짐승이 날개는 왜 달고 다녀?

"읍읍읍읍!"

젠장! 기술 이름이 안 나간다! 어쨌든 기름 젓기!

"케이이이엑!"

놈의 날개와 앞다리 둘, 그리고 뒷다리 하나를 베고 나서도 난 녀석의 목을 물고 있었다. 윗니와 아랫니가 거의 닿을 지경이 되어 있었다. 난 입안 가득히 들어온 피와 살덩이를 뱉어내었다. 퉤! 이거, 내 사회적 지위에 손상이 가는 명장면이겠군. 주위를 둘러보았다.

"제레인트!"

그리폰 한 마리가 하늘을 가로질러 제레인트에게 달려들고 있었다. 제레인트는 등 뒤로 아프나이델과 레니를 감싸고 있었다. 아프나이델이 비명을 질렀다. "달아나요!" 그러나 제레인트는 눈을 감으며 무릎을 꿇더니 밀리터리 포크를 올려세웠다.

"테페리여! 당신 뜻대로!"

오, 맙소사! 테페리의 프리스트의 옳은 선택! 제레인트가 들어올린 밀리터리 포크는 기가 막히게도 날아드는 그리폰의 가슴을 겨냥했다. 그리폰은 급히 피하려 했으나 앞발 안쪽을 깊숙이 찔리면서 포효했다. 그리고 그때 옆에서 길시언이 방패 째로 몸을 날려 그리폰에 부딪혀 들어갔다.

"우아아아!"

그리폰은 나가떨어졌고 길시언은 두 팔을 벌리며 허둥거리다가 간신히 쓰러지지 않았다. 그러나 그리폰은 별 충격도 없다는 듯이 다시 훌쩍 뛰어올라 길시언을 덮쳐들어 갔다. 길시언은 하늘에서 날아드는 그리폰의 발톱을 방패로 막아냈다. 콰드득! 카가가각! 방패와 발톱이 부딪히면서 쇠 긁히는 소리가 요란하게 울렸다.

"걸렸어!"

길시언은 그대로 뒤로 쓰러질 듯이 보였지만 간신히 뒷다리로 균형을 잡고는 프림 블레이드를 크게 휘저었다. 방패를 치고 다시 날아오르려던 그리폰의 허리가 싹둑 갈라져 버렸다. 그러나 그 순간 다른 그리폰 하나가 달려들면서 길시언의 등을 후려쳤다.

"크어어억!"

길시언은 앞으로 고꾸라졌다. 제엔장! 큰일이다! 그리폰은 그대로 부리를 들어올려 길시언의 목을 찍으려 들었다!

"카리스 누멘의 이름으로!"

콰드득! 살이 몸속으로 말려 들어가며 뼈가 박살나는 기이한 소리. 엑셀핸드가 휘두른 배틀 액스는 그리폰의 등을 거의 쪼개어놓았다. 좋아! 그런데 네리아는?

난 내가 물어뜯은 그리폰을 뛰어넘어 네리아가 날아간 쪽으로 달려갔다. 젠장! 언덕 아래에서 그리폰 두 마리가 쓰러진 네리아를 노리고 있었다. 네리아는 다리가 어떻게 되었는지 주저앉은 채 트라이던트를 휘젓고 있었지만 그걸로는 어림도 없다. 네리아의 얼굴에 공포의 빛이 떠올랐다. 그리고 그 표정은 그리폰으로 하여금 결단의 순간을 앞당기게 한 모양이다.

"캐아악!"

그리폰 하나가 달려들었다. "아아아악!" 이런, 안 돼! 그때였다.

"Peca!"

무섭도록 빠른 뭔가가 달려든 그리폰의 옆구리를 찔러 들어갔다. 달려들던 그리폰은 벼락이라도 맞은 것처럼 전율했다. 운차이였다.

"아아아아아!"

운차이는 그리폰의 옆구리에 검을 박아넣은 채 그대로 앞으로 밀어붙이고 있었다. 좌르르륵! 그리폰의 공격은 아슬아슬하게 네리아를 비켜갔고 운차이와 그리폰은 함께 나동그라졌다. 그때 뒤에 있던 그리폰이 뛰어들었다. "운차이!" 네리아의 비명소리가 들린 순간 쓰러졌던 운차이가 뱀처럼 머리를 쳐들었다. 너무 빨랐다! 운차이가 고개를 든 순간 달려들던 그리폰이 급히 멈춰 섰다. 마치 벼랑으로 달려가던 말처럼 그리폰은 황급히 앞발을 꿇어버렸다.

"Ahn choudar!"

그리폰은 잠시 어쩔 줄 몰라했다. 그걸로 충분! 난 놈의 뒤에서 달려들어 날개를 후려쳤다. "캐애액!" 이런, 맙소사! 놈은 날개를 퍼덕이더니 마치 싸움닭처럼 훌쩍 뛰어올라 피했다. 네 발 달린 닭도 있냐! 놈은 그대로 자세를 낮췄다. 이놈아, 그럼 나도!

"채썰기! 우아아아!"

탕, 타당, 탕탕! 바스타드가 바위에 부딪히면서 불꽃이 튀어오른다. 칵! 왜 하나도 안 맞아! 열 번도 넘게 땅을 후려쳤지만 놈은 낮은 자세로 이리 뛰고 저리 뛰며 모조리 피해 버렸다. 그거 다리 네 개에 날개까지 달려서 무지 빠르네? 어엇! 놈은 갑자기 머리를 뒤틀더니 내 바스타드를 쳐냈다. 놓쳤다! 이런, 젠장! 칼 없으면 몸으로 때우지!

"에라, 뚜껑덮기!"

난 두 손을 얼굴 앞에 엇걸어 눈을 가리며 뛰어올랐다. 놈은 지금 무슨 표정을 짓고 있을까? 난 그대로 놈을 깔아뭉개 버렸다. 케에에엣! 가슴 아래에서 무섭게 꿈틀거리는 놈의 힘이 느껴진다. 난 되는 대로 고함을 지르면서 고개는 가슴에 박은 채 녀석의 목을 붙잡으려 했다. 하지만 눈을 감고 있는 데다(눈을 뜨고 있었어도 마찬가지였을 것이다. 머리를 후려치는 그리폰의 날개와 몸을 할퀴어대는 발톱 때문에 정신이 하나도 없었다.), 놈이 날뛰어 도대체 잡을 수가 없었다. 그때 손끝에 아주 미묘한 감촉이 느껴졌다. 매끄러우면서 촉촉한…… 눈알이다!

"케에에엑!"

내 손가락이 이렇게 빠르게 움직이다니? 녀석의 눈을 찔러버리고 나서 다시 뒤로 물러나자 머리를 휘저으며 발광하는 그리폰의 모습이 보였다. 바스타드, 바스타드 어디로 갔지? 그러나 놈의 다른쪽 눈은 그대로 남아 있었으며 하필이면 그쪽 눈에 들어간 것이 땅에 주저앉아 있는 네리아였다. 그리폰의 정신 없는 목동작이 멈추었고 네리아는 파랗게 질려버렸다. 그리폰은 땅을 걷어찼다. 그리폰이 뛰어오른 순간 다시 뭔가가 굉장한 속도로 움직였다.

"아아아……압!"

네리아의 비명소리는 희한하게 틀어막히고 말았다. 네리아에게 달려든 운차이가 그대로 네리아를 가슴에 끌어안은 것이다. 덕분에 그의 등은 그리폰의 앞발에 완전히 노출되었다. 제기랄, 안 돼! 순간,

쌔애애액!

"케켁!"

달려들던 그리폰은 단말마를 외치며 그대로 나동그라져 굴러가 버렸다. 스피어에 맞아 굴러가는 그리폰을 보다가 고개를 돌렸다. 언덕 위쪽에선 샌슨이 또 다른 스피어를 뽑아들면서 날 바

라보고 있었다. 아, 걱정 마. 샌슨. 난 괜찮으니까. 샌슨은 무겁게 입을 열었다.

"가르친 보람이 없다."

으윽. 잠시 후, 칼잡이들이 시간을 끌어준 덕분에 아프나이델이 간신히 마법을 사용하여 그리폰 한 마리를 구수한 냄새가 날 때까지 구워버리고 칼이 화살을 빗발같이 쏘아대자 놈들은 물러났다. 언덕 위에선 엑셀핸드가 아프나이델의 손을 잡고서 그 짧은 다리로 덩실덩실 춤을 추고 있었다.

"이히호! 히호, 히호!"

네리아를 안고 있던 운차이는 주위를 둘러보더니 곧 무뚝뚝한 동작으로 몸을 일으켰다. 아니, 일으키려고 했다. 네리아가 운차이를 으스러져라 끌어안고 있었기 때문에 운차이는 일어날 수가 없었다. 그는 짜증스러운 목소리로 말했다.

"끝났다. 일어나."

네리아는 고개를 들더니 운차이를 말없이 올려다보았다. 운차이는 얼굴을 찌푸리면서 하늘을 향해 말했다.

"일어나라니까."

그녀는 코먹은 목소리로 말했다.

"다리 아파."

운차이는 여전히 하늘을 향해 말했다.

"부러졌나?"

"몰라. 아파. 못 일어나겠어."

운차이는 뭐 씹은 얼굴이 되더니 네리아를 부축하려 했다. 그러자 네리아는 자지러지는 소리를 내었다.

"아아악!"

"뭐, 뭐야?"

"어깨, 어깨도……. 아까 떨어질 때……."

운차이는 그야말로 파격적인 표정을 지어 보이더니 네리아의 허리를 감아 조심스럽게 일으켰다. 네리아는 절뚝거리긴 했지만 간신히 일어날 수 있었다. 그녀는 운차이에게 고개를 돌리며 말했다.

"고마워."

"이제 빚은 없다."

"빚? 무슨 빚?"

"아까 내 등을 구한 것."

네리아는 입술을 삐죽거리다가 다시 발목의 통증 때문에 눈살을 찌푸렸다. 그녀는 눈살을 찌푸린 채로 말했다.

"흐응. 만일 아까 내가 구해 주지 않았다면, 운차이는 네리아를 안 구했을까나?"

운차이는 잠시 멈춰 서 자신의 팔 안에 있는 네리아를 내려다보았다. 네리아는 자신의 발끝만을 내려다보고 있었지만 대답을 기다리고 있는 것은 확실하다. 그렇잖다면 왜 아무 동작도 취하지 않고 있을까.

"모르겠다."

운차이는 그렇게 말하고는 다시 네리아를 옮기기 시작했다. 네리아는 해죽 웃었다. 흐음. 두 사람 모두 난 신경도 안 쓰는 모양이군? 이봐, 이봐. 내가 사이에 없으면 말도 못 나누던 시절이 있었잖아요?

5

산봉우리들 사이로 희뿌옇게 물결치던 안개들은 다 사라졌다. 이렇게 높은 곳이 미치도록 더울 수 있다는 사실을 믿을 수 있겠는가? 그러나 미치도록 덥다. 햇살은 무자비할 정도로 내려꽂히고 있었다. 햇빛을 가리는 것이 아무것도 없기 때문일까? 턱을 타고 흘러내리는 땀은 계속해서 셔츠 앞섶을 적셔왔다.

하지만 거의 똑같은 비율로 추위가 우리를 유린하고 있었다(왠지 누군가가 잘 조절하고 있다는 느낌이 들 정도다). 바람 때문에 코나 입술이 떨어져 나갈 것 같은 기분이 든다. 한마디로, 개판이다.

그 지독한 더위 및 추위만이 우리를 괴롭히고 있던 것은 아니다. 전방으로 나섰던 칼잡이들은 모두 그리폰의 부리와 발톱에 할퀴고 찢겼으며 날개에 맞아 멍도 좀 든 상태였다. 이제부터 내 앞에서 '깃털같이 부드러운…….' 어쩌고 하는 친구가 있다면 난 그 친구를 그리폰 깃털로 작신작신 두드려줄 용의가 있다. 그리폰의 쇠망치 같은 날개에 맞았던 머리가 아직도 쑤신다. 머리 안 찌그러졌나? 제레인트가 킬킬거리며 물어왔다.

"죽을 만해?"

"삶은 아름다워요."

내 대답이 끝나고 나서 제레인트는 곧장 내 가슴과 배의 상처

들을 치료하기 시작했다. 그리폰의 발톱은 가죽 갑옷을 버터처럼 갈라놓았다. 갑옷을 입고 있지 않았다면 내 뱃가죽이 비슷한 경우를 당했겠군, 젠장.

"아아아악! 잘못했어요!"

저쪽에서는 네리아가 자지러지는 비명을 지르고 있었다. 네리아의 어깨를 맞추고 있던 에델린은 이 불가해한 비명소리에 놀라 고개를 갸웃거렸다. 뭘 잘못했다는 거야? 그러나 에델린은 다시 그 강력한 손가락으로 부드럽게 네리아의 탈골된 어깨를 맞추었고 네리아는 목이 터져라 고함을 지르다가 샌슨의 호된 꾸지람을 듣고 말았다.

"갈색 산맥의 몬스터들 전부가 꽃다발이라도 들고 위문 오기를 바라는 거야앗!"

"이잇! 아파서 눈물이 찔끔거리는 사람한테 웃기는 소리 좀 하지 마! 절대로 그런 일은 없어!"

"뭐야? 그렇게 고함을 지르는데 그런 일이 없다구!"

"이 계절엔 꽃이 없어!"

샌슨은 졸도할 듯한 표정을 지었다. 어쨌든 칼잡이들이 모두 늘어진 김에 자연스럽게 휴식 시간이 되었다. 칼은 화살들을 주워모으며 투덜거렸다.

"벌써 정오가 가까운데 반도 못 왔어. 겨울철에 무슨 몬스터들이 이렇게 많은 거지?"

땀을 닦고 있던 아프나이델이 대답했다.

"크라드메서 때문이 아닐까요?"

"크라드메서 때문에?"

"예. 그의 활동기가 다가오면서 몬스터들이 몰려드는 것 아닐까요? 드래곤 피어는 꼭 물질적인 거리와 시간의 차원에서만 움직이는 것은 아니라고 알고 있습니다. 몬스터들은 거의 본능에 가깝게 드래곤의 웨이크닝을 감지하고 몰려드는 것일지도 모릅니다. 이 계절에 이렇게 많은 몬스터라니요. 게다가 그리폰들이라니. 전 이놈들을 생전 처음 봅니다. 아, 제가 견문이 어둡긴 합니다만…….”

그러자 방패를 손질하면서 숨을 고르고 있던 길시언이 대답했다.

“난 대륙의 이곳저곳, 사람들 발길 드문 곳도 제법 많이 돌아다녔지만, 그리폰을 실제로 보고 싸워본 것은 이게 처음입니다. 첫 번째로 만났을 때 강한 동료들이 있으니 나도 썩 운이 좋은 편이군요.”

일행들은 잔잔하게 웃었지만 곧 어두운 얼굴이 되었다.

대략 대여섯 시간 예정을 하고 온 길인데 새벽에 출발해서 정오가 될 때까지 전체 여정의 반도 못 왔다. 산에 익숙하지 못한 레니나 아프나이델 등의 문제도 있었지만 그것보다는 초겨울인지 의심이 될 정도로 난폭하게 돌아다니는 몬스터들 때문이다. 세상에, 그리폰 떼라니!

칼은 화살 하나를 손에 들고 이마를 톡톡 치면서 일행들을 바라보았다. 바람이 그의 머리카락을 잠시 어지럽게 흩날리는 가운데 그는 씩 웃었다.

“힘드시죠?”

길시언도 피식 웃었다.

“우리가 여기서 왜 이런 짓을 하고 있는가, 그런 말도 나올 듯하군요.”

칼은 환하게 웃으며 말했다.

"우리가 왜 이러고 있죠?"

바람이 분다. 산등성이가 바람에 몸을 떠는 소리가 들려온다.

"시오네의 말대로, 파멸하기 전에 뭐라도 이루면 그만이라고 믿기 때문에?"

"그건 아닐 겁니다."

"그럼 우리가 왜 이러고 있죠? 왜 산등성이를 타고, 언덕을 넘고, 계곡을 가로지르고, 몬스터들과 싸우고 있는 겁니까?"

"산등성이가 있고, 언덕이 있고, 계곡이 있고, 몬스터가 있고…… 그리고, 내가 있기 때문이 아닐까요."

길시언은 빙긋 웃었다. 제레인트는 추위 때문에 두 팔을 로브 자락에 파묻으며 말했다.

"간단하고 품위 있는 대답이 있습니다. 대륙을 구하기 위해. 멋있지 않습니까?"

칼은 고개를 가로저었다.

"별로 호감이 가진 않지만 사실이니 부정할 수도 없군요. 농부는 밭을 갈아 대륙을 구하고, 어부는 고기를 낚아 대륙을 구하니까."

제레인트는 입을 쩍 벌렸고 그 다음엔 벌쭉 미소를 지어버렸다.

"그렇죠, 옳으신 말씀입니다. 하하하."

도대체 뭐가 저리들 즐거운지 모르겠군. 당연한 말을 하며 즐거워하는 취미는 없어. 난 바스타드를 다시 꾲아넣고는 자리에서 일어났다.

"가지요! 아직 길은 먼데, 걷지 않고 짧아지게 만들 방법은 없으니까."

일행들은 각자 웃으며 일어났다. 우리는 다시 갈색 산맥의 봉우리들 사이로 난 좁은 계곡과 능선을 가로질렀다.

가을 동안 쌓였던 낙엽들은 구수한 냄새를 풍기며 썩어가고 있었다. 헐벗었지만 그래도 숲은 울창했고 그 사이로 길 비슷한 것은 없었다. 짐승의 길은 몇 개 보였지만 그건 사람이 제대로 걸을 수 없는 경우가 많다. 그래서 우리는 허벅지까지 차오르는 낙엽 더미 속을 걸어가거나, 겨울이라 물이 말라버린 강바닥을 건너거나, 커다란 바위를 기어오르느라 낑낑거렸다. 때론 완전히 노출된 고원 위를 힘겹게 걸어갔다. 사방 어느 산봉우리에서 바라보더라도 곧 우리들의 모습을 발견할 수 있는 곳이라 기분이 좋진 않았다. 하지만 인원이 많아서 우리들은 큰 걱정은 하지 않았다. 산에 사는 짐승들은 대개 무리를 크게 짓지 않는 법이니까.

일행의 모습은 봐줄 만하다. 모두 옷 몇 군데 찢어지지 않은 곳이 없는데다가 칼잡이들은 곳곳에 붕대를 둘둘 감고 있다. 그리고 산에 익숙하지 않은 사람들은 땀에 푹 절어 있었다. 하지만 모두들 별말 없이 꾸준히 걸어갔다. 땀을 뻘뻘 흘려대며, 감아둔 붕대가 풀어져내리는 것을 다시 묶으며. 고행이랄까? 우리는 크라드메서를 만나러 가는 것이다. 바닥에 빨간 융단이 깔린 길이 있기를 기대한 적은 한 번도 없다. 오히려 우리가 기대한 것은 가혹한 역경과 고난이 아니었을까. 이것은 원정이자 귀향이고 도전이자 해후다. 그리고 아무것도 아니다.

귀를 아무리 곤두세워도 풀벌레 소리 하나 들을 수 없었지만, 설령 어느 미친 벌레가 겨울의 찬가를 불러젖힐지언정 장대한 바람 소리에 묻혀 하나도 들리지 않을 것이다. 생명의 소리는 모두 사라지고 황량하고 거친 산의 노래만이 들려온다. 오르고, 내려가고, 굽이쳐 돌아, 앞으로 걸어간다. 산과 우리들뿐. 우리는 크라드메서를 만나러 간다.

그렇게 능선 하나를 타고 걸어가고 있을 때였다.

"운차이?"

뒤에서 걸어오고 있던 네리아의 목소리. 뭐지? 고개를 돌렸다. 네리아는 제자리에 서서 먼 곳에 눈을 주었다가 운차이를 바라보았다. 운차이는 눈살을 찌푸리더니 고개를 들어 허공을 향해 말했다.

"날 부른 것 같은데."

순간 나와 제레인트, 그리고 샌슨은 눈을 반짝반짝 빛내기 시작했다. 네리아가 또 화를 바락바락 낼 것인가? 그러나 네리아는 트라이던트를 들어올려 먼 곳을 향하며 이렇게 말했다.

"뭘 본 것 같은데, 좀 봐줘. 저어어기."

운차이는 고개를 돌려 트라이던트의 방향을 따라갔다. 그가 바라보는 곳은 산봉우리들이 겹쳐 쌓이며 사열하듯 길게 늘어선 방향이었는데 우리들이 걸어가는 방향에서 분수령과 만나게 되는 산맥이었다. 운차이는 잠시 후 말했다.

"붉은 로브. 레티의 프리스트들이다."

일행은 섬뜩한 기분을 느끼며 멈춰 섰다. 갑자기 몸을 숨기고 싶은 기분이 드는데? 하늘이 너무 넓어. 칼이 고개를 돌렸다.

"그들이라구요? 얼마나 멉니까?"

"꽤 멀군요. 그런데 그것보다 더 큰 문제는, 저 앞의 분수령에서 저 친구들과 조우하게 될 것 같다는 점이오."

"아, 그래요."

길시언은 팔에 감아둔 붕대를 긁적거리며 말했다.

"방해해 올까요?"

"십중 팔구 그럴 것 같습니다."

칼은 고개를 끄덕이며 말했다. 그러자 길시언은 운차이 쪽으로 고개를 돌렸다.

"우리를 볼 수 있을까, 운차이?"

"저 프리스트들도 너희들과 시력이 비슷하다면 보긴 어렵겠지."

"아, 그래. 그럼 다행이군……. 혹시 동작도 알아볼 수 있나?"

"어렵다."

칼은 턱을 쓸어만지다가 말했다.

"만나게 된단 말이지."

우리는 일렬로 주욱 늘어서서 레티의 프리스트들을 노려보았다(사실 노려보고 있는 것은 운차이뿐이고 다른 사람들은 보이는 척하는 것이겠지). 칼이 갑자기 말했다.

"저쪽에도 라자는 있지요. 그리고 우리들도 라자를 가지고 있고. 그런데 말입니다. 만약의 만약을 생각해서, 레니 양이 혹 거부될 경우를 생각한다면 돌맨이 필요해질지도 모르지요. 만일 우리가 먼저 갔는데 거부되었다면 돌맨 할슈타일이 필요합니다. 그러나 돌맨이 먼저 도착해서 성공한다면? 그것 참 판단하기 쉬운 일이 아니군요."

목 뒤에 가득한 땀을 닦고 있던 아프나이델이 말했다.

"후우, 후우. 판단하기 어렵다고요?"

"우리가 먼저 도달하기 위해 속력을 높여야 하는가, 아니면 뒤에 도달하도록 속력을 떨어뜨려야 하는가. 그 둘 중에서 말입니다."

"어, 글쎄요? 먼저 가는 쪽이 낫지 않겠습니까?"

칼은 고개를 가로저었다.

"거부될 경우가 문제란 말입니다. 그렇다면 이건 두 가지 조건이 결합된 네 가지 상황이 되는 건가요? 우리가 먼저 크라드메서를 만나는 경우, 레니 양이 선택되면 우린 성공, 선택되지 않으면? 그럴 경우 크라드메서는 우리들을 대상으로 활동기에 들어간 기념식을 벌일 수 있을 것입니다. 그러나 우리 다음번으로 돌맨이 시도해 볼 수 있겠지요."

하지만 그때는 우리는 이미 죽었겠지. 으으윽. 칼은 계속 말했다.

"저쪽 일행이 먼저 크라드메서를 만나는 경우, 돌맨이 선택되면, 어쨌든 크라드메서는 안정되겠지만 할슈타일 가문의 죄악을 단죄하기가 힘들어지겠군. 따라서 절반의 성공. 그러나 돌맨이 실패하는 경우? 우리가 두 번째로 시도할 수 있겠지요."

흐음. 그렇긴 해. 우리에겐 레니가 있지만 저쪽엔 돌맨이 있지. 돌맨은 역대 최악의 드래곤 라자라고 들었는데, 레니는 과연 어떨까? 그러고 보니 레니의 능력이 어느 정도나 되는 건지를 모르겠군. 분명 돌맨이 우리들보다 앞서 성공해 버리면, 그 가문을 건드린다는 것은 확실히 어려워지겠지. 전쟁통이니 크라드메서의 드래곤 라자가 속한 가문을 함부로 대할 수가 없다는 것쯤은 나도 짐작할 수 있다구.

샌슨은 잠시의 짬이 나자 곧 바위에 주저앉았다. 그리고 길시언은 스피어 하나를 지팡이처럼 짚고 섰다. 두 사람은 짐도 많이 들고 온 데다 그리폰들과 싸우느라 제법 지쳐 있는 상태였다. 칼은 일행을 주욱 둘러보더니 내키지 않는다는 어투로 말했다.

"우리 안전만 생각한다면 난 저 일행을 먼저 보내버리고 싶군요. 저 친구들이 성공하면, 크라드메서는 안정되겠지요. 하지만 저 친구들이 실패하면 그 다음에 우리가 시도할 수 있겠지요. 꽤 이기적으로 들리죠?"

아프나이델은 웃음을 지으며 말했다.

"그렇군요. 그리고 그런 말이 대개 그렇듯이, 거부 반응이 일어나지만 동시에 솔깃하게 들리는군요."

칼은 쓰게 웃으며 낮게 중얼거렸다.

"확실히 솔깃하군요."

그럼 발걸음을 조금 늦추는 것이 좋을까?

그렇잖아도 그리폰들과의 전투 때문에 피로한 상태다. 제레인트와 에델린이 있어 부상은 거의 치료되었지만 피로감은 남아 있었다. 상처에 감아둔 붕대엔 피와 땀이 배어 굳어버려서 거북하기 짝이 없었고. 좀 쉬었으면 좋겠군. 저 녀석들이 먼저 간다면, 절반의 성공 아니면 절반의 실패다. 그리고 우리가 먼저 간다면 완전한 성공 아니면 완전한 실패. 따라서 굳이 앞서려고 노력할 필요는 없겠지.

순간 나는 몸이 굳어오는 것을 느꼈다.

이런 논리라니? 아니, 이건 논리의 문제가 아냐. 감정의 문제야. 그보다 더 중요한 것은, 이건 헬턴트식도 아니야! 내가 어떻게 된 거지? 난 칼을 노려보았다.

칼은 걸음을 뗄 생각이 없어 보였다. 그는 그저 제자리에 서서 침울하게 한쪽 방향을 바라보고 있었다. 난 이번에는 길시언을 노려보았다. 등을 보여주는 나의 왕이여, 당신은? 그러나 길시언은 내 시선은 알아채지도 못한 채 묵묵히 레티의 프리스트들이 있는 방향을 쳐다보고 있었다. 보이지도 않으면서. 길시언은 말했다.

"운차이 덕분에 선택권은 우리에게 있군요. 먼저 보낼까요?"

당신이? 당신이 다른 사람의 등을 보면서 걸어가겠다고? 등을 보여주는 것이 아니라?

순간 알아차렸다.

맙소사, 크라드메서가 우리를 표백시키고 있어! 크라드메서에게 다가갈수록, 거리가 줄어들고 접촉이 다가올수록 우린 우리 본래의 모습을 드러내고 있는 것인가? 나마저도 그게 솔깃하게 들려온다구! 돌맨 따위, 죽든 말든! 돌맨이 성공하면 어쨌든 절반의 성공, 실패하면 알 바 아님! 레니가 성공하면 완전한 성공, 실패하면 우리는 사망. 돌맨을 먼저 보내버려! 젠장!

"그럴 순 없어요."

내 입이 지금 뭐라고 말했나? 에이, 설마? 이런 시점에서 함부로 열릴 정도로 내 입은 제멋대로가 아닐 텐데. 그러나 일행들은 날 바라보고 있었다. 음. 내 입은 제멋대로였군.

"그냥 가요."

얼씨구, 잘한다! 요 망할 놈의 입! 길시언은 고개를 약간 옆으로 꺾은 채 날 바라보며 말했다.

"무슨 말을 하고 싶은 것이지, 후치?"

"글쎄요. 제가 똑바로 알고 있는진 모르겠는데, 우린 방해자나 경쟁자에 대해 그렇게 신경 쓰지 않고 달려왔던 것 같아요. 더군다나 마지막 순간에 양보하기 위해 지금껏 달려온 것은 더더욱 아니었던 것 같아요. 목숨이 위험하니까? 설마요. 그랬다면 우리 여정은 오래전에 끝난 이야기일 텐데요."

칼은 빙그레 미소를 지었다. 길시언 역시 희미한 미소를 지으며 말했다.

"틀린 말은 아니라고 봐. 그래서?"

"지금까지……, 우리는 우리의 최선을 다해 걸어왔고 우리가 피곤하면 멈췄어요. 다른 사람이 시켜서 달린 적도, 그리고 눈치를 봐가면서 멈춘 적도 없었던 것 같아요. 지금까지도 우리 스스로만을 한계로 생각해 왔으니까, 남은 여정도 끝까지 우리 자신만을 한계로 생각하며 걸어가고 싶어요. 그런데 난 아직 내 한계에 부딪히지 않은 것 같은데요. 그러니 다른 데 신경 쓰지 말고 그냥 걸어가고 싶어요. 그리고 무엇보다도, 위험한 곳에 다른 사람 먼저 들이미는 거 보기 좋지는 않은 것 같은데요."

내 입은 미쳤어, 쳇. 길시언은 고개를 끄덕이더니 갑자기 주위의 일행을 둘러보았다.

"혹시 한계에 부딪히신 분 계십니까?"

잔잔한 미소뿐, 다른 대답은 전혀 돌아오지 않았다. 길시언은 기대고 있던 스피어를 발끝으로 톡 걷어차서는 한바퀴 빙글 돌려 어깨에 메었다. 상쾌한 동작이다.

"그럼, 후치의 말대로 지금껏 걸어왔던 것처럼 앞으로도 걸어갑시다."

길시언이 미소를 남기고 몸을 돌렸을 때다.

길시언은 갑자기 멈칫했다. 그리고 일행들도 모두 멈추었다. 뭐지? 아주 이상한 기분이 드는데? 그때 운차이가 말했다.

"바람이 없다."

바람이 없어? 어, 어라? 그러고 보니 이런 고지대에서 바람이 없다니? 주위는 고요하다. 말할 수 없이 고요하다. 그리고 그 고요 사이로 내 심장 박동이, 옆에 있는 레니의 가느다란 호흡소리가 들려오는 듯하다. 정적.

꽈르르릉!

"끼아악!"

레니! 옆사면으로 굴러 떨어지려던 레니의 팔을 부여잡았다. 그러나 나도 균형을 잃었다. "이런, 제기랄!" 나와 레니는 허우적거리다가 서로 겹쳐서 쓰러져버렸다. 콰당! 윽. 부드럽고도 물컹한 느낌. 레니, 어쩔 수 없었잖아? 왜 이리 난동을 부리는 거야? 그러나 내 아래에 깔린 레니의 파랗게 질린 얼굴을 본 순간 레니가 몸을 움직이고 있는 것이 아니라는 것을 알 수 있었다. 설마? 설마? 샌슨이 목이 터져라 외쳤다.

"땅이 흔들린다!"

"뭐라도 잡아! 앉아! 엎드려!"

쿠르르릉! 아프나이델은 다리를 희한하게 들어올렸다가 그대로 엉덩방아를 찧어버렸다. 모든 것이 위아래로 정신없이 흔들린다. 두두두두두! 우두두두두! 난 머리를 들어 위를 바라보았다. 맙소사, 말도 안 되는! 산봉우리가 좌우로 흔들리고 있었다! 좌르르르, 좌르르르! 오오옷, 제기랄! 돌멩이들이 굴러 떨어지기 시작했다!

"꼼짝 마!"

난 레니의 머리를 가슴에 움켜안은 채 고개를 숙였다. 세상이 캄캄해지면서 내 턱에 떨고 있는 레니의 이마가 닿았다. 레니, 내가 샌슨보다 열심히 지켜줄게. 퍽! 날아온 돌멩이 하나가 어깨를 치고 지나갔다. 젠장, 머리를 더 숙여야겠는데. 머리에 맞았다간 그대로 골로 가시겠어?

두두두두! 갈색 산맥 전체가 끓어오르는 것이 아닌가 싶은 격렬한 진동. 퍽! 퍼벅! 크고 작은 돌멩이들이 어깨와 등을 치고 지나갔다. 사지가 제멋대로 춤을 추는 가운데 충격이 올 때마다 레니를 더욱 바싹 끌어안는다. 아래에서 기어코 울먹이는 소리가 들려왔다. "후, 후치야? 후챠?" 그러나 아래에 깔려 있어서 레니의 목소리는 숨차고 답답한 느낌을 주었다.

그리고 시작했던 것처럼 갑작스럽게 흔들림이 멈췄다. 좌라락. 좌락. 돌멩이 굴러가는 소리가 줄어들기 시작했다. 잠시 조용해지자 난 머리를 들었다.

일행들은 모두 나동그라져 있었다. 땅이 거칠게 흔들려서 제대로 서 있을 수가 없었으니까. 길시언은 나와 레니가 있던 곳 조금 위까지 미끄러져 내려와 있었고 샌슨은 우리 발 아래까지 미끄러져 내려가 있었다. 네리아는 땅에 트라이던트를 박아넣고 그것에 의지하여 앉아 있었다. 모두들 먼지를 덮어쓰고 군데군데 돌멩이에 맞아 타박상을 입은 상태였다. 조금 떨어진 곳에서 아프나이델의 신음소리가 들려왔다. 그리고 제레인트의 외침소리도 들려왔다.

"아프나이델! 괜찮습니까? 이런, 부어오르는군요. 잠시."

"아, 아뇨. 제레인트. 괘, 괜찮습니다. 마력은 신력을…… 거부하는 법. 제가 대충 손을 보지요."

"허어, 이런!"

다른 사람들은? 에델린은 돌멩이 몇 개 맞는 것쯤은 아무런 상관이 없다는 얼굴로 칼과 엑셀핸드를 가리고 앉아 있었고 그 둘은 에델린의 가슴에 안겨 있었다. 모자상? ……차라리 욕을 해라. 운차이는 놀랍게도 허리를 조금 낮춘 채로 두 발로 서 있었다. 날렵하게 일어난 것은 아니다. 넘어진 적이 없었던 것이다. 그는 눈살을 찌푸리며 주위를 둘러보았고 그 눈길을 따라 나도 주위를 둘러보았다.

돌과 바위가 마구 흘러내린 것뿐만이 아니다. 차라리 고지대에 있어서 그나마 다행이었다. 저 아래쪽 저지대와 계곡들 쪽에서는 먼지 구름이 자욱하게 일어나고 있었다. 하얗게 일어나는 먼지 구름은 산등성이를 향해 거꾸로 올라오고 있었다. 그리고 그 가운데서부터 원래는 상당히 날카로웠겠지만 지금은 조금 둔하게 들리는 충격음들이 들려왔다. 쿠르르르릉. 조금 가까운 곳에서는 뿌리째 뽑혀 흔들거리는 나무들도 보였다. 난 레니가 일어나도록 비켜앉았다.

"후치야, 후챠! 괜찮아?"

레니는 곧장 내 얼굴을 살피기 시작했다. 난 손을 들어 흔들어 주려다 어깨가 빼근해서 대신 머리를 가로저었다.

"이 정도면 괜찮은 사람의 표정 아냐? ……그런데 허락도 없이 내 몸 함부로 만지지 말아줬으면 좋겠는데."

"어, 어."

그러고도 레니는 한참 내 몸을 군데군데 더듬었다. 쳇. 그런데 다른 사람들은?

"괜찮아. 다른 사람들은……, 여어! 칼! 괜찮아요? 운차이는? 샌슨, 일어나 봐!"

저 아래까지 굴러 떨어져 있던 샌슨이 끙, 하는 신음을 토하며 간신히 몸을 일으키는 것이 보였다. 그는 머리를 험하게 좌우로 흔들더니 그대로 옆으로 쓰러질 듯 휘청거렸다. 그는 계속 흔들리던 머리를 간신히 붙잡았다.

"너무 세게 흔들었나 보군."

"머리 괜찮아?"

샌슨은 흐리멍덩한 눈으로 날 올려다보았다.

"당신 누구시죠?"

"……괜찮은 모양이네."

운차이를 제외하고 나머지 사람들은 모두 약삭빠르게 넘어져 버려서 아프나이델 외에는 별로 다친 사람이 없었다. 아프나이델은 넘어질 때 손을 잘못 짚었는지 손목이 부어오르고 있었다. 마법사는 운동 신경이 느려서 큰일이라는 엑셀핸드의 투덜거림에 아프나이델은 씩 웃었다. 그는 손목을 휘저으며 뭐라고 중얼거리고 나더니 말했다.

"엑셀핸드. 당신은 넘어질 때도 다른 사람보다 다칠 일이 적지 않습니까. 하하하."

칼은 주위를 둘러보다가 엑셀핸드에게 말했다.

"여기가 지진이 많은 곳입니까?"

"아니, 난 이곳에서 지진이 있었다는 이야기는 들어본 적이 없다네."

"그렇다면……."

아프나이델이 칼의 말을 받았다.

"크라드메서겠죠. 아마 곧 일어날 모양입니다. 잠버릇이 깔끔하다고는 못하겠군요."

모두의 얼굴이 굳어버렸다. 칼이 침중한 얼굴로 말했다.

"어서 갑시다."

그리폰들과의 싸움에서 입은 부상에다 흙먼지가 더해져 일행들의 몰골은 초췌하기 짝이 없다. 길시언의 회색 머리카락은 먼지를 뒤집어써서 거의 백발 비슷하게 바뀌어 있었고 엑셀핸드의 하얀 턱수염은 먼지를 덮어써서 회색으로 바뀌어 있었다. 희한하네. 네리아는 어깨를 마구 털어내리며 말했다.

"점점 가까워져오는데."

네리아가 말하기 전에도 일행 모두 잘 알고 있는 사실이다. 오른편으로 멀리 떨어진 능선을 걷고 있던 붉은 복장의 무리들의 모습이 점점 커지고 있었다. 지금 저들과 우리들의 직선 거리는 약 1500큐빗? 저쪽 무리와 우리 일행은 똑같은 방향으로 걸어가고 있었지만 그것은 평행선이 아니다. 저쪽 무리가 걷고 있는 능선과 우리들이 걷고 있는 능선은 같은 분수령에서 만나게 되는 것이다.

따라서 앞으로 걸어갈수록 거리는 점점 가까워지고 있다. 우리들도 이미 늦어버렸다고 생각하여 뻔뻔스러우리만큼 당당하게 모습을 드러내고 있었지만 그것은 저쪽도 마찬가지이다. 서로간의 직접적인 공격 거리는 안 되지만 모습은 확인할 수 있는 거리에서 반드시 만나게 될 길을 걸어가고 있자니, 이젠 정이라도 붙일 수 있을 지경인걸.

서로간에 아무런 말은 없었지만 만날 것은 전제되어 있었다. 우리가 시험 삼아 속력을 조금 높이면 곧 저쪽에서도 속력을 높여온다. 그리고 속력을 조금 늦추면 저쪽 역시 속력을 늦춘다. 서로를 확실히 파악할 수 있는 거리에서 매복이나 암습 따위는 눈감고 아웅하는 짓이 된 지 오래라 이미 고려 대상도 안 되고 그렇다고 경쟁적으로 달려가기엔 산길이 너무 험하다.

"만나게 된단 말이지. 싸우게 될까."

제레인트의 혼잣말에 칼이 대답했다.

"무익한 싸움인 것은 저쪽과 우리 모두 마찬가지입니다. 대화를 해보고 싶은데요."

길시언이 묵직한 목소리로 말했다.

"저쪽에는 우리를 종말 처리하고 싶은 상당한 이유가 있을 텐데요."

"예……. 우리가 지상으로 돌아갈 수 있으면 할슈타일 후작에 대한 고발은 당연. 그러므로 저 레티의 프리스트들은 이 인적 드문 갈색 산맥 안에서 할슈타일 후작에 대해 으르렁거리는 폐태자와 그의 졸개들을 처리해 버리고 싶은 유혹이 있겠지요."

칼은 차갑게 말했고 곧 샌슨이 콧김을 뿜어대기 시작했다.

"먼저 가자고 말씀드렸지 않습니까! 지금이라도 늦지 않았습니다. 먼저 저 분수령에 도달하여 위치를 잡고 다가오는 저 친구들을 성대하게 맞이해 주는 겁니다. 저 산꼭대기의 지형은 괜찮은 편입니다."

칼은 눈살을 찌푸렸다. 그는 꽤 피로한 음성으로 말했다.

"퍼시발 군. 마치 지형이 유리하니까 싸움을 벌이겠다는 말처럼 들리는군. 싸움의 이유가 먼저 명확해야 되지 않겠는가? 물론 인간들은 이길 수 있으면 이유엔 신경 쓰지 않고 동족을 공격할 수 있는 몇 안 되는 종족 중의 하나이긴 하지만."

샌슨은 입을 쩍 벌렸다.

"그런 뜻이 아니지 않습니까!"

"그래, 그래. 미안하네. 내가 좀 피로해서 신경이 날카로워졌어. 어쨌든 지금으로선 저 일행들과 싸우고 싶은 욕구는 없네. 저 친구들과 우리들이 상반되는 목적으로 크라드메서를 찾아가는……, 경쟁자의 입장인 것은 확실하지만."

"그러니까……."

"만나서 이야기를 해보세. 저 프리스트들도 그것을 원하는 것처럼 보이니. 우리와 똑같은 속도로 걷고 있지 않는가."

샌슨은 조금 투덜거린 다음 다시 입을 다물고 걸어갔다.

이윽고 레티의 프리스트들과 우리 일행은 서로의 얼굴을 확인할 수 있을 정도의 거리까지 가까워졌다. 엑셀핸드는 도끼를 가볍게 들었고 길시언 역시 등에 지고 있던 방패를 손으로 바꿔 들었다. 저쪽의 일행들은 특별한 변화 없이 그냥 걸어왔다. 우리들 쪽이 조금 빨리 정상에 도착했다. 하지만 우리들은 그대로 아무 말없이 산 정상에 서서 다가오는 프리스트들을 기다렸다.

모두들 빨간 로브를 입고 있는 가운데 한 명만이 가벼워보이는 가죽 옷을 입고 있었다. 나이는 나보다 조금 어려 보이는 정도에 약간 창백해 보이는 얼굴이 이채롭다. 등에는 롱소드를 메고 있었고 두 다리뿐만 아니라 손까지 이용해서 산을 걸어오고 있었다. 돌맨 할슈타일인가. 나머지 프리스트들은 모두 빨간 로브 아래에 갑옷을 받쳐 입었는지 어깨와 가슴이 상당히 거창해 보였다. 그리고 간혹 로브 자락 사이로 검 손잡이가 삐죽 튀어나와 있는 모습도 보였다.

"프리스트들인데……, 갑옷에 검까지 가지고 있군요?"

난 바위에 앉아 아래를 내려다보며 말했다. 약간 뒤쪽에 서 있던 제레인트가 대답했다.

"검과 파괴의 레티의 프리스트들이니까. 저 친구들은 성직자라기보다는 전사 쪽에 가깝다고 들었어. 교리 연구나 경전 봉독보다는 체력 단련과 검술 훈련을 더 많이 한다지."

"그래요? 흐음. 성직자 같진 않군요."

"뭐 특별히 이상할 것은 없어. 입으로 하는 기도만이 기도는 아니야. 신 앞에 우리 사는 모습이 부끄러울 것이 없다면, 열심히 살아가는 모습 자체가 바로 기도라 할 수 있어. 그러니 검술 훈련과 체력 단련도 기도라 할 수 있겠지."

제레인트의 말에 네리아와 레니가 탄성을 질렀다. 길시언은 피식 웃더니 등에 매고 있던 스피어 하나를 꺼내어 지팡이처럼 짚고 섰다. 그리고 샌슨은 롱소드를 뽑아들고 검집을 배낭과 함께 뒤에 팽개쳐둔 가벼운 차림으로 내 옆에 섰다.

운차이는 조금 떨어진 바위 위에서 팔짱을 낀 채 아무 말없이 서 있었고 그의 발치 바위에 네리아가 앉아 있었다. 네리아는 트라이던트를 짧게 쥐고는 날 부분을 한가롭게 만지작거리고 있었다. 그녀의 눈은 트라이던트의 날 부분만을 내려다보고 있어서 아래에서 다가오는 레티의 프리스트들에 대해서는 전혀 신경을 쓰지 않는 것처럼 보였다.

보통 목소리로 말해서 무리 없이 들릴 정도로 거리가 가까워지자 칼이 입을 열었다.

"황량한 산 위에서 의외의 만남이군요. 여행자들에게는 그것이 일상이던가요. 칼날 위에 실을 수 있는 가장 거대한 이름의 영광에 의지하여."

레티의 프리스트들은 별로 당황한 기색도 없이 조용히 멈춰 섰다. 사실 당황했다면 더 웃기는 광경이 되었겠지. 아까부터 서로를 의식하고 있었으니까. 이제 우리들은 아래쪽의 프리스트들보다 대략 10큐빗쯤 높은 위치에 서서 그들을 내려다보고 있었다. 프리스트들 중에 한 명이 앞으로 나섰다.

바싹 자른 짧은 머리가 하얗게 세어 들어가고 있는 중년의 사내였다. 하얀 머리에 비교할 때 그슬린 얼굴은 유달리 시커멓게 보였다. 짧은 목과 넓은 어깨가 인상적인 사내는 조용히 입을 열었다. 무리 없이 그 얼굴에 연결지을 수 있는 텁텁한 목소리가 들려왔다.

"의외? 웃기시는군. 창조가 닿을 수 없는 미를 찬미하며."

칼은 고개를 끄덕이더니 그 프리스트를 영접하기라도 하듯이 앞으로 나섰다. 하지만 지나치게 앞으로 나서지는 않은 위치에서 칼은 말했다.

"칼이라고 부르십시오."

"귀하의 이름은 이미 알고 있소. 현명함의 기사 칼 헬턴트 공. 난 레티의 보잘것없는 검 중의 하나요."

"반갑습니다."

어라? 이름이 저건가? 레티의 보잘것없는 검? 그때 제레인트가 속삭이는 목소리가 들려왔다.

"이상하게 생각될지 모르지만, 레티의 프리스트들은 이름이 없어요. 파괴신을 섬기는 자가 자아를 구축할 수는 없다는, 뭐 그런 복잡한 의미가 있지요."

아, 그래? 그렇다면 저 사람들은 꽤나 불편하겠군. '어이, 눈가에 별 모양의 점이 있는 형제가 속이 좋지 않다는군. 초조해지면 코 후비는 버릇이 있는 형제를 불러다주게. 그 형제가 사팔뜨기에 말버릇이 이상한 형제를 치료했었지?' 난 웃음을 간신히 참으면서 그 이름 없는 프리스트들을 내려다보았다.

칼은 돌맨 할슈타일을 잠시 바라보다가 다시 레티의 보잘것없는 검 중의 하나에게 말했다.

"어떤 목적을 가지고 레티의 빛나는 검들이 하나의 검광으로 모여들어 이 황량한 갈색 산맥을 여행하고 계신지 여쭤봐도 무례가 되지 않겠습니까?"

"당신 말은 우리가 여기서 낯짝을 드러내는 이유가 뭔지 물어보는 것 같은데. 맞소?"

"……의미를 말하라면, 그렇군요."

"눈 가리고 아웅하는 짓거리는 집어치웁시다, 현명함의 기사. 당신도 짐작하다시피, 우리는 크라드메서에게 드래곤 라자를 연결짓기 위해 이곳으로 온 거요. 돌맨 할슈타일 공을 말이오."

어라, 꽤나 말투가 무례하군. 저게 레티의 프리스트들의 화법인가? 난 칼의 얼굴을 돌아보았다. 이윽고 들려온 칼의 목소리에 나는 상당한 불안감을 느꼈다.

"투미한 저의 식견에도 불구하고 제 짐작이 맞다니 참으로 즐거운 일이군요."

칼은 온화하고도 화려하게 말했다. 큰일이다, 젠장! 산을 많이 타서 피로해진 나머지 짜증이 났나 봐. 저쪽의 백발 프리스트는 아무것도 눈치 채지 못하고 계속 말했다.

"그쪽도 우리와 마찬가지 아니오? 비록 수단이 서로 다르지만."

"명민하신 지적입니다. 레티의 영광이시군요."

"좋소. 까놓고 이야기합시다. 우릴 방해할 거요?"

"제 동료들의 의향에 대해서는 잘 모르겠지만, 전 평소 레티의 프리스트들의 덕망과 명성에 대해 깊은 호의를 가져왔던 자올시다. 제가 레티의 프리스트들의 행동을 방해해야 된다는 것은 상상만 해도 치가 떨리는 일이로군요."

레티의 보잘것없다는 검께서는 잔인하게 웃었다.

"하하하! 좋은 관점이오. 말이 통하는 친구로군."

칼은 겸손하게 고개를 끄덕였다. 아아아, 골치 아파! 샌슨의 얼굴을 돌아보자 그 역시 오만상을 찌푸리고 있었다. 엑셀핸드는 눈썹을 치켜뜨고는 의아한 얼굴을 하고 있었지만 아프나이델은 잔잔한 웃음을 지었다.

백발 프리스트는 고개를 끄덕이며 아량을 베푸는 듯한 목소리로 말했다.

"좋아. 그럼 그쪽의 드래곤 라자의 신병을 우리가 맡게 해주시오."

길시언의 입에서 이가 부딪히는 끔찍한 소리가 들려왔다. 레니는 파랗게 질렸고 네리아가 그녀의 어깨를 감았다. 그러나 칼은 한점 표정의 변화도 없는 얼굴로 말했다.

"저희들과 함께 있는 드래곤 라자를 말씀이십니까?"

"그렇소. 크라드메서가 라자도 없이 활동기에 접어드는 것은 바람직하지 않잖소. 그럴 리야 없겠지만, 만일 돌맨 할슈타일 공께서 실패하거든 다른 대안이 있어야 하지 않겠소? 이리 보내시오."

"글쎄요……. 저희들이 모셔가면 되지 않을까요. 여기까지 모셔온 것도 우리니까."

"여기까지 데리고 오느라 수고했다고 말씀드리지. 그러니 나와 흥정 따위 할 생각은 마시오! 우리 앞에 있는 것이 뭔지 모른단 말이오? 크라드메서요!"

칼은 더욱 겸손하게 고개를 숙였다.

"그건 알고 있었습니다만."

"알기는 뭘 알아! 입으로 아는 것? 머리로 아는 것? 닥치시오. 국왕께 명예의 호칭을 받았다고 기고만장하지 마시란 말이오. 드래곤이라는 이름만 들어도 벌벌 떨고 말 엉터리 모험가 주제에 함부로 중요한 일에 끼어드는 법이 아니오. 대륙의 위기라는 말, 말로서는 상상해 볼 수 있겠지만 과연 당신들같이 서녘의 오지에서 달려나온 촌사람들이 감당할 수 있는 일이라고 생각하시오?"

"우리 모두가 서녘의 오지에서 온 것은 아닙니다만."

그러자 백발 프리스트는 고개를 홱 돌렸다. 그의 눈이 멈춘 곳은 길시언이었다. 그는 길시언을 바라보며 말했다.

"하하! 그래. 당신은 길시언 폐태자의 일을 말하시고 싶은 모양이군. 왕자와 함께하는 일행이라는 말인가 보지? 왕자여! 말해 보시오. 당신은 국가 수호의 의무를 팽개치고 달아난 자요. 당신의 어깨에 메어진 의무를 저버리고 들판과 산의 야만스러운 아름다움에 취해 달려간 자요. 당신이 과연 이 나라를 도탄에서 구할 자라고 말할 수 있소?"

길시언의 얼굴은 딱딱하게 굳어 있었다. 그는 뭐라고 말하려 했지만 다시 입을 다물고 그저 묵묵히 프리스트를 바라보기만 했다. 레티의 프리스트는 계속 말했다.

"그리고 그 나머지는? 드워프의 위대한 노커여. 당신의 땅굴과 당신의 망치에 경배를 보내지. 하지만 당신은 말할 수 없을 것이오. 당신이 광산과 대장장이의 일 외에 어떤 것에 식견을 갖추고 있는지. 자신의 분수를 넘어서는 일에 손대는 것은 당신처럼 오랜 세월 동안 위명을 쌓아온 자에겐 어울리지 않는 일이오. 드래곤의 일은 당신네 광부 족속이 담당할 일이 아니오."

엑셀핸드는 씨근거리며 뭐라 말하려 했지만 그 전에 먼저 레티의 프리스트가 말을 해버려서 엑셀핸드는 말할 기회를 놓쳤다.

"그리고 그 외에 나머지는? 모두들 집도, 명예도, 지위도 갖추지 못한 떠돌이들 아닌가? 우스운 일 아니오, 헬턴트 공? 이런 방랑자 무리가 대륙의 위기를 구하기 위해 나서다니."

칼은 미소를 지우지 않은 채 말했다.

"틀린 말이라고는 생각되지 않는군요."

"역시 말귀가 통하는군. 그러니 드래곤 라자를 우리에게 넘기고 당신네들은 천천히 우리 뒤를 따라오시오."

"뒤를 말씀입니까?"

"그렇소. 당신네들이 얼마나 분수에 맞지 않는 일에 손을 댔는지 알 수 있도록 우리 뒤를 따라오는 것을 허락하겠소. 당신네들이 보는 것이 당신들을 가르치게 되겠지. 알았다면 즉시 내가 말한 대로 시행하시오."

칼은 인자하게 웃었다. 아아아, 이제 끝장이야!

"귀하의 엉덩이가 얼마나 멋있는지는 모르지만 저에게 댁의 엉덩이를 감상해 주고 싶은 욕망이 없다는 사실이 참으로 안타깝군요."

엑셀핸드가 혀를 깨물고는 끔찍스러운 신음을 흘렸다. 그리고 네리아는 볼을 잔뜩 부풀리더니 곧 고개를 돌리며 웃음을 터뜨렸다. "하하핫하!" 레니와 아프나이델은 어처구니없는 얼굴로 칼을 바라보았고 제레인트는 배를 잡고 뒹굴 준비를 갖추었다.

레티의 백발 프리스트는 잠시 화도 제대로 내지 못한 채 입을 쩍 벌렸다. 대략 다섯 호흡쯤? 레티의 보잘것없는 검께서는 대략 그 정도 시간을 끌고 나서야 간신히 말했다.

"지금 뭐라고 했소?"

칼은 두 팔을 정열적으로 펼쳤다.

"참으로 복된 만남이올시다! 같은 말을 두 번씩이나 할 수 있는 기회를 허락하는 돌대가리는 만나기 진귀한 것이지요."

"너 이놈! 뚫린 입이라고 감히……."

"뚫려 있는 것처럼 보이지만 막혀 있는 그 귀를 잘 판 다음 내 말을 똑똑히 들으시지, 레티의 보잘것없는 칼토막 선생."

백발 프리스트는 그야말로 입이 콱 막히고 말았다. 아마 저 나이 되도록 이렇게 험악한 말은 처음 들어보셨을 테지. 뒤쪽에 있던 레티의 프리스트들은 무시무시한 표정을 지으며 로브를 차례대로 등 뒤로 넘겼다. 그러자 곧 갑옷과 번쩍이는 검의 모습이 드러났다. 그리고 우리 쪽에서도 모두들 검 손잡이를 쥐었다. 칼은 또박또박 말했다.

"먼저, 난 당신 뒤를 따라가며 엉덩이 감상해 주고 싶은 생각 전혀 없어. 둘째, 그쪽의 드래곤 라자를 우리에게 보내준다면 숙식 제공하고 안전하게 크라드메서에게까지 데려다줄 수 있다고 제의하지. 셋째, 당신네들은 신을 섬긴다고 알려져 있지만 사실 할슈타일 후작을 섬기니까 후작에게 전해 주시오. 지은 죄에 대해 준비되어야 할 벌이 너무 많아서 간추리는 작업이 필요해질 지경이니 좀 도와줄 수 없냐고. 받고 싶은 벌을 우선적으로 줄 수도 있거든."

세상이 모두 발 아래로 보이는 바위 위에 꼿꼿이 선 채, 칼은 내용상 험담이지만 어조상으로는 험담이 아닌 말을 험담하는 표정으로 말했다. 백발 프리스트는 울림이 꽤 많이 섞인 목소리로 낮게 으르렁거렸다.

"싸우고 싶다는 게냐?"

칼은 피식 웃었다.

"성직자 주제에 세상의 일을 좌지우지할 수 있다는 자만심을 가진 것만 해도 고약한 경우거늘 그에 더불어 폭력 성향까지 갖추고 계시는군."

"뭐라구?"

"이 답답한 작자, 잘 들으시오. 성직자란 무엇이오?"

백발 프리스트는 대답하지 않았다. 제레인트와 에델린은 모두 움찔하면서 칼을 바라보았고 칼은 눈살을 찌푸리더니 계속 말을 이어나갔다.

"내 알기로 성직자는 만인의 종복이라고 아는데? 신은 만인의 어버이, 인간은 신의 아들, 그리고 성직자는 인간의 종복 아니었던가? 신께서 성직자들이 만인의 지도자 노릇 하기를 바라신 적은 없겠지. 신께서 성직자에게 바라는 것은 가장 낮은 곳에서 만인을 섬기는 것 아니오?"

백발 프리스트는 그저 무표정한 얼굴을 하고 있었다. 하지만 그 뒤에 늘어서 있던 다른 프리스트들의 얼굴에선 갑자기 불안한, 그러면서도 불만족스러운 표정이 떠올랐다. 잘 정리된 고요함은 그대로였지만 왠지 그 표정들에서 수군거리는 듯한 분위기가 풍겨나왔다. 칼은 말했다.

"성직자가 신의 선민을 섬기길 거부하고 그들을 지배하길 바란다면 그것은 더 이상 성직자가 아니오. 언사를 주의하시오, 레티의 프리스트! 싸우고 싶냐고? 양치기가 양에게 화를 내고 시비를 거는 경우가 있단 말이오?"

제레인트와 에델린이 크게 고개를 끄덕이는 것을 통해 칼의 말이 꽤나 옳은 이야기인 것을 알 수 있었다. 하지만 저 프리스트들은 로브만 입었다뿐이지 사실 칼잡이에 가깝다며? 백발 프리스트는 험한 눈으로 칼을 올려다보며 말했다.

"말 다했소?"

"다했다면?"

"우리를 모욕하는 것은 레티를 모욕하는 것과 마찬가지요. 당신 말을 취소할 기회를 주겠소. 어쩌시겠소?"

이건 정말 칼잡이 중에서도 저질 칼잡이로군. 칼의 말을 전혀 알아듣거나 이해하지 못하고 있는 모양인데. 칼은 차라리 안타깝다는 표정을 지으며 백발 프리스트를 내려다보았다.

"내 말이 잘못되었다고 생각합니까? 모욕이라고?"

"명백한 모욕이오."

"어째서 그런지 말씀해 보시오."

"우리들을 만인의 지도자로 군림하고 싶어하는 성직자로 치부하지 않았소! 물론 우리는 신 앞에서만 허리를 굽히지만, 그렇다고 만인을 다스릴 생각을 한 적은 없소! 게다가 레티가 아니라 할슈타일 후작을 모신다고 말씀하셨소. 성직자에게 그런 모욕이 어디 있다는 말이오!"

"그렇다면 이곳에 오신 이유는?"

백발 프리스트는 눈에서 불길을 뿜어내면서 말했다.

"장난 치는 거요? 돌맨 할슈타일 공을 크라드메서에게 안내하기 위해서가 아니오!"

"그렇다면 그 의무나 충실히 수행하시오! 레니 양을 탐낸다는 식으로 말하지 말고! 어떻게 우리에게 레니 양을 포기하라는 식으로 말한다는 말이오? 레니 양은 우리의 부탁에 의해 저 먼 땅에서 이곳까지 오시었소. 다시 말하자면 우리는 그녀의 의사를 존중해서 여기까지 온 거란 말이오. 그런데 당신은 우리에게 레니 양을 내놓으라고 말하는군. 마치 레니 양이 우리 소유의 무슨 물건이라도 되는 것처럼! 만약 지금이라도 레니 양이 우리와 함께하는 것을 거부한다면 난 그녀를 크라드메서에게 데려갈 수가 없소. 그리고 애초에 약속했던 바대로 그녀를 다시 그녀의 고향으로, 그녀의 가족에게로 데려다주어야 하오. 그런데 내가 어찌 당신에게 그녀를 내어주고 말고 한단 말이오!"

백발 프리스트도 이 말에는 입이 막히고 말았다. 레니는 글썽이는 눈으로 칼의 뒷모습을 바라보고 있었다. 레티의 보잘것없는 검은 한참 후에야 힘들게 입을 열었다.

"어, 그건 내 실수였소. 크라드메서의 위기 때문에 머릿속이 꽉 찬 상태였단 말이오. 그렇다면, 에, 그렇다면 레니 양에게 직접 물어보면 되는 것이겠군. 그렇겠지?"

어라? 그런 식으로 말한다면……. 그러나 칼은 힘차게 고개를 끄덕이며 말했다.

"물론 그렇소. 신 아래 평등한 모든 사람들은 자신의 거취를 스스로 결정할 당연한 자유가 있소."

"그렇다면, 비켜나 주시오."

백발 프리스트는 강하게 말했고 칼 역시 거친 동작으로 몸을 돌렸다. 어찌나 거칠게 홱 몸을 돌리는지 나는 칼이 쓰러지는 줄 알고 놀랐다. 몸을 돌린 칼은 레니를 바라보았다. 레니는 겁먹은 눈으로 칼을 마주보았지만 칼은 미소 띤 얼굴로 말했다.

"저 프리스트께서 레니 양에게 할말이 있는 모양입니다. 들어주시죠. 다른 말은 할 것 없고, 레니 양 스스로의 의지를 중요하게 생각하시길 바랍니다."

"저, 저, 칼 아저씨……."

"괜찮아요, 레니 양."

칼은 고개를 끄덕이며 레니를 위로하는 표정을 지었다. 레니는 입술을 꾹 깨물더니 앞으로 조금 나서서 아래에 있는 프리스트에게 모습을 드러냈다.

이 높은 곳, 거기서도 산 정상의 바위 위에 서 있는 그녀의 모습은 말할 수 없이 외로워 보였다. 바람이 불 때마다 레니의 빨강머리는 힘없이 나풀거렸다. 레니는 바지 옆의 두 주먹을 꽉 쥔 채 아래를 내려다보고 있었다.

"아가씨가 드래곤 라자요?"

"예, 예. 그, 그렇습니다. 레니예요."

백발 프리스트는 날카로운 눈으로 레니를 올려다보았다. 젠장, 상점에서 물건 고르는 장사치의 눈길처럼 보이는걸. 어디 안 보이는 곳에 흠집은 없나? 어디 보수한 부분은 없는가? 갑자기 그런 말도 안 되는 말들이 떠올랐다. 얼굴이 벌겋게 변한 레니는 백발 프리스트의 눈길을 피하기 위해 고개를 이리저리 꼬고 있었다. 이윽고 백발 프리스트는 입을 열었다.

"아가씨가 누구의 딸인지는 잘 아시겠죠?"

레니는 눈을 커다랗게 뜨더니 백발 프리스트를 바라보았다. 그녀는 그 표정 그대로 입을 열었다.

"저의 아버님은 일스의 델하파의 항구에서 웨일즈 본야드를 경영하고 계시는 그레이든 씨세요."

좋아, 멋지다! 레니는 한번의 떨림이나 주저함도 없이 줄줄 말했다. 백발 프리스트는 당황한 눈으로 칼과 다른 일행들을 바라보았다. 그러다가 그는 잔인해 보이는 미소를 지으며 말했다.

"저 일행들은 야비하게도 아가씨에게 알려주지 않은 모양이군. 정당하지 못한 일이야. 아가씨는 그보다 훨씬 고귀한 가문의 따님이시오."

제레인트가 벌쭉벌쭉 웃기 시작함으로써 백발 프리스트를 의아하게 만들었다면 운차이는 절도 있는 동작으로 하품을 해버림으로써 백발 프리스트를 당혹하게 만들었다. 레니는 턱을 들어올리더니 약간 토라진 듯한 어조로 말했다.

"이분들을 함부로 말씀하시지 마셨으면 좋겠네요."

"뭐라구? 아가씨. 아가씨는 잘 모르고 있어요. 저 일행들이 어떤 사람들인지."

우리 일행이 어떤 사람들이냐고? 독서가, 초장이, 경비 대장, 도망친 왕자, 전향한 간첩, 클래스 3 마스터 마법사, 가장 고귀하다는 드워프, 돈이 너무 많아서 도둑질에 대해서는 잊어버린지 오래된 도둑, 죽었다 살아나도 바뀐 게 없는 프리스트, 이빨이 멋진 트롤 프리스티스. 이 정도면 멋진 일행 아니야? 레니는 어깨를 으쓱이더니 말했다.

"제가 뭘 모른다는 거죠?"

"저 일행들은 아가씨의 출생의 비밀에 대해 한마디도 알려주지 않았단 말이오. 아가씨의 정당한 아버님으로부터 아가씨를 빼앗기 위해……."

레니는 턱을 올린 자세 그대로 도도하게 말했다.

"설마 그 이야기를 하시려는 것은 아니시겠죠? 할슈타일 후작이 라자의 혈통을 위해 하녀였던 저의 어머니를 건드려 절 낳았다는 음탕한 이야기? 이렇게 오랜 세월이 지나서 크라드메서 때문에 절 되찾으려 한다는 치칙한 이야기는 더더욱 아닐 테고. 도대체 무슨 이야기를 하시려는 건지 모르겠네요."

백발 프리스트는 입을 쩍 벌렸고 그 표정은 우리들을 퍽 유쾌하게 만들었다. 그런데 레니의 이야기에 유쾌한 기분을 느꼈던 것은 우리 일행뿐만이 아니었던 모양이다. 붉은 로브를 걸친 프리스트들 무리 가운데서 숨죽인 웃음소리가 들려왔던 것이다.

모든 사람들의 시선이 숨죽여 웃는 사람의 얼굴에 집중되었다. 어? 웃고 있는 사람은 어린 소년, 돌맨 할슈타일이었다. 돌맨은 주위의 모든 사람들이 자신을 바라보고 있자 얼굴을 붉히며 고개를 숙였다. 백발 프리스트는 헛기침을 하더니 레니를 올려다보았다.

"그 이야기를 아시오?"

레니의 얼굴은 약간 붉어져 있었지만 당당하게 대답했다.

"불행하게도 잘 알고 있어요. 그리고 제가 잊고 싶은 과거의 이야기라고 생각해요."

백발 프리스트는 다시 기운차게 말하기 시작했다.

"진실을 거부할 수는 없는 법이오. 자신의 숙명을 거부하는 것은 더더욱 옳지 않은 일이고. 더군다나 당연히 누려야 할 권리를 빼앗긴다는 것은 말도 안 되오. 아가씨는 고귀한 혈통의 후계자요. 위대한 바이서스의 존경받는 귀족으로서의 삶이 아가씨의 권리란 말입니다. 일스 같은 곳에서 생을 마구 살아갈 필요는 전혀 없소."

레니는 마지막 말에 눈썹을 곤두세웠다.

"전, 전 제가 감정적으로 바뀌는 것을 싫어해요. 되도록이면 감정을 드러내고 싶지 않아요. 그래서 말을 하고 싶을 때도 되도록이면 입을 다물고 있자고 생각해요. 그래서 정작 해야 할 말도 안하는 경우가 많아요. 손해 보는 일도 있지만, 그래도 전 제 신조를 지키고 싶어요."

그랬나? 어째 레니는 말수가 적은 편이라고 생각했지. 레니는 잠시 주먹으로 입을 가리더니 새된 목소리로 말했다.

"하지만 이번엔 제 평소의 신조를 굽혀야겠네요. 프리스트께선 무슨 권한으로 일스를 그렇게 험담하시는 거죠?"

"예?"

"프리스트께서 바이서스를 위대하다고 말씀하실 수 있는 것처럼 저도 일스를 위대하다고 말할 수 있어요."

"아가씨는 일스의 국민이 아니오!"

"아니, 전 위대한 일스의 국민이에요!"

아아, 일스여! 그대는 자랑스러워해도 좋으리라. 여기 일스의 작은 애국자가 검과 파괴의 레티의 프리스트들 30명 앞에서 당당히 그대의 이름을 찬미하고 있음이니! 쿠하하하! 레니와 마찬가지로 소금기 어린 바람을 맞으며 살아온 제레인트는 누가 건드리면 그대로 눈물이 툭 터져버릴 것 같은 얼굴을 하고 있었다.

"물론 일스가 바이서스의 아들 나라 같은 거라는 것은 저도 알아요. 하지만 부모라고 해서 자식을 함부로 험담할 수는 없을 거예요. 그리고, 나라와 나라의 관계라면 더욱 그럴 거라고 생각되네요."

"내 말을 알아듣지 못하는 거요? 아가씨는 할슈타일 후작의 따님으로……."

"프리스트 님이야말로 제 말을 못 알아들으세요! 전 그레이든 씨의 딸이에요! 프리스트 님은 가지고 계시는 그 검을 자신의 것이라고 생각하지 않으세요?"

"뭐라구?"

"프리스트 님께서 가지고 계신 그 검은 프리스트 님의 것이잖아요! 그 검을 만든 대장장이의 것이 아니라! 절 태어나게 했다는 이유만으로 제 아버지라고 주장할 수는 없어요. 후작님께서는 저에게 아버지로서의 사랑을 한 번도 주신 적이 없어요. 전 말하겠어요. 물론 그런 일은 없겠지만, 만일 유피넬과 헬카네스라 하더라도 우릴 돌보지 않는다면 인간들의 어버이가 아니에요!"

괴, 괴, 굉장하다! 레니가 저렇게 과격한 데가 있었나? 원래 조용하던 사람이 폭발하면 더 무서운 법이라는 거룩하신 상식론은 역시 진리였나? 레니는 프리스트를 상대로 신성 모독이 될지 모르는 말을 함부로 말해 버렸다. 뭐, 내가 보기에도 전문적인 신학으로 전개될 수준의 말은 아니지만, 그래도 저게 예사말인가?

백발 프리스트는 뒤통수를 두드려맞은 사람의 표정을 정확하게 구사하고 있었다. 손을 뒤통수로 가져가기만 한다면 정말 그럴듯할 텐데. 그는 얼빠진 얼굴로 레니를 올려다보다가 곧 무서운 얼굴이 되었다.

"이, 이……, 고약한 물이 들었군!"

레니는 아랫입술을 질끈 깨물었다. 입술에 상처가 나지 않을까 보는 내가 겁이 날 정도였다.

"일스 따위, 해적이나 진배 없는 뱃놈들 소굴에서 짠내나 맡으며 자라났으니 아무리 고귀한 혈통이라 하더라도 더럽혀지지 않을 수 없을 터. 자신의 신분도 깨닫지 못한 채 막돼먹은 불신자의 소리나 지껄이다니. 개탄스러운 일이로고!"

"말씀 함부로 하시네요. 일스가 해적 소굴이라구요? 그럼 당신네들은 신성 산적떼들이에요?”

바야흐로 칼이 일행 최고의 독설가의 위치를 빼앗기는 순간이었다.

“닥쳐라!”

“내 말이 틀렸어요? 이런 산 위에서 서른 명이나 되는 칼잡이들이 지나가는 여행자를 멈춰 세우고는 ‘여자를 내놓아라!’라고 말하면 그게 산적이 아니고 뭐예요?”

푸하하, 푸하! 아이고, 아이고 죽겠다. 레니는 깜찍한 얼굴로 백발 프리스트의 으르렁거림을 흉내냈고 레티의 프리스트들마저도 황급히 고개를 돌렸다. 백발 프리스트는 콧김을 풀풀 뿜어내면서 자신이 간신히 성질을 억누르고 있음을 과장되게 표현했다.

“네 타락한 영혼을 위해 기도하마. 레니 할슈타일!”

“자기가 이름이 없다고 다른 사람의 이름을 함부로 다루지 말아요! 레니예요, 레니! 할슈타일 따위, 개나 줘버리라지!”

이상한 소리가 들려서 뒤를 돌아보니 샌슨이 두 팔을 들어올린 채 만세를 외치려 드는 네리아를 말리고 있었다. 백발 프리스트는 살벌한 눈으로 레니를 바라보더니 칼에게로 고개를 돌렸다. 레니는 더 이상 상대할 수가 없었던 것이 아닐까 생각되는데.

“헬턴트 공, 당신! 어린 소녀에게, 백지 상태나 다름없는 소녀에게 마구잡이로 당신의 조야하고 야비한 지식을 우겨넣은 모양이군. 용서받지 못할 일이라는 것을 모르겠소?”

그러나 칼은 자신의 옛 영화를 잊지 않았다. 정통 독설가의 기본 요건. 무슨 말을 할 때든 낮고 잔인하게 말할 것. 칼은 이마에 ‘잔인’이라고 써둔 것 같은 표정으로 말했다.

“이젠 신의 가장 참된 선민을 백치 취급하시는군. 우린 다시는 그 시절로 돌아가지 못하지만, 어린이야말로 가장 신에 가깝다는 것쯤은 수련사 시절에 충분히 배웠을 줄 아는데. 성실치 못한 수련사였던 모양이군요."

레티의 프리스트들 가운데서 갑작스럽게 터져나온 웃음소리를 재료로 삼아 나는 눈앞에 있는 백발 프리스트의 과거 수련사 생활을 짐작해 볼 수 있었다. 백발 프리스트는 분통을 터뜨렸다.

"이 이상 입 섞어 말할 가치를 느끼지 못하겠어! 얌전히 드래곤 라자를 내놓으시오. 강제를 동원하기 전에!"

오호라, 이제 마각을 드러내신다는 건가? 샌슨은 이를 드러내며 앞으로 한 걸음 내디뎠고 운차이는 팔짱을 풀었다. 네리아는 화려한 동작으로 트라이던트를 돌려잡으며 씩 웃었다.

"성직자를 두드리면 천벌을 받는지 안 받는지 볼까?"

"이, 이 고약한!"

그때 길시언이 조금 쉰 듯한 목소리로 말했다.

"레티의 보잘것없는 검이여. 지금 레티의 종단 전체의 의지로서 바이서스 왕가를 치겠다는 것이오?"

백발 프리스트는 이제 자신의 피부의 매끄러움을 자랑할 수 있게 되었다. 파리가 없는 계절이라는 것이 좀 아쉬운걸. 하얗게 질려버린 저 얼굴에서 파리가 미끄러져 실족하는 광경을 보고 싶은데. 길시언은 더욱 음성을 내리누르며 말했다.

"말해 보시오. 난 당신 말마따나 태자의 자리를 걷어차고 야만스러운 황야의 아름다움에 취해 버린 자이지만 왕자의 자리를 포기한 적은 없소. 그것은, 역시 당신 말마따나 내가 당연히 누려야 할 권리니까. 따라서 지금의 상황은 신권이 속권의 경계를 무시하고 왕가의 존엄을 침해하겠다는 의사를 드러내는 것으로 보이는데. 설마 그렇지는 않겠지요?"

얼마 걸고 내기할까? 저건 프림 블레이드의 대사임에 틀림없어. 길시언은 검손잡이를 꽉 쥔 채로 느릿하게 말하고 있거든.

"기, 길시언 왕자?"

"정확한 호칭에 감사하겠소. 자, 이제 당신의 의도를 내게 말해 보시오. 레티의 검은 바이서스 왕가를 겨냥하는 거요?"

〈8권에서 계속〉

드래곤 라자 작업을 도와주신 분들

저작권 감수 | 김병수
세트 지도 작업 및 드래곤 문양 | 홍연주
독자편집자 | 이호, 박든든나름

드래곤 라자 7

1판 1쇄 펴냄 2008년 11월 26일
1판 26쇄 펴냄 2024년 7월 23일

지은이 | 이영도
발행인 | 박근섭
편집인 | 김준혁
펴낸곳 | 황금가지

출판등록 | 2009. 10. 8 (제2009-000273호)
주소 | 06027 서울 강남구 도산대로 1길 62 강남출판문화센터 5층
전화 | **영업부** 515-2000 **편집부** 3446-8774 **팩시밀리** 515-2007
홈페이지 | www.goldenbough.co.kr

도서 파본 등의 이유로 반송이 필요할 경우에는 구매처에서 교환하시고
출판사 교환이 필요할 경우에는 아래 주소로 반송 사유를 적어 도서와 함께 보내주세요.
06027 서울 강남구 도산대로 1길 62 강남출판문화센터 6층 민음인 마케팅부

ISBN 978-89-6017-264-7 04810 (7권)
ISBN 978-89-6017-270-8 04810 (세트)

㈜민음인은 민음사 출판 그룹의 자회사입니다.
황금가지는 ㈜민음인의 픽션 전문 출간 브랜드입니다.

사진 · 조선희

이영도

1972년생. 경남대학교 국어국문학과 졸업. 1998년 여름, 컴퓨터 통신 게시판에 연재했던 첫 장편 『드래곤 라자』가 출간되어 100만 부를 돌파함으로써 한국에 판타지 시대를 열었다. 『드래곤 라자』는 일본, 중국, 대만, 홍콩, 태국 등에서도 출간되어 세계 독자와 만난다. 라디오 드라마, 만화, 온라인 게임, 모바일 게임 등으로 만들어졌을 뿐 아니라, 이후 『퓨처워커』, 『폴라리스 랩소디』, 단편집 『오버 더 호라이즌』을 차례로 발표하였으며, 장대한 구상 위에 집필하여 2003년 내놓은 대작 『눈물을 마시는 새』는 한국적 소재를 자연스럽게 녹여낸 판타지 대하 소설로 이영도 붐을 새롭게 했다. 2005년에는 후속작 『피를 마시는 새』가 출간되었다.

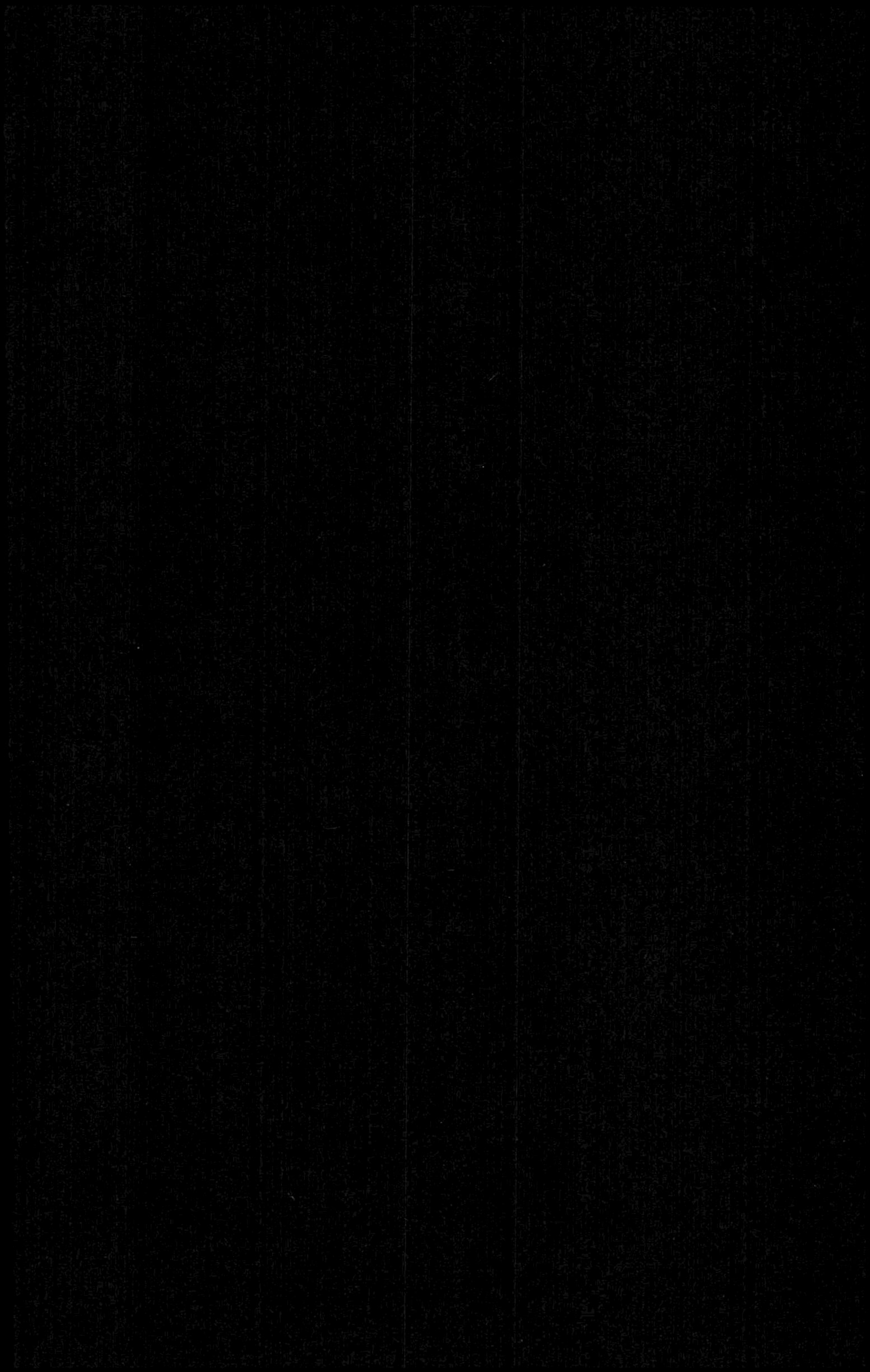